Jean-Luc Bannalec

BRETONISCHES GOLD

Kommissar Dupins dritter Fall

Kiepenheuer & Witsch

Verlag Kiepenheuer & Witsch, FSC® N001512

7. Auflage 2019

© 2014, 2015, Verlag Kiepenheuer & Witsch, Köln
Alle Rechte vorbehalten. Kein Teil des Werkes darf in irgendeiner Form
(durch Fotografie, Mikrofilm oder ein anderes Verfahren) ohne schriftliche
Genehmigung des Verlages reproduziert oder unter Verwendung
elektronischer Systeme verarbeitet, vervielfältigt oder verbreitet werden.
Umschlaggestaltung: Rudolf Linn, Köln
Umschlagmotiv: © Thierry RYO – Fotolia.com
Kartografie: Birgit Schroeter, Köln
Gesetzt aus der Aldus und der Franklin Gothic
Satz: Buch-Werkstatt GmbH, Bad Aibling
Druck und Bindung: CPI books GmbH, Leck
ISBN 978-3-462-04840-7

Bis man weiß,
woran man miteinander ist,
muss man sieben Säcke Salz
zusammen verbrauchen.

BRETONISCHES SPRICHWORT

à L.

DER ERSTE TAG

Das eigentümliche Veilchenaroma, welches das Fleur de Sel in den Tagen nach der Ernte verströmte, vermischte sich mit dem Geruch von schwerer Tonerde sowie dem Salz und Jod in der Luft, die man hier, mitten im *Weißen Land* – dem *Gwenn Rann*, der weitflächigen Salinenlandschaft der Guérande –, mit jedem Atemzug noch stärker roch und schmeckte als anderswo an der Küste. Der besondere Duft erfüllte jetzt, am Ende des Sommers, die gesamten Salzgärten. Die alten Paludiers, die Salzbauern, erzählten, dass er einen zuweilen um den Verstand bringe, Trugbilder und Hirngespinste erzeuge.

Es war eine atemberaubende, bizarre Landschaft. Eine Landschaft aus den vier Elementen, die die Alchemie des Salzes ausmachten: dem Meer, der Sonne, der Erde und dem Wind. Eine große Meeresbucht einst, dann eine Lagune, ein Watt, Schwemmland, das sich geschickte Menschenhand zunutze gemacht hatte, gelegen auf einer Halbinsel, die der tosende Atlantik zwischen Loire und Vilaine geschaffen hatte. Das stolze mittelalterliche Städtchen Guérande – das der Gegend seinen Namen gegeben hatte – markierte die nördliche Ausdehnung der Salzgärten. Im Süden verloren sie sich in das verbliebene Stück der Lagune, auf deren gegenüberliegender Seite Le Croisic mit seinem bezaubernden Hafen lag. Von dort aus konnte man es sehen, ein eindrucksvolles Schauspiel: Im mächtigen

Rhythmus der Gezeiten versorgte der Atlantik die Lagune mit Wasser und führte es den feinen Kapillaren der Salzgärten zu. Insbesondere an den Tagen der »grande marée«, der Springflut, den Tagen nach dem Vollmond.

Ganz und gar flach war das Weiße Land, ohne die kleinste Erhebung. Seit über zwölf Jahrhunderten gegliedert in zahllose große, kleinere und sehr kleine mathematisch genau angelegte rechteckige Salinenbecken, die wiederum in willkürlich scheinenden, fließenden Formen aus Erde und Wasser eingefasst waren. Ein unendlich verzweigtes, ausgeklügeltes System von Kanälen, Speicherbecken, Vorwärmbecken, Verdunstungsbecken, Erntebecken. Ein System, das nur einen Zweck hatte: das durch Schleusen eingefangene Meer, so langsam es ging, auf eine Reise zu schicken, auf der Sonne und Wind es dann beinahe restlos verdunsten ließen, bis sich die ersten Kristalle ausbildeten. Das Salz war die reine Essenz des Meeres. »Kind der Sonne und des Windes« nannte man es. Poetische Namen hatte man den Becken gegeben: Vasières, Cobiers, Fares, Adernes, Œillets. Eines der Œillets, der Erntebecken, wurde unverändert seit Karl dem Großen bestellt. Die Erntebecken waren die Heiligtümer der Paludiers, von ihnen, ihrem »Charakter«, hing alles ab: von ihren Böden, den verschiedenen Tonarten und ihren unterschiedlichen mineralischen Zusammensetzungen. Faul, generös, vergnügt, fiebrig, empfindlich, hart, widerspenstig – die Paludiers sprachen von ihnen wie von Menschen. In ihnen wurde unter freiem Himmel das Salz gezogen und gepflückt. Das weiße Gold.

Abenteuerlich schmale, unbefestigte Wege schlängelten sich entlang der Becken und bildeten unentwirrbare Labyrinthe, zumeist nur zu Fuß zugänglich. War das Salzland auch flach, so vermochte man dennoch nie weit zu sehen, bewachsene Erdwälle in verschiedenen Höhen liefen entlang der Becken und Wege. Struppige Büsche, Sträucher, hohe windschiefe Gräser, von der Sonne strohig-gebleicht. Hier und da ein knorriger Baum. Wild verteilt standen die *cabanes*, die Schuppen der Salzbauern, aus Stein, Holz, Blech.

Und nun, im September, war allenthalben das grell blendende Weiß des sich im Laufe des Sommers zu ansehnlichen Bergen auftürmenden Salzes zu sehen. Kunstvoll gehäuft, oben spitz zulaufend, wie Vulkane, zuweilen zwei, drei Meter hoch.

Kommissar Georges Dupin vom Commissariat de Police Concarneau musste schmunzeln. Es war eine unwirkliche Landschaft. Eine fantastische Szenerie. Verstärkt wurde die Stimmung durch den Exzess aus Farben am Himmel und im Wasser – eine extravagante Schau der verschiedensten Töne von Violett, Rosa, Orange und Rot –, den die untergehende Sonne auslöste. Mit der langsam hereinbrechenden Spätsommernacht hatte zudem nach einem neuerlich brütend heißen Tag eine erlösend frische Brise eingesetzt.

Kommissar Dupin schloss den Wagen ab, einen offiziellen, blau-weiß-roten Polizeiwagen. Der beeindruckend alte und problematisch winzige Peugeot 106 diente dem Kommissariat als allgemeiner Ersatzwagen. Dupins eigener, innig geliebter, gleichermaßen höchst betagter Citroën XM stand seit zehn Tagen in der Werkstatt. Die Hydropneumatik, wieder einmal.

Dupin hatte am Straßenrand geparkt, halb in den Gräsern. Von hier aus würde er zu Fuß gehen.

Es war ein schmales, immerhin noch asphaltiertes Sträßchen, das sich chaotisch durch die Salinen schlängelte. Es war nicht leicht zu finden gewesen, es ging von der Route des Marais ab, einer der drei kurvigen Straßen zwischen Le Croisic und Guérande-Stadt, die überhaupt durch das Salzland führten.

Dupin blickte sich um. Es war niemand zu sehen. Auf der ganzen Route des Marais war er keinem Wagen begegnet. In den Salinen schien der Tag zu Ende gegangen zu sein.

Er besaß lediglich eine handgezeichnete Skizze des Ortes, zu dem er wollte. Sie zeigte einen Schuppen nahe einer der Salinen, eher Richtung offener Lagune. Vielleicht dreihundert Meter entfernt. Er würde die fragliche Saline suchen, den dazugehörigen Schuppen, und Ausschau halten nach »irgendetwas Verdächtigem« – es war zugegebenermaßen alles abstrus.

Er würde sich einmal umschauen und dann schnurstracks auf den Weg nach Le Croisic machen. So stellte Dupin es sich vor: dass er nach einer kurzen, vermutlich ergebnislosen Inspektion des Ortes eine Viertelstunde später im *Le Grand Large* eine bretonische Seezunge essen würde, in gesalzener Butter goldbraun gebraten. Und bei einem Glas kalten Quincy auf das Wasser blicken, die hellsandige türkisfarbene Lagune, und langsam im Westen das letzte Licht schwinden sehen. Er war schon einmal in Le Croisic gewesen, letztes Jahr, mit seinem Freund Henri, und hatte beste Erinnerungen an das Städtchen (auch an die Seezunge).

Kommissar Dupin war – ungeachtet der Tatsache, dass es äußerst vage, zweifelhafte, eigentlich lächerliche Gründe waren, die ihn hierhergeführt hatten – ausgesprochen guter Laune am heutigen Abend. Er hatte nämlich das übermächtige Bedürfnis gehabt, endlich wieder ins Freie zu kommen. Fünf Wochen hatte er – mehr oder weniger Tag für Tag – in seinem muffig-stickigen Büro zugebracht. Fünf Wochen! Beschäftigt mit stupider Schreibtischarbeit, formalem Kram, den gewöhnlichen Schikanen der Bürokratie – mit Arbeiten, aus denen das Leben eines echten Kommissars, anders als in Büchern und in Filmen, dann doch immer wieder bestand: neue Dienstwagen für seine beiden Inspektoren, damit einhergehend neue »Vorschriften für die Nutzung der zur Ausübung des polizeilichen Dienstes überlassenen Fahrzeuge«, achtundzwanzig Seiten lang, 9-Punkt-Schrift und praktisch kein Zeilenabstand, »extrem wichtig«, mit einer »Anzahl entscheidender Neuerungen«, wie es vonseiten der Präfektur hieß; eine Gehaltserhöhung für Nolwenn (immerhin!), seine universellpatente Sekretärin, für deren Durchsetzung er zwei Jahre und neun Monate gekämpft hatte; die penible Ablage zweier alter und durchweg unwesentlicher Fälle. Das war sein Rekord gewesen, seit er aus Paris ans Ende der Welt »versetzt« worden war. Fünf Wochen Büroarbeit, in diesen magischen September-Spätsommertagen, deren zauberhaftes Licht das der anderen Monate sogar noch einmal überbot. Wochen eines stabilen, spektakulären Azorenhochs, bilderbuchartig, nicht ein Tropfen Regen war gefallen – »La Bretagne fait la cure du soleil«, die Bretagne macht eine Sonnenkur, hatten die Zeitungen geschrieben. Fünf Wochen, in denen sich Dupins Übellaunigkeit beinahe von Tag zu Tag gesteigert hatte. Es war unerträglich geworden, für alle.

Lilou Brevals Bitte, sich die Saline anzusehen – auch wenn er natürlich überhaupt gar nichts mit diesem Gebiet hier zu schaffen hatte –, war nur ein allzu willkommener Vorwand gewesen, einen veritablen Ausflug zu unternehmen. Jede Ausrede war Dupin am Ende recht gewesen. Und, viel wichtiger: Er war Lilou Breval schon lange etwas schuldig. Der Journalistin des *Ouest-France*, die sich von Polizeibeamten eigentlich prinzipiell fernhielt – nicht zuletzt weil sie bei ihren Recherchen mit zumeist unorthodoxen Methoden nicht selten in Konflikte mit polizeilichen und gesetzlichen Vorschriften geriet –, die aber irgendwie Vertrauen zu ihm gefasst hatte. Dupin achtete und mochte sie.

Lilou Breval hatte ihn das eine oder andere Mal mit »gewissen Informationen« versorgt. Im Fall des ermordeten Hoteliers in Pont Aven vor zwei Jahren, der am Ende ganz Frankreich beschäftigt hatte, hatte sie Dupin zuletzt »geholfen«. Lilou Breval war weniger in das journalistische Tagesgeschäft eingebunden, sondern auf die großen Recherchen und Geschichten spezialisiert, sehr bretonische Geschichten zumeist. Investigativ. Vor zwei Jahren hatte sie einen nicht geringen Anteil an der Aufdeckung eines gigantischen Zigarettenschmuggels gehabt: 1,3 Millionen Zigaretten waren in einem riesigen Betonpfeiler versteckt worden, der angeblich für eine Bohrinsel vor der Küste gebaut worden war.

Lilou Breval hatte Dupin gestern Abend angerufen und – das hatte sie noch nie getan – ihn um etwas gebeten: sich einmal »eine bestimmte Saline und einen Schuppen dort« anzusehen. Nach »verdächtigen Fässern« zu schauen, »blaue Plastikfässer«. Sie könne noch nicht sagen, worum es gehe, aber sei sich »einigermaßen sicher«, dass »etwas richtig faul« sei. Dass sie nach seiner Inspektion so bald wie möglich im Kommissariat vorbeikommen werde, um ihm alles darzulegen, was sie bis dahin wisse. Dupin hatte nicht im Geringsten verstanden, was das alles sollte, hatte jedoch nach einigem erfolglosen Nachfragen irgendwann »gut, ja« gemurmelt, und Lilou Breval hatte ihm heute früh eine Skizze des Weges und Ortes gefaxt. Natürlich wusste er, dass er gegen alle Vorschriften verstieß, und hatte sich eben auf der Hinfahrt sogar ein klein wenig unwohl dabei gefühlt, was für gewöhnlich gar nicht Dupins Art war. Er hätte schon rein formal nicht hierherkommen dürfen beziehungsweise: Er hätte die örtliche Polizei bitten müssen, der Sache nachzugehen. Nicht zuletzt, weil das Département Loire-Atlantique, in dem die Salinen lagen, administrativ gesehen nicht mal mehr Bretagne war – geschweige denn »sein Terrain« –, seit es den Bretonen im Zuge der von ihnen verhassten »Reform der Verwaltungsstrukturen« in den Sechzigern »mit legalisierter Gewalt« entrissen worden war. Kulturell, im Alltag und auch im Bewusstsein der Franzosen und ohnehin der ganzen Welt war das Département selbstverständlich bis heute durch und durch bretonisch.

Doch der kurze Moment des Zweifels war schnell verflogen.

Dupin schuldete Lilou Breval etwas, und das nahm er sehr ernst. Ein guter Polizist war darauf angewiesen, dass ihm jemand ab und an einen Gefallen tat.

Kommissar Dupin stand neben dem Dienstwagen, den er mit seiner insgesamt stattlichen Physis und den breiten Schultern auffällig überragte. Er warf zur Sicherheit noch einmal einen Blick auf die Skizze. Dann lief er über die Straße und folgte dem grasigen Weg. Schon nach wenigen Metern begannen links und rechts die ersten Salinenbecken, in die der Weg an den Rändern ohne Übergang scharf abfiel. Einen Meter, einen Meter fünfzig tief, schätzte Dupin. Die Becken hatten die unterschiedlichsten Farben – hellbeige, hell-gräulich, gräulich-bläulich, andere erdig-bräunlich, rötlich, alle durchzogen von schmalen Tonstegen und Dämmen. An den Rändern stolzierten Vögel, die vollkommen geräuschlos auf der Suche nach Nahrung zu sein schienen, Dupin hatte keine Ahnung, wie sie hießen, sein ornithologisches Wissen war mangelhaft.

Es war wirklich eine verrückte Landschaft. Das Weiße Land, so schien es, gehörte nur tagsüber den Menschen, abends und nachts wieder ganz der Natur. Es war still, kein Geräusch zu hören, im Hintergrund nur eine Art seltsames Zirpen, von dem Dupin nicht hätte sagen können, ob es Vögel waren oder Grillen. Fast ein wenig gespenstisch. Nur selten schrie eine zänkische Möwe, eine Botschafterin des nahen Meeres.

Es war vielleicht doch eine blödsinnige Idee gewesen, hierherzukommen. Selbst wenn er etwas Auffälliges sähe – was nicht der Fall sein würde –, er würde ohnehin sofort die Kollegen vor Ort informieren müssen. Dupin blieb stehen. Vielleicht sollte er direkt nach Le Croisic fahren. Und den abstrusen Auftrag vergessen. Aber – er hatte es Lilou Breval versprochen.

Dupins Hadern wurde vom Schrillen seines Handys unterbrochen, es wirkte in dieser meditativen Stille noch lauter als sonst. Widerwillig fingerte er das kleine Gerät hervor. Seine Gesichtszüge hellten sich auf, als er Nolwenns Nummer sah.

»Ja?«

»Bonj--- aire. --- da?«, eine kleine Pause, dann: »---uft--- Und haben --- Strecke ---as Kän---ru---?«

In der Leitung knackte es fürchterlich.

»Ich verstehe Sie nicht, Nolwenn. Ich bin schon in den Salinen, ich …«

»Sie--- zwischen den bei--- Ich--- lich --- Kängur--- wissen.«

Dupin hätte schwören können, bereits zum zweiten Mal das Wort »Känguru« gehört zu haben. Aber womöglich vertat er sich. Er sprach jetzt deutlich lauter.

»Ich – verstehe – wirklich – kein – Wort. Ich – rufe – Sie später – an.«

»--- nur --- gen --- ter«, die Verbindung schien vollständig zusammenzubrechen.

»Hallo?«

Keine Reaktion.

Dupin hatte keinen Schimmer, was Nolwenn mit einem australischen Beuteltier wollte. Es klang grotesk. Aber er zerbrach sich nicht weiter den Kopf darüber. Nolwenn war hier, am Ende der Welt, ohne Zweifel die wichtigste Person für ihn. Und auch wenn er das Gefühl hatte, mittlerweile selbst schon ein Stück »bretonisiert« zu sein, so war er ohne sie verloren. Tatsächlich hieß Nolwenns Programm »Bretonisierung«, nach dem Motto: »Die Bretagne: Du liebst sie – oder du verlässt sie!«.

Er schätzte Nolwenns praktisches und soziales Genie sowie ihr schier unendliches regionales und lokales Wissen. Und ihre Leidenschaft für Skurrilitäten und »gute Geschichten«. Um eine solche würde es sich bei dem Känguru handeln.

Dupin hatte sich gerade wieder auf seine kleine Mission konzentriert, als das Telefon erneut klingelte. Er nahm automatisch ab.

»Verstehen Sie mich jetzt, Nolwenn?«

Eine Weile hörte er nichts, nur wieder heftiges Knacken.

Dann jäh ein paar einigermaßen gut zu verstehende Worte:

»Ich freue mich --- Morgen, Georges. Sehr.«

Claire. Es war Claire. Sofort wurde die Verbindung wieder schlecht.

»--- aurant --- icher --- bend.«

»Ich – ich komme morgen Abend. Ja, natürlich!«

Es entstand eine Pause. Der ohne Vorwarnung ein ohrenbetäubendes Rauschen folgte. Morgen war Claires Geburtstag. Er hatte einen Tisch im *La Palette* reserviert, ihrem Lieblingsrestaurant, im Sechsten. Ein großes Bœuf Bourguignon mit deftigem Speck und jungen Champignons, in bestem Rotwein über viele Stunden geschmort, das Fleisch konnte man mit dem Löffel essen, so zart war es. Es sollte eine Überraschung sein, auch wenn er annahm, dass Claire es längst erraten hatte, wie immer hatte er zu viele Andeutungen gemacht. Er wollte den Zug um dreizehn Uhr fünfzehn nehmen, dann wäre er um sechs in Paris.

»Schien --- wischen --- zu kommen? Ist – - – mer – - – unsicher?«

»Nein. Nein. Gar nicht. Nichts ist unsicher! Ich bin um sechs da. Ich hab schon die Fahrkarte.«

»Ich --- dich schlecht ---.«

»Ich dich auch. Ich wollte nur sagen, dass ich mich sehr freue. Auf morgen Abend, meine ich.«

»--- nur --- Essen ---.«

»Ich hab alles arrangiert, mach dir keine Gedanken.«

Dupin sprach wieder zu laut.

»--- Fisch --- später.«

Das war sinnlos.

»Ich – rufe – dich – später – an – Claire.«

»--- vielleicht --- später --- Arbeit --- besser---.«

»Gut.«

Er legte auf.

Nach ihrem Treffen letztes Jahr in den späten Pariser Augusttagen, das sehr schön gewesen war, hatten sie begonnen, täglich zu telefonieren und sich regelmäßig zu sehen. Meist spontan, sie waren einfach in den TGV gestiegen. Ja, sie waren wieder zusammen. Auch wenn sie es nicht ausgesprochen hatten. Und es noch keinesfalls offiziell war, obgleich Dupin den verheerenden Fehler gemacht hatte, es in einem unbedachten Moment vage seiner Mutter gegenüber zu erwähnen, die sofort überhaupt nicht vage entzückt gewesen war, nun vielleicht doch noch zur lang ersehnten Schwiegertochter zu kommen.

Claire war gerade in den USA gewesen, eine Fortbildung an der kardiologischen Chirurgie der berühmten Mayo-Klinik. Sie hatten sich also die letzten sieben Wochen nicht gesehen, auch wenn sie häufig telefoniert hatten. Ohne Zweifel war das ein weiterer Grund für Dupins Verdrießlichkeit der letzten Zeit gewesen. Claire war erst seit zwei Tagen wieder zurück. Und dies war nun wiederum wesentlich mitverantwortlich für Dupins gute Laune heute. Er war dennoch ein wenig nervös. Allgemein. Er wollte die Sache mit Claire nicht wieder vermasseln, nicht wie beim ersten Mal. Er hatte auch das Zugticket schon vor drei Wochen gekauft, damit ganz sicher nichts dazwischenkommen konnte.

Er würde Claire gleich aus Le Croisic zurückrufen. Und noch einmal in Ruhe mit ihr über morgen sprechen. Direkt nach der Seezunge.

Er würde sich jetzt hier beeilen.

Kommissar Dupin war sich ziemlich sicher, jemanden gesehen zu haben. Nah an dem hölzernen Schuppen. Ganz kurz nur, für den Bruchteil einer Sekunde. Einen Schatten eher, der sofort wieder verschwunden war.

Der Kommissar hatte seine Schritte verlangsamt. Er fixierte die Umgebung. Es waren vielleicht noch zwanzig Meter bis zum Schuppen. Der Weg führte daran vorbei und schien sich kopfüber in ein Salinenbecken zu stürzen.

Dupin blieb stehen. Er fuhr sich am Hinterkopf heftig durch die Haare.

Sein Gefühl sagte ihm, dass etwas nicht stimmte. Die Situation gefiel ihm ganz und gar nicht.

Er schaute sich ein weiteres Mal aufmerksam um. Objektiv war nichts zu sehen, das irgendwie verdächtig schien. Und wenn es nur eine Katze gewesen war? Oder ein anderes Tier? Vielleicht hatte er es sich wirklich nur eingebildet. Zu der Stimmung hier würde es allemal passen. Vielleicht begann auch der betörende Duft, der hier, tief in den Salzgärten, noch intensiver war, seine halluzinierende Wirkung zu entfalten.

Plötzlich, vollkommen aus dem Nichts, war ein Zischen zu hören, ein eigentümliches Geräusch, metallisch, hohe Frequenz. Gefolgt von einem kleinen dumpfen Schlag, nicht weit entfernt. Eine Schar Vögel stob mit lautem Gekreische auf.

Dupin erkannte das Geräusch sofort. Mit einer Schnelligkeit und einer Präzision, die man seiner eher massiveren Physis auf den ersten Blick nicht zugetraut hätte, warf er sich nach links zu Boden, wo der schmale Grasstreifen steil zu einem Speicherbecken hin abfiel. Geschickt rollte er sich ab und drehte sich dabei so, dass er mit den Beinen und Füßen in das Becken rutschte und dort Halt fand. Das Wasser war ungefähr einen halben Meter tief. Dupin hatte seine Waffe gezogen – eine Sig Sauer 9 mm – und instinktiv auf den Schuppen gerichtet. Es war alles andere als ein perfekter Schutz, aber besser als nichts. Die Kugel war nicht allzu weit rechts von ihm eingeschlagen, woher sie genau kam, ob vom großen Schuppen oder von einem der kleineren Verschläge in der Nähe, konnte er nicht sagen. Gesehen hatte er nichts. Gar nichts. Dupins Gedanken rasten. In einer Situation wie dieser gab es kein reguläres Denken, vielmehr mischten sich Hunderte Dinge gleichzeitig: Helle, scharfe Wahrnehmungen, Reflexe, Instinkte und Gedankenfetzen vermengten sich fiebrig und ergaben, was man vage »Intuition« nannte.

Dupin musste herausfinden, wo sich der Angreifer befand. Und hoffen, dass es nur einer war.

Drei Verschläge waren es, die er sehen konnte, nahe beieinander. Der ihm nächste war um die zehn Meter entfernt.

Allzu nah konnte der Schütze nicht gewesen sein, er hätte sein Ziel nicht verfehlt.

Wieder das hohe Geräusch – und wieder ein dumpfer Einschlag. Nicht weit vor ihm. Und noch einmal. Wieder Vögel, die aufschreckten und kreischend in den Himmel stiegen. Dupin rutschte noch etwas tiefer in das Becken, kniete jetzt im Wasser, das ihm bis zum Bauch ging. Ein viertes Mal.

Dieses Mal konnten es nur Zentimeter gewesen sein, um die die Kugel ihn verfehlt hatte. Er hatte etwas an seiner linken Schulter gespürt. Vom Gefühl her kamen die Schüsse jetzt alle aus einer Richtung. Dann wurde es abrupt still. Vielleicht suchte der Angreifer eine bessere Position.

Dupin war klar, dass es keine Lösung war, sich in dem Becken zu verschanzen. Er musste handeln. Er dachte fieberhaft nach. Ein einziges Mal könnte er das Moment der Überraschung auf seiner Seite haben. Hoffentlich. Ein einziges Mal.

Mit einer pfeilschnellen Bewegung sprang er aus dem Becken hoch, zielte in die Richtung, in der er den Schützen vermutete, und feuerte dabei in so schneller Folge, wie es die Waffe zuließ. Auf diese Weise stürmte er auf den nächsten Verschlag zu. Als er ihn erreicht hatte, hatte er das Magazin vollständig geleert. Fünfzehn Schuss.

Dupin atmete ein paarmal tief durch. Es war totenstill. Der Kommissar war eigenartig ruhig, das wurde er immer, wenn es brenzlig wurde. Dennoch stand kalter Schweiß auf seiner Stirn. Er hatte kein zweites Magazin bei sich. Im Handschuhfach des Wagens, ja, aber nicht hier. Er hatte sein Handy, aber das half ihm im Augenblick nicht, auch wenn er natürlich schnell versuchen sollte, Meldung zu machen.

Der Verschlag, hinter dem er nun kauerte, war aus stärkerem Wellblech, es war schwer zu sagen, wie stark. Auch hatte Dupin keine Ahnung, wo sich die Tür befand. Ob sie offen war.

Aber vermutlich war es seine einzige Chance. Er befand sich an einer der beiden längeren Seiten. Am logischsten wäre es, die Tür läge dem Weg zugewandt, also links von ihm. Er wusste, er konnte nicht lange nachdenken. Und hätte auch bei diesem Manöver nur genau einen Versuch.

Mit schnellen, behutsamen Schritten bewegte er sich dicht an das Blech gedrückt, bis zur Ecke. Er hielt einen Augenblick inne. Im nächsten Moment sprang er in einer jähen Bewegung um die Ecke, sah tatsächlich eine Tür, riss sie auf, warf sich hinein – und schlug sie hinter sich zu.

Das Ganze hatte zwei, drei Sekunden gedauert. Entweder hatte der Angreifer Dupin nicht gesehen oder er war wirklich überrascht gewesen, Tatsache war: Er hatte nicht geschossen.

Im Verschlag war es stockdunkel. Nur durch Ritzen an der Tür fiel etwas vom letzten dämmerigen Licht.

Dupin hielt den Türgriff fest umklammert. Es war, wie er gedacht hatte: Von innen ließ sich die Tür nicht verschließen. Dupin griff nach seinem Handy, das war jetzt das Wichtigste. Nolwenns Nummer war die vorletzte der Wahlwiederholung. Das kleine Display erleuchte erstaunlich viel von dem Raum. Dupin sah sich rasch um, die vordere Hälfte war leer, in der hinteren standen ein halbes Dutzend großer Säcke und irgendwelche Stangen. Dann starrte er wieder auf das Display. Er hatte keinen Empfang.

Das durfte nicht wahr sein. Nichts. Nicht ein Balken. »Verbindung nicht möglich«. Der Satz war klar und deutlich auf dem Display zu lesen. Er kannte das: Am »Ende der Welt« war man häufig wirklich von der Welt abgeschnitten, stabilen Empfang hatte man bisweilen nur in größeren Ortschaften. Sein Funkgerät lag – neben dem zweiten Magazin – sicher im Wagen, Dupin führte es, gegen jede Dienstvorschrift, fast nie mit sich. Vielleicht hätte er auf irgendeiner Frequenz einen Kollegen der Region ausmachen können. Auf der Notfrequenz bestimmt, aber das war jetzt egal: Er hatte es nicht bei sich. Und dass zufällig um diese Uhrzeit an diesem einsamen Ort irgendjemand vorbeikäme, war extrem unwahrscheinlich.

»So ein Scheiß.«

Der Satz war ihm viel zu laut herausgerutscht. Im nächsten Augenblick gab es einen ohrenbetäubenden metallischen Krach, Dupin hätte um ein Haar das Telefon fallen lassen. Ein Schuss. Und noch einer. Ein dritter. Immer derselbe infernalische Lärm. Dupin hatte den Atem angehalten. Er hatte keine Ahnung, ob das Blech die Kugeln abhalten würde. Vor allem, wenn der Schütze klug war und wiederholt auf dieselbe Stelle schoss. Im Moment konnte er keinen Einschuss feststellen. Wieder krachte eine Kugel in das Wellblech, dieses Mal mit noch größerem Lärm, der Angreifer schien sich dem Schuppen zu nähern. Und zwei weitere Male in rascher Folge. Dupin kniete sich hin und stützte den Ellbogen auf das Knie, den Handballen unter die Türklinke gestemmt. Aber auch so wäre es schwer zu verhindern, dass jemand die Tür öffnete. Er hatte den ungleich schlechteren Hebel. Er musste immer noch hoffen, dass der Angreifer es aus Angst vor einem Schusswechsel nicht wagen würde. Mit einem Mal gab es einen gewaltigen, dumpfen Schlag gegen die Tür. Es war kein Schuss, eher als wäre etwas Massives gegen die Tür geknallt, dann eine Art lautes Schaben. Der Türgriff ruckelte kurz. Jemand war direkt an der Außenseite der Tür, ein paar Zentimeter von ihm entfernt. Dupin meinte, eine Stimme zu hören, ein paar wenige Worte, leise, aber er war sich nicht sicher. Dann war es wieder still.

Auch in den folgenden Minuten passierte nichts. Es war beklemmend. Er wusste nicht, was sein Angreifer als Nächstes tun würde, und hatte keine Chance, es herauszufinden. Er konnte nichts tun. Nur hoffen, dass dieser keinen Versuch unternehmen würde, den Schuppen zu stürmen. Was er auf alle Fälle ahnen würde: dass Dupins Handy hier keinen stabilen Empfang hatte und er niemanden zu Hilfe holen konnte.

Aber höchstwahrscheinlich würde sein Gegner sich umsehen

und den Polizeiwagen entdecken. Oder es gab sowieso noch einen Posten irgendwo an der Straße, der den Polizeiwagen direkt gemeldet hatte. Das hing auch davon ab, wie groß die Sache war, um die es hier ging.

Mit einem Mal hörte Dupin den Motor eines Wagens, nicht nahe am Schuppen, aber auch nicht weit entfernt. Er hatte auf dem Weg hierher nirgendwo einen Wagen gesehen. Der Motor lief eine Weile, ohne dass etwas passierte. Dann erst fuhr der Wagen an. Dupin konnte es gedämpft, aber deutlich hören. Was geschah? Machte sich sein Angreifer aus dem Staub? Irgendetwas hatte er noch erledigt. Nach ein paar Metern bremste der Wagen jäh ab. Dupin wartete auf das Geräusch sich öffnender Türen. Aber nichts passierte.

Plötzlich klingelte sein Handy. Mit einer reflexhaften Bewegung griff er nach dem Gerät.

»Hallo?«, stieß er hastig mit gedämpfter Stimme hervor.

Er hörte nichts außer Knacken und Rauschen.

»Das ist ein Notfall. – Ich befinde mich in den Salinen der Guérande. – In einem Schuppen. – Ich werde beschossen. – Mein Wagen steht auf einer Nebenstraße der Route des Marais. Von dort aus bin ich den Kiesweg nach Westen entlanggegangen. --- Hallo?«

Dupin hoffte, dass der Anrufer irgendetwas von diesen Worten hören würde und alarmiert wäre. Aber es war sehr unwahrscheinlich.

»Hallo? Das ist ein Notfall«, nun schrie er fast, gegen seinen Willen, »ich werde beschossen, ich …«

»--- nur anrufen, um --- Tisch --- acht Uhr.«

Dupin konnte die verzerrte Stimme nicht erkennen. Aber das Wort »Tisch« und »acht Uhr« war merkwürdig deutlich zu hören gewesen. Das durfte nicht wahr sein. Das musste das *La Palette* sein, wegen seiner Reservierung für morgen Abend. Stéphane vielleicht, der Oberkellner, der wusste, dass es immer besser war, Dupin an die genaue Reservierung zu erinnern.

»Ein polizeilicher Notfall – bitte rufen Sie das Commissariat Concarneau an. – Hallo, Stéphane?«

Offenbar hatte der Anrufer kein Wort verstanden. Aber Dupin musste den Empfang nutzen, wie schlecht auch immer er war. Solange es ihn überhaupt gab. Es war tatsächlich ein einzelner kleiner Empfangsbalken zu sehen. Hastig drückte er die rote Taste und dann umgehend auf Wahlwiederholung, auf Nolwenns Handynummer. Es klingelte. Dupin konnte es deutlich hören. Einmal. Dann brach die Verbindung ab. Er versuchte es wieder. Vergeblich. Er starrte fassungslos auf das Display: Der einsame kleine Balken war verschwunden.

Im nächsten Augenblick war zu hören, wie der Wagen, dessen Motor die ganze Zeit gelaufen war, anfuhr und sich mit Tempo entfernte.

Dupin legte das Handy zurück auf den Boden. Er musste das Display im Auge behalten. Aber nichts tat sich.

Der Wagen war nicht mehr zu hören. Er hatte die Saline verlassen. War es nur ein Angreifer gewesen oder zwei oder sogar mehr? Wenn es mehr als einer gewesen war, war dann einer zurückgeblieben? Der nur darauf wartete, dass Dupin den Schuppen verlassen würde? Stellten sie ihm eine Falle?

Es wäre zu riskant, jetzt zu versuchen, den Verschlag zu verlassen. Er würde weiterhin warten müssen. Weiter in diesem stickigen Schuppen ausharren müssen, ohne irgendetwas tun zu können. Noch war die Situation nicht ausgestanden.

Es war kurz nach zehn. Nichts, nichts war passiert in dieser unendlich langen halben Stunde. Dupin hatte schlimmer und schlimmer schwitzend in dieser unmöglichen Körperhaltung verharrt, alle zwei, drei Minuten den linken und rechten Arm wechselnd, um die Türklinke zu blockieren. Bald hatte alles wehgetan, dann hatte er in der Hand, im Arm und im Bein allmählich gar kein Gefühl mehr gehabt, irgendwann hatte er seinen ganzen Körper nicht mehr gespürt. Nur ab und zu an der linken Schulter einen punktuellen, stechenden Schmerz. Er schätzte die Temperatur im Inneren des Verschlages auf über dreißig Grad, der Sauerstoff schien restlos verbraucht.

Er musste aus dem Schuppen raus. Nicht ein einziger Balken war mehr auf dem Display seines Handys zu sehen gewesen. Er musste es riskieren. Er hatte einen Plan.

Behutsam versuchte er den Türgriff nach unten zu drücken. Vergeblich. Es ging nicht. Keinen Millimeter. Sein Angreifer hatte den Türgriff blockiert. Das also waren die komischen Geräusche gewesen, als sich jemand an der Tür zu schaffen gemacht hatte. Von außen war etwas unter den Griff geklemmt. Dupin rüttelte, so heftig er konnte, an der Klinke. Nichts bewegte sich.

Er saß fest. Und sein Angreifer war vermutlich über alle Berge.

Dupin sank in sich zusammen. Er robbte ein wenig nach rechts und streckte sich auf dem Boden des Verschlages aus. Deprimiert über die Situation, aber auch, das spürte er jetzt, erleichtert, dass die unmittelbare Bedrohung vorüber zu sein schien.

Er hatte vielleicht eine Minute gelegen, dabei die eingeschlafenen Arme und Beine wieder zu beleben versucht und darüber nachgedacht, was er nun tun sollte, als er ein Knacken hörte. Einigermaßen laut. Eindeutig. Er war sich sicher, dass das kein Tier gewesen war.

Da draußen war jemand. Blitzschnell bewegte Dupin sich in die alte Haltung zurück, die Tür sichernd. Er hörte leises Gemurmel. Er presste sein Ohr an das Blech. Mit äußerster Anstrengung versuchte er zu lauschen, was draußen vor sich ging.

Ein, zwei Minuten blieb alles ruhig. Dann auf einmal – Dupin zuckte zusammen – hallte es sehr laut durch die Nacht:

»Hier spricht die Polizei. Wir haben das Gelände umstellt. Wir fordern Sie auf, sich auf der Stelle zu ergeben. Wir werden nicht zögern, von unseren Schusswaffen Gebrauch zu machen.«

Dupin sprang auf. Und wäre dabei fast gestolpert.

»Ich bin hier. In diesem Schuppen.«

Er hatte geschrien und danach ein paarmal gegen die Tür gehauen.

»Commissaire Georges Dupin – Commissariat de Police Concarneau. Ich bin in diesem Schuppen. Allein. Es besteht keine Bedrohungssituation mehr.«

Dupin wollte gerade noch einmal rufen, als er innehielt. Und wenn das eine Finte war? Wer sollte überhaupt die Polizei verständigt haben? Ein Megafon bewies noch gar nichts. Warum hatte ihm niemand geantwortet? Andererseits mussten – wäre es wirklich die Polizei – die Kollegen erst einmal die Situation sondieren. Sie mussten sichergehen, dass wirklich keine Gefahr bestand.

Im nächsten Moment gab es einen gewaltigen Ruck am Türgriff.

»Wir haben die Blockierung der Tür gelöst. Kommen Sie mit erhobenen und vollständig geöffneten Händen heraus. Ich will die Handflächen sehen. Und schön langsam.«

Die blecherne Stimme war während der Bewegung an der Tür aus einiger Entfernung gekommen, es mussten also mindestens zwei Personen sein.

Dupin überlegte kurz, dann rief er: »Identifizieren Sie sich. Ich muss sicher sein, dass Sie zur Polizei gehören.«

Die Antwort kam unverzüglich.

»Gar nichts werde ich tun. Sie kommen jetzt raus.«

Diese Reaktion war wahrscheinlich der beste Beweis.

»Gut, ich komme.«

»Wie gesagt: erhobene Hände und ganz, ganz langsam.«

»Ich bin Commissaire Georges Dupin, Commissariat Concarneau.«

»Los jetzt.«

Der Ton war eisern.

Dupin öffnete die Tür. Ein greller, scharf umrandeter Lichtkegel fiel in den Verschlag, sicher eine dieser neuen Power-LED-Lampen. Er blieb kurz stehen, um sicher zu sein, dass er wieder einen festen Stand hatte. Im nächsten Moment trat er ohne Umstände aus dem Schuppen, die rechte Hand vor den Augen, mit der linken das Handy haltend.

»Ich brauche ein funktionierendes Telefon. Ich muss auf der Stelle telefonieren.«

Er musste Lilou Breval sprechen. Umgehend.

»Ich hatte gesagt: mit erhobenen Händen. Ich ...«, die Stimme brach ab. Im nächsten Moment näherte sich von rechts eine Person.

»Was haben Sie hier zu suchen? Was zum Teufel soll das?«, es war eine weibliche, etwas raue Stimme. Angriffslustig, aber dennoch vollkommen beherrscht, nicht einmal sehr laut: »Was ist hier geschehen?«.

Jemand verstellte die Lichtstreuung der Taschenlampe von fokussiert auf diffus, und Dupin konnte seine Hand von den Augen nehmen.

Vor ihm stand eine gut aussehende Frau, ungefähr eins fünfundsiebzig groß, mit schulterlangen, dunklen, gewellten Haaren, in einem hellgrauen Hosenanzug, einer dunklen Bluse, eleganten schwarzen Stiefeletten mit nicht unerheblichen Absätzen. In der rechten Hand eine halb gezogene Sig Sauer.

»Commissaire Sylvaine Rose. Commissariat de Police Guérande«, eine kleine Pause, dann, jede Silbe betont: »Département Loire-Atlantique.«

»Ich muss telefonieren. Haben Sie ein Satellitentelefon?«

»Anders als das Commissariat Concarneau führen wir bei unseren Einsätzen die erforderliche Ausrüstung mit uns. – Was haben Sie hier zu suchen? Was war das für eine unprofessionelle Aktion?«

Im letzten Moment, bevor ihm ein paar unwirsche Worte herausgerutscht wären, riss Dupin sich zusammen.

»Ich – wer hat Sie informiert, dass ich«, er setzte kurz ab, »dass ich mich hier befinde?«

»Sie verdanken Ihre Rettung einem Kellner aus Paris. Der Sie angerufen hatte wegen Ihrer Reservierung morgen Abend. Er hat Sie zwar nicht verstehen können, glaubte aber, das Wort ›beschossen‹ gehört zu haben, und hat *vorsichtshalber* bei der Polizei im Sechsten angerufen. Und die haben sich *vorsichtshalber* bei uns gemeldet. Man hat sich offenbar noch an Sie erinnert, Ihr Abgang muss spektakulär gewesen zu sein. Und wir sind dann auch *vorsichtshalber* einmal vorbeigekommen«, jäh wechselte sie den Tonfall: »Was machen Sie in den Salinen? Wie sind Sie in diesen Verschlag geraten? Worum geht es hier? Sie werden mir jetzt alles haarklein erzählen. Davor werden Sie kein Telefonat führen. Gar nichts werden Sie davor tun.«

Dupin wäre beeindruckt gewesen, wenn in ihm nicht während der letzten Stunde ein enormer Zorn aufgekommen wäre, der schon eben alle anderen Gefühle, sogar das der Ohnmacht, überlagert hatte, auch die Schmerzen in Armen und Beinen und der Schulter. Er war wütend – auf seinen Peiniger, auf die ganze Situation, vor allem aber: auf sich selbst. Er wusste, dass er ein bemerkenswerter Idiot gewesen war. Er wollte wissen, wer auf ihn geschossen hatte! Was es mit alldem auf sich hatte! Er hatte dieselben Fragen wie die Kommissarin. Aber bis auf einen Bericht zum Geschehen würde er keinerlei Antworten geben können. Er musste umgehend in Erfahrung bringen, was Lilou Breval wusste – was sie ihm gestern verschwiegen hatte.

»Geben Sie mir das Satellitentelefon«, presste er hervor.

»Ich werde gar nichts tun, bevor Sie mir nicht alles erzählt haben.«

Ruhiger hätte man diesen Satz nicht aussprechen können.

»Ich«, Dupin brach ab. Er verstand seine Kollegin – er würde sich nicht anders verhalten –, aber er hatte keine Zeit für all das.

»Was wollen Sie tun, mich hier festhalten?«

»Das kann ich leider nicht. Aber ich werde Sie jetzt auf der Stelle ins Krankenhaus nach Guérande-Stadt fahren. Und keinen Millimeter von Ihrer Seite weichen, bis ich alles weiß. Ich habe etwas gegen Schießereien in meinem Gebiet. Wir haben eine große Anzahl von Hülsen gesehen, das muss eine hübsche Aktion gewesen sein. Die Spurensicherung wird sich alles ansehen. – Ich hoffe, Sie entschließen sich nicht, meine Ermittlungen zu verzögern. Die Dienstaufsicht wird Sie ohnehin schon lieben.«

Mittlerweile waren ein Dutzend Polizisten zu sehen, alle mit schweren Taschenlampen bewaffnet. Es war längst stockdunkel. Zwei Polizeiwagen kamen dicht hintereinander den Weg entlanggefahren und hatten den Schuppen fast erreicht. Ihre aufgeblendeten Fernlichter erhellten die Szene grell.

Dupin dachte nach. Vielleicht sollte er kooperieren. Das hier war nicht sein Terrain. Niemand hörte auf ihn. Er allein konnte hier gar nichts ausrichten, er war erst einmal auf die Kommissarin angewiesen. So schwer es ihm auch fiel.

»Es ging um verdächtige Fässer, hier in der Saline. Ich bin dem Hinweis einer Journalistin gefolgt. Lilou Breval vom *Ouest-France*. Als ich ankam, hat jemand das Feuer eröffnet. Ich habe niemanden erkennen können, ich weiß nicht, wie viele Personen es waren, ob es mehr als eine war. Ich konnte mich in diesen Verschlag retten. Der oder die Angreifer haben den Tatort wahrscheinlich gegen einundzwanzig Uhr fünfunddreißig verlassen.«

»Was für Fässer?«

»Ich weiß es nicht. Blaue Plastikfässer. Deswegen muss ich sofort mit dieser Jounalistin sprechen, sie allein kann uns …«

»Sie wissen es nicht? Sie haben sich grob fahrlässig in diese Situation gebracht, weil Ihnen jemand gesagt hat, Sie sollen sich einmal ein paar Fässer ansehen? Ohne im Geringsten zu wissen, worum es gehen könnte? In einem Département, in dem Sie nichts verloren haben?«

»Ich muss telefonieren.«

»Sie müssen ins Krankenhaus.«

»Was soll das mit dem Krankenhaus?«, Dupins Wut kam zurück.

Commissaire Rose blickte ihn einen Augenblick unschlüssig an, dann drehte sie sich zur Seite und rief in die Richtung einer Polizistin, die sich gerade an dem Verschlag zu schaffen machte: »Chadron. Für die Fahndung: eine Person. Vielleicht mehrere. Keinerlei Hinweis auf ihre Identität. Wir kennen auch ihren Wagen nicht. Das Einzige, was wir wissen: Aus der Saline ist gegen einundzwanzig Uhr fünfundreißig ein Wagen weggefahren, Richtung und Ziel unbekannt. – Eigentlich sinnlos, aber setzen Sie die Meldung trotzdem ab.«

Die angesprochene Polizistin zückte das Funkgerät. Die Kommissarin wandte sich wieder Dupin zu. Eindeutig genervt.

»Fahren wir. Ich meinerseits unterlaufe nur ungern wichtige Dienstvorschriften. Sie sind angeschossen worden, und ich sorge dafür, dass Sie zu einem Arzt kommen. – Sorgfaltspflicht.«

»Angeschossen?«

»Sie bluten an der linken Schulter.«

Dupin fasste sich an die linke Seite und drehte den Kopf. Das Polohemd war nass von Schweiß und Salinenwasser. Es war in dem Scheinwerferlicht nicht leicht auszumachen, aber wenn man genau hinsah, konnte man es trotzdem erkennen: Auf der linken Seite war es noch dunkler eingefärbt als rechts. Und er hatte manchmal – nur manchmal, das Adrenalin hatte ihn aufs Äußerste aufgeputscht – diesen spitzen Schmerz verspürt, auch wenn er nicht weiter darüber nachgedacht und ihn auf die verkrampfte Haltung zurückgeführt hatte. Er konnte erkennen, dass das Polohemd zwischen Oberarm und Schulter kaputt war. Er fasste dorthin. Der Schmerz trat mit einem Mal deutlich hervor. Stechend.

»Absurd«, es kam aus tiefster Seele.

Die Kommissarin lächelte ihn für einen Moment an, Dupin hätte nicht zu sagen gewusst, mit welcher Botschaft. Sie sprach sehr leise, ruhig und blickte ihm dabei direkt in die Augen.

»Sie sind hier in meiner Welt, Monsieur le Commissaire. Und hier sind Sie entweder einer, der mir das Leben leichter macht – oder einer, der es mir schwerer macht. Und ich versichere Ihnen, Sie möchten nicht einer sein, der es mir schwerer macht.«

Sie fuhr in normaler Lautstärke fort:

»Kommen Sie.«

Dupin wollte protestieren.

Commissaire Rose schaute zum Himmel, murmelte »müsste gehen« und wandte sich an die Kollegin von eben:

»Ich brauche ein Satellitentelefon. Sie übernehmen hier, wenn ich weg bin. Ich begleite Kommissar Dupin ins Krankenhaus. Melden Sie sich bei jeder Neuigkeit. Egal was es ist. Ich will alles wissen. Alles.«

Dupin rieb sich die rechte Schläfe – die letzten Sätze hatten befremdlich nach ihm selbst geklungen.

Die Kommissarin schritt auf den hinteren Wagen zu.

»Wir fahren.«

Sie hatte die linke Hand in die Tasche ihres Jacketts geschoben, nur der Daumen schaute hervor.

Inspektorin Chadron kam mit einem Telefon, das mit seiner massiv verkleideten Antenne aussah wie ein Handy vor fünfzehn Jahren, und hielt es Dupin hin.

»Sie sprechen unterwegs mit Ihrer Journalistin und dann erzählen Sie mir noch einmal alles im Detail«, instruierte ihn Commissaire Rose.

Dupin stieg zu ihr in den Wagen. Die Salinen unter dem klaren schwarzblauen Himmel; die Salzberge, die von den Scheinwerfern der Polizeiautos angestrahlt wurden; die zuckenden Lichtkegel der umherlaufenden Polizisten – all das gab ein surreales Bild ab.

Es war viel passiert, seit er hier angekommen war. Und aus der Seezunge war nichts geworden.

»Ich brauche einen *café*. Einen doppelten. Und ein Telefon. Und Sie müssen meinen Inspektor zu mir lassen.«

»97 zu 62. Ihr Blutdruck ist immer noch sehr niedrig. Ihr Puls dabei fortwährend um die 140. Symptome eines Schockzustandes. Und Folgen des Blutverlustes. Kein lebensbedrohlicher Zustand, dennoch müssen ...«

»Ich habe keinen Schock. Ich habe grundsätzlich niedrigen Blutdruck. Von meinem Vater geerbt. Ich brauche Koffein, dann ist alles gut. Ist die Wunde so verbunden, dass ich mich frei bewegen kann?«

»Sie sollten sich erst einmal gar nicht bewegen.«

Der junge, demonstrativ wenig einfühlsame Arzt, mit dem Dupin gerade ein zweites Mal sprach, hatte ihn untersucht, als sie angekommen waren – nach über zwanzig Minuten nervender Wartezeit in der Ambulanz. Commissaire Rose war zum Telefonieren draußen geblieben. Irgendwann war eine, schien es Dupin, noch jüngere, nicht minder gleichgültig wirkende Ärztin hinzugekommen, hatte sich die allernötigsten Informationen geben lassen und ihn in ein kleines Zimmer ein paar Gänge weiter gebracht. Es war ein Streifschuss, er hatte oberflächlich die Muskelfasern erwischt, an sich harmlos, aber er hatte tatsächlich stark geblutet. Die Ärztin hatte ihn lokal betäubt – eine Beruhigungsspritze hatte er heftig abgelehnt –, die Wunde gründlich desinfiziert, mit fünf Stichen genäht und verbunden.

Es war jetzt Mitternacht. Schon auf der Fahrt in die Klinik

hatte Dupin mit dem Satellitentelefon versucht, Lilou Breval zu erreichen, immer war er nur an den Anrufbeantworter geraten, bei ihrer Festnetznummer und auch auf ihrem Handy. Er hasste Satellitentelefone, die ausgefahrene Antenne hatte exakt nach oben zu zeigen – sodass er zu Beginn der Fahrt in unnatürlicher Verkrampfung hatte sitzen müssen, und dies bei einer imposant rasanten Fahrweise der Kommissarin, die extra betont hatte, mit Rücksicht auf die Verletzung vorsichtig zu fahren. Zudem musste man x Vorwahlen wählen (er vergaß immer, welche, abgesehen davon, dass der Himmel nicht bewölkt sein durfte). Zwischen den wiederholten Flüchen über Satellitentelefone und Anrufbeantworter hatte er Commissaire Rose schließlich alles erzählt, was er wusste. Was hieß: eigentlich gar nichts. Sie hatte keinen Hehl daraus gemacht, Dupin weiterhin nicht über den Weg zu trauen. Und schien immer noch davon auszugehen, dass er Informationen zurückhielt. Seine ganze Geschichte klang ja auch, gelinde gesagt, nicht sehr plausibel.

Inspektor Riwal, einer seiner beiden Inspektoren, war sofort in Concarneau aufgebrochen, als ihn die Nachricht von den Ereignissen erreicht hatte. Dupin mochte ihn sehr, auch wenn er ab und an skurrile Anwandlungen hatte. Riwal hatte dem Kommissar sein Eintreffen über einen diensteifrigen Pfleger mitteilen lassen. Der Arzt hatte diesen unter dem Hinweis auf »klare und strikte Vorschriften« barsch angewiesen, den Inspektor keinesfalls zu dem »Verletzten« vorzulassen, schon gar nicht während der »Anamnese«.

»Sie sollten nach dem Schock und Blutverlust viel Flüssigkeit zu sich nehmen. Am besten Wasser oder Kräutertee. Keinen Kaffee oder Alkohol.«

Dupins Gefühle schwankten zwischen Verzweiflung und Tobsuchtsanfall.

»Ich sage Ihnen doch, es ist alles in Ordnung. Lassen Sie den Inspektor zu mir. Es geht um wichtige polizeiliche Ermittlungen. Ich …«

Im Flur vor dem Behandlungszimmer war eine rabiate Stimme zu hören.

»Das reicht! Er ist mein einziger Zeuge. Er ist behandelt worden, nicht lebensgefährlich verletzt, bei Bewusstsein. Ich werde jetzt zu ihm gehen.«

Die Tür flog auf, Commissaire Rose trat ein, hinter ihr ein resigniert dreinblickender Krankenpfleger. Die Kommissarin blieb in der Mitte des Raumes stehen.

»Wir haben den gesamten Abschnitt der Saline durchsucht. Und keine Fässer gefunden. Keine blauen, keine gelben, keine roten. Kein einziges. Nicht draußen, nicht in dem Schuppen, nicht in den Verschlägen. Wir haben überhaupt nichts Verdächtiges gefunden. – Die Spurensicherung sucht nach Abdrücken, die größere Fässer hinterlassen haben könnten. Nach Schuhabdrücken, Reifenspuren etc. – Ich habe es auch weiter bei Ihrer Journalistin versucht, sie aber nicht erreicht. Vermutlich liegt sie einfach längst im Bett.«

Dupin wollte protestieren. Er musste unbedingt selbst mit Lilou reden. Sie mussten sie so schnell wie möglich erreichen. Commissaire Rose kam ihm zuvor, sie sprach, als wäre er nicht im Raum:

»Wir haben verdammt noch mal nicht den blassesten Schimmer, worum es hier geht. Wie leichtsinnig selbst verschuldet auch immer – um ein Haar wurde ein Polizeibeamter erschossen. Mitten in unseren Salzgärten.« Plötzlich sah sie ihn scharf an. »Sie müssen doch irgendetwas wissen oder geargwöhnt haben! Sie fahren nicht einfach los und riskieren ernste Dienstaufsichtsverfahren, weil eine Freundin irgendwo irgendetwas als verdächtig empfindet. Das kaufe ich Ihnen nicht ab!«

Man konnte nicht sagen, dass Commissaire Rose aufgebracht gesprochen hätte. Aber schnell und sehr bestimmt.

»Es muss um eine größere Sache gehen«, der Satz war keine richtige Antwort gewesen, Dupin hatte ihn grüblerisch vor sich hin gesprochen.

»Was immer es ist. Ich werde es nicht zulassen. Nicht auf meinem Terrain. – Es hätte auch einen Unschuldigen erwischen können.«

Dupin wollte nun doch etwas entgegnen – scharf entgegnen –, aber im letzten Augenblick ließ er es. Und war froh darüber. Eigentlich verstand er die Kommissarin. Zu gut.

Zudem fühlte er sich jetzt doch ein wenig unbehaglich, mit nacktem Oberkörper, verdreckt und verklebt auf einer Krankenhausliege sitzend, mit einem Verband um die linke Schulter, die Manschette des Blutdruckmessgerätes noch am Oberarm.

»Wissen wir schon, wem die Saline gehört?«

Dupin hatte sich um einen kooperativen Klang bemüht, der ein wenig Wirkung zu zeigen schien.

»Natürlich wissen wir längst, wem die Saline gehört, in der sich Ihr aufregendes Abenteuer abgespielt hat. Meine Kollegen versuchen, den Besitzer zu erreichen. Und mit dem Chef einer der Kooperativen in den Salzgärten zu sprechen – die Salinen direkt nebenan gehören ihm. Ebenso mit der Leiterin des *Centre du Sel*. Sie kennt jeden Paludier. Und jedes Becken.«

Was Dupin eben schon aufgefallen war und was eigentlich nicht das Geringste zur Sache tat: Das Haar der Kommissarin war ständig in Bewegung, selbst wenn sie regungslos dastand. Und auch wenn es im Augenblick schwer war, es sich vorzustellen, verrieten ausgeprägte Lachfältchen, dass sie richtig lachen konnte – und es, theoretisch, häufig tun musste.

»Sie haben die Kommissarin zu ihm gelassen, ich werde nun ebenfalls hineingehen.«

Wieder war vom Gang her ein Tumult zu hören. Dupin erkannte Riwals Stimme. Er hatte sehr energisch geklungen.

»Ich habe niemanden zu dem Patienten gelassen, die Dame ist vorhin einfach reingestürmt«, wimmerte eine entmutigte Stimme. Im nächsten Moment stand auch Riwal im Zimmer. In der rechten Hand einen Plastikbecher.

»Chef, ich habe Ihnen einen *café* mitgebracht. Doppelter

Espresso. So stand es zumindest auf der Taste. Im Aufenthalts-
raum ist ein Automat.«

Dupin hätte seinen Inspektor umarmen können, was er natürlich nie wirklich getan hätte. So froh war er, ihn zu sehen.
Und den Kaffeebecher. Das war ein Lichtblick.

»Gut gemacht, Riwal.«

Riwal kam auf ihn zu und überreichte Dupin den Becher mit
einer fast zeremoniellen Geste.

Commissaire Rose bedachte Riwal mit einer Kopfbewegung,
minimal, aber freundlich-kollegial.

»Inspektor Riwal, Commissariat de Police Concarneau. –
Eine beunruhigende Sache.«

Riwal hatte ungewohnt cool gesprochen. Das musste die
Wirkung der Kommissarin sein.

»Allerdings. Sie können auch kein Licht in das Dunkel bringen, nehme ich an?«

»Nein. Wir haben lediglich die Information erhalten, dass
unser Commissaire in eine Schießerei verwickelt war und angeschossen wurde.«

Dupin nahm einen Schluck des lauwarmen Kaffees, der
schrecklich schmeckte. Und auch noch nach Plastik. Egal. Er
fühlte sich augenblicklich besser. Seit sie in der Klinik angekommen waren, hatte er deutlich die Strapazen der letzten
Stunden gespürt. Eine bleierne Erschöpfung, die tief in den
Knochen steckte. Auch wenn er heftig dagegen ankämpfte, er
fühlte sich angeschlagen – was er nie zugeben würde. Er hatte
schon Schießereien erlebt, ja, in Paris, auch eine viel wildere
noch – unter einer der Brücken, stadtauswärts, Autodiebstähle
im großen Stil –, und er war auch schon einmal angeschossen
worden, bei einer Festnahme am Gare du Nord, schlimmer als
heute, am Unteram, aber es war trotzdem hart.

»Kennen Sie die Privatadresse von Madame Breval, wissen
Sie, wo sie wohnt?«, Commissaire Rose hatte die rechte Hand
in die Hüfte gestützt, die linke wieder in der Jacketttasche.

»Ja, ich weiß, wo Lilou Breval wohnt. Am Golf. Bei Sarzeau.«
Er hatte sie dort einmal besucht, als es um den Fall des ermordeten Hoteliers ging.

Dupin trank den letzten Schluck Kaffee, streifte die Manschette des Blutdruckmessgerätes ab und stand auf. Im ersten Moment war ihm schwindelig, die Welt schwankte. Trotz des *cafés*. Er nahm das klinikweiße Arzt-T-Shirt, das der Pfleger ihm hingelegt hatte. Die Schulter beeinträchtigte erheblich das Anziehen, zudem schien die Betäubung nachzulassen. Das T-Shirt war mindestens zwei Nummern zu groß, Dupin war sich bewusst, dass es lächerlich aussehen musste. Auch seine Jeans machte einen fürchterlichen Eindruck, voller Schmutz und Blutflecken, aber auch das war egal.

»Ungefähr eine Stunde von hier. Fahren wir. – Jetzt, wo Sie etwas anhaben«, Commissaire Rose konnte sich ein Grinsen nicht verkneifen.

»Riwal. Können Sie mir etwas Essbares aus dem Automaten holen? Irgendwas, Kekse, einen Schokoriegel, egal.«

»Gut, Chef.«

Dupin hatte seit heute Mittag nichts mehr gegessen. Er war völlig unterzuckert.

»Und noch einen *café*. Wir treffen uns am Wagen der Kommissarin.«

Riwal war mit Dupins letzten Worten schon aus der Tür.

»Wissen Sie, wo Lilou Breval arbeitet? In welcher Redaktion?«, wie schon zuvor lag in Commissaire Roses Fragen und Sätzen etwas Treibendes.

»Sie gehört offiziell zur Redaktion in Vannes. Aber sie arbeitet größtenteils von zu Hause, denke ich.«

Der *Ouest-France* war die größte Tageszeitung Frankreichs – und zusammen mit *Le Télégramme*, sowie *Le Monde*, Dupins streng ritualisierte tägliche Lektüre. Eigentlich war *Ouest-France* die atlantische Zeitung schlechthin: Sie erschien von La Rochelle die Küste hinauf, in der gesamten Bretagne, dem Pays de la Loire und auch noch in der Normandie und verfügte über lokale Redaktionen in jeder größeren Stadt.

»Vielleicht weiß ein Kollege, an welcher Sache Ihre Freundin da dran ist.«

Commissaire Rose hatte »Freundin« forciert vielsagend betont.

»Das halte ich für unwahrscheinlich.«

Lilou war nicht der Typ, der im Team recherchierte.

»Sie müssen mir unterschreiben, dass Sie das Krankenhaus auf eigene Gefahr verlassen«, der desinteressierte Arzt hatte sich die letzten Minuten im Hintergrund gehalten und irgendwelche Formulare ausgefüllt, »zur Standardbehandlung gehören Schmerzmittel und zur Prophylaxe Antibiotika«, er hielt Dupin zwei Packungen hin, »die Schmerzmittel benebeln Sie vielleicht ein bisschen. Auch deswegen keinen Alkohol.«

Dupin nahm die beiden Schachteln, steckte sie in die Jeans und war im nächsten Augenblick aus dem Raum. Commissaire Rose tat es ihm nach.

Auf dem langen Flur hatte sie Dupin im Nu überholt und steuerte zielsicher auf den Ausgang zu. Sie hatte direkt vor der Notfallambulanz geparkt.

Dupin blieb kurz stehen und atmete in der sanften Sommernacht ein paarmal tief ein und aus. Das Krankenhaus lag auf einer kleinen Anhöhe direkt vor der Stadt, man hatte einen perfekten Blick auf das mittelalterliche stimmungsvolle Guérande – drastischer konnte der Kontrast zum sterilen grellen Licht und der funktionellen Neubau-Architektur der Klinik nicht sein. Dupin fühlte sich an die Ville close in Concarneau erinnert, es hatte etwas Tröstliches, wie die gewaltigen Stadtmauern und Türme in warmem Licht erstrahlten.

Commissaire Rose war schon bei ihrem Wagen. Ein großer, neuer Renault Laguna. Dunkelblau. Dupin ging zur Beifahrertür.

»Das war das einzig Akzeptable im Automaten.«

Riwal war wie aus dem Nichts neben dem Wagen der Kommissarin aufgetaucht und hielt Dupin ein Päckchen *Bonbons caramel à la fleur de Sel* und einen weiteren Plastikbecher entgegen.

Dupin nahm beides dankbar entgegen. Salzkaramellbonbons waren nicht das, was er in einem Krankenhaus erwartet hätte, aber die regionale Identifikation mit dem Salzland war offenbar groß. Zudem liebte er zugegebenermaßen diese Karamellbonbons, das Herbsüße mit den Salzstückchen.

»Keine Seezunge, aber immerhin.«

Riwal blickte Dupin mit gerunzelter Stirn an, er wirkte fast besorgt. Commissaire Rose saß bereits auf dem Fahrersitz und beobachtete sie ungeduldig. Die Luft tat Dupin gut, auch die Aussicht auf das weitere Koffein.

»Riwal, Sie versuchen es in Vannes bei der Redaktion. Sicherheitshalber bei Kolleginnen und Kollegen. Sie werden auch jetzt noch Mitarbeiter der Zeitung erreichen«, auch das Auftrag-Erteilen half, merkte Dupin, es fühlte sich alles schon wieder etwas normaler an. »Lassen Sie sich die Namen und Nummern der Kollegen geben, mit denen Lilou Breval arbeitet. Auch vom Leiter der Redaktion. Rufen Sie alle umgehend an. – Und kontaktieren Sie Kadeg, er soll morgen früh kommen und«, Dupin überlegte kurz, »davor im Büro vorbeifahren. Neben meinem Schreibtisch steht eine große blaue Tüte. Die soll er unbedingt mitbringen.«

Riwal kannte den Kommissar zu gut, um bei solchen Instruktionen Fragen zu stellen. Während Dupin in tatkräftiger Manier seine Aufträge formuliert hatte, war er – aufgrund der lädierten Schulter und des *cafés* in der Hand – etwas umständlich in den Wagen geklettert.

Als er saß, lehnte sich Commissaire Rose weit zu ihm herüber, so weit es ging:

»Wir werden jetzt, so rasch es irgendwie geht, das Gespräch mit der Journalistin führen. Da werden Sie dabei sein – und danach – danach sind Sie raus. Hören Sie mich? Danach sind Sie ein Zeuge in *meinem* Fall. Genau das und nicht mehr. Ich allein ermittle. Ich meine das selbstverständlich freundlich und kollegial.«

Sie hatte mit souveräner Ironie gesprochen, süßlich, aber nicht sarkastisch. Es machte Dupin rasend. Aber objektiv gesehen hatte sie auch in diesem Punkt alles auf ihrer Seite, die Polizeibestimmungen und die Gesetze sowieso.

Es war das Klügste, zu schweigen.

Mit einer resoluten Bewegung startete Commissaire Rose den Motor und trat im nächsten Moment kräftig auf das Gaspedal.

Sie hatten vierzig Minuten gebraucht, mit Blaulicht und Sirene und Geschwindigkeiten jenseits sämtlicher Begrenzungen innerhalb und außerhalb geschlossener Ortschaften, auch auf den kleinsten Landstraßen. Sie hatten zu Dupins Erleichterung nicht viel gesprochen. Die Wirkung der Betäubung hatte nachgelassen, die Schmerzen an der Schulter zugenommen. Dupin hatte eine der Schmerztabletten genommen, er konnte sich keine Schwäche erlauben. Und fünf der Salzkaramells gegessen, was immerhin sehr gutgetan hatte.

Er hatte während der Fahrt viele Male versucht, Lilou Breval zu erreichen, jetzt wieder mit seinem Handy, das auf dieser Strecke endlich Empfang hatte. Vergeblich. Commissaire Rose hatte ein paarmal merkwürdig beunruhigt geguckt, viel beunruhigter als eben in den Salinen.

Lilou Breval wohnte in der Nähe von Brillac, ein paar Kilometer von Sarzeau entfernt, direkt am Golfe du Morbihan, einem der magischsten Landstriche der Bretagne – einem, fand auch Dupin, ganz ohne bretonische Übertreibung, veritablen

Wunder der Natur. *Mor bihan* bedeutete »kleines Meer« auf Bretonisch: ein Binnenmeer, lediglich durch eine schmale »Passage« mit dem »Großen Meer« – dem *Mor braz* – verbunden, durch die der Ozean täglich mit Macht ein- und ausströmte. Durchsetzt von Hunderten Inseln und Inselchen – je nach Tidenstand – in den fantasievollsten Formen, lediglich zwanzig davon bewohnt. Ein flaches Meer, ein paar Meter tief nur bei Flut. Bei Ebbe war es in großen Teilen bloß noch Zentimeter tief oder gänzlich verschwunden. Dann gab das Meer kilometerweit sandigen, schlickigen oder steinigen Meeresboden frei, mit großen und kleinen Prielen, lang gezogenen, blendend weißen Sandbänken sowie Austern- und Muschelbänken. Bei Flut sah es aus, als trieben die vielen flachen, dicht bewaldeten Inseln auf dem Meer, als hätte man sie behutsam wie Boote zu Wasser gelassen. Romantische Wäldchen mit romantischen Namen: Wald der Seufzer, der Liebenden, der Traurigkeit, der Sehnsucht. Eine anmutige Mischung aus Grün in allen Nuancierungen und dem Blau der Fluten, des Himmels in ebenso vielen Nuancierungen.

Dupins Freund Henri, auch ein »Exilpariser« – der aber immerhin eine Bretonin geheiratet hatte –, besaß ein Haus am Golfe du Morbihan, in der Nähe von Port Saint-Goustan. Dupin hatte ihn im letzten Juni dort besucht, sieben Tage war er dort gewesen, die allerersten offiziellen Ferientage seit Langem – und er hatte es geliebt. Von dort aus waren sie auch nach Le Croisic gefahren. Der Golf war eine eigene Welt. Der Atlantik verlor hier seinen Schrecken, alles Raue, Ungestüme und Gewaltige, und wurde zum beschaulichen Stillleben. Das sanfte Land, das ihn umarmte, schien ihn ruhig werden zu lassen. Dennoch war das Meer ganz da. Und bestimmte alles. Es herrschte ein besonderes Klima, »mediterran« oder »subtropisch« nannten die Bretonen es stolz. Viel Sonne, eine reiche Flora und Fauna, mild, fruchtbar. Dupin hatte besonders geliebt, dass es ein großes Reservoir für Seepferdchen war (die er verehrte, fast wie Pinguine); das Seepferdchen war auch das Wappen des Nationalparks und Bioreservates, als das der Golf seit Jahren geschützt wurde.

Eine der ersten bretonischen Lektionen, die Nolwenn Dupin beigebracht hatte, lautete: »*Die* Bretagne gibt es nicht! Es gibt viele Bretagnen.« So divers waren die bretonischen Landschaften, so groß die Unterschiede, Kontraste, Eigenheiten, die Widersprüche. Und es stimmte, hatte Dupin gelernt. In diesem Satz lag vielleicht überhaupt das letzte und größte Geheimnis der Bretagne. Und der Golf, das war für ihn die Bretagne der Sommersonne, der Nonchalance, der prächtigen Regatten, des angenehmen Badens, des Müßigganges, den sogar das Meer übte. Ein »Königreich des Müßiggangs« nannte man den Golf liebevoll.

Dupin hatte während der Fahrt aber auch an die melancholische Legende über die Geburt des Golfs denken müssen, die Henri ihm erzählt hatte. Einst hatte hier der heilige Wald von Rhuys gestanden – wie die ganze Bretagne von heiligen Wäldern durchzogen war –, die Heimat eines der wundersamsten Feenvölker, von denen bis heute Dutzende Namen und Geschichten überliefert waren. In ruchloser Weise begann der Mensch, den magischen Wald abzuholzen, das einzigartige Zauberreich zu zerstören. Und vertrieb so die Feen. Fliegend suchten sie das Weite. Sie weinten bitterlich. Die Tränen fielen hinab, unendlich viele, und überschwemmten alles. In ihrer tiefen Trauer warfen die Feen auch ihre Haarkränze weg, und aus jenen, mit goldenem Staub übersät, wurden die wunderschönen Inseln. So viele, dass es für jeden Tag des Jahres eine gab. Der Golf, er war ein Meer aus Tränen.

Lilou Brevals Haus – ein auffällig schmales, altes, hübsch hergerichtetes Steinhaus – war dunkel. Nirgendwo ein Licht zu sehen. Es lag einsam auf einem kleinen Vorsprung, der »Pointe de l'Ours«, dem »Bärenfelsen«. Der sandige Weg endete hier, und zehn Meter weiter, am Rande des Gartens, begann es: das »kleine Meer«. So nah. Lilou Breval lebte allein, zumindest hatte es so gewirkt. Sie war, wusste Dupin von Nolwenn, einmal verheiratet gewesen, aber seit Jahren geschieden. Dupin hatte nie von einem neuen Mann gehört. Aber das hieß ja nichts.

Commissaire Rose hielt direkt vor dem Haus. Dupin hatte sich abgeschnallt und die Autotür geöffnet, noch bevor die Kommissarin den Motor abgestellt hatte. Trotz seiner lädierten Schulter – aber unter stechenden Schmerzen – schälte er sich mit einer geschickten Bewegung aus dem Renault.

Das Erste, wonach er Ausschau hielt, war ein Wagen. Es war keiner zu sehen. Sie waren höchstwahrscheinlich umsonst gekommen, Lilou schien nicht da zu sein.

»Wir klingeln trotzdem. – Und: Nehmen Sie.«

Commissaire Rose stand direkt hinter ihm, er hatte sie gar nicht bemerkt. Er drehte sich um. Sie hielt ihm ein Magazin für die Sig Sauer hin.

»Nur für den Notfall.«

Dupin zögerte kurz. Dann griff er nach seiner Waffe, nahm das Magazin, wechselte es mit einem geübten Handgriff und steckte die Waffe zurück.

Er öffnete das nur angelehnte Holztor, trat in den Garten und näherte sich der Eingangstür.

Hier hatten Lilou Breval und er gesessen, als er sie besucht hatte. Lange, bis tief in die Nacht. Der Garten war ein Paradies, bei Flut grenzte er direkt ans Wasser, ein wirklich wilder Garten mit wüst durcheinanderwachsenden Bäumen, Sträuchern, Farnen. Magnolien, Kamelien, Rhododendren, Lorbeer, Sanddorn, besonders beeindruckt war Dupin von einem Zitronenbaum und einem großen Orangenbaum gewesen. Ein verwunschener Garten. Nicht von dieser Welt.

Dupin klingelte.

»Es scheint wirklich niemand da zu sein.«

Commissaire Rose stand direkt hinter ihm.

Dupin klingelte noch einmal. Die Klingel schrillte durch die Nacht.

Nichts. Dupin löste sich und begann, um das Haus herumzugehen.

»Hallo? Lilou? – Hier Georges Dupin.«

Er hatte sehr laut gerufen. Und rief noch einmal.

»Sie ist nicht da«, sagte Commissaire Rose bestimmt.

Auch sie war um die Ecke des Hauses gekommen, Dupin konnte sie genau sehen. Der Mond war mittlerweile aufgegangen, vor drei Tagen war Vollmond gewesen, er nahm schon wieder ab, war aber immer noch hell genug.

»Wir sollten …«

Dupins Handy klingelte. Sofort hatte er es aus seiner rechten Hosentasche gefischt. Vielleicht war es Lilou. Oder Riwal mit Neuigkeiten.

Es war Claire. Er hatte schon eben im Wagen gesehen, dass sie es noch zweimal bei ihm versucht hatte, als er im Krankenhaus behandelt worden war. Zudem waren in der Zeit zwei Anrufe ohne Nummer eingegangen. Wenn Dupin nicht ranging, wurden die Anrufe auf Nolwenns Büroanschluss umgeleitet. Eigentlich musste er rangehen. Claire war sicher irritiert, dass er nicht zurückgerufen hatte. Sie wusste ja noch nicht, dass er sich inzwischen in einer Ermittlung befand. Sie würde denken, dass er vielleicht wirklich morgen nicht kommen wollte und Angst habe, es ihr zu gestehen. Aber was sollte er jetzt sagen?

»Wer ist es?«

»Privat.«

Das Klingeln erstarb.

Dupin trat ein paar Schritte beiseite. Demonstrativ. Und wählte.

»Riwal, hallo?«, er sprach mit gepresster Stimme.

»Chef?«

»Haben Sie etwas erfahren? Haben Sie jemanden erreicht?«

»Habe ich. – Haben Sie Lilou Breval sprechen können? Ist sie zu Hause?«

»Nein. – Erzählen Sie.«

»Ein Redakteur hatte noch Bereitschaftsdienst. Er persönlich konnte nicht weiterhelfen, er hat mit Lilou Breval nicht viel zu tun. Ich habe aber die Nummer von zwei Kolleginnen aus Vannes, mit denen Lilou Breval anscheinend befreundet ist und die vielleicht wissen könnten, woran sie gerade sitzt. Und die des Redaktionsleiters aus Vannes. Mit ihm habe ich gerade gesprochen. Er hält sie für verrückt.«

»Er hält sie für *verrückt?*«

»Er sagte, sie sitze sowieso die ganze Zeit an, ich zitiere, ›spinnerten Projekten‹ und jage Phantomen nach, es werde immer schlimmer, er glaubt, sie sei, ich zitiere wieder, ›paranoid‹. Er wusste aber von nichts Konkretem, auch von nichts, was mit Fässern oder den Salinen zu tun haben könnte. Aber ihn würde, sagte er, ich zitiere wieder, ›gar nichts wundern‹. Er sei erst vor einem Dreivierteljahr ihr Chef geworden und sehe sie höchstens einmal die Woche. Er habe eigentlich nie Kenntnis davon, woran sie jeweils arbeite.«

In Dupin war eine beträchtliche Wut aufgestiegen. Das war vollkommen lächerlich.

»Klingt nach einem Vollidioten. Bewundernswert, dass sie ihn einmal die Woche aushält. – Und er hat keine Ahnung, wo sie sein könnte?«

»Nein. Er hat sie seit letzter Woche nicht mehr gesehen oder gesprochen. Er wusste nur, wo sie wohnt. Aber gar nichts über ihr Privatleben.«

»Und die Kolleginnen?« Dupin war während des Gespräches ein paar Schritte im Garten umhergelaufen.

»Gingen nicht ans Telefon, es ist mitten in der Nacht. Ich habe beiden auf den Anrufbeantworter gesprochen.«

»Gut. Versuchen Sie es weiter. Wir brauchen Informationen.«

Dupin legte auf. Und wandte sich um.

»Mein Kollege ...«, er brach ab. Die Kommissarin war nicht mehr zu sehen.

»Hallo?«

Keine Antwort. Sie war wahrscheinlich schon wieder am Wagen. Sie hatte ja recht. Hier konnten sie nichts tun.

Dupin hatte gerade beschlossen, ebenfalls zum Wagen zurückzugehen, als im Haus plötzlich das Licht anging. Durch die Fenster des Erdgeschosses warf es scharf umrandete, grelle Balken in den Garten.

»Hallo? Lilou?«

Dupin eilte zurück zur Eingangstür. Sie stand sperrangelweit offen. Einen Moment später war Dupin in dem großen Raum, der fast das gesamte Erdgeschoss einnahm und Wohnzimmer, Esszimmer und Küche in einem war. Commissaire Rose stand an einem Holztisch, auf dem sich Bücher und Magazine auf imposante Weise stapelten, ausländische Zeitschriften, neueste Ausgaben vom *Time Magazine* und *New Yorker*.

Von der Bewohnerin des Hauses keine Spur.

»Verdammt, was tun Sie da?«

»Ich schaue, ob wir irgendwelche Hinweise finden, wo die Journalistin sein könnte. – Und woran sie gerade arbeitet.«

»Wie sind Sie reingekommen?«

»Die Tür war nicht abgeschlossen.«

Natürlich. Dupin kannte niemanden, der in der Bretagne, außer in den Städten und Feriensiedlungen, sein Haus abschloss.

»Das ist Hausfriedensbruch, unbefugtes Eindringen in ...«

Er beendete den Satz nicht, ihm war klar, dass es kurios war, wenn ausgerechnet er heute auf Bestimmungen und Gesetze verwies. Dennoch, das hier war wirklich Lilous Privatsphäre. Sie mussten sie dringend sprechen, ja, aber sie konnten doch nicht einfach in ihr Haus eindringen.

»Wir haben keine Wahl. Machen Sie sich denn keine Sorgen um Ihre Freundin?«

Zum ersten Mal an diesem langen Abend hatte ein Satz von Commissaire Rose keinen ironischen Unterton oder irgendeine Spitze enthalten. Sie klang sehr ernst.

»Eine Journalistin, die, wie sie sagt, an einer brisanten Story sitzt, gibt einem Polizisten einen Hinweis, der schon bei seinen ersten oberflächlichen Ermittlungen beinahe erschossen wird – und die Journalistin ist plötzlich verschwunden.«

Es klang brutal. Dupin hatte zwar selbst schon eine gewisse Unruhe verspürt, aber so hatte er es noch nicht betrachtet. Oder vielleicht nicht betrachten wollen, wenn er ehrlich war. Er merkte, dass Commissaire Roses Satz eine heftige Wirkung auf ihn hatte.

»Sie ist nicht verschwunden. Wir haben sie nur noch nicht erreicht. Sie kann überall sein, bei einer Freundin, ihrer Familie – bei einem Mann. Nur weil sie zwischen zweiundzwanzig Uhr und zwei Uhr nachts an einem Werktag nicht zu Hause und nicht zu erreichen ist, ist sie noch lange nicht verschwunden.«

Dupin hatte versucht, möglichst überzeugend zu klingen. Auch um sein eigenes Unbehagen zu übertönen. Es war ihm nicht wirklich gelungen.

»Bewerten Sie die Fakten, wie Sie es für richtig halten. Solange wir sie nicht gefunden haben, ist sie polizeilich gesehen *verschwunden* – ich kann keine andere Sichtweise verantworten. Im Interesse der Person selbst.«

Commissaire Rose war währenddessen aufmerksam durch den Raum gegangen und hatte hier und da etwas genauer betrachtet. Plötzlich wandte sie sich abrupt zur Treppe, die ins Obergeschoss führte.

»Was haben Sie vor?«

»Ich suche ihr Arbeitszimmer.«

Dupin kam ein irrwitziger Gedanke: Verdächtigte Commissaire Rose vielleicht Lilou Breval? Womöglich ging es ihr gar nicht um Lilous Verschwinden? Auch das wäre – objektiv – eine mögliche Lesart: dass man ihm aus irgendeinem Grund eine

Art Falle gestellt hatte und Lilou daran beteiligt gewesen war. So objektiv es theoretisch möglich sein konnte: Es war vollkommen abwegig.

Unentschlossen folgte Dupin der Kommissarin in die obere Etage.

Rechts der Treppe lag ein Schlafzimmer, die Tür stand offen. Ein halbwegs ordentlich gemachtes Bett mit einer großen bunten Tagesdecke, an der Wand dahinter eine schmale Tür. Aus dieser kam ihm Commissaire Rose entgegen.

»Ein kleines Badezimmer. Ihre Sachen fehlen. Zahnbürste, Schminksachen, Cremes.«

»Sehen Sie. – Sie ist für ein paar Tage verreist.«

Lilou hatte Dupin nichts davon erzählt, dass sie verreisen wollte. Es hatte, wenn er ehrlich war, auch nicht danach geklungen. Sie hatte ja gesagt, dass sie sofort vorbeikommen wolle, wenn er in den Salinen gewesen sei.

»Vielleicht hat sie einen zweiten Wohnsitz?«, entgegnete er.

»Einen zweiten Wohnsitz, ohne zweite Zahnbürste?«

»Vielleicht besucht sie einfach jemanden.«

Commissaire Rose verdrehte die Augen.

Sie war an Dupin vorbei in das Zimmer auf der anderen Seite des Treppenaufgangs marschiert.

Es war das Arbeitszimmer, große eingelassene Fenster auf beiden Seiten. Im Wesentlichen bestand das Zimmer aus einem stattlichen alten Holztisch, der dem im Erdgeschoss aufs Haar glich. Auch er war abenteuerlich beladen. Hier allerdings waren es zahllose Zeitungen, Papiere, Unterlagen, die sich zu wackligen Stapeln auftürmten. Nur unmittelbar vor dem modernen Schreibtischstuhl gab es eine größere freie Stelle.

»Auch ihr Notebook fehlt.«

»Erstaunlich – ein portables Gerät.«

Es klang sarkastischer, als er es gewollt hatte.

Ohne auf Dupin zu reagieren – dem seine kindische Replik selbst peinlich war –, fing Commissaire Rose unverzüglich an, den ersten Papierstapel durchzusehen. Dupin stellte sich neben sie und begann nach kurzem Zögern, sich ebenso die Unterlagen anzuschauen.

Sie standen fast Schulter an Schulter und schwiegen. Alte Ausgaben des *Ouest-France*, teils auch nur einzelne Seiten, andere Zeitungen, *Le Télégramme*, *Libération*, Ausdrucke von Online-Artikeln, Ausdrucke eigener Artikel. Es schien insgesamt eine Art chronologische Ablage zu sein, jeder Stapel in sich und die Stapel nebeneinander. Nicht streng chronologisch, aber doch einigermaßen. In der Tat lagen auf dem kleinsten Stapel, den Dupin gerade sichtete, die jüngsten Dokumente. Allerdings endete die Ablage vor sechs Wochen, nur ein paar ungelesen aussehende aktuellere Ausgaben des *Ouest-France* lagen noch obenauf. Über die Stapel verteilt standen leere Tassen in knalligen Farben, bestimmt ein halbes Dutzend. Und drei benutzte Weingläser. Es sah nach intensiver Arbeit aus. Nach durchgearbeiteten Nächten.

Dupin schaute sich Lilous eigene Artikel an. Es ging darin um die unterschiedlichsten Themen, wüst durcheinander, große und kleine Sujets. Ein wütender Einspruch gegen die Liberalisierung der professionellen Praire-Muschel-Fischerei in Concarneau von Anfang März, den Dupin bereits kannte; er liebte diese Muscheln noch mehr als alle anderen, so war er im Stillen hin und her gerissen zwischen dem selbstverständlich nötigen ökologischen Bewusstsein und der kulinarischen Leidenschaft, denn die Liberalisierung bedeutete erst einmal, dass man die Muscheln häufiger zu essen bekam. Als Nächstes entdeckte er einen Artikel vom Juli über den Widerstand der bretonischen Lebensmittelindustrie gegen die »Invasion« der großen Marken. Dupin fand dazu auch etliche Notizen aus Gesprächen. Und einen zweiten großen Artikel in diesem Zusammenhang: über den »Cola-Krieg«. Die ganze Welt trank Coca-Cola … Die ganze Welt? Nein. 2002 hatten die Bretonen, die unbeugsamen Gallier, ihre eigene Cola kreiert, »*Breizh Cola*«, und mittlerweile trank ein beträchtlicher Anteil der 4,5 Millionen Bretonen die gallische Koffein-Limonade begeistert, auch Dupin. Weil sie natürlich besser schmeckte, und, ja, auch ein Protest war, ein Fanal! So viele tranken sie, dass es zu einem historischen Ereignis kam: Coca-Cola, das Imperium, fühlte sich herausgefordert und entwarf zum allerersten Mal in der Firmengeschichte einen spezifisch regionalen Auftritt – eine massive Kampagne mit eigenem Logo! –, um den Widerstand des widerspenstigen gallischen Dorfes zu brechen. Freilich nur mit dem ungewollten Ergebnis, dass die Solidarisierung mit »Breizh Cola« immer weiter zunahm. Dupin musste unwillkürlich lächeln. Das war eine typisch bretonische Geschichte, die sehr ernst genommen wurde. Und es war auch eine typische Lilou-Geschichte.

»Beliebt hat sie sich bei den Mächtigen sicher nicht gemacht. Der eine oder andere wird sie zur Hölle wünschen. Alle Achtung. Hut ab.«

Commissaire Rose hatte die Bemerkung wie nebenbei formuliert, während sie weitere Papiere sichtete. Dennoch schwang tiefe Anerkennung mit.

»Es fehlt alles aus den letzten sechs Wochen«, Dupin hatte noch einmal sehr genau geschaut.

»Seltsam.« Die Kommissarin hatte kurz aufgeblickt, sich dann aber sofort systematisch an den nächsten Stapel gemacht. Eine Geste, die sich wie ein Befehl ausnahm, diszipliniert weiterzuarbeiten. Dupin fühlte sich, wie er sich das letzte Mal als Zwanzigjähriger gefühlt hatte, als er als Neuling bei der Pariser Polizei den großen Inspektoren und Kommissaren assistiert hatte. Er runzelte nachdenklich die Stirn, schüttelte den Kopf – und konzentrierte sich auf die Papiere.

»Die sechsunddreißig toten Wildschweine«, murmelte Commissaire Rose.

Dupin hätte fast gelacht, so komisch hatte der isoliert im Raum stehende Satz geklungen. Er erinnerte sich, dass die Geschichte im letzten Jahr hohe Wellen geschlagen hatte, mitten in seinem Fall auf den Glénan, der ihn innerlich noch lange beschäftigt hatte. Eigentlich war es gar nicht komisch, im Gegenteil: Sechsunddreißig – den Bretonen heilige – Wildschweine waren an den giftigen Gasen gestorben, die sich bei der Zersetzung von angelandeten Massen von Grünalgen gebildet hatten. Es war Lilou, das war der ernste Hintergrund des Artikels, vor allem um die Ursachen der »marées vertes«, der »grünen Fluten«, gegangen. Zu viele Nitrite von zu intensiver konventioneller Landwirtschaft gelangten in das Meer und begünstigten dort das Wachstum der Grünalgen, die dann zu einem gefährlichen Problem wurden. An sich waren sie harmlos und sogar essbar, aber an Land, in der Sonne und in enormen Mengen gaben sie toxische Gase frei. Ein gewaltiges Thema, mit erheblichen wirtschaftlichen Folgen, nicht nur in der Bretagne.

»Hier. Ein Artikel über das Salz. Aus dem letzten Jahr.«

Die Ausgabe war stark vergilbt, an mehreren Stellen mit runden, welligen Abdrücken versehen. Commissaire Rose hatte die Zeitung so hingelegt, dass Dupin mitlesen konnte. Aufhänger war die Meldung, dass »Fleur de Sel« nun endlich eine geschützte Bezeichnung geworden war. In Zukunft konnte nur noch die handgeschöpfte »Blume des Salzes« der atlantischen Salinen die Bezeichnung für sich beanspruchen – der Guérande, der Île Noirmoutier und der Île de Ré. Über Jahrzehnte hatten die atlantischen Salzbauern dies versäumt, und es hatte, eine der unendlichen aberwitzigen Folgen der Globalisierung, plötzlich Fleur de Sel aus Indien und China gegeben. Es ging in dem Artikel um den beeindruckenden Wiederaufstieg der Guérande in den letzten Jahrzehnten, der bretonischen Salzgärten, die Ende der Sechziger vor dem Aus gestanden hatten. Um die zweihundertsiebzig Paludiers, die es mittlerweile wieder waren, die zwölftausend Tonnen Salz, die hier im Jahr geerntet wurden. Und um die drei verschiedenen Typen von Produzenten, die Unabhängigen, die Kooperativen und die französischen sowie europäischen Großunternehmen, die sich auf Salz spezialisiert hatten. Ein ganzer Abschnitt war einem ursprünglich südfranzösischen Unternehmen gewidmet, *Le Sel*, das auch Dupin kannte, jeder kannte es.

Mit besonderer Aufmerksamkeit las Dupin den Abschnitt über den »Krieg der Salze« – zwischen dem atlantischen und dem mediterranen Salz, den das mediterrane längst durch eine starke Rationalisierung der Herstellung und immer niedrigere Preise gewonnen hatte. Hatte bis Ende des 19. Jahrhunderts das atlantische Salz stets den größten Anteil am Markt gehabt, machte dieses *sel artisanal* mittlerweile nur noch fünf Prozent der französischen Salzproduktion aus. Insgesamt, global betrachtet, war der Salzwettbewerb scharf: Die vollends industrialisierte Speisesalzproduktion aus anderen europäischen Ländern, Algerien, Russland und Südamerika ließ das Salz des Weißen Landes eine seltene Kostbarkeit werden. Die Lage war anscheinend schwierig, die leidenschaftlichen bretonischen Paludiers darbten nicht – auch dank einiger Subventionen –, aber sie hatten keinen leichten Stand. Es gab ein paar Lilou-Breval-typische Spitzen gegen das südfranzösische Großunternehmen, am Ende wurde es dann hingegen wieder ein sehr emotionaler Artikel, der mit Stolz die »wunderbare alte Kunst der Schöpfung des weißen Goldes« feierte und dazu aufrief, sämtliches andere Salz aus jeder ehrbaren bretonischen Küche zu verbannen. Zwei Paludiers wurden zitiert, der Leiter der größten Kooperative und die Leiterin des *Centre du Sel*. Dupin fiel ein, dass sein Notizheft immer noch in seinem Wagen lag – dem Ersatzwagen –, im Handschuhfach (wie so einiges): eines der kleinen roten Clairefontaine-Hefte, die ihm seit der Ausbildungszeit für seine – höchst eigenwilligen – »Kritzeleien« dienten. Die Hefte und die Notizen waren ihm während eines Falles unentbehrlich, es ging dabei nicht nur um sein mitunter miserables beziehungsweise willkürliches Gedächtnis, sondern um eine Methode. Eine Art Methode zumindest, auch wenn er das Wort nie verwenden würde. Commissaire Rose hingegen schien es nicht nötig zu haben, sich überhaupt etwas zu notieren.

»Guy Jaffrezic, Juliette Bourgiot«, Dupin hatte die beiden Namen, die zitiert wurden, laut vor sich hergesprochen, um sie sich merken zu können, »ein instruktiver Artikel«, fügte er hinzu.

»Jetzt wissen wir immerhin, dass sich Ihre Freundin tatsächlich mit den Salinen befasst hat.«

»Das ist ein Jahr her.«

»Und wir wissen, mit wem sie schon einmal Kontakt hatte im Gwenn Rann. Auf alle Fälle mit diesen beiden. – Vielleicht finden wir noch einen aktuelleren Artikel zu den Salinen.«

Commissaire Rose widmete sich wieder den Stapeln. So niederschmetternd es war und so vage alles wirkte, es waren ihre allerersten Anhaltspunkte.

Commissaire Rose zog die Autotür mit einer kraftvollen Bewegung zu. Es war Viertel vor drei. Sie hatten sich eine Stunde in Lilou Brevals Haus aufgehalten. Sie hatten sich die restlichen Unterlagen im Arbeitszimmer angesehen und waren abschließend erneut durch alle Zimmer gegangen.

Sie hatten nichts Relevantes mehr gefunden. Auch keine weiteren Artikel über die Salinen. Es schien nur diesen einen zu geben. Auch gab es in anderen Artikeln, soweit sie gesehen hatten, keine Verbindungen zu den Salinen oder zu irgendetwas, das mit Salz zu tun hatte.

Sie hatten keinerlei Hinweise gefunden, die eine andere Annahme nahelegten als die, dass Lilou Breval vorgehabt hatte, die Nacht woanders zu verbringen. Dennoch war Dupin immer unruhiger geworden, wenn auch ganz diffus. Er hatte es noch ein paarmal auf Lilous Handy versucht, vergeblich.

Drei Mal war Commissaire Rose in den Garten gegangen und hatte selbst telefoniert, Dupin hatte Riwal angerufen – der nichts Neues gehabt hatte außer der Frage, ob der Kommissar damit einverstanden sei, dass er nun zu einem Cousin zweiten Grades nach Bono fahren (Dupin hatte drei Mal nachgefragt, »Bono?«) – und dort etwas schlafen werde. Schlafen interessierte Dupin während eines Falles nicht besonders. Auch allgemein nicht. Aber ihm war nichts mehr eingefallen, was sie zu dieser Zeit noch hätten angehen können.

»Wir haben drei Stunden.« Commissaire Rose fingerte an der Seite des Sitzes herum und stellte die Lehne ein Stück nach hinten. Sie schien es sich bequem zu machen.

»Wir ruhen uns etwas aus. Dann fahren wir zurück in die Salinen. Gegen halb sieben wird es langsam hell, dann will ich dort sein. Ich setze Sie an Ihrem Wagen ab, dann beginne ich meine Ermittlungen.«

Sie blickte Dupin freundlich an, stets – so kam es ihm vor – mit der Botschaft: Es ist nichts Persönliches. Dieses Mal konnte er sich – obwohl er es mit aller Kraft versuchte – nicht zurückhalten.

»Ich bin beinahe erschossen worden, ich bin persönlich involviert, ich kann nicht einfach zusehen, das kommt nicht infrage, ich will …«, Dupin stockte, »ich meine: Sie wissen, dass es besser wäre, wenn ich das Gespräch mit Lilou Breval führe. Sie vertraut mir. Mir wird sie alles sagen, was sie weiß.«

»Sie glauben, sie wird der Polizei wichtige Informationen vorenthalten, wenn Sie nicht dabei sind?«

Dupin antwortete nicht. Es entstand eine längere Pause, Commissaire Rose machte sich ungerührt erneut an dem Hebel ihres Sitzes zu schaffen. Ließ die Rückenlehne noch weiter herunter.

»Haben Sie schon jemanden erreicht? Aus den Salinen?« Dupin hatte betont freundlich gesprochen.

»Den Leiter der Kooperative. Er ist ab sieben dort.«

»Hatte er irgendeine Idee, was sich ereignet haben könnte?«

»Nicht die geringste. Sagt er.«

Es war fast aufreizend, wie bereitwillig die Kommissarin Auskunft gab. Es machte Dupin instinktiv misstrauisch.

»Und der Besitzer der Saline?«

»Monsieur Daeron.«

»Sie kennen ihn?«

»Nein.«

»Aber Sie haben ihn schon gesprochen?«

»Ja. Er wohnt in La Roche-Bernard, an der Vilaine. Etwa fünfundzwanzig Minuten von den Salinen. Dort haben wir ihn erreicht.«

»Und auch er wusste von nichts?«

»Von nichts.«

»Auch nichts von Fässern?«

»Es gebe keine Fässer in den Salinen, hat er gesagt. Die Leiterin des *Centre du Sel* haben wir noch nicht erreichen können. – Der Tag beginnt im Sommer früh in den Salinen, schon vor dem Sonnenaufgang. Mit dem allerersten Licht«, einen Moment hatte sie fast poetisch geklungen, »dann werde ich mit allen persönlich vor Ort sprechen.«

Es lag etwas Süffisantes in der plötzlichen Ausführlichkeit der Auskünfte über Aktionen, an denen er nicht mehr teilnehmen durfte, fand Dupin.

»Wir werden jetzt etwas schlafen.«

Es war ihr wirklich ernst damit – Dupin war eben nicht darauf eingegangen, weil er selbstredend angenommen hatte, es sei ein Scherz gewesen.

»Sie wollen jetzt hier *schlafen*? Im Auto?«

»Bis ich Sie in einem Hotel untergebracht und dort abgesetzt hätte, wäre es vier. Das hier ist nicht Paris. Dann müsste ich Sie im Grunde gleich wieder mitnehmen.«

Das mochte alles stimmen. Aber es war dennoch befremdlich.

»Sie sollten auch etwas schlafen. Wir können in diesen drei Stunden absolut gar nichts tun. – Sie sind angeschossen worden. Etwas Schlaf wird Ihnen guttun. Haben Sie noch nie während eines Einsatzes eine Nacht im Wagen verbracht?«

Dupin schwieg angestrengt.

Sie konnten im Augenblick wirklich nichts tun. Und es wäre in der Tat vernünftig, sich etwas auszuruhen, um neue Kraft zu gewinnen. Aber es widerstrebte ihm. Nicht nur, weil er ohnehin ein hundsmiserabler Schläfer war, auch unter normalen Umständen durchwachte er manchmal ganze Nächte, aber jetzt, mit all den drängenden Gedanken und Fragen im Kopf, würde es ihm schlechterdings unmöglich sein zu schlafen. Das war eine lächerliche Idee. Auch mit den Schmerzen in der Schulter, die sich – trotz der Schmerztablette – meldeten, sobald er nicht abgelenkt war. Vor allem: mit einem fremden Menschen fünfzig Zentimeter von ihm entfernt.

Dupin beschloss, etwas durch die frische Nachtluft zu laufen. Das half ihm immer. Die Gedanken ordnen. Nachdenken über das Geschehene. Sich wirklich beruhigen.

»Ich werde«, Dupin sprach sehr leise, »etwas spazieren gehen.«

Er hatte den Satz gerade beendet, als sein Telefon klingelte. Es dauerte eine Weile, bis er es umständlich aus seiner Hosentasche gezogen hatte. Es war Claire. Er hatte sich schon gedacht, dass sie noch einmal anrufen würde. Er ließ es klingeln. Er würde sie gleich zurückrufen. Dann könnte er ihr in Ruhe erzählen, was geschehen war.

Er öffnete die Autotür und machte Anstalten, aus dem Sitz zu klettern. Es waren fünf Stiche gewesen, das spürte er jetzt. Er würde noch eine Tablette nehmen müssen. Dupin lehnte sich wieder zurück, wartete einen Moment und versuchte es erneut.

»Passen Sie auf das Känguru auf. Es ist wild.«

»Was soll …«

Dupin hatte das Wort Känguru deutlich gehört – auch wenn

ihm erneut ein heftiger, spitzer Schmerz dazwischengefahren war und er nicht weitersprechen konnte. Der Schmerz zog jetzt die ganze linke Seite hinunter, bis in den Fuß, in die einzelnen Zehen. Er ließ sich in den Sitz zurückgleiten. Versuchte zu entspannen. Er musste sich nur einen Augenblick gedulden. Es würde gleich besser. Er atmete tief ein und aus.

Die Autotür stand weit offen. Die Luft war immer noch wunderbar mild. Eine perfekte Sommernacht, der noch nichts vom baldigen Ende des Sommers anzumerken war. Die Milchstraße strahlte trotz des Mondlichts wie ein helles Band am Himmel. Ein verrücktes Flimmern und Pulsieren. Dupin hatte noch nie einen schöneren Sternenhimmel gesehen als hier, am »Ende der Welt«, in bestimmten Sommernächten. Über dem gewaltigen Atlantik. Es waren Milliarden Sterne, die man mit bloßem Auge sehen konnte, unendliche Galaxien, es war, als sähe man mitten ins Universum. Dupin merkte, dass er abschweifte.

Das war ein anstrengender Abend gewesen. Aberwitzig. Er würde sich jetzt ein, zwei Minuten entspannen und dann durch die Nacht gehen. Er würde Claire anrufen, vielleicht auch noch einmal Riwal, besprechen, wie sie morgen vorgehen würden, das hatte er eben vergessen, er musste … Er würde gleich weiterdenken. Er …

Dupin war eingeschlafen.

Es hatte keine zwei Minuten gedauert.

DER ZWEITE TAG

»Noch einen *petit café*, bitte. Und ein *pain au chocolat*.«

Dupin hatte Hunger, natürlich, und bereits zwei Croissants gegessen, also – nach seinem Empfinden – eine gute, neutrale Grundlage für seinen empfindlichen Magen geschaffen, um auch etwas Schokolade zu vertragen. Und den dritten *café* (wohlweislich hatte er seinen Hausarzt, Docteur Garreg, nie gefragt, ob das haltbare Theorien waren: das mit den Croissants als Grundlage). Er legte sein Handy auf den Tisch, er hatte es wieder und wieder bei Lilou versucht. Vergeblich.

Die ersten Sonnenstrahlen des Tages fielen auf Dupins Gesicht, sanft und weich, aber deutlich spürbar. Er saß – in seinem weißen, vollends ausgeleierten Krankenhaus-T-Shirt, unrasiert, dreckig, zerknautscht – auf der Holzterrasse des *Le Grand Large* am wunderbaren Quai von Le Croisic mit seinen unterschiedlich hohen schmucken Häusern. Nahe am Place Donatien Lepré. Genau da, wo er gestern Abend in Ruhe seine Seezunge hatte essen wollen, die zu den Spezialitäten der stolzen Fischer von Le Croisic gehörte, wie die Langustinen, rosa Crevetten, Jakobsmuscheln, der köstliche Wolfsbarsch oder der Tintenfisch.

Es war annähernd Ebbe, die Motorboote lagen träge im letzten tiefgrünen algigen Wasser der alten Hafenanlage aus mächtigem, bemoostem Stein; die Segelboote standen hoch aufragend auf ihren Schwertern wie unbeirrbare Monumente der See. Das alles direkt vor Dupins Nase, aber vier, fünf Meter tiefer, sodass er jetzt vor allem ein Gewimmel von Masten und Stahlseilen sah. Bei Flut – und auch das mochte Dupin hier sehr – schaukelten die Boote auf derselben Höhe wie die Fußgänger und Cafébesucher. Das türkisfarbene Meer der Lagune hinter der Hafenanlage mit seinen walrückenartigen weißen Sandbänken war spiegelglatt, schläfrig noch von der Nacht. Der Himmel hoch und weit, strahlend blau. Ein besonderes Kristallblau heute. Dupin hatte immer schon vorgehabt, sich ein Buch über Blautöne zu kaufen, die Bretonen unterschieden Dutzende. Es war seit gestern nicht wirklich abgekühlt, dennoch war sie da: die einzigartige atlantische Frische, die Dupin so liebte. Und hier schmeckte sie wie in Concarneau: rau, kräftig. Über die Lagunen hinweg sah man landeinwärts gestochen scharf auf die saftig grünen Schwemmwiesen und weit in die Salinen hinein. Dort irgendwo hatte man gestern Abend auf ihn geschossen. Heute Morgen, hier an diesem fabelhaften Ort, kam es ihm fast schon wie ein merkwürdiger, dunkler Traum vor.

Seit einigen Minuten fühlte er sich ein wenig besser. Das Koffein. Auch wenn seine Schulter immer noch schmerzte. Er hatte eben noch eine Schmerztablette genommen. Commissaire Rose hatte ihn auf seinen Wunsch hin und nach einer kurzen Auseinandersetzung hier in Le Croisic abgesetzt. Eigentlich hatte sie ihn an seinem Auto rauslassen wollen. Und nur dort. Riwal hätte Dupin, so ihre Vorstellung, dort treffen und ihn umgehend nach Concarneau zurückfahren sollen. Davon, dass Dupin auch seinen zweiten Inspektor, Kadeg, herbestellt hatte, wusste sie nichts. Dupin hatte am Ende medizinisch argumentiert: dass sein Blutzuckerspiegel und Blutdruck kritisch seien. Dass er sich dringend stärken müsse. Und dass Riwal ohnehin etwas Zeit brauchen würde. Sie hatte, er war ehrlicherweise überrascht gewesen, nachgegeben, hatte aber mithören wollen, wie Dupin seinen Inspektor anrief, um ihm die entsprechenden Instruktionen zu geben: ihn in Le Croisic abzuholen und zu seinem Wagen zu fahren.

Natürlich würde Dupin jetzt nicht einfach nach Concarneau zurückfahren und Commissaire Rose *seinen* Fall überlassen. Das war vollkommen ausgeschlossen. Aber schon gestern Nacht war ihm partout nicht eingefallen, wie er es bewerkstelligen könnte, in die Ermittlungen einbezogen zu werden. Und langsam wurde es ernst. Auch heute Morgen, auf der Fahrt vom Golf zurück in die Guérande – im selben Fahrstil wie gestern, allerdings ohne Blaulicht, dafür noch etwas wilder, so Dupins Gefühl –, war ihm der rettende Einfall noch nicht gekommen. Dummerweise war er in der Nacht vor dem Haus von Lilou Breval dann doch im Auto eingeschlafen, ganz gegen seinen Willen, er ärgerte sich, und es war ihm irgendwie peinlich, umso mehr, weil er tief und fest geschlafen hatte, wie selten in seinem eigenen Bett, zweieinhalb Stunden ohne Unterbrechung. Ein Spaziergang wäre genau der richtige Modus gewesen, er hätte vielleicht eine Idee gehabt. Und er hätte unbedingt Claire anrufen müssen. Heute war ihr Geburtstag. Das war nicht gut gewesen alles, gestern Nacht. Er würde es jetzt auf der Stelle tun. Ohne Koffein hatte er sich die Schilderung der doch komplizierteren Ereignisse nicht zugetraut. Auf der Fahrt – mit der Kommissarin im Auto – war es natürlich nicht gegangen.

Dupin wählte ihre Nummer und presste das Handy fest ans Ohr. Es klingelte lange, ehe sie abnahm.

»Herzlichen Glückwunsch, Claire. Ich … Es tut mir leid, Claire. Ich wollte dich gestern noch anrufen, ich …«

»Aber du wirst heute Abend kommen, oder?«

Sie hatte es liebevoll gefragt. Er war erleichtert. Aber auch etwas in Panik – es war eine komplizierte Frage. Das Beste wäre, einfach genau zu berichten, was gestern Nacht geschehen war. Der Reihe nach.

»Als du gestern anriefst, war ich in einer Saline, um etwas – zu kontrollieren. Auf der Guérande-Halbinsel. Da, wo das Fleur de Sel herkommt«, sie kannte es natürlich, »das echte, aus der Bretagne. Es war ein ganz vager Hinweis. Einer Journalistin, die ich kenne. Aus heiterem Himmel hat man dann«, das war selbst als schnörkelloser Bericht nicht einfach zu erzählen, »man hat dann auf mich geschossen, aber es ist mir nichts passiert, nur ein Streifschuss«, Dupin wartete, ob Claire etwas sagen würde, aber es war still in der Leitung. Er würde die kleine Geschichte einfach schnell zu Ende erzählen.

»Man hat mich in einer Klinik behandelt. Ein sehr guter Arzt. Hättest du auch gesagt. Dann bin ich mit einem Kommissar – mit einer Kommissarin – zum Haus der Journalistin gefahren. Wir brauchen jede Information, die wir bekommen können, wir haben keine Ahnung, was da in den Salinen vor sich gegangen ist. Die Journalistin war aber nicht da. Und ich kann sie nicht erreichen. Jetzt bin ich in Le Croisic. In einem Café.«

Es gab eine Reihe blinder Flecken in der Geschichte.

»Wirklich nur ein Streifschuss? – Hat es stark geblutet?«

Claire hatte zum Glück mitfühlend geklungen.

»Nein. Alles gar nicht schlimm. An der linken Schulter. Ich spüre es schon gar nicht mehr«, log Dupin.

»Und jetzt sitzt du in einem Café?«

»Ich brauchte Koffein, du weißt, das ist medizinisch bei mir. Und der Arzt hat gesagt, ich solle etwas essen. Und Wasser trinken«, er schaute nach dem Kellner, das Wasser würde er sofort bestellen, »ich habe seit gestern Mittag nichts gegessen, nur – gesalzene Karamellbonbons. – Ich konnte dich nicht früher zurückrufen. Ich bin hier gerade erst angekommen. Und im Wagen – ich meine, ich habe meinen Wagen gerade nicht, er ist in der Werkstatt. Das war nicht mein Wagen.«

»Und wo hast du geschlafen?«

Das steuerte jetzt in eine ungute Richtung. Auch wenn es ja wirklich nichts Heikles zu erzählen gab über die Nacht – aber manchmal klang etwas heikel allein dadurch, dass man es zusammengefasst erzählte. Noch mehr, wenn man versuchte, es bewusst nicht heikel klingen zu lassen.

»Ich hab nur ganz kurz geschlafen.«

»Wo?«

»Im Wagen. Vor dem Haus der Journalistin. Es war keine Zeit mehr, ein Hotel zu suchen.«

»Solltest du dich nicht schonen? Und nach Hause fahren? Ich meine, das ist doch nicht dein Fall. In der Guérande. Du kannst doch nach Hause, oder? Und heute Abend kommen?«

»Ich«, an diesem Punkt wusste Dupin endgültig nicht mehr weiter, »nein, das ist nicht mein Fall, und es ist vorgesehen, dass ich jetzt gleich nach Concarneau fahre.«

»Und wo hat diese Kommissarin geschlafen? Wer ist diese Kommissarin?«

Auch das war nicht gut.

»Ich. – Auch im Wagen. Auch nicht lange.«

Das war überhaupt alles Blödsinn. So ging das nicht.

»Ich will wissen, was hier passiert ist, Claire. Wer auf mich geschossen hat und warum. Ich will die Person stellen, wer immer das ist. Verstehst du das? Ich will das niemand anderem überlassen. Ich will selbst ermitteln.«

Es entstand eine lange Pause.

»Ich verstehe das, Georges. Ja«, das hatte ehrlich geklungen, aber auch verzweifelt, wie früher so oft, »ich muss jetzt in den OP. Ich ruf dich später noch mal an. Bis dann.«

»Bis dann.«

Claire hatte aufgelegt. Dupin lehnte sich zurück. Nun war er selbst verzweifelt.

Plötzlich hupte es laut. Zwei Mal. Dupin sah zwei Polizeiwagen über den langen Quai kommen. Im ersten, natürlich, Kadeg, der eine markige, überflüssige Handbewegung machte, um zu zeigen, dass er Dupin gesehen hatte, im zweiten Riwal. So befremdlich es sich anfühlte: Dupin war froh, beide zu sehen. Auch den babygesichtigen, überemsigen Inspektor Kadeg, den er nicht ausstehen konnte und der seit ihrem ersten gemeinsamen Tag kaum etwas anderes tat, als ihn zu reizen.

Kadeg parkte den offiziellen Polizeiwagen wichtigtuerisch so nah neben Dupins Stuhl wie irgend möglich, Riwal stellte seinen Wagen ein paar Meter entfernt ab. Andere Autos würden nur knapp vorbeikommen. Selbstverständlich stand Kadeg auch als Erster am Tisch. Mit griesgrämiger Miene hielt er ihm eine große »Armor Lux«-Tüte entgegen, deren Anblick Dupin ehrlicherweise genauso erfreute wie der seiner beiden Inspektoren.

Er würde sich sofort umziehen. Dupin hatte die Polohemden der bretonischen Marke, die weltweit durch ihre Ringelpullis berühmt geworden war – das meiste der Kollektionen war jedoch glücklicherweise nicht geringelt –, irgendwann für sich entdeckt. Zweimal im Jahr fuhr er zu dem großen Geschäft in Quimper und deckte sich mit neuen Shirts ein: seine Standardkleidung für Dienst und Alltag. Er war Montag erst dort gewesen, die Tüte hatte immer noch in seinem Büro gestanden.

»Haben Sie offiziell geklärt, wie unsere Rolle in den Ermittlungen aussehen wird?«, stieß Kadeg ohne irgendeine Begrüßung in seinem Stakkato-Stil hervor.

Dupins Anflug von Freude war im Nu vorschwunden.

»Sie wissen, dass wir keinerlei Befugnisse haben, hier in irgendeiner Weise ermittlerische Tätigkeiten auszuüben. – Ich gehe davon aus, dass alles geklärt ist, ansonsten hätten Sie mich sicherlich nicht kommen lassen.«

Dupin lag auf der Zunge zu antworten, dass er ihn in erster Linie wegen der Polohemden herbestellt hatte. Da war er wieder: Kadeg, wie er leibt und lebt. Er hatte sich auch nach seiner Hochzeit, die nur kurz nach Riwals Hochzeit im letzten Jahr stattgefunden hatte – als hätte er unbedingt mit seinem Kollegen gleichziehen wollen –, nicht verändert. Was man auch verstand, wenn man seiner Frau einmal begegnet war: eine stämmige Kampfsport-Lehrerin der Polizeischule in Rennes, deren Terrier-Charme noch reizender war als der Kadegs.

Dupin hatte natürlich keine Antwort für seinen Inspektor. Allein das Treffen hier würde, käme es heraus, Ärger bedeuten. Wie sollte er das erklären?

Abrupt stand er auf.

»Ich komme gleich wieder.«

Er würde sich erst mal umziehen.

»Ich habe vor ein paar Minuten mit einer der Kolleginnen von Lilou Breval gesprochen, der ich eine Nachricht hinterlassen hatte.«

Riwal hatte sich bisher diskret im Hintergrund gehalten und war erst jetzt mit dieser interessanten Neuigkeit herausgerückt.

»Und?«

»Sie sagt, Lilou Breval habe immer noch mit der Coca-Cola-Sache zu tun. Auch mit den Salinen, obwohl die Kollegin keine Ahnung hatte, woran genau sie da noch interessiert war. Lilou Breval hat sie vorgestern kurz angerufen, um ihr mitzuteilen, dass sie Donnerstagnachmittag in die Redaktion kommen werde, heute also, um ein paar Dinge zu erledigen. Und mit ihr sprechen wolle. Aber sie hat nicht gesagt, worum es ging. Sie klang ganz normal, sagt die Kollegin. Die beiden sprechen wohl ein-, zweimal die Woche. Sie weiß auch nicht, wo Madame Breval sich gerade aufhält, sie wusste aber, dass sie in der letzten Zeit ab und zu in das Haus ihrer Eltern gefahren ist, die vor ein paar Jahren gestorben sind. Auch am Golf, aber auf der anderen Seite, direkt an der Passage, an der Pointe de Kerpenhir.«

Dupin erinnerte sich: Er war mit Henri an der Pointe de Kerpenhir gewesen. Ein fantastischer Ort. Rechts sah man den offenen Atlantik, links den Golf, gegenüber das hübsche Port Navalo. Die Strömung war gewaltig dort, bis zu zwanzig Stundenkilometer schnell, gigantische Wassermassen, zweihundert Millionen Kubikmeter Wasser, die hin- und herströmten.

»Sie hat aber keine Festnetznummer von dort. Und wir haben auch keine finden können. In keinem Verzeichnis. Sollen wir jemanden vorbeischicken, der nachschaut, ob sie dort ist?«

»Unbedingt. Sofort.«

»Wir müssen Commissaire Rose informieren, das können nicht wir machen«, schoss Kadeg dazwischen.

Dupin spürte jetzt doch Wut in sich aufsteigen. Wortlos wandte er sich Richtung Eingang des Cafés und verschwand, bevor es zu einem Zwischenfall kommen konnte.

Die Toilette war sehr eng. Es roch so intensiv nach Lavendel, als stünde man inmitten eines Lavendelfeldes im Herzen der Haute Provence – einer dieser Raumparfümierer, für deutlich größere Räume konzipiert. Mit der verbundenen Schulter würde das eine lustige Übung hier drinnen. Dupin stellte die Tüte auf dem winzigen Waschbecken ab. Im nächsten Augenblick klingelte das Handy. Eine unterdrückte Nummer. Er nahm an. Im Moment konnte alles wichtig sein.

»Das kommt überhaupt nicht infrage. Das ist ganz und gar ausgeschlossen«, brüllte es ihm entgegen.

Unglücklicherweise erkannte Dupin die Stimme sofort. Es war der Präfekt. Locmariaquer, ein Name, den Dupin auch in seinem fünften bretonischen Dienstjahr noch nicht annähernd aussprechen konnte. Und der Name war dabei nur halb so schlimm wie die Person selbst. Besaß Dupin prinzipiell ein angespanntes Verhältnis zu offiziellen Autoritäten – was ihm bei der Pariser Polizei den Garaus gemacht hatte und fortgesetzt zu ernsten Querelen führte –, kam im Falle Locmariaquers noch eine ehrliche, tiefe persönliche Antipathie hinzu. Natürlich war der Präfekt unterrichtet worden. Jemand würde Dupins »Fehlverhalten« detailliert geschildert haben.

»Ich habe nicht vor, das zu dulden.«

Er kannte die Tiraden seines Vorgesetzten. Es waren Monologe. Lange, hitzige Monologe. Man musste das Telefon weit vom Ohr weghalten und warten, bis die Lautstärke nachließ.

»Sie werden selbstverständlich dabeibleiben. Sie werden

gleichberechtigt an den Ermittlungen beteiligt sein! An der Seite von Commissaire Sylvaine Rose. Mit denselben Befugnissen. Ich persönlich habe dafür gesorgt. Das wäre doch gelacht!«

Dupin war sich nicht sicher, ob er die Worte des Präfekten richtig verstanden hatte.

»Nur auf Ihre beiden Inspektoren werden Sie erst einmal verzichten müssen.«

Dupin traute seinen Ohren immer noch nicht.

»Hallo? Dupin? Sind Sie noch da? Haben Sie gehört, was ich gesagt habe.«

»Sie meinen, ich bin dabei?«

»Selbstverständlich ist *mon Commissaire* dabei. Ich bin nicht bereit, die Unverschämtheiten von Edouard Trottet ein weiteres Mal zu tolerieren. Seit Jahrzehnten legt er ein infames Verhalten an den Tag. Es ist unbegreiflich, dass er nicht längst demissioniert wurde. Eine Schande für alle Präfekturen Frankreichs.«

Dupin hatte das Gefühl, dass ihm der Lavendel die Sinne vernebelte.

»Commissaire Rose und ich ermitteln gleichberechtigt?«

»Absolut. Ich persönlich ...«

Mehr musste Dupin hier und jetzt nicht wissen. Auch wenn er zu gern erfahren hätte, warum genau der Präfekt eingegriffen und wie er dieses kleine Wunder bewerkstelligt hatte. Aber es würde eine lange Geschichte werden, wusste er leidgeprüft. Und jetzt hatte er es eilig. Commissaire Rose war schon längst in den Salinen. Er fiel dem Präfekten ins Wort.

»Ich – hallo? Ich höre Sie nicht mehr, Monsieur le Préfet.«

Er hatte den Satz schnell und mechanisch gesprochen, ohne sich auch nur im Geringsten die Mühe zu machen, eine schlechte Verbindung zu simulieren, wie er es sonst der Höflichkeit halber immerhin versuchte. Und dann aufgelegt. Es war vollkommen unglaubwürdig gewesen. Kurz war er sich unsicher, ob das klug gewesen war: Vielleicht hätte der Präfekt noch Dinge zu sagen gehabt, die er wissen musste. Aber die würde er dann schon noch erfahren.

Dupin stopfte das Handy in die Hosentasche, streifte sich eines der dunkelblauen neuen Polohemden über (fünf Mal das gleiche hatte er gekauft), nahm seine Tüte und war im nächsten Augenblick aus der Toilette heraus.

Er war einsatzbereit. Und vor allem: Er fühlte sich auch so.

Riwal und Kadeg hatten sich *café* bestellt, sie tranken schweigend und sahen beide – aus gutem Grund – müde aus. Kadeg zudem immer noch missmutig.

»Ich habe alles mit unserem Präfekten geklärt. Die Kommissare ermitteln gleichberechtigt.«

Beide Köpfe hatten sich eilig Dupin zugewandt.

»Und wir?«

Kadegs Gesicht konnte manchmal regelrecht kindisch aussehen. Ein kleiner trotziger Junge, immer zu kurz gekommen.

»Sie halten sich hier bereit«, das *Le Grand Large* müsste ungefährlich sein, »es wird genug zu tun geben.«

Dupin beeilte sich weiterzusprechen, sodass Kadeg gar nichts mehr sagen oder fragen könnte, ehe er die Terrasse verlassen hätte. Das hatte er jetzt schon fast.

»Riwal, Sie fahren mich. – In die Salinen. Sofort. Wir besprechen alles im Auto.«

Dupin hörte Kadegs grummeligen Protest tatsächlich nur noch mit einem Ohr.

Von Weitem schon erkannte er Commissaire Rose. Sie stand direkt neben dem kleinen Verschlag, in dem er eingesperrt gewesen war. Wieder war eine größere Gruppe von Polizisten zu sehen. Noch einmal die Spurensicherung, jetzt bei Tageslicht. Und auch Inspektorin Chadron von gestern Nacht, eine Rothaarige mit langem Zopf und blitzenden Augen. Dupin hatte vier Autos an der kleinen Straße gesehen, darunter den nagelneuen Laguna der Kommissarin. Schon dort war alles weitflächig abgesperrt gewesen. Commissaire Rose hatte ganze Arbeit geleistet. So hätte er es auch gemacht. Genau so.

Gerade kam er an der Stelle vorbei, wo er rechts im Becken gekniet hatte. Wo er sich verschanzt hatte. Hier hatte ihn wahrscheinlich die Kugel gestreift. Es überraschte Dupin, wie seltsam es sich anfühlte, wieder hier zu sein. Zugleich spürte er eine Aufgebrachtheit, eine Art Empörung und einen deutlichen Unwillen hinzunehmen, was geschehen war.

Dupin hatte sich einen Moment in Gedanken verloren. Commissaire Rose war ihm offensichtlich entgegengegangen, sie stand schon fast vor ihm.

»Ich tue das ganz und gar gegen meinen Willen. Das muss Ihnen klar sein.«

Wie am Vortag schaffte sie es, im völligen Widerspruch zum Inhalt ihres Satzes den jovialen Tonfall einer eher gut gemeinten Mitteilung anzuschlagen.

»Ist mir klar.«

Dupin hatte sich um eine möglichst neutrale Antwort bemüht. Und er beließ es dabei. Es wäre sicher unklug, die »offizielle Zusammenarbeit« mit einer Provokation zu beginnen.

»Wir haben uns hier alles noch einmal genau angesehen. Vor allem auch den *tas de sel*. Auf der verdorrten Grasnarbe dort sind keine Abdrücke zu finden.«

Dupin schaute sie fragend an.

»*Tas de sel* ist der Bereich neben den Salinen, um den Schuppen herum, dort, wo auch das Salz gesammelt wird.«

»Und an den Becken?«

»Auch da ist es extrem trocken, der Ton ist schon rissig. – Relativ viele Teilabdrücke relativ vieler verschiedener Schuhe. Niedrige Vierzigergrößen meistens. *Vielleicht* auch kleiner. *Vielleicht* Sportschuhe. Das könnten Teilabdrücke aus den ganzen letzten Wochen sein, von Monsieur Daeron und allen möglichen Mitarbeitern. – Bisher waren auch keine brauchbaren Fingerabdrücke zu nehmen, sie haben es an den Verschlägen und am Schuppen versucht. Wir haben Kugeln von Ihnen und Ihrem Angreifer. Auch ein 9-mm-Kaliber, aber andere Patronen. *Ruag*, sehr verbreitet. Erste ballistische Untersuchungen deuten auf eine einzige Waffe bei dem Angreifer hin. Oder den Angreifern.«

Dupins Gesicht verfinsterte sich bei dem Wort »Angreifer«. Commissaire Rose schien es nicht wahrzunehmen, ihr Blick wanderte während ihres Berichts unentwegt umher, als würde sie sich gleichzeitig genau umsehen wollen, dennoch klang sie keinesfalls abgelenkt. »Mit den Reifenabdrücken ist es dasselbe wie mit den Schuhabdrücken – schwierig auf diesem Boden. Nichts Aussagekräftiges bisher. Und vor allem gibt es keinerlei Abdrücke, die darauf hindeuten, dass irgendwo schwere runde Gegenstände gestanden hätten. Keine Spur von Fässern. Wir wissen im Grunde nicht mehr als gestern Nacht.«

»Eine Kollegin von Lilou Breval weiß, dass sie sich ab und zu in dem Haus ihrer Eltern aufhält. Am Golf, bei Sarzeau. Mein – mein Inspektor hat die Adresse.«

Dupin sah, wie sich Commissaire Roses Gesicht jetzt doch ein Stück verzog.

»Sie sollten die Polizei dort bitten, sofort jemanden hinzuschicken, um nachzuschauen. Ich habe selbstverständlich nichts unternommen. Eine Festnetznummer kennen wir nicht«, fügte er schnell hinzu. »Die Kollegin wusste leider nicht genau, an welchen Geschichten Lilou Breval gerade sitzt.«

Nun herrschte Gleichstand, sie hatten alle Informationen ausgetauscht. Hoffte er zumindest.

»Ich …«

Ein Hupen unterbrach Dupin. Er war froh darüber.

Commissaire Rose wandte sich augenblicklich von ihm ab und ging Richtung Straße. Ohne sich umzudrehen, rief sie:

»Der Salinenbesitzer. Maxime Daeron. Er hatte eben noch einmal angerufen.«

Dupin blieb stehen, wartete einen Moment und holte sein Telefon heraus. Er sprach, so leise er konnte.

»Riwal, alles okay?«

»Chef?«

»Haben Sie schon mit der Polizei am Golf telefoniert?«

»Ich kann Sie kaum verstehen. – Nein, noch nicht. Nolwenn rief eben an. Und ich wollte mich gerade bei Ihnen melden. Es ist vielleicht wirklich keine gute Idee, Kadeg hat recht. Ich …«

»Wir lassen es. Commissaire Rose macht das.«

Bevor Riwal etwas dazu sagen konnte, hatte Dupin aufgelegt. Eilig steckte er sein Handy ein. Und schaute nach Rose, die nicht mehr als zehn Meter von ihm entfernt stand und selbst gerade das Telefon am Ohr hatte. Ohne Zweifel erteilte sie eigene Aufträge. Anscheinend in ebenso knappem Stil, denn im nächsten Augenblick steckte sie das Handy wieder in ihre Jacketttasche und lief zur Straße. Dupin folgte ihr. Er hatte bisweilen immer noch dieses unangenehme Gefühl, hier als Assistent zugegen zu sein.

Direkt vor Dupins Wagen – dem Ersatzwagen – stand ein dunkelgrüner Citroën Crosser, daneben zwei Männer. Einer der beiden Polizisten, die Dupin eben an den Absperrungen gesehen hatte, ging zügig auf die Männer zu.

»Danke, ich übernehme«, kam Commissaire Rose ihm zuvor.

Sie hatte sehr elegant und lässig beim Gehen ausgesehen, die linke Hand dieses Mal in der Hosentasche, dennoch hatte Dupin Mühe gehabt, den Abstand zwischen ihnen nicht größer werden zu lassen. Einer der beiden Männer kam ihr entgegen.

»Das ist sehr beunruhigend. Was genau ist in meiner Saline passiert, Madame la Commissaire?«

Der Mann, der demnach Maxime Daeron sein musste, war hochgewachsen, sicher ein Meter neunzig groß, trug eine beigefarbene Cargohose mit großen Taschen, ein legeres schwarzes Leinenhemd darüber, die letzten drei Knöpfe geöffnet. Er hatte ein ungewöhnlich schmal zulaufendes, kantiges Kinn, fleischige Lippen, eine hochgezogene, breite Stirn, längeres, mit grauen Fäden durchzogenes schwarzes Haar und schwarze buschige Augenbrauen über dunklen Augen, die nur aus Pupillen zu bestehen schienen. Dupin schätzte ihn auf Anfang fünfzig.

»Können Sie schon etwas sagen?« Er sprach tief, sonor. Ohne eine Antwort abzuwarten, wandte er sich kurz dem zweiten Mann zu, der mittlerweile bei ihnen angekommen war.

»Das ist mein Bruder. Paul Daeron. Miteigentümer der Salinen.«

Paul Daeron war augenscheinlich der ältere der Brüder, sah Maxime Daeron aber nicht im Geringsten ähnlich. Er war einen Kopf kleiner, hatte ein rundes, gutmütiges Gesicht, war insgesamt deutlich korpulenter, mit gerade abstehendem kurzem Haar, das wie Borsten aussah. Die feinen Züge des Gesichts schienen nicht recht zu seiner Gesamterscheinung zu passen.

»Stiller Teilhaber. Ich habe mit Salz nichts zu schaffen«, seine Stimme war ein Stück höher als die seines Bruders und klang unruhiger, als er selbst wirkte, »ich bin in der Schweinezucht tätig. – Wir möchten hier keine Komplikationen. Wir hoffen, Sie klären die Sache rasch auf. Wir sind Ihnen dabei behilflich, so gut wir können.«

Es klang so, als hätte er sich zu diesen Sätzen zwingen müssen.

»*Salinen?* Sie sprachen gerade von mehreren Salinen?«

Commissaire Rose richtete ihre Frage an Maxime Daeron.

»Wir besitzen fünf Salinen. Aber hier nur diese eine. Die anderen liegen ein Stück weiter im Süden, Richtung Kervalet.«

»Wir wissen leider noch nicht genau, was hier vorgefallen ist. Aber wir wissen von verdächtigen blauen Plastikfässern, die sich hier in Ihrer Saline befunden haben sollen. Bei der polizeilichen Inspektion vor Ort hat man versucht, den ermittelnden Beamten zu erschießen«, Rose setzte kurz ab und nickte in Dupins Richtung, »Kommissar Georges Dupin vom Commissariat de Police Concarneau, er ermittelt nun mit uns. – Wir sind davon ausgegangen, Sie können uns weiterhelfen – es ist schließlich Ihre Saline.«

Dupin war ungewollt beeindruckt. Kein Konjunktiv, nichts Vages, sondern Indikativ und Angriff. So wie er es auch formuliert hätte. Bloß, dass er stumm danebenstand. Eine ungewohnte Situation.

»Die Œillets dieser Saline haben wir vor drei Tagen geerntet. Morgens das Gros Sel und nachmittags das Fleur de Sel. Wie immer. Vorgestern habe ich dann neues Wasser einfließen lassen. Für die letzte Ernte in diesem Jahr. Dann ist es vorbei. Das Wetter schlägt bald um«, Daeron blickte kurz in den Himmel. »Ich war seitdem nicht mehr hier, auch meine Mitarbeiter nicht. Bei so konstanter Sonne und konstantem Wind greifen wir nicht ein, es gibt keine Notwendigkeit, den Wasserstand zu korrigieren.« Sie standen mitten auf dem kleinen Sträßchen, das anscheinend auch tagsüber wenig befahren zu sein schien. »Wir benutzen in unseren Salinen keine Fässer. Auch nicht zur Lagerung. Was mir aber eingefallen ist: Es heißt, dass ein paar Produzenten der Kooperative neuerdings mit Fässern arbeiten. Aber das müssen Sie dort erfragen.« In dem letzten Satz hatte Verachtung gelegen, die Daeron keineswegs zu verbergen versuchte. »Hochwertiges Salz darf nicht luftdicht gelagert werden, es verfügt immer noch über eine wichtige Restfeuchtigkeit, die sich in einem Fass sofort als Wasser unten ablagern würde. Vor allem in einem Plastikfass. – Wenn sich in meiner

Saline ein Fass befunden hat, dann muss sie jemand unbefugt betreten haben. Haben Sie die Saline gründlich durchsucht?«

Maxime Daerons Stimme war stark, ohne herrisch zu sein, sein Gesichtsausdruck ernst, offen, konzentriert. Er hatte den Kopf ein wenig zur Seite geneigt, während er sprach.

»Wann genau waren Sie oder ein Mitarbeiter von Ihnen das letzte Mal hier? In dieser Saline.«

Commissaire Rose hatte nun beide Hände in den Hosentaschen.

»Vorgestern Morgen eben. Ich allein. Von halb sieben bis acht Uhr. Um neues Wasser aus dem Speicherbecken einzulassen und zu regulieren.«

»Und Sie können sicher ausschließen, dass einer Ihrer Mitarbeiter seitdem in dieser Saline war?«

»Es gäbe keinen Grund. Aber ich werde natürlich fragen.«

Maxime Daeron wirkte seelenruhig.

»Wie viele Mitarbeiter haben Sie?«

Dupin fand die Systematik von Roses Fragen jetzt etwas mechanisch.

»Sechs insgesamt. In den Salinen selbst arbeiten neben mir noch zwei Männer und eine Frau.«

»Könnte es irgendeinen Grund geben, warum jemand außer Ihnen und Ihren Mitarbeitern in diesen Salinen gewesen ist? Kommt jemand das Salz hier abholen?«

»Nein. Nur wir. Ich bin ein ›Unabhängiger‹. Ich kümmere mich um alles selbst: Erzeugung, Transport, Lagerung, Verpackung, Vermarktung, Vertrieb. Alles liegt bei uns.«

»Bis wohin erstreckt sich diese Saline hier?«

Rose stellte ihre Fragen in einem Tempo, das es Dupin unmöglich machte, selbst eine Frage zu stellen, wenn er nicht einfach barsch dazwischengehen wollte. Paul Daeron nickte ab und zu, um bestimmte Worte seines Bruders zu unterstreichen, schien sich aber nicht weiter an dem Gespräch beteiligen zu wollen.

»Wir sind fast am äußersten Rand. Da vorne«, Maxime Daeron zeigte vage in Richtung der Route des Marais, »grenzt sie an die von Guy Jaffrezic, einem Salzbauern der Kooperative. Das sind vielleicht noch hundert Meter.«

Dupin erinnerte sich an gestern Nacht. Das war einer der Paludiers gewesen, die Lilou Breval in ihrem Artikel zitiert hatte. Maxime Daeron nicht, aber Jaffrezic. Das war ein interessanter Zufall, dass seine Saline an die grenzte, in der sich alles abgespielt hatte.

»Kennen Sie ihn gut?«, Rose hielt das Fragetempo.

»Hier arbeitet jeder für sich. Und wie gesagt: Er ist in einer der Kooperativen organisiert. Seit ein paar Jahren ist er auch der Chef dort. Von der Kooperative und x Vereinen hier im Gwenn Rann.«

Dupin hatte sich so beeilt, in die Salinen zu kommen, dass er ärgerlicherweise erneut vergessen hatte, sein Notizheft aus dem Wagen zu holen.

»Sie haben also keine Ahnung, wer sich hier gestern Abend befunden haben könnte? Was es mit den Fässern in Ihren Salinen auf sich haben könnte – was sie Illegales enthalten könnten?«

Roses zusammenfassende Frage war unverhohlen suggestiv. Was Paul Daeron provozierte, sich an dieser Stelle doch einzuschalten.

»Woher sollte mein Bruder das wissen? Natürlich hat er keine Ahnung. Er hat mich noch in der Nacht angerufen. Direkt nach dem Anruf der Polizei.«

Seine Stimme war jetzt viel weicher als eben. Beschützend.

»Wir benutzen hier in der Guérande keine Zusätze. Keine Chemie«, sagte Maxime Daeron, »gar nichts. Falls Sie das meinen. Es gibt auch keine Maschinen, keine Computer, keine Technik. Alles geschieht hier von Hand, mit alten Werkzeugen. Es geht um den Paludier, der sein Handwerk versteht. Es geht um das Meer, die Sonne, den Wind, die Böden.«

Er hatte die Sätze ohne jedes Pathos gesprochen.

»Und zu den Fässern fällt Ihnen nur die Kooperative ein?«

»Nur die.«

»Wozu setzt sie Fässer ein?«

»Ich denke doch, zum Transport. Ich weiß es nicht«, er zögerte einen Moment. Ein erstes Mal schien er unschlüssig. Was in einem großen Kontrast zu seinem bisherigen Auftreten stand.

»Voriges Jahr«, er brach ab, »im letzten Sommer hatten wir ein paarmal den Eindruck, als wäre nachts Wasser in die Saline gegeben worden. Süßwasser. Die Wasserstände schienen uns verändert. Ganz leicht nur. Auch die Salzkonzentration. Wir haben in ein paar der Becken wiederholt die Ernte verloren.«

»Was soll das heißen?«

Dupin ärgerte sich, dass sein Einwurf so naiv geklungen hatte.

»Alles hängt von der Konzentration des Salzes im Erntebecken ab. Ist sie zu hoch oder zu niedrig, ist alles verloren. Sie muss bei rund 280 Gramm pro Liter Wasser liegen, dann kristallisiert das Salz. – Aber wir konnten es auch nicht mit Sicherheit sagen. Das mit den Wasserständen ist schwierig festzustellen. Eigentlich ist es vollkommen spekulativ. Ich sage es nur, weil Sie fragen.«

Daeron schien sich auch jetzt nicht im Geringsten rhetorisch zu verhalten.

»Man will so etwas ja eigentlich nicht glauben, aber ich kenne die Geschäftswelt. Es gibt solche Leute«, es war dem älteren Bruder anzumerken, dass ihm diese Sätze wichtig waren, »das darf man nicht verleugnen. Solche Dinge geschehen.«

»Sie meinen, jemand könnte in Fässern Süßwasser in die Salinen bringen, um die Salzkonzentration zu schwächen und die Ernte zu sabotieren?«

Es klang lächerlich, aber Dupin sah das erste Mal eine Möglichkeit, Salinen, Salzherstellung, Fässer und Kriminalität – zumindest schon einmal ein kleines Maß an Kriminalität – gedanklich zusammenzubringen. »Könnte man nicht einfach die Schleusen zu den Speicherbecken öffnen und so zusätzliches Wasser einlaufen lassen?«

»Das wäre viel zu auffällig. Man würde die Veränderung des Wasserstandes sofort sehen. Bei Süßwasser müssen Sie viel weniger hinzugeben.«

»In den Fässern«, Dupin runzelte die Stirn, »hätten auch irgendwelche Substanzen sein können, oder?«

Daeron sah ihn fragend an.

»Ich meine: Substanzen, die das Salz, sagen wir – unbrauchbar werden lassen. Ungenießbar.«

Immerhin wäre das eine andere Möglichkeit der Sabotage. Dupin fand den Gedanken gar nicht weit hergeholt.

»Unser Salz wird ständig streng kontrolliert«, Daeron war ein Anflug von Empörung anzuhören, »jede einzelne Ernte jeder einzelnen Saline. Von einem unabhängigen Labor. Doppelt. Ein mehrfach gesichertes System. In der gesamten Guérande.«

Dupin hatte es anders gemeint. Rose sprang ihm bei:

»Wir werden das Wasser der Saline hier genau untersuchen. Wir sind bereits dabei.«

Daeron schien sich für diesen Gedanken nicht zu interessieren. Er blickte zu seiner Saline hinüber.

»Wo sollen die Fässer denn gestanden haben, an welchen Becken?«

»Eventuell an dem größeren Holzschuppen.«

Dupin hatte so schnell geantwortet wie ein Schüler, der endlich mal etwas ganz sicher wusste.

»Da liegen die Erntebecken. Direkt davor.« Daeron runzelte die Stirn.

»Und es ergäbe keinen Sinn, Süßwasser in die anderen Becken zu geben? Wenn man manipulieren wollte, meine ich?«

Dupin hatte keinerlei Vorstellung von der Funktionsweise einer Saline. Es wirkte kompliziert.

»Nein. Das könnten Sie leicht ausgleichen, die verschiedenen Arten der Becken sind mit Schleusen voneinander getrennt«, Daeron dachte kurz nach, dann fuhr er fort, erkennbar um Genauigkeit bemüht, »durch Ebbe und Flut wird das ganze Gebiet hier über ein weitflächiges Kanalsystem mit Meerwasser versorgt. Aus den großen Kanälen, den Étiers, füllen wir die ersten Speicherbecken, dann mehrere, hintereinander angeordnete Zwischenspeicherbecken. Von da aus lassen wir alle vierzehn Tage Wasser in die ersten Salinenbecken laufen. In die Vorbecken.«

»Das war es, was Sie Dienstagfrüh getan haben? Ich meine, hier, in dieser Saline?«

Dupin hätte doch rasch sein Notizheft holen sollen. Das war verwirrend. Zu viele Becken. Zu viele – vielleicht – wichtige Informationen.

»Genau. – Von diesen läuft das Wasser durch verschiedene weitere Becken bis zur Mitte der Saline, den Erntebecken. Das Wasser wird von Becken zu Becken immer flacher und wärmer, bis achtunddreißig Grad. Es gibt ein leichtes Gefälle, das erzeugt den Fluss des Wassers, Wind und Sonne sorgen für die anhaltende Verdunstung. So wird das Wasser immer salzhaltiger. Bis es dann in den Œillets auskristallisiert.«

»Und hier würden ein paar Fässer Süßwasser alles zerstören?«

Dupin wusste, dass sie an dem Punkt schon gewesen waren. Aber so langsam verstand er.

»Absolut. Hier steht alles jeden Tag auf der Kippe. Eine Nacht starker Regen, und alles ist vorbei, die Arbeit von Wochen. Auch wenn es nicht genug Sonne und Wind gibt. Oder wenn Sie selbst einen Fehler machen mit den Wassermengen. Dann fällt die Ernte aus. Letztes Jahr war die Saison Mitte August vorbei, es hat nur geregnet. Da fehlten uns sechs Wochen. Ein Drittel der durchschnittlichen Erntezeit. Das war verheerend.«

»Wir werden uns auch die Salzkonzentration genau ansehen«, Roses Ton machte klar, dass dieser Punkt nun hinreichend abgehandelt worden war und Daeron sicher sein konnte, dass sie jeder kleinsten Spur nachgehen würden. Sie fuhr zügig fort:

»Wer könnte ein Interesse daran haben, Ihre Ernte zu vernichten, Monsieur Daeron?«

Daeron zog heftig die Augenbrauen zusammen. Dann schüttelte er den Kopf.

»Niemand. Eigentlich niemand. Eigentlich kann ich mir so etwas nicht wirklich vorstellen.«

»Sie haben keine Idee? Denken Sie nach.«

»Nein. Ich habe keine Idee.«

»Besitzen Sie eine Waffe, Monsieur Daeron? Eine 9 mm?«

»Ich habe nie eine Waffe besessen.«

»Und wo waren Sie gestern Abend zwischen halb neun und zehn Uhr?«

Rose hatte Daeron die ganze Zeit über direkt in die Augen geschaut.

»Ich habe bis acht geerntet, in einer der anderen Salinen, dann bin ich nach Hause gefahren. Wir wohnen direkt bei La Roche-Bernard. Meine Frau war zu Hause, wir haben gegessen und dann habe ich noch Bürokram erledigt. Als Ihre Inspektorin mich erreicht hat, war ich gerade erst im Bett.«

Dupin hatte mit einem weiteren Nachsetzen von Rose gerechnet, auch damit, dass sie Daeron auf Lilou Breval ansprechen würde, aber aus irgendeinem Grund ließ sie plötzlich von ihm ab.

»Und Sie, Monsieur, wo waren Sie zu dieser Zeit?«, Commissaire Rose hatte sich jäh Paul Daeron zugewandt, sodass dieser leicht zusammenfuhr. Offenbar hatte er mit der Frage nicht gerechnet.

»Ich – ich war in Vannes. In meiner Firma. In der Nähe von Vannes. – Wir hatten ein paar Gäste da. Verköstigungen. Großkunden – das machen wir regelmäßig. Es ist spät geworden. Mitternacht.«

»Und die Gäste werden uns das bestätigen?«

Wieder schaute Paul Daeron überrascht.

»Natürlich.«

»Inspektorin Chadron wird Sie um die Namen aller Personen bitten, die Ihre Aussagen zu gestern Abend bezeugen können.«

Maxime Daeron war plötzlich Nervosität anzumerken.

»Könnte ich mir einmal meine Saline ansehen? Wo alles geschehen ist?«

Dupin hätte beinahe zuerst zu Rose geschaut – er beeilte sich, vor der Kommissarin zu antworten:

»Ich begleite Sie. Sie sollten uns mitteilen, wenn Ihnen etwas seltsam vorkommt. Egal was, auch die scheinbar unbedeutendste Kleinigkeit.«

Wohlweislich hatte Dupin auch jetzt nicht zu Rose geschaut. Die Kommissarin widersprach dennoch.

»Das ist ein gesperrter Tatort, ich …«

Mitten in ihren Satz hinein klingelte Dupins Handy.

Nolwenn. Er hatte sie eben auf der Fahrt von Le Croisic in den Salinen mehrere Male zu erreichen versucht, aber es war immer besetzt gewesen. Dupin überlegte, trat ein paar Schritte beiseite und nahm an. Heute Morgen war der Empfang im Weißen Land einwandfrei, zumindest hier an der Straße.

»Wir müssen unbedingt Lilou Breval ausfindig machen. Das ist alles absurd. Ich will, dass Sie es alle fünf Minuten bei ihr versuchen, Nolwenn. Sie muss doch irgendwann wieder zu erreichen sein. Irgendjemand muss wissen, wo sie ist.«

Dupin hatte während des Gesprächs begonnen, die Straße in Richtung Route des Marais entlangzugehen. Die Morgensonne

ließ die großen und kleinen Becken rechts und links grell auf-
blitzen, schon jetzt war abzusehen, dass die frische Brise, die
am Abend zuvor aufgekommen war, wieder einem brütend heißen Tag weichen würde. Auch wenn sich die Landschaft und
ihre Schönheit heute viel realer ausnahmen, Dupin fühlte sich
im Weißen Land immer noch fremd, seltsam benommen, als
würde diese eigentümliche Welt Besucher nur ungern dulden.

»Wenn Lilou sich das nicht aus den Fingern gesogen hat,
dann hat es in den Salinen Fässer gegeben, die hier nicht hingehören. Mit etwas drin, das hier nicht hingehört. Und dann
waren die Fässer nicht zufällig hier. Dann waren die Salinen
kein beliebiger Ort. Für illegale Machenschaften, die man verbergen will, gäbe es noch einsamere Gegenden als die Salinen«,
er fuhr sich durch die Haare, »auch wenn sie nachts sehr einsam sind.«

Gespräche mit Nolwenn waren für Dupin nicht selten eine
Möglichkeit, sich selbst verworrene Begebenheiten noch einmal anders und zugespitzt zu erzählen – sodass die neuen Er-
zählweisen ihm manchmal Dinge klarer machten. Was in diesem Fall jedoch nicht mal im Ansatz funktionierte.

»Ich kenne nur ihre Artikel, aber ich halte Lilou Breval für
eine höchst glaubwürdige Person, die gewissenhaft recherchiert«, sagte Nolwenn mit Nachdruck, »und die vor nichts und
niemanden Angst hat. Schauen Sie sich in den Salinen alles genau an. Da wird etwas dran sein.«

»Wir wissen nicht einmal, ob sie selbst je ein Fass hier gesehen oder nur davon gehört hat, es nur vermutete.«

Plötzlich donnerte ein Kastenwagen in eindeutig überhöhter Geschwindigkeit an ihm vorbei und kleine Steinchen flogen
meterweit, sie trafen Dupin am Bein und an der Hüfte.

Er zögerte einen Augenblick, aber dann fragte er doch. Er
hatte schon eben fragen wollen.

»Dann – das mit dem Präfekten. Wissen Sie, was da …«

»Zwischen den Messieurs herrscht eine alte und penibel gepflegte Feindschaft. – Ich hielt es für unbedingt notwendig, den Präfekten darauf aufmerksam zu machen, dass Préfet Trottet schon aus Prinzip alles daransetzen würde, Sie und das Finistère von den Ermittlungen auszuschließen. Und damit ausdrücklich auch ihn selbst.«

Eigentlich hatte Dupin sich schon gedacht, dass dieses Wunder mit Nolwenn zu tun haben musste. Mit wem sonst?

»Danke, Nolwenn.«

»Schnappen Sie sich den Übeltäter, mon Commissaire. Das kann nicht angehen. Man schießt nicht auf einen Commissaire aus Concarneau.«

Die Empörung kam aus tiefstem Inneren, Nolwenns ganzes Wesen schwang in diesen Worten mit. Er liebte sie dafür.

»Sie vergessen nicht, dass Sie heute nach Paris wollten? Der Geburtstag. – Sie hat es viele Male bei Ihnen versucht. Sie hat aber keine Nachricht hinterlassen.«

Nolwenn hatte fürsorglich geklungen.

»Ich weiß. Ich …«

Dupin wechselte das Thema.

»Ich muss unbedingt noch etwas wissen. – Lilou Breval hat vor einem Jahr im Juni einen großen Artikel über die Salinen geschrieben – können Sie nachschauen, ob sie noch weitere Artikel über die Guérande veröffentlicht hat? Über das Salz, die Salzbauern? Die Konkurrenz zwischen dem mediterranen und atlantischen Salz? Auch nach Artikeln zu anderen Themen von ihr, in denen die Salinen irgendwie vorkommen? Egal in welcher Hinsicht. – Und ich brauche allgemein alle Artikel aus dem *Ouest-France* über die Salinen, nicht nur die von ihr. Alles aus den letzten Jahren. Auch aus dem *Télégramme*.«

»In Arbeit.«

Nolwenn hatte aufgelegt (niemand legte schneller auf als Dupin, außer Nolwenn).

Dupin wandte sich um. Er war sicherlich einen halben Kilometer gelaufen und irgendwann in einen der abgehenden Wege eingebogen. Überall sah es genauso aus wie in Daerons Saline. Mit gerunzelter Stirn stapfte er den Weg zurück.

Von Daeron und Commissaire Rose war weit und breit nichts mehr zu sehen. Nur von den beiden Polizisten, die brav an der Absperrung standen.

Dupin bog zu Daerons Saline ab. Auf halbem Weg zum Schuppen stand Inspektorin Chadron, die demonstrativ auf ihn gewartet zu haben schien.

»Commissaire Rose hat mich gebeten, Ihnen ein paar Dinge auszurichten.«

Ihr Gesichtsausdruck war neutral. Ihr Tonfall ebenso. Als wäre sie auch mimisch und stimmlich bei Rose in die Schule gegangen.

»Sie sagte, sie habe Sie nicht bei Ihren privaten Gesprächen stören wollen. Habe es aber für angebracht gehalten, mit den Ermittlungen fortzufahren.«

Dupin war zu verblüfft, um zu antworten.

»Sie ist zu Monsieur Jaffrezic vorausgefahren, Sie sollen sie dort treffen. Am Hauptsitz der Kooperative. Bei den Lagerhallen. Wenn Sie auf der Route des Marais Richtung Guérande-Stadt fahren, ist es ausgeschildert, etwa zwei Kilometer.«

Unglaublich. Sie musste also gerade eben die Straße entlanggefahren sein. Es gab keinen anderen Weg.

»Wir haben bereits geklärt, ob sich nach Dienstagmorgen noch Mitarbeiter von Maxime Daeron in dieser Saline hier aufgehalten haben: offensichtlich nicht. Zumindest nicht nach den Aussagen der befragten Personen, die wir natürlich noch überprüfen – vor allem«, immer noch derselbe neutrale Tonfall, »sagte Commissaire Rose, sollten Sie wissen, dass eine Nachbarin Lilou Breval gestern Nacht in der Nähe des Hauses ihrer Eltern am Golf gesehen hat. Gegen dreiundzwanzig Uhr. Unsere Kollegen waren dort. Gerade kam die Meldung. Sie haben Madame Breval heute früh zwar nicht mehr selbst angetroffen, aber auf alle Fälle war sie diese Nacht dort. Der Nachbarin ist nichts Besonderes aufgefallen. Sie sagte, Madame Breval sei allein gewesen – Sie sollen sich beruhigen, sagt Commissaire Rose.«

Jetzt war Dupin sich nicht mehr sicher, ob der letzte Satz Chadrons nicht doch einen Unterton gehabt hatte. Dabei war es die Kommissarin gewesen, die beunruhigt gewesen war – beunruhigter als er zumindest. Aber wenn Dupin ehrlich war, verspürte auch er jetzt Erleichterung. Große Erleichterung.

Er drehte sich kommentarlos um und lief raschen Schrittes den Weg zurück. Im Gehen holte er sein Handy heraus, rief Riwal an – der ihn abgesetzt hatte und umgehend zurück zu Kadeg ins *Le Grand Large* gefahren war – und gab in knappen Worten ein paar Aufträge durch. Das musste die Kommissarin ja erst mal nicht mitbekommen.

Eine Minute später stand er an seinem Wagen. Er hatte keine Ahnung, wie er mit der lädierten Schulter Auto fahren, geschweige denn überhaupt in den zwergenhaften Wagen steigen sollte, aber es würde schon irgendwie gehen, redete er sich gut zu. Höchst missmutig krabbelte er in den Peugeot. Auch wenn er jetzt offiziell teilhatte an den Ermittlungen, missfiel ihm alles hier. Alles. Er hatte sich in dem Gespräch mit den Daerons wie ein Schatten seiner selbst gefühlt. Und dies hier war auch nicht sein Terrain. Dupin fremdelte.

»Ah, Monsieur le Commissaire – Monsieur Jaffrezic war gerade im Begriff, uns die Fässer zu zeigen, die in der Kooperative verwendet werden. *Blaue Plastikfässer.*«

Roses Blick hatte Dupin nur kurz gestreift.

»Bonjour, Monsieur«, brummte Dupin. Er rieb sich die Stelle am Kopf, die er sich auch dieses Mal beim Aussteigen aus seinem Wagen gestoßen hatte.

»Kommen Sie mit. Schauen Sie sich alles an, wenn Sie das für notwendig halten. Glauben Sie mir, unsere Fässer waren an der wilden Schießerei nicht beteiligt.«

Natürlich wussten alle Bescheid. Radio und Internetseiten berichteten bereits von der »mysteriösen kriminellen Aktion« und »stundenlangen brutalen Schusswechseln« in den Salzgärten, bei denen »der bekannte Kommissar Georges Dupin um ein Haar erschossen worden wäre«. Natürlich wurde auch seine Anwesenheit kommentiert: »Auch der Grund, warum sich der Kommissar überhaupt außerhalb seines Einsatzgebietes in den Salzgärten der Guérande aufhielt, liegt bisher vollständig im Dunkeln.«

Mit einem gut gelaunten »Kommen Sie!« hatte Guy Jaffrezic sich in Bewegung gesetzt und lief über den breiten Schotterweg, der vom Parkplatz wegführte, entlang einer der sicher zehn imposanten lang gezogenen Lagerhallen der Kooperative. Jaffrezic, vielleicht Anfang sechzig, schätzte Dupin, war klein, sehr rundlich, mit flinken Augen und ebenso flinken Händen, die permanent gestikulierten. Das stand in einem seltsamen Kontrast zu der körperlichen Gemütlichkeit, die er ausstrahlte, so als gehörten Augen und Hände eigentlich zu einem anderen Körper. Dupin musste um ein Haar grinsen.

»Wir benutzen die Fässer erst seit Kurzem, seit dieser Saison. Für das getrocknete Salz. Das für die Salzmühlen. Wir produzieren es seit zwei Jahren. Die Leute lieben es. Ein Renner. Das *Gros Sel spécial moulin*. – Ich weiß nicht, ob Sie es kennen.«

Er hatte sich an Dupin gewandt, er schien davon auszugehen, dass die Kommissarin Bescheid wusste. Beides wohl zu Recht. Dupin seufzte. Bis vor ein paar Jahren war Salz für ihn einfach Salz gewesen (und er fand die Haltung auch immer noch plausibel). Nolwenn hatte ihm dann in ihren bretonischen Lektionen ein paar erste Unterweisungen gegeben. Richtig zugehört hatte er bei diesem Thema nicht, musste er sich eingestehen.

»Commissaire Rose hat gesagt, Sie sind der Commissaire aus Paris. Man hat ja schon von Ihnen gehört.«

Nach über fünf Jahren in der Bretagne reagierte Dupin auf Sätze dieser Art einfach gar nicht mehr.

»Sie werden vom Salz keine Ahnung haben.«

Eine tiefe Trauer schwang in Jaffrezics Satz mit. Auch Sorge. Und Mitleid.

»Ohne Salz stirbt der Mensch, das dürfen Sie nie vergessen.«

Dupin wäre fast rausgerutscht: »Mit Salz auch.«

»Ich werde Ihnen alles zeigen und erklären, was Sie wissen müssen. – Wenn Sonne und Wind es wollen.«

Dies nun war – wie schon die Einlassungen zum Sel Moulin – in einem eindeutig pädagogischen Tonfall formuliert. Wie der Auftakt zu einer Führung.

»Das ist eine polizeiliche Ermittlung. Es gab einen Mordversuch«, ging nun Rose freundlich, aber bestimmt dazwischen.

Jaffrezic blieb vollkommen unbeeindruckt, er fuhr im Salinenführer-Modus fort.

»Wir lassen das Gros Sel Moulin nach der Ernte achtundvierzig Stunden in der Sonne trocknen, manchmal sogar zweiundsiebzig Stunden, mindestens einen Tag länger als das normale Gros Sel. Dann kommt es in die Fässer. Aber nur zum Transport bis in die Lagerhallen hier. – Die wichtigste Unterscheidung ist die zwischen Gros Sel und Fleur de Sel. Das sind die beiden Grundarten.«

Jaffrezic verließ den Schotterweg, bog scharf rechts ab und lief nun auf einem der schmalen Graswege mitten in eine Saline hinein. Hinter einem größeren Speicherbecken begannen die rechteckigen Becken, in denen durch das mittlerweile nur noch zentimetertiefe Wasser der blaugraue Boden durchschimmerte. Die warme Luft stand, es roch stark nach Salz, nach schwerer Erde. Brackig.

»Die ›Blume des Salzes‹ ist das feinste, das edelste aller Salze der Welt, auch das seltenste. – Wussten Sie, dass es bis in die Achtziger für die Konservierung von Sardinen eingesetzt wurde und allgemein eher als minderwertig galt?«

Das hatte Dupin in der Tat noch nicht gewusst.

»Direkt nach der Ernte hat es ein Veilchenaroma und einen leicht rosigen Schimmer. Nach dem Trocknen ist es strahlend weiß! Es macht nur vier Prozent unserer Produktion aus«, jetzt wurden Stimme und Gesichtsausdruck pathetisch: »Es bildet sich nur bei perfekten Wetterverhältnissen. Auf wahrhaft alchimistische Weise. Viel Sonne, geringe Luftfeuchtigkeit und ein beständiger Wind, der weder zu stark noch zu schwach sein darf, heute ist er viel zu schwach. Die Ostwinde sind die besten!« Jaffrezics Augen blitzten kennerhaft. »Der leichte Wind bläst die feinen, nahe der Oberfläche schwebenden Salzkristalle zusammen, was eine eisähnliche Schicht erzeugt. Fleur de Sel schwimmt auf dem Wasser! Kleine bewegliche Inseln, wussten Sie das?«

Auch das war Dupin neu.

»Ist der Wind zu kräftig oder wird das Wasser im Erntebecken unvorsichtig bewegt, sinkt das Fleur de Sel zu Boden und ist verloren.«

»Ist es noch weit?«

Roses prosaische Frage machte klar, dass sie zur Sache kommen wollte. Die Lehmstege waren immer schmaler geworden, sie waren bereits ein paarmal abgebogen. Commissaire Rose ging zwei, drei Meter hinter Dupin. Jaffrezic überhörte die Frage souverän.

»Ordinäres Salz, das sogenannte ›Speisesalz‹, besteht zu über 99 Prozent aus reinem Natriumchlorid. Eine Zumutung! Unsere Salze zu nur 91 Prozent, der Rest aus verbliebener Feuchtigkeit, reinem Meerwasser also, wir nennen es die ›Salzmutter‹, und vor allem aus zahlreichen lebenswichtigen Mineralien und Spurenelementen. Magnesium, Kalzium«, der Leiter der Kooperative hörte nicht auf, sich zu ereifern, »Mangan, Jod natürlich. Sechzig verschiedene! Eisen, Zink. Und Selen! Brom, Schwefel.«

Das klang skurril – vor allem war Dupin sich nicht sicher, wie groß der Werbeeffekt bei Schwefel und Brom war. Aber in Jaffrezics Gesichtszügen lag Stolz.

»Das macht seinen einzigartigen Geschmack aus! Es ist ungleich milder, zugleich würziger, aromatischer und vollmundiger als primitives Salz. Ohne alle Bitterstoffe. Das einzige Salz mit einem Bouquet!«, er war nun vollends in einen hundertfach schon erprobten Text geraten, »Feinschmecker auf der ganzen Welt verehren unser bretonisches Fleur de Sel! Ein Teil des kulinarischen Erbes der Menschheit.«

Dupin musste schmunzeln. In der Bretagne war Salz selbstverständlich nicht einfach Salz.

»Auch Konsistenz und Oliofaktur unterscheiden sich von allen anderen Salzen: Die feine kristalline Struktur zerfällt wie ein Hauch auf der Zunge!«

»Und auf zartem Salzlamm von den Wiesen des Mont Saint-Michel, nachdem es bei achtzig Grad sieben Stunden im Ofen war. Mit Knoblauch, Rosmarin, Schalotten, regelmäßig mit Weißwein übergossen.«

Dupin war sich zunächst nicht sicher, ob er richtig gehört hatte. Er drehte sich um und sah, für einen Augenblick, ein hübsches, offenes Lachen auf Roses Gesicht. Sie hatte es wirklich gesagt. Noch ehe er reagieren konnte – er hätte gern etwas Nettes erwidert –, war es wieder verschwunden.

»Achtung!«

Jaffrezic war abrupt scharf links abgebogen auf einen abenteuerlich schmalen Damm, der zwischen zwei Becken auf einen Erdwall zulief. Und Dupin wäre beinahe geradeaus in das Becken gelaufen. Geschickt und mit unvermindertem Tempo marschierte der korpulente Jaffrezic den Damm entlang, bis zu einem Spalt.

»Sie müssen sich vorstellen, dass wir über diese schmalen Dämme und Stege sogar mit den voll beladenen Schubkarren fahren.«

Im nächsten Augenblick sahen sie auf einem breiten Grasstreifen zwischen zwei Salinen eine Reihe hoher Salzberge auf grünen Planen, daneben, ebenso als Reihe angeordnet, blaue Plastikfässer. Dupin schätzte sie auf siebzig, achtzig Zentimeter hoch, vierzig, fünfzig Zentimeter im Durchmesser.

»Ihre mysteriösen Fässer. Voilà! – Sehen Sie, das ist das normale Gros Sel. Das wird unser Sel Moulin. – Es bildet sich anders als das Fleur de Sel, die Salzkristalle setzen sich auf den Tonböden des Erntebeckens ab. – Wenn Wind und Sonne wollen! Die Böden geben dem Salz die besondere hellgraue Farbe.«

Dupin hatte sich vor die Fässer gestellt und betrachtete sie. Rose gesellte sich zu ihm.

Die Fässer waren leer. Alle. Standen ordentlich in Reih und Glied. Es gab sie also wirklich. Blaue Fässer in den Salinen. Immerhin. Der Salzbauer schien sich nicht daran zu stören, dass die Kommissare abgelenkt waren.

»Wie auch immer. Es wird mit einer Schubkarre zum Rand der Saline gebracht. Nach zwei Tagen des Trocknens dann hier in die Fässer gefüllt. In ihnen wird es dann auch in den Hallen gelagert. Bis es abgepackt wird. – Und darin erschöpft sich das ganze Mysterium der blauen Fässer.«

Rose und Dupin hatten nun wieder aufmerksam zugehört.

»Die Fässer dienen Ihnen ausschließlich zu diesem Zweck?«, übernahm Dupin das Wort.

»Absolut.«

»Und sie werden nur in Ihrer Kooperative verwendet?«

»Wir sprechen von siebenundsechzig Paludiers!«

Dupin hatte sein Clairefontaine gezückt. Endlich. Er hätte es eben beim Aussteigen fast wieder vergessen (das war kein gutes Zeichen), im letzten Moment hatte er daran gedacht. Er begann, einige Dinge festzuhalten. Nach dem simplen Prinzip, was ihm wichtig schien. Intuitiv. Dies wiederum allerdings in aufwendiger Systematik.

»Und wie könnten einige dieser Fässer in die Salinen von Monsieur Daeron gelangt sein?«

»Das ist unmöglich.«

»Aber geschehen«, Dupin spürte einen richtiggehenden Affekt.

»Was hat sich dort abgespielt nach Ihrer Meinung, Monsieur Jaffrezic?«, schaltete sich nun Rose ein.

»Haben Sie die Fässer dort wirklich gesehen? Wie gesagt: Ich halte das für ausgeschlossen. Nicht unsere Fässer!«

Dupin und Rose schwiegen.

»Vielleicht«, Jaffrezic machte eine Kunstpause, »waren es die verrückten Zwerge von Mikaël. Aus Pradel. Wer weiß?«

Dupin konnte gar nicht mehr zählen, wie oft ihm in Ermittlungen keltische Legenden und Sagen erzählt worden waren. Zur Ablenkung, zur Erheiterung – oder, und das war nicht selten der Fall: aus vollem Ernst.

»Sobald der letzte Paludier abends die Salinen verlassen hat, gehören die Salinen nicht mehr uns Menschen. Sie merken es sofort. Dann geht es hier nicht mehr mit rechten Dingen zu«, Jaffrezic machte das sehr effektvoll (und er beschrieb gut, wie Dupin sich gestern Abend gefühlt hatte): »Dann gehören die Salinen ihnen, und sie kommen hervor, die Zwerge: zehn, hundert, tausend. Mit Schubkarren in Blau – in Blau, wie Ihre Fässer. Sie haben früher nachts die Salinen des Mikaël bestellt, dem es zu viel Arbeit war, bis sie eines Nachts einen gigantischen Salzberg aufgeschüttet hatten, der alle Salinen unter sich begrub, fünfzig Meter reinstes Salz.«

Jaffrezic schaute sie mit theatralischem Blick an.

»Teuflische kleine Wesen. Sie treiben bis heute ihr Unwesen. Und nicht nur sie!«

Er brach in ein kurzes, lautes Lachen aus.

»Monsieur Jaffrezic, sehen Sie bei irgendjemandem ein Motiv, Maxime Daerons Ernte zu sabotieren?«

Commissaire Rose hatte die lustige Legende vollkommen unbeeindruckt gelassen. Dupin hatte an Riwal denken müssen. Er kannte sie gewiss.

90

Jaffrezic wurde augenblicklich verbindlich.

»Wir versuchen Maxime Daeron seit Jahren dazu zu bringen, sich der Kooperative anzuschließen. Das ist kein Geheimnis. Falls Sie das meinen. Er hat es anscheinend nicht nötig.«

Die Augen wanderten jetzt noch flinker hin und her.

»Und daher setzen Sie oder irgendjemand aus der Kooperative ihm zu, indem Sie Teile seiner Ernte zunichtemachen? Auf diese Art wollen Sie ihn zum Beitritt in die Kooperative zwingen?«

Rose war unglaublich. Sie formulierte diese Anschuldigungen, ohne dass sie im Geringsten wie solche klangen.

»Das ist ja, Gott sei Dank, nicht Ihr Ernst.«

»Wie funktioniert das – die Kooperative?«, erkundigte sich Dupin.

»Die Mitglieder sind verpflichtet, ihre gesamte Ernte einzubringen. In unser Lager. Hier in den Hallen. Zu einem bestimmten Preis pro Kilo, der jedes Jahr von allen gemeinsam festgelegt wird.«

Jaffrezic schien sehr erfreut über Dupins Interesse. Und gab sich dieses Mal dennoch erkennbar Mühe, die Erklärung nicht zu sehr aus salztouristischer Perspektive zu formulieren.

»Sehen Sie, die Ernte kann sehr unterschiedlich ausfallen. Einen unabhängigen Paludier kann es die Existenz kosten, wenn ein Sommer verregnet ist. Das ist die Kernidee der Kooperative: Wir haben eine Lagermenge für zwei bis drei Jahre aufgebaut. So können wir den Ausfall einer kompletten Saison kompensieren und beständig liefern. Auf diese Weise stellen wir ein kalkulierbares Auskommen für alle Paludiers sicher, proportional zur eingebrachten Menge an Salz. Natürlich wird man in der Kooperative nicht reich, aber auch nicht arm. Ihr nicht beizutreten, ist asozial, so empfinden wir das. Daeron will allein weitermachen. *Wir* akzeptieren es, vielleicht aber das große Unternehmen nicht.«

»Ja?«

Rose klang nun unverhohlen ungeduldig.

»*Le Sel* versucht seit einigen Jahren, alles aufzukaufen.«

»Was meinen ...«

Dupins Telefon unterbrach Rose. Er beeilte sich, es aus seiner Jeanstasche hervorzuziehen.

»Nolwenn, ich kann ger...«

Sie ließ ihn nicht ausreden:

»Lilou Breval hat versucht, Sie zu erreichen. Ich meine, ich habe ihre Nummer auf dem Display Ihres Anschlusses gehabt. Sie müssen sie auch auf Ihrem Handy sehen. Der Anruf ist auf meinen Anschluss umgeleitet worden, wo besetzt war. Dann lief das Band, aber sie hat keine Nachricht hinterlassen. – Sie muss angerufen haben, als wir telefoniert haben. Ich habe es sofort bei ihr versucht, mehrfach. Sie geht nicht ran. Oder hat keinen Empfang. Am Golf ist das so eine Sache mit dem Empfang.«

»So ein Scheiß.«

Rose und Jaffrezic schauten ihn fragend an.

Dupin warf einen kurzen Blick auf sein Handy. Er sah die Nummer von Lilou. Er hatte Lilous Anruf verpasst! Und sie allein würde Licht in die Angelegenheit bringen. Sie hingen vollkommen von ihr ab, alles hing von ihr ab – und er hatte ihren Anruf verpasst.

»Versuchen Sie es weiter, Nolwenn. – Das gerät zu einer Farce.«

Dupin legte auf. Die Art und Weise, wie sich Rose zu ihm gestellt hatte, machte klar, dass sie eine sofortige Auskunft erwartete.

»Lilou Breval hat es eben bei mir versucht«, Dupin hatte leise gesprochen, er zögerte, »jetzt ist sie wieder nicht zu erreichen.«

»Ich vermute mal, Ihr Anschluss war besetzt?«, Rose wandte sich von Dupin ab, ihr Ton kühl kommentierend, »das ist alles aberwitzig.«

Im nächsten Moment wandte sie sich wieder Jaffrezic zu.

»*Le Sel.* Wir waren bei *Le Sel*, Monsieur.«

»Ach ja. – Ein Großunternehmen. Aus dem Süden. Sie zerstören alles. Sie haben im letzten Jahrzehnt immer mehr Salinen aufgekauft, zu vollkommen überhöhten Preisen. Sie machen uns allen ständig Angebote, auch Daeron. Haben Sie Madame Ségolène Laurent noch nicht kennengelernt?«

Die Welt des »reinen Meersalzes« mochte kulinarisch eine wunderbare Welt sein, in ihrer Realität als Geschäft war auch sie offensichtlich eine äußerst komplizierte. Eine harte Welt. Und damit eine sehr menschliche, dachte Dupin.

»Nein.«

»Die ›Imperatorin‹, eine attraktive Mischung aus Marie Antoinette und einem Barracuda«, sagte Jaffrezic ernst, »sie versucht ständig, das *Centre du Sel* und dessen Leiterin Juliette Bourgiot zu vereinnahmen.«

Wenn Dupin sich richtig erinnerte, war das die zweite Person aus den Salinen, die Lilou Breval in ihrem Artikel zitiert hatte.

»Was meinen Sie mit ›vereinnahmen‹?«

Rose klang immer gereizter.

»Eigentlich ist das *Centre du Sel* eine Institution der Gemeinde, der Region. Früher überwiegend durch Steuergelder finanziert – wie vieles im Weißen Land auf die eine oder andere Weise staatlich subventioniert wird. Der schicke Neubau des *Centre* vor zwei Jahren ist hingegen zu großen Teilen von *Le Sel* finanziert worden. Das schafft ›Verbindlichkeiten‹. Ob man will oder nicht.«

Dupin hatte sich jetzt alle Namen notiert. Sehr leserlich. In schwierigen Fällen, vor allem, seitdem es in seinem Polizeileben um bretonische, also nicht selten unaussprechliche Namen ging, legte er sich auf den letzten Seiten seines Notizheftes bisweilen ein regelrechtes Personenverzeichnis an, wie in einem Theaterstück. *Juliette Bourgiot: Leiterin des Centre du Sel, Ségolène Laurent: Chefin von Le Sel etc.*

»Ist das *Centre du Sel* das große Holzgebäude rechts auf dem Weg hierhin?«

Dupin versuchte, in das Gespräch zurückzukommen, er haderte immer noch mit dem verpassten Anruf.

»Nein. Das ist *unser* Zentrum. Von der Kooperative. Das *Maison du Sel!*«

»Was geschieht da?«

»Wir zeigen den Menschen die ganze Welt des Salzes. Sie werden herumgeführt, können selbst ernten, bekommen die Kooperative erklärt, können eine kleine Ausstellung anschauen, natürlich nicht so aufwendig wie im neuen *Centre*. – Und wir verkaufen dort unser Salz. Es gibt mittlerweile einen beträchtlichen Direktvertrieb, sogar über einen Online-Store.«

»Ich nehme an, das *Centre du Sel* macht Ähnliches?«

»Und die Lobbyarbeit für Madame Laurent.«

»Und wer leitet das *Maison du Sel?*«, Dupin vervollständigte das Tableau in seinem Notizheft.

»Ich. Der Leiter der Kooperative.«

»Und was hat …«

Abermals schrillte Dupins Handy. Abermals mitten in Roses Satz hinein. Dupin nahm ab. Es war Riwal.

»Riwal, ich kann jetzt wirklich nicht …«

»Eine Frauenleiche. Im Golf. In den Austernbänken von Locmiquel und Larmor-Baden. Genau gegenüber der Passage – gegenüber von Kerpenhir und Locmariaquer!«

Dupin erstarrte.

»Was?«

»Wir haben Polizeifunk gehört. Vor zwei Minuten ging ein Anruf bei der Polizei in Auray ein. Austernfischer haben in ihren Bänken eine Frauenleiche gefunden, es herrscht Ebbe«, Riwal verstummte kurz, »um die vierzig, schätzen sie. Kurze Haare. Pullover und Jeans. Identität noch unbekannt. Sie hat noch nicht lange da gelegen. – Mehr wissen wir im Augenblick auch nicht. Wir …«

Das reichte. Dupin hatte aufgelegt. Er spürte, wie seine Muskeln verkrampften. Seine Schulter schmerzte fürchterlich. Ihm war übel.

Es konnte eigentlich nicht sein. Sie hatte ihn vor einer Viertelstunde zu erreichen versucht. Wie sollte das gehen? Aber: Alles passte. Der Ort. Die kurzen Haare. Das Alter. Und das Schlimmste: Er hatte – wenn er ehrlich war – tief im Inneren die ganze Zeit ein komisches Gefühl gehabt. Es wäre ein zu großer Zufall.

Jaffrezic und Rose starrten ihn an, beiden schien klar, dass etwas geschehen war. Dupin stand einen Moment wie gelähmt, dann löste er sich abrupt aus seiner Starre. Aber noch bevor er etwas sagen konnte, klingelte Roses Handy. Ein fast altmodisches, hohes, sehr lautes Klingeln. Blindlings griff sie in ihre Jacketttasche, holte es mit einer schnellen Bewegung heraus und hatte es sofort am Ohr.

Dupin wusste, was kommen würde. Er wartete nicht ab. Ohne sich umzuschauen, lief er den Weg, den sie gerade gekommen waren, zurück. Zu seinem Auto.

Es hatte etwas äußerst Brutales. Die Tote in dieser vollkommen friedlichen Szenerie. Sie standen auf dem Meeresboden einer weiten Bucht, mitten in der Anse de Locmiquel, Hunderte Meter grober Sand, auf dem zahlreiche Austern- und Muschelbänke befestigt waren. In ein paar Stunden würden hier wieder Barsche schwimmen, Doraden, Barben, Pollacks. Der Himmel war blau, verziert mit ein paar losen, wattebauschigen Schönwetterwolken, erst ein paar Hundert Meter weiter im Süden schimmerte das tintenblaue *Mor bihan*. Hinter der Passage, die man genau erkennen konnte, blitzte silbern unruhig der offene Atlantik.

Es war Lilou Breval. Dupin hatte sie schon erkannt, als er

noch einige Meter entfernt gewesen war. Ihr Kopf, so sah es aus, hatte sich zwischen zwei Holzverstrebungen der langen, hölzernen Austernbänke verfangen. Er hing fest. Vielleicht hatte nur das verhindert, dass der Körper noch weiter von den Strömungen durch den Golf getrieben worden war. Es sah makaber aus. Die Lider der Journalistin wirkten seltsam friedlich geschlossen, der Ausdruck auf ihrem Gesicht dagegen gequält. Auf der linken Seite war neben der Schläfe eine große Wunde zu sehen, fürchterlich aufgequollen. Ansonsten schien ihr Körper unversehrt. Die Haare und Kleidung waren schon wieder getrocknet. Nicht weit von der Leiche, mitten auf dem Meeresboden: drei große Aluminiumkoffer, die Ausrüstung der Gerichtsmedizin und Spurensicherung.

Dupin stand direkt neben der Toten, ganz nah. Regungslos. Versteinert. Den Blick auf Lilou gerichtet. Die Augen zusammengekniffen. Die Gesichtsmuskeln angespannt.

Rose, die kurz vor Dupin angekommen war, hatte – mit aller Autorität – den Gerichtsmediziner und die beiden Mitarbeiter der Spurensicherung aus Vannes sowie die beiden örtlichen Polizisten »gebeten«, sie und Dupin ein paar Augenblicke allein zu lassen. Sie waren schon mitten in der Arbeit gewesen, missmutig hatten sie sich dem Befehl gefügt.

»Wir werden den Täter kriegen«, Rose, dicht an Dupin, sprach kalt, gedämpft, ohne Pathos, dafür mit größter Entschiedenheit. »Selbst die klügsten Täter begehen ihre Taten in der Realität – und in der Realität hinterlässt alles eine Spur.«

Dupin schloss die Augen, atmete tief ein, hob den Kopf, das Kinn nach vorne gestreckt.

»Ja, wir kriegen ihn.«

»Wir werden bald wissen, ob die Wunde die Todesursache war. Es sieht danach aus. Zumindest war sie schwer verletzt. Sicher bewusstlos.«

Dupin öffnete die Augen wieder. Fuhr sich heftig durch die Haare. Erst nach einer Weile reagierte er.

»Ja.«

»Der Anruf heute kam dann gar nicht von ihr – nur von ihrem Telefon. Wir versuchen, das Handy zu orten. – Vielleicht war es der Täter, der Sie angerufen hat.«

Der Anruf kam Dupin mit einem Mal gespenstisch vor. Infam. Hatte ein Fremder mit Lilous Telefon seine Nummer gewählt? Aber warum? Und ja, es könnte sogar der Täter gewesen sein.

»Um acht Uhr dreißig war der tiefste Punkt der Ebbe. Ab fünf Uhr dreißig, denke ich, hat sich das Wasser schon aus der Bucht zurückgezogen. Dann liegt die Leiche hier seit mindestens dieser Zeit. – Wir werden bald wissen, ob sie bereits tot war.«

»Lassen Sie sofort nach ihrem Wagen fahnden«, sagte Dupin mechanisch.

»Sind schon dabei. Wir bekommen Unterstützung aus Vannes und Auray. Ich habe alles geregelt. – Wahrscheinlich ist Lilou Breval nicht mehr weit gekommen in der Nacht. Nachdem sie am Haus ihrer Eltern angekommen war. Entweder ist sie noch zu einem Ort gefahren, an dem der Mörder ihr aufgelauert hat – oder sie war mit ihm verabredet. Wie auch immer – nicht weit vom Golf entfernt vermutlich.«

»Oder sie ist schon nicht mehr selbst gefahren. Und«, der Wagen hatte ja nicht am Haus ihrer Eltern gestanden, »der Mörder hat die Leiche in Lilous Wagen gelegt und ist damit gefahren.«

»Dann wäre sie wahrscheinlich in ihrem Haus ermordet worden.«

Es waren im Augenblick alles Hypothesen, eigentlich freies Assoziieren. Aber es tat Dupin gut, gab ihm ein wenig festen Boden, ein wenig Halt in diesem schrecklichen Szenario. Er kannte sich, er musste jetzt handeln, aktiv sein. Sich mit doppelter und dreifacher Energie in den Fall stürzen. Die Gefühle würden ihn später heimsuchen.

»Der Mörder – oder die Mörder«, Roses Miene war finster.

Beide verstummten für eine Weile.

»Wie gut haben Sie sie gekannt?«, fragte Rose schließlich Anteil nehmend.

»Ich, ein wenig nur. Wir …«, Dupin brach ab.

Sie waren nicht richtig befreundet gewesen, sie hatten sich nur ein paarmal gesehen in den letzten Jahren, meist zudem nur kurz – nur an dem einen Abend länger, bei ihr im Garten –, gelegentlich hatten sie telefoniert. Aber das war egal, es gab Menschen, zu denen man vom ersten Moment an eine Beziehung hatte und bei denen klar war: Man verstand sich. Und das geschah nicht sehr häufig. Sie hätten, das war beiden bewusst und ein schönes Gefühl gewesen, befreundet sein können.

Ein großer, schwerer Mann löste sich aus der Gruppe, die in einem Abstand von vielleicht zwanzig Metern stand – Dupin hatte sie vollkommen vergessen gehabt –, und kam, etwas zögerlich, auf die beiden Kommissare zu. Der Gerichtsmediziner.

Dupin fuhr sich erneut heftig durch die Haare. Er würde das professionelle Gerede nicht ertragen. Nicht jetzt. Gerichtsmediziner waren eine seltsame Spezies. Nicht seine.

»Ich fahre zum Haus der Eltern«, sagte er schnell.

Rose verstand. Sie nickte.

»Ich spreche nur kurz mit allen und komme dann nach.«

»Wir müssen uns die Gestalten dieser Salzwelt vorknöpfen. Das Gespräch mit dem Leiter der Kooperative weiterführen, erfahren, was Lilou außer dem, was in dem Artikel stand, an den Salzgärten vielleicht noch interessiert hat. Die Chefin von *Le Sel* treffen. In Erfahrung bringen, mit wem Lilou überhaupt gesprochen hat, wen sie gekannt hat in den Salinen. – Und wir müssen noch einmal ihr Haus durchsuchen. Uns die Internetaccounts, die Gesprächsnachweise ansehen. Alles. – Uns genauer mit den blauen Fässern beschäftigen.«

Es war ein hyperaktiver Redefluss gewesen. Dupin wusste, dass er nur selbstverständliche Dinge formuliert hatte. Dennoch: Es half ihm, sich zu sammeln. Er musste sich dem pedantisch widmen, was sie an kümmerlichen Spuren hatten. Sich versenken, verbeißen. Ausharren. Und hoffen, auf irgendetwas zu stoßen, das sie weiterführte. – Lilou Breval war wirklich tot. Ermordet. Sie war wahrscheinlich schon gestern Nacht tot gewesen, als sie in ihrem Haus gewesen waren.

»Das werden wir tun. *Alles*«, Roses Satz war eine Kampfansage gewesen.

Der Gerichtsmediziner war zu seinem Koffer gegangen, um mit demonstrativer Geste etwas herauszuholen. Er wollte weitermachen.

Dupin wandte sich ab.

Er lief ein Stück die Austernbänke entlang, machte einen Schlenker, gerade groß genug, um dem Rest der Gruppe – der sich jetzt auch in Bewegung setzte – nicht begegnen zu müssen.

Dupin hatte Schwierigkeiten gehabt, das Haus zu finden. Der alte Peugeot verfügte, natürlich, nicht über ein Navigationssystem. Rose, die wahrscheinlich nur ein paar Minuten hinter ihm war, hatte ihm die Strecke am Handy so gut es ging beschrieben: Die »Route du soleil«, eine kleine Straße, die auf die sonnenverwöhnte Landzunge führte, am zerbrochenen Feenstein vorbei, dem *Men-er-Hroec'h*, einem ursprünglich fünfundzwanzig Meter hohen Menhir, dem größten der Welt, bevor er irgendwann, vor Tausenden von Jahren, in vier Stücke zerbrochen war.

Das Haus lag in einem kleinen Wäldchen am Golf, ein wenig außerhalb Kerpenhirs, auf dem schmalen Landvorsprung, der von winzigen namenlosen Sträßchen und Wegen durchzogen war.

Dupin gelangte schließlich zu vier fast gleich aussehenden

alten Steinhäusern, die dicht nebeneinanderstanden. Das Haus der Brevals war das letzte in der Reihe. In einem dieser Häuser wohnte die Nachbarin, die Lilou Breval gestern Nacht vermutlich als Letzte lebend gesehen hatte.

Alles wirkte ruhig und friedlich. Die gleißende Sonne stand fast im Zenit, eine unbarmherzige Sonne, die brannte, vor der man floh und die den Schatten des dichten Wäldchens neben den Häusern etwas Melancholisches gab. Zwischen den dunklen Stämmen der Pinien schimmerte an manchen Stellen verwischt der helle Golf hindurch. Gleich würden die Polizeiwagen mit den Ermittlern eintreffen, dann würde professionelle Hektik ausbrechen. Dupin war froh, noch etwas allein zu sein. Er hatte seinen Wagen ein ganzes Stück vom Haus entfernt geparkt, die Spurensicherung würde auch auf der Straße vor dem Haus alles unter die Lupe nehmen. Hier musste Lilous Wagen gestanden haben. – Und irgendwo ein zweiter Wagen. Dupin stand gerade vor dem Haus, als das Telefon klingelte. Commissaire Rose.

»Meine Leute haben vier blaue Fässer gefunden. Von der Beschreibung her die gleichen wie in der Kooperative. In einer zurzeit brachliegenden Saline. Am Rand, bei Pradel. Ich hatte angewiesen, das gesamte Gebiet systematisch zu durchsuchen. Die Fässer sind offen und leer. Wir lassen sie auf Rückstände untersuchen.«

»Wem gehört die Saline?«

»Wissen wir noch nicht. Aber wir sind dran. Theoretisch könnten es ja auch einfach ein paar harmlose Fässer der Kooperative sein, die irgendwie dahingeraten sind. Aber der Zufall wäre zu groß.«

»Warum in diesen Salinen? An diesem Ort?«

Dupin wusste, dass Rose diese Frage natürlich nicht beantworten konnte. »Was soll das verdammt noch mal mit diesen Fässern?« Sein Satz war aggressiv gewesen. Er hatte wie zu sich selbst gesprochen.

»Ich bin gleich bei Ihnen. Sie warten auf mich.«

Mit der letzten gesprochenen Silbe hatte Rose bereits aufgelegt.

Alles hatte mit diesen verfluchten Fässern angefangen. Sie mussten unbedingt wissen, was sie enthalten hatten. Dann würde sich vielleicht schon viel klären.

Richtung Straße hatte das Haus der Brevals nur zwei kleinere Fenster, es war ganz nach hinten, Richtung Wäldchen und Golf, ausgerichtet. Ein schmaler Pfad führte an die Seite, wo sich der Eingang befand.

Es herrschte eine fast unheimliche Stille, bis auf die typischen Vogelstimmen, die überall am Golf zu hören waren. Henri konnte sie mühelos bestimmen; am Golf bewegte man sich, ebenso wie in den Salzgärten, in einem der bedeutendsten Vogelparadiese Europas. Ohne darüber nachzudenken, zog Dupin seine Waffe. Die Tür war geschlossen. Und schien vollkommen unversehrt. Neben der Eingangstür führte der schmale Weg weiter am Haus entlang, ähnlich wie bei Lilous eigenem Haus.

Dupin bewegte sich langsam, alle unnötigen Geräusche auf dem Schotter vermeidend. Er blieb an der Ecke des Hauses stehen. Mit Argusaugen suchte er die Umgebung ab. Er wusste, dass es unwahrscheinlich war, dass sich hier noch jemand aufhielt, der Mörder von Lilou Breval am allerwenigsten. Aber er hatte sich plötzlich ein bisschen wie gestern Abend gefühlt. Wie in den Salinen. Es war verrückt. Er schüttelte sich. Dann schritt er – die Waffe immer noch fest in der Hand – um die Ecke des Hauses und stand im Garten.

Es war niemand zu sehen. Eine Steinterrasse, ein kleiner Tisch, drei Stühle, auf der Wiese ein türkisfarbener Liegestuhl. Es war ein bescheidener Garten, der ohne Zaun oder sonstige Markierung in das Wäldchen überging. Die Terrassentür stand weit offen. Dupin wusste, dass er auf Rose warten sollte.

Er trat ein. Die Deckenlampe brannte. Der Raum war eng, mit wenig Licht von außen, auch auf dieser Seite gab es nur zwei Fenster, wenn auch größer als auf der Vorderseite. Angenehm kühl war es.

Auf den ersten Blick war nichts Auffälliges zu sehen. Die Einrichtung war sehr einfach, genügsam, fast karg, alles schien älter zu sein, links die Küchenzeile, daneben ein kleiner Flur, der zur Eingangstür führte, eine geschlossene Tür, gegenüber eine schmale Treppe nach oben, rechts der Wohnraum mit einem weiß gestrichenen Holztisch, vier Stühlen, dahinter, an der Wand, ein abgesessenes Sofa, daneben, im rechten Winkel, ein neueres Sofa. Dupin bewegte sich langsam durch den Raum:

»Hallo, ist hier jemand? – Hier spricht die Polizei.«

»Wen vermuten Sie?«

Commissaire Rose war plötzlich hinter ihm ins Haus getreten.

»Sie hatten doch auf mich warten wollen.«

Dieser Satz hatte überraschenderweise beinahe freundlich geklungen. Ihre Augen wanderten flink durch den Raum.

Sie ging auf die Tür neben dem Flur zu, als würde sie in dem Haus seit Jahren ein und aus gehen. Dabei holte sie einen dünnen Silikonhandschuh aus ihrer Jackettasche und streifte ihn sich über. Sie öffnete die Tür ruckartig. Dahinter lag eine kleine Toilette.

»Die brachliegende Saline gehört *Le Sel*. Sie wird seit zwei Jahren nicht mehr benutzt. Keine gute Tonerde mehr. Die Fässer sind tatsächlich identisch mit denen der Kooperative. ›Superweithalsfässer‹. Achtzig Zentimeter Höhe, fünfzig Durchmesser. Seitliche Fallgriffe. Der Hersteller heißt *Fasco*, aus Südfrankreich. Sie liegen in einem Erntebecken.«

Sie warf einen Blick in den Flur, dann begann sie, die Treppe nach oben zu steigen.

Dupin musste sich einen Augenblick sammeln. Die Szene erinnerte ihn zu sehr an gestern Nacht, in Lilous Haus.

»Warum finden wir die Fässer jetzt in einer der Salinen von *Le Sel*? Was bedeutet das?«

»Wir werden Madame Laurent fragen. Wenn sie und *Le Sel* mit drinhängen würden, wäre es äußerst dumm, die Fässer ausgerechnet in die eigenen Salinen zu schaffen.«

Das war natürlich richtig. Aber vielleicht war dieser Effekt Teil einer Inszenierung?

»Wo kauft man diese Fässer? In Spezialgeschäften?«

Sie waren in der oberen Etage angekommen. Dupin folgte Rose auf dem Fuße.

»Das wissen wir noch nicht. – Lilou Brevals Handy lässt sich nicht orten. Es scheint ausgeschaltet zu sein. – Oder zerstört. Wir haben die Verbindungsnachweise beantragt, auch vom Festnetz.« Rose schien das alles so wie nebenbei zu erzählen, »und wir haben die Ergebnisse von den Messungen der Salzkonzentration in den Erntebecken von Daeron. Ärgerlicherweise sind sie nicht eindeutig. Die Werte liegen anscheinend leicht unter dem, wie sie sein sollten. Aber das ist wohl nicht so einfach zu sagen, weil Verdunstungsgrad und Verdunstungsgeschwindigkeit in der Natur variieren. Man weiß nie genau, an welchem Tag welcher Wert erreicht sein müsste. Die Experten schließen die Zugabe von Süßwasser dennoch nicht aus. Es sei sehr unauffällig, sehr fachmännisch ausgeführt worden. Aber, wie gesagt, sie können nichts Definitives feststellen.«

Dupin seufzte. Es wäre auch zu schön gewesen.

Das obere Stockwerk schien merkwürdigerweise viel geräumiger als das untere. Zwei großzügige Zimmer und ein Bad, das aus den Achtzigern stammen musste, wie die Küche unten. Das erste Zimmer war fast leer, es hatte trist ausgesehen, zwei alte Stühle in einer Ecke. Sie hatten nur einen kurzen Blick hineingeworfen.

Sie waren schon im zweiten Zimmer, ein Schlafzimmer mit einem schmalen Doppelbett.

»Nichts«, Rose betrachtete alles sehr aufmerksam, »was auf einen Kampf, eine Auseinandersetzung, eine Überwältigung hinweisen würde.«

Auf einer schlichten Kommode stand eine offene Reisetasche aus dunkelbraunem speckigen Leder. Rose nahm sie sich vor.

»Creme, zwei Brillenetuis, eine Zahnbürste, ein Ladekabel. Sie hatte geplant, hier zu übernachten. Als sie ankam, war wohl noch alles in Ordnung.«

»Jemand muss gewusst haben, dass sie vorhatte, hierhin zu kommen, die Nacht hier zu verbringen«, sagte Dupin gedankenverloren.

Rose war schon wieder auf dem Weg zurück zur Treppe.

»Ich habe Inspektorin Chadron die Anweisung gegeben, ihre beiden Inspektoren in die Ermittlungen mit einzubeziehen. Wir können jeden Polizisten gebrauchen. Dann müssen sie sich nicht mehr versteckt halten. So nett es im *Le Grand Large* auch ist.«

Rose hatte bei diesem Satz keine Miene verzogen. Dupin musste sich zusammenreißen, es ihr gleichzutun. Er hatte keine Ahnung, wie sie von Kadeg und Riwal Wind bekommen hatte. Davon, dass Riwal gar nicht zurück nach Concarneau gefahren war. Und wo sich die beiden aufhielten. Wahrscheinlich hatte sie es die ganze Zeit schon gewusst.

Rose war bereits wieder unten und steuerte auf den weißen Tisch im Wohnzimmer zu. Ein Teller, ein abgerissenes Stück Baguette, ein Stück Paté. Eine offene Flasche Madiran, das Glas unbenutzt. Der Flaschenöffner mit dem Korken neben dem Glas. Als hätte Lilou hier gerade noch gesessen. Wäre nur kurz raus in den Garten gegangen. Ein trauriger Anblick. Dupin merkte, wie sich sein Magen zusammenzog.

»Sie hatte sich gerade zum Essen hingesetzt, dann muss etwas geschehen sein. Sie ist unterbrochen worden. Noch bevor sie sich ein Glas Wein eingießen konnte.«

Rose hatte eher zu sich selbst gesprochen als zu Dupin.

»Das Notebook fehlt. Ihre Sachen sind alle da, aber kein Notebook«, Dupin hatte schon oben vergeblich danach Ausschau gehalten. Ebenso nach irgendwelchen Arbeitsunterlagen, vielleicht solchen der letzten Wochen.

»Der Mörder wird hier im Haus gewesen sein. Und er wird alles beseitigt haben, von dem er nicht wollte, dass es uns in die Hände fällt. Selbst wenn er nicht viel Zeit dazu hatte.«

Auch wenn es immer ein Moment der Spekulation in solchen Folgerungen gab, Roses Verstand arbeitete messerscharf, schnurstracks nach vorne, auf konkrete Szenarien drängend. Sie hatte recht mit ihren Vermutungen, war Dupins Gefühl, selbst wenn es noch keine Indizien dafür gab.

»Wir sollten …«

Mitten in seinen Satz hinein klingelten beide Telefone. Reflexhaft ging Dupin ins Freie und nahm ab.

»Monsieur le Commissaire?«

Es machte Dupin wahnsinnig, wenn Kadeg fragte, ob er am Telefon sei, wenn er doch gerade selbst Dupins Nummer gewählt hatte. Von Anfang an hatte sein Inspektor diese Marotte gehabt. Dieses Mal fuhr er allerdings sofort mit seiner eifrigen Stakkato-Stimme fort, die verriet, dass er etwas entdeckt hatte.

»Wir sind in den Salinen, bei Pradel. Inspektorin Chadron hat uns angefordert«, er klang zufrieden. »Ich kenne die Fässer von *Fasko*. Das sind handelsübliche Fässer. Bekommen Sie in jedem guten Baumarkt. Ich habe sie gerade auf meinem Smartphone gegoogelt«, Kadeg machte eine Pause, als würde er dem Kommissar sein Wundergerät durch die Leitung hinhalten wollen, »sie sind aus lebensmittelechtem Niederdruck-Polyethylen. Besonders gut für pastöse Stoffe mit hoher Viskosität geeignet. Glatte Innenwände, extrem leicht zu reinigen, rückstandsfrei. Besonders große Einfüllöffnung, mit luft- und wasserdicht schließendem, plombierbarem Schraubdeckel. Gummidichtung. Temperaturbeständig von −20 Grad bis +80 Grad. EU-Zulassung für eine Beständigkeit bei festen Stoffen, Pasten, den meisten Säuren und Laugen.«

Dupin hätte, so wenig er auch in der Stimmung dazu war, fast lachen müssen. Er hoffte, dass Kadeg das alles abgelesen hatte, aber vielleicht war Kadeg ja Experte für Niederdruck-Polyethylen-Fässer. Dupin traute ihm jedwede abwegige Passion zu. Aber viel wichtiger: So deprimierend es war, dass jeder überall solche Fässer kaufen konnte, so interessant war die Frage, welchen Spezialzwecken sie dienten. Das klang sehr technisch.

»Wofür benutzt man sie?«

»Das habe ich doch gerade ausgeführt: Sie sind quasi universell einsetzbar, das ist der große Vorzug dieser Fässer. Ich benutze sie selbst zu Hause. Im Garten. Für die Einlagerung von Äpfeln zum Beispiel. Wie gesagt, sie sind vollkommen lebensmittelecht.«

»Aber man kann in genau diesen Fässern auch gefährliche Stoffe aufbewahren?«

»Das geht auf die fantastischen molekularen Eigenschaften des ...«

Kadeg wurde langsam unerträglich, Dupin fiel ihm ins Wort.

»Verstehe – und wenn sie ein paar Stunden im Wasser eines Beckens lagen, wird man an ihren perfekt glatten Innenwänden nichts mehr finden von dem, was sie enthalten haben.«

»Nein, die Rückstände wären nur noch im Wasser des Beckens nachweisbar.«

»In äußerst geringen Konzentrationen, die sehr schwer festzustellen sein werden, vermute ich.«

»Das hängt von den Stoffen ab, sagt der Chemiker der Spurensicherung. Er hat ein paar toxikologische Schnelltests durchgeführt. Bisher sind sie alle unauffällig.«

»Großartig«, ächzte Dupin. »Noch was, Kadeg?«

»Die staatliche Lebensmittelchemikerin, die für die Salinen zuständig ist, hat sich gemeldet. Sie möchte mit Commissaire Rose und Ihnen unverzüglich persönlich sprechen. Sie ist natürlich zutiefst besorgt. Sie fragt, ob wir schon Vermutungen haben. Ob wir befürchten, dass die Qualität der Salzproduktion in irgendeiner Saline gefährdet sein könnte. Es gibt hier die allerstrengsten Auflagen. Zudem sind die Salinen ein Naturschutzgebiet der ersten Kategorie. Sie möchte wissen, was es mit den Fässern auf sich hat. Sie ...«

»War's das, Kadeg?«

»Sie besteht darauf ...«

Dupin legte auf. Er schaute sich um. Er war während des Gesprächs durch den Garten und ein Stück in das Pinienwäldchen hineingegangen. Der Garten und dieser Teil des Wäldchens waren von keinem der anderen Häuser aus einzusehen, hohe Lorbeerbüsche und Feigenbäume bildeten eine regelrechte Mauer. Der Golf lag noch näher, als es eben ausgesehen hatte. Es war sonderbar dunkel in dem Wäldchen und angenehm kühl, ein starker Kontrast zur grellen Helligkeit dieses Tages. Wenn Lilou Breval im Haus ihrer Eltern umgebracht worden war, hatte der Mörder die Tote dann direkt hier im Golf verschwinden lassen? Es waren auf den ersten Blick keine Spuren zu sehen. Dupin lief über den weichen Boden bis zum Ufer.

Er war als Gezeitenrechner kein Experte – sehr zu seinem eigenen Leidwesen –, aber je nachdem, wann es geschehen war, hätte es gegebenenfalls gar nicht genügend Wasser gegeben. Noch jetzt, auf halber Strecke zur nächsten Flut, lagen zwischen Ufer und Wasserlinie hundert Meter. Es roch nach Watt, Schlick und Tang.

»Commissaire?«

Es war Rose. Sie stand am Rande des Wäldchens. Sie hatte laut gerufen. Erstaunlich sanftmütig dabei.

»Sie haben Brevals Peugeot gefunden. Eine Minute von hier entfernt. Direkt an der Passage. An einem kleinen Weg, der zum Meer führt.«

Das war schnell gegangen. Und es war wichtig.

»Ich komme.«

Dupin hätte sich gern noch etwas länger umgesehen. Wie er es gewöhnlich tat. Aber vielleicht brächte der Wagen eine Erkenntnis.

Dupin stand auf einem schmalen Streifen Sandstrand, mit spitzen dunklen Felsen durchsetzt, dahinter Dünengras, hohe Kiefern und Pinien, überall Pinien, Dupin liebte sie. Es war das Ende der schmalen Landzunge auf der westlichen Hälfte des Golfs, die sich der gegenüberliegenden Seite verzweifelt entgegenzustrecken schien. Die Pointe de Kerpenhir, »das Tor zum Golf«, lag vor ihm, die spektakuläre Passage, die heute ein unheimliches Schauspiel bot: Der große Atlantik – rechts – lag spiegelglatt vor ihm, genau wie das kleine Meer – links –, beide ganz friedlich, aber dazwischen kräuselte sich das Wasser heftig. Weiße Schaumkronen tanzten wild umher. Man konnte sie sehen: die Gewalt, den Druck der einströmenden Wassermassen, die Wucht der chaotischen Strömungen, bis zu zwanzig Stundenkilometer schnell. Dreihundert Millionen Kubikmeter Ozean strömen bei jedem Gezeitenwechsel ein oder aus.

»Wie gesagt, ja, zwei längere Interviews. Eines, mit Maxime Daeron, ist drei Wochen nach dem großen Artikel erschienen, vor fast einem Jahr also, das zweite, mit Ségolène Laurent, erschien erst vor zwei Monaten, im Juli.«

Nolwenn war schnell gewesen. Wie immer.

»Ich will sie beide lesen.«

»Ich werde sie an eine Polizeistation in Ihrer Nähe schicken, dann kann man sie ausdrucken und Ihnen bringen. – Mit einem Smartphone wäre das alles viel einfacher, Sie sollten doch erwägen, das Gerät in Ihrer Schreibtischschublade zu verwenden. Es wäre sehr praktisch.«

Diese Smartphone-Diskussion führte er schon länger mit

Nolwenn, und Dupin machte sich keine Illusionen: Er würde am Ende selbstverständlich verlieren. Im Januar hatte man das Kommissariat mit der neuesten Generation schicker Smartphones ausgestattet, die »alles konnten« und seine beiden Inspektoren glücklich gemacht hatten, besonders Kadeg; Dupin hatte sich dem bislang verweigert. – Er sah sie in einer brenzligen Situation förmlich vor sich, die Anzeige: »Systemfehler«. Schon für sein derzeitiges Handy musste man ein eigenes Studium absolvieren. Aber jetzt war nicht der Zeitpunkt für die Fortsetzung dieser Diskussion. Außerdem: Er hatte Nolwenn, was brauchte er ein Smartphone?

»Schicken Sie sie ins Commissariat nach Guérande-Stadt. Zu Riwal. Ich weiß nicht, wie lange wir noch am Golf sind.«

»Es gab noch zwei kleinere Artikel im *Ouest-France*, die mit den Salinen zu tun hatten. Aber nicht von Lilou Breval. Einer über das neue Salz. Das Sel Moulin. Eine alberne Mode, wenn Sie mich fragen. – Und einer über den Erweiterungsbau des *Centre du Sel*. Aber auch nur ein paar Zeilen.«

»Schicken Sie auch diese Artikel.«

»Gut.«

»Und recherchieren Sie, ob es allgemein, nicht nur in der Guérande, in den letzten Jahren irgendwelche Berichte über illegale Machenschaften gab, die mit Salzgewinnung zu tun hatten. Verbotene oder umstrittene Zusätze, Herstellungsmethoden, was auch immer.«

»Mache ich.«

»Und«, Dupin holte sein Notizheft heraus, »schauen Sie, ob Sie etwas Interessantes zu ›Superweithalsfässern‹ finden. Ob die irgendwo im Zusammenhang mit irgendwelchen kriminellen Aktivitäten vorkommen. Von *Fasco*. Oder auch anderen Firmen. – Größere Fässer.«

Dupin war sich darüber im Klaren, dass dieser Auftrag vollkommen vage war. Aber: Nolwenn würde etwas finden, wenn es etwas zu finden gab.

»Sie lassen nicht locker mit den Fässern. Gut so!«, Nolwenn veränderte den Tonfall, »Monsieur le Commissaire?«

»Ja?«

»Claire hat eben noch einmal versucht, Sie zu erreichen. Ich habe ihr gesagt, dass sich der Fall dramatisch verändert hat und es jetzt um Mord geht – und dass der Préfet Sie offiziell instruiert hat, die Ermittlungen für das ja ebenfalls betroffene Finistère zu führen. Wie sehr Sie sich grämen, dass das alles gerade heute passiert ist. Wie unglücklich das ist. – Aber trotzdem: Sie sollten sie anrufen.«

Dupin wusste noch nicht, wann und wie, aber ja – er musste Claire anrufen. Er wollte sie anrufen, natürlich, und alles tun, um am Abend nach Paris fahren zu können.

»Mache ich. – Und – danke, Nolwenn.«

»Das ist ein großer Verlust für die Bretagne. Für den bretonischen Journalismus. Sie wird unersetzlich sein! – Schrecklich.«

Dupin war kurz verwirrt. Nolwenn war jäh auf Lilou Breval zurückgekommen. Er war noch bei Claire gewesen.

»Das – das ist es.«

Dupin legte auf. Die Sonne stach jetzt noch brutaler als eben, es war fast unerträglich. Überall glitzerte es grell. Eine Kappe wäre nützlich gewesen; er besaß ein paar, aber er trug sie nie.

Vor ihm ragte das traurigste aller Denkmäler in den Himmel, das Dupin je gesehen hatte, die Geschichte war berühmt. In hellgrauen Granit geschlagen, von gelben und orangefarbenen Flechten und Moosen bewachsen, hielt eine Fischersfrau mit einem Kind auf dem Arm Ausschau nach ihrem Mann, der nie mehr zurückkommen würde. Man sah ihr an, dass sie es wusste, aber auch, dass sie dennoch in alle Ewigkeit nur noch eines tun konnte – und wollte: nach ihm Ausschau halten, Tag für Tag. Auf einem hohen runden Sockel aus Granit, auf einer kleinen Insel aus schwarzem Stein, kurz vor dem Landzipfel, den man bei äußerster Ebbe trockenen Fußes erreichen konnte und der bei auflaufendem Wasser überspült wurde. Dann standen Frau und Kind selbst inmitten des tosenden Meeres.

Dupin wandte sich um. Er konnte die Kommissarin durch die Bäume sehen, wie sie sich über die Rückbank in den Wagen Brevals beugte, fünfzig Meter entfernt. Lilou Brevals Peugeot stand auf einem kleinen sandigen Weg, der in den Waldstreifen führte. Dort hatte der Täter ihn abgestellt. Es waren tatsächlich nur zwei Minuten Fahrt vom Haus der Brevals gewesen.

Es würde sicher ein wenig dauern, bis eine dritte Mannschaft der Spurensicherung vor Ort wäre, zwei waren bereits im Einsatz.

Rose und Dupin hatten den Peugeot ein erstes Mal in Augenschein genommen, als Nolwenn angerufen hatte. Die Autotüren waren bei ihrer Ankunft geschlossen gewesen, der Autoschlüssel hatte gefehlt.

Auf Anhieb, ohne technische Hilfsmittel, war nichts Verdächtiges zu sehen, überhaupt nichts. Es war zum Verrücktwerden: Bisher gab es nirgends eine Spur.

Dupin wusste, dass es eine ausgeprägte Marotte war, aber er konnte es grundsätzlich nicht leiden, wenn ihm beim Telefonieren jemand zuhörte, egal worum es ging. Während eines Falles und in dieser speziellen Situation noch viel weniger. Daher war er ein Stück gelaufen und hatte die weitere Inspektion des Wagens Rose überlassen.

Er ging langsam zurück. Commissaire Rose befand sich in der Hocke und war immer noch mit der Rückbank beschäftigt. Bislang hatten sie mit bloßem Auge nichts Verdächtiges wahrgenommen.

»Neuigkeiten?«, tönte es ihm aus dem Wagen entgegen.

Sie hatte sich nicht umgedreht, und Dupin war immer noch ein paar Meter entfernt. Verblüffend. Er überlegte kurz, dann referierte er mit knappen Worten das Telefonat mit Nolwenn. Rose hörte kommentarlos zu, als wollte sie sichergehen, dass er auch alles erzählte.

»Wir haben keines dieser Interviews in Lilous Haus gefunden. Auch nicht in dem ihrer Eltern«, schloss Dupin seinen kleinen Rapport.

»Was wir jetzt auf alle Fälle wissen: Lilou Breval war vor Kurzem noch mit dem Weißen Land beschäftigt. Zudem haben wir noch zwei weitere Personen in den Salzgärten, von denen wir wissen, dass sie sie kannte – dass sie mit ihnen gesprochen hat. Macht schon vier. – Und sicher gab es mehr Material als das, was am Ende in Druck gegangen ist. Es wird erste Fassungen gegeben haben, Abschriften der aufgezeichneten Interviews, die mehr enthalten«, folgerte Rose, »im Notebook und vielleicht auch ausgedruckt. – Doch von alldem haben wir bislang nichts gefunden.«

»Der Mörder weiß nicht, was wir wissen«, Dupin sprach nachdenklich, dennoch eindringlich, »er muss unsicher sein, welche Hinweise wir eigentlich haben und was für uns relevant ist. Er wird alles beseitigen, was er als potenzielle Spuren vermutet.«

»Wir werden noch einmal in der Redaktion nachhaken. Und in ihren Mailaccount schauen. Vielleicht hat sie frühere Fassungen verschickt«, die Kommissarin widmete sich im nächsten Moment wieder der Rückbank, »bisher ist es unmöglich zu sagen, ob sie selbst noch hierhin gefahren ist oder hierhin gebracht wurde. Schon wehrlos. Vielleicht bereits schwer verletzt. – Oder schon tot. Ich habe nichts gefunden, das uns irgendwie weiterhelfen würde.«

Im Auto sah es ein bisschen aus wie im Haus von Lilou Breval. Auf dem Beifahrersitz und auf dem Rücksitz lagen wüst verteilt Zeitschriften, ein paar Bücher, Zeitungen, der *Ouest-France*, vor allem Ausgaben von *Le Monde diplomatique* und *Libération*. Mehrere Hochglanzhefte über Gartengestaltung. Das alles war Lilous Leben gewesen, jetzt war es ein sinnloses Durcheinander.

Rose trug wieder hautfarbene Silikonhandschuhe. Sie wirkten an ihr fast wie ein modisches Accessoire. Weder ihrer Kleidung noch ihr selbst war etwas von den Strapazen der Nacht anzusehen.

»Fast klinisch sauber«, Dupin stand vor dem leeren Kofferraum.

»Ich benutze meinen auch nie«, Rose zuckte mit den Schultern, »es gibt ja die Rückbank.«

Dupin hatte sein Clairefontaine herausgeholt. Und sein Tableau der Personen aufgeschlagen. Jeweils ein Kreis mit dem Namen darin – darunter, daneben und darüber Stichworte zu den Personen, ein Verfahren, das die Doppelseite schnell unübersichtlich werden ließ. Manche Namen waren, aus nur ihm bekannten Gründen, doppelt umkreist, mit wild gekritzelten Zeichen versehen: Ausrufezeichen, Fragezeichen, Pluszeichen oder irgendwann doch durchgestrichen.

»Ich will mit dieser Lebensmittelchemikerin sprechen, die uns so dringend sehen möchte«, Dupin fiel ein, dass Kadeg den Namen gar nicht erwähnt hatte, »wir brauchen eine Expertin. Ich will wissen, was ihr überhaupt einfällt zu den Fässern in den Salinen, ganz allgemein. Was man Illegales vorhaben könnte bei der Herstellung von Salz.«

Dupin spürte den fiebrigen Zustand, in dem er sich befand, wenn er in einem komplizierten Fall steckte. Es war ein eigentümlicher Zustand, er fiel jedes Mal auf eine gewisse Weise vollkommen aus der Welt. Er vergaß alles Alltägliche. Es gab dann nichts als den Fall und all seine Fragen, ein kniffeliger Punkt in seiner Beziehung zu Claire. Aber zugleich war er genau dann ganz und gar in der Wirklichkeit, so präzise und klar wie sonst nie. Um nur eins zu tun: den Fall zu lösen.

»Das werden wir. – Aber erst sollten wir mit der Chefin von Le Sel sprechen. – Madame Laurent; sie wohnt auch hier am Golf.«

Rose hatte es wie nebenbei angemerkt.

»Sie wohnt auch hier am Golf?«

»Wir wissen noch nicht, ob das ihr Zuhause ist oder eine *Résidence secondaire*. Sehr viele Bretonen haben ›ein Haus am Golf‹. Nicht nur die Reichen. Auch viele aus der Guérande. Das ist nichts Besonderes.«

Dupin hätte fast gefragt, ob sie ebenso dazugehörte. Es hatte ein wenig so geklungen. Auch einige Concarnesen hatten ein Haus am Golf, wusste Dupin. Henri natürlich. Ein Bruder von Nolwenn und auch eine ihrer Schwestern. Der Golf war groß – zwanzig Kilometer in seiner westöstlichen Ausdehnung, fünfzehn vom Meer bis nach Vannes – und eine der Lieblingsgegenden der Bretonen. Sie empfanden den Golf, hatte Dupin irgendwann verstanden, als *ihr* Mittelmeer, genauer: als ihre Façon des Mediterranen, des mediterranen Gefühls, nur eben besser, atlantisch. Beziehungsweise bretonisch. Und zum Golf gehörte auch die überaus beliebte Presqu'île de Quiberon, die im Westen an ihn grenzte, das megalithische Menhir-Mekka Carnac sowie die vorgelagerten Inseln Hoedic und die »Südseeschönheit« Île d'Houat mit dem »Treac'h-ar-Goured«, dem angeblich spektakulärsten Strand der Bretagne, vor allem natürlich: die sagenhafte Belle-Île.

»Wir sollten außerdem, so schnell es geht, mit der Leiterin des *Centre du Sel* sprechen. Madame Bourgiot. – Und unser Gespräch mit dem Chef der Kooperative vertiefen.«

Roses »Vertiefen« hatte finster geklungen. Ihre »Wir-sollten-Sätze« waren feste Vorgaben ohne Spielraum für Diskussionen. So würde das Vorgehen sein, die Abfolge der Gespräche.

»Wo meinen Sie, hat man Lilou Breval ins Wasser geworfen?«

Dupin hatte sich ein paar Meter vom Auto entfernt.

Rose richtete sich brüsk auf, streifte die Handschuhe ab und ging, ohne ein Wort zu sagen, zwischen den hohen Pinien entlang auf den äußersten Vorsprung der Landzunge zu. Man hatte hier eine kreisrunde Aussichtsplattform angelegt, nur wenig erhöht. Ungefähr dreißig Meter waren es vom Wagen aus. Erst vor dem flachen Steinmäuerchen am Ende, das eher zum Stolpern als zum Schutz gut war, blieb Rose stehen. Sie stellte den rechten Fuß darauf, beide Hände in den Hosentaschen. Das Wasser rauschte direkt an dem Vorsprung vorbei. Direkt unter ihnen. Dupin stellte sich neben sie und blickte in die gurgelnde Strömung.

Eine ganze Weile verharrten sie so. Dann unterbrach Rose die Stille, den Blick unbestimmt auf das Wasser gerichtet.

»Hier in der Passage gibt es Senken und Untiefen von bis zu vierzig Metern. Die komplette Hauptrinne des herein- oder herausströmenden Wassers entlang. Die Leiche hätte schon hier für immer verschwinden können. Sehr wahrscheinlich sogar – und wenn die Ebbe gekommen wäre, hätte es sie sowieso für immer in den Atlantik gezogen. Die Strömungen gehen kilometerweit ins offene Meer hinaus«, Rose sprach immer düsterer, »aber der Mörder hat sicherlich nicht warten können, bis sich die Strömung verkehrt.«

Es wäre ein perfekt gewählter Ort, so makaber es klang: perfekt und praktisch in jeder Hinsicht. Nachts war hier kein Mensch, die nächsten Häuser, auch das Haus von Lilous Eltern, waren einen halben Kilometer entfernt, rundherum kleine Wäldchen.

Dupin war plötzlich schwindelig. Sein Blick hatte sich in den Strudeln verloren. Das Wort »Untiefe« hatte ihm als Kind immer Angst gemacht, es hatte in seinen Ohren wie »Unwesen« geklungen. Ein dunkles, gestaltloses Ungeheuer, das einen in die Tiefe hinabzieht. Wahrscheinlich hatte sein Unbehagen auf Booten so seinen Anfang genommen.

»Fahren wir. Die Spurensicherung wird gleich da sein.«

Er brauchte dringend einen *café*. Er würde auf dem Weg irgendwo vorbeikommen, wo er kurz halten könnte. Dann könnte er auch eine Tablette nehmen – die Schmerzen in der Schulter waren wieder schlimmer geworden. Vielleicht gäbe es auch ein Sandwich Jambon-Fromage.

Der Kompromiss war gewesen, in der Saline vorbeizufahren, wo die Fässer gefunden worden waren, nicht weit von Pradel, und dort die Lebensmittelchemikerin zu treffen, »kurz«. Dupin hatte es unbedingt so herum gewollt – Rose andersherum –, und dann Madame Laurent zu sprechen, die ohnehin einen Termin mit Madame Bourgiot hatte, der Leiterin des *Centre du Sel*, sodass sie beschlossen hatten, beide gemeinsam zu treffen. Dupin fragte sich, ob er für seinen Mini-Sieg hinsichtlich der Reihenfolge später noch würde büßen müssen. Allein die Idee, mit jemandem zusammen ermitteln zu müssen, war Dupin stets gegen den Strich gegangen – in der Praxis jedoch war es noch schlimmer, wie er hatte feststellen müssen. Allein bei der Frage, was als Nächstes beziehungsweise Erstes zu tun wäre. Eine Frage – und es war bloß eine von vielen –, die immer wesentlich war in einer Ermittlung. Entscheidend zuweilen. Dupin konnte nicht einfach losgehen oder losfahren und, wie er es sonst zu tun pflegte, einer – bisweilen nur tief im Innern erahnten, ihm selbst kaum bewussten – Fährte folgen, wann immer ihm danach war. Eine Fährte, die er in diesem Fall zudem noch gar nicht besaß. Natürlich hatte er schon heute Morgen daran gedacht, Rose den Vorschlag zu unterbreiten, sich aufzuteilen. Aber er traute ihr nicht so recht über den Weg – und sie hatte auf ihrem Terrain mit ihrer Mannschaft gewaltige Vorteile, sodass er sich in eine üble Position bringen würde.

Sie hatten ihre Autos auf der Route des Marais abgestellt und waren ein Stück gelaufen, Dupin hatte direkt hinter Rose geparkt. Vor Roses Renault hatte noch ein anderer Renault gestanden, der gleiche Wagen, nur in Pechschwarz.

»Ich habe Daerons Saline bis auf Weiteres für die Produktion sperren lassen. Und diese hier natürlich ebenso, auch wenn sie zurzeit nicht bestellt wird. Bis ohne die geringsten Zweifel feststeht, dass diese vier Fässer, und was sie enthalten haben, vollkommen unbedenklich sind.«

Céline Cordier stand in lässiger Pose vor ihnen, im starken Gegensatz zu ihren resoluten Sätzen. Dupin hatte sich eine staatlich anerkannte Lebensmittelchemikerin anders vorgestellt. Mehr wie eine Wissenschaftlerin. In einem weißen Kittel vielleicht. Céline Cordier sah eher aus wie eine Grafikdesignerin aus einer angesagten Agentur. Ein schlichtes T-Shirt, blau, mit einem knallroten Kreis bedruckt, enge, verwaschene Jeans, die die Hüftknochen hervorstehen ließen, ein paar Chucks. Dunkelblau. Hochgewachsen, fast so groß wie er, ein wenig schlaksig – sympathisch schlaksig –, halblange, stufige schwarze Haare, bernsteinfarbene Augen. Ungefähr Mitte dreißig.

»Worum es auch geht«, fuhr sie fort, »es ist doch offensichtlich große kriminelle Energie im Spiel. Eine Schießerei, ein Mord an einer Journalistin, der anscheinend damit zu tun hat.«

Die Nachricht hatte sich also schon verbreitet. Natürlich, es war nicht anders zu erwarten gewesen. Das geschah in Windeseile. Die Austernzüchter hatten die Leiche gefunden, irgendjemand in der Redaktion war nach Verwandten gefragt worden und so weiter. Es ging immerhin um eine bekannte Journalistin. Einen Mord. Und natürlich würde man das in irgendeinen Zusammenhang mit der Schießerei gestern stellen, schon allein dadurch, dass er selbst hier und dort aufgetaucht war. Im Radio, in den Online-Ausgaben der Zeitungen, morgen in den gedruckten.

Im Grunde verstand Dupin die alarmierte Haltung der Lebensmittelchemikerin. Aber ihre aufschneidend bestimmerische Art machte ihn gereizt. Rose offensichtlich auch.

»Wir haben bisher keine Substanzen feststellen können, die hier nicht hingehören. Unsere forensischen Chemiker haben diverse Proben entnommen. Aus verschiedenen Becken. Vor allem aus dem Erntebecken.«

Rose hatte ihre typische Haltung eingenommen – die rechte Hand in der Jacke, der Daumen guckte raus – und sprach energisch. Sie hatte die implizite Frage Cordiers, ob es denn einen Zusammenhang gebe, souverän überhört.

Sie standen auf einem der breiteren Stege, mitten in der Saline, in der die Fässer gefunden worden waren. Dem Erntebecken sah man an, dass es nicht bestellt wurde, das Wasser war veralgt und stand sicher zwanzig Zentimeter hoch. Dupin hatte erleichtert festgestellt, dass im Weißen Land wieder eine leichte Brise aufgekommen war, wie häufig mit dem Gezeitenwechsel hin zur Flut, was die Luft klar und das Blau des Himmels wie alle anderen Farben noch strahlender werden ließ: das Grün und Flachsgelb der Gräser und Farne, die Farben der schillernden Salinenbecken auf dem Weg hierhin; Silber-, Blau-, Grün- sowie Rot- und Rosanuancen. Vor allem auch: das ohnehin intensive Blau der vier Fässer, die wie seltsame Skulpturen seitlich gekippt am Rande des Beckens lagen. Von den Verschlüssen, irgendwelchen Deckeln, war nichts zu sehen. Da waren sie: die mysteriösen Objekte, um die es Lilou gegangen war – es gab sie, sie waren real. Und dennoch blieben sie, zumindest für den Augenblick, genauso mysteriös wie zuvor.

»Die Lage ist mir zu heikel. Wir führen in benachbarten Salinen bereits Tests durch. Wir möchten das nun auch unverzüglich in ...«

»Sie führen *was* durch?«

Commissaire Rose hatte harsch interveniert.

»Eigene Tests. Wir haben zu entscheiden, ob wir über die beschlossenen Maßnahmen hinaus sämtliche Salinen stilllegen werden, bis Sie oder wir etwas wissen.«

»Sämtliche? Und wer ist *wir*?«

»Ich führe die wissenschaftliche Abteilung des Instituts, eine Kollegin den administrativen Teil. Am Ende entscheide ich. Es gibt rigide Vorschriften, und ich stehe mit Paris in Kontakt. Mit der nationalen Zentrale für Lebensmittelkontrolle. Die jederzeit jede Entscheidung treffen kann. Und meiner Expertise folgen wird. – Wir befinden uns hier im Zentrum einer äußerst sensiblen Nahrungsmittelproduktion, die, anders als im Vergleich zu geschlossenen Produktionshallen, weitgehend ungeschützt allem ausgeliefert ist. Zehntausende Menschen werden das Salz konsumieren, das in diesen Wochen in diesen Salinen produziert wird.«

Rose hatte während der Ausführungen Cordiers unbeeindruckt laut geseufzt. Dupin wollte endlich zu dem Punkt kommen, der ihn am meisten beschäftigte.

»Was denken Sie denn, Madame Cordier, was hier vor sich gehen könnte? Hier im Salzland? Welche heiklen, illegalen Dinge könnten das sein? Was könnten die Fässer enthalten haben?«

»Kriminelle Machenschaften, Racheakte, Sabotagen, offene Rechnungen, Konkurrenzen. Ich weiß es nicht. Wissen Sie, ich kenne die Leute hier nicht. Ich bin die Falsche, um irgendwelche Spekulationen anzustellen.«

»Ich meine das Salz selbst, konkret – was befürchten Sie, was könnte mit ihm sein?«

»Man könnte Substanzen hinzugeben, die das Salz unbrauchbar werden ließen, wenn sie selbst auch harmlos wären. Die gesamte Ernte. Farbstoffe zum Beispiel. Auch solche, die die Böden der Salinen schädigen würden. Auf Jahre unter Umständen. Oder natürlich noch schlimmer: toxische Substanzen. Damit würde man nicht nur eine Ernte vernichten, sondern überhaupt den Ruf der Salinen auf Jahre. Der ganzen Guérande.«

Natürlich. Lilou hatte vom »Krieg der Salze« geschrieben, Dupin erinnerte sich genau an den Artikel. Jemand könnte es auf das Ganze abgesehen haben. Die Salzgärten der Guérande. Doch wenn man das ganze Weiße Land beschädigen wollte, würde man wahrscheinlich anders vorgehen. Und wenn Dupin es richtig verstand, war die Guérande ohnehin keine harte Konkurrenz mehr.

»Davon gehen wir im Moment nicht aus. – Aber natürlich prüfen wir alles«, sagte Rose gelassen.

»Und wir unsererseits müssen noch das kleinste etwaige Risiko ausschließen«, sagte Cordier in einem Ton, der keinen Widerspruch duldete.

Dupin überlegte angestrengt. Was natürlich vorstellbar war, an dem Punkt waren sie ja schon heute früh gewesen: dass irgendjemand hier einem anderen schaden wollte. Daeron schaden wollte. Ein Einzelner, eine Gruppe, eine Kooperative, ein Unternehmen. Verschiedene Formen und Grade von Sabotage waren denkbar.

»Auf welche Weise würden Sie denn die Salzernte eines anderen sabotieren?«

Dupin interessierte das sehr. Sie mussten Fantasien entwickeln.

»Da gäbe es viele Substanzen. Aber man könnte sie eben alle nachweisen. Das Perfideste wäre die Hinzugabe von Wasser in den kritischen Phasen, das ließe sich nie nachweisen, sie ...«

»Süßwasser?«

Genau das hatte Maxime Daeron ihnen gegenüber auch schon erwähnt.

Die Lebensmittelchemikerin schaute Dupin überrascht an. Erst jetzt fiel ihm auf, dass ihre Lippen in exakt dem Rotton geschminkt waren, den auch der Kreis auf ihrem T-Shirt hatte.

»Mit Süßwasser ließen sich Ernten und somit Erträge empfindlich sabotieren. Aber wie gesagt: Wenn man versucht, einen Polizisten zu erschießen, damit er nicht aufdecken kann, was man tut, wird es vielleicht um etwas Brisanteres gehen. Nicht um vier Fässer mit Trinkwasser.«

Eigentlich wären das Roses und Dupins Sätze gewesen. Das war es, was sie ebenso umtrieb. Dupin zumindest.

»Deswegen sehen wir ja Grund zur ernsthaften Sorge«, schloss Cordier ab.

»Und wir sehen ...«

Roses Handy unterbrach Dupin. Sie trat ein paar Schritte zur Seite und nahm ab. Man konnte noch hören, wie sie »Gut, Chadron« sagte, dann dämpfte sie ihre Stimme.

Céline Cordier schien die Unterbrechung nicht im Geringsten zu beeindrucken, bedächtig holte sie ihrerseits ihr Smartphone aus ihrer Jeans hervor und begann etwas zu tippen.

Dupin hatte begonnen, den abenteuerlich schmalen Steg entlangzubalancieren, der in das Becken vor ihnen führte. Wo die Fässer lagen. Wahrscheinlich würde es auch aus größerer Nähe nichts zu sehen geben. Die Experten hatten sie sich ein erstes Mal angeschaut und nichts entdeckt. Nach ein paar Schritten merkte er, dass jemand hinter ihm war. Er blickte sich um. Es war Rose.

»Chadron. Die Spurensicherung hat im Haus von Lilous Eltern Fingerabdrücke gefunden, an der Tür zum Garten, die nicht von ihr sind. Wir besorgen uns gerade Abdrücke von allen Personen, mit denen wir bereits zu tun haben – hier im Gwenn Rann.«

Bevor Dupin etwas sagen konnte, fuhr Rose fort – so jäh zu ihrem Thema von eben zurückkommend, als hätte es die Unterbrechung durch das Telefonat nicht gegeben:

»Eine nachgewiesene Sabotage unabhängiger oder den Kooperativen angehöriger Paludiers könnte das Renommee einer großen Firma und der Geschäftsführer, die davon wussten oder es gar beauftragt haben, so empfindlich beschädigen, dass ganze Karrieren zerstört wären – und, noch viel schlimmer, große Pläne. – Das würde hinreichen als Motiv.«

Sie hatte mit gesenkter, aber äußerst resoluter Stimme gesprochen. Dupin hatte auf der Zunge gelegen, noch einmal auf die Fingerabdrücke zurückzukommen, rein demonstrativ – das war ja unter Umständen keine geringfügige Nachricht, aber da würden sie tatsächlich abwarten müssen. Und Rose hatte mit ihren Betrachtungen natürlich recht.

Dupin war am Ende des Stegs angekommen. Es war auch aus

der Nähe nichts zu entdecken. Er ging kurz in die Hocke, Rose sprach weiter:

»Auch für die Kooperative und für einen einzelnen Unabhängigen wäre das das Ende. – Überhaupt: Um so etwas zu tun, müsste man verzweifelt sein oder kaltblütig, und wenn man einmal begonnen hat, dann …«

Sie brach ab. Dupin wusste, was sie meinte. Er hatte Dutzende solcher Geschichten erlebt. Komischerweise genügte manchmal das Überschreiten einer an sich niedrigen Schwelle, um die psychische Bereitschaft zu erzeugen, auch schlimmere Dinge zu tun, die dann interessanterweise gar nicht mehr als schlimm empfunden wurden. Eher als »notwendige Korrekturen«. Ja, wahrscheinlich mussten sie die Sabotage der Salzernten – aus welchen Motiven auch immer – doch ernsthaft in Betracht ziehen. Als einen vielleicht systematischen Plan, dem Lilou Breval auf die Spur gekommen war. Aber Dupins Gefühl war auch, dass sie unbedingt nach weiteren möglichen Geschichten suchen mussten.

Er drehte sich um. Für Rose auf dem schmalen Steg das Signal, es ihm gleichzutun und zurückzubalancieren.

Ein paar Momente später standen sie wieder bei Céline Cordier, die unbekümmert etwas zu Ende tippte und dann ihr Smartphone wieder in die hintere Jeanstasche steckte.

Dupin hatte noch weitere Fragen, die ihn umtrieben.

»Gibt es Substanzen, Chemikalien, die man bei der Produktion von Salz einsetzen könnte, um die Produktionsmengen oder die Qualität des Salzes zu erhöhen? Halb legale, illegale Mittel?«

»Nein. Nicht beim Meersalz. Es wird ja nicht erzeugt, sondern gewonnen. Nur freigesetzt sozusagen. Die natürliche Evaporation funktioniert vollkommen effizient und ist durch nichts zu steigern. Durch die Zugabe von Chemikalien auf keinen Fall. – Und die Zusammensetzung des Salzes hier ist perfekt – keine Zusätze könnten es verbessern.«

Cordier war nun fast zu einem normalen Gesprächston gelangt, die Aggressivität verflogen.

»Was ist mit Methoden, die außerhalb Frankreichs oder Europas angewandt werden? Gibt es dort etwas, was man hier verbotenerweise einsetzen könnte, um mithalten zu können?«

»Das kann ich nicht überblicken. Aber da ginge es um den Abbau von Salzvorkommen in der Erde. Für die Erzeugung von Meersalz kommt das wie gesagt alles nicht infrage.«

»Gibt es organische Bedrohungen der Salinen, die man abwehren müsste? Bakterien? So wie bei Muscheln und Austern?«

Rose hatte recht, auch so herum könnte man ansetzen.

»Nein. Bis auf salzliebende, halophile Bakterien, die neben dem Ton für die manchmal intensive Rot-, Rosa- oder Violettfärbung der Becken verantwortlich sind und die vollkommen harmlos sind, haben Bakterien hier keine Chance. Salz ist biochemisch resistent.«

Es entstand eine ratlose Pause.

»Wie gesagt: Wir erwägen die vollständige Aussetzung der Produktion. Auch die bestehenden Lagerbestände«, Cordier sprach jetzt mit Paragrafen-Kälte, »wären nur nach gründlichen Proben zum Verkauf freizugeben.« Der Nachsatz klang überraschend einfühlsam: »Mir ist bewusst, dass selbst eine vorübergehende Sperrung der Salinen die Paludiers sehr treffen würde. Aber hier geht es um den Schutz der Konsumenten. Und der hat Vorrang.«

»Es gibt immer jemanden, der von einer Katastrophe profitiert. Jemand, der Interesse an einer solchen hat.«

Rose hatte die Sätze bedächtig angemerkt. Was sie dramatisch wirken ließ. Im nächsten Moment schaute sie auf die Uhr:

»Wir müssen los.«

Sie hatten eine Verabredung.

Das neu gebaute *Centre du Sel* war imposant. Und geschmackvoll. Alles aus natürlichen Materialien. Unbehandelte Eiche, heller Granit, Glas. Eckig, verschachtelt, aber nicht übertrieben verkünstelt. Die Ausstellung »Die magische Welt des Salzes« wurde in der großen Halle gezeigt, man hatte unter anderem ein komplettes Erntebecken nachgebaut, auch Miniatursalinen. Es gab außerdem »Erlebnisräume« und Schautafeln (»Die Geschichte des Salzes«, »Das Salz der Feinschmecker«), einen Cafébetrieb und die »Boutique du sel«. Neben den verschiedenen Salzen und Salzprodukten (Senf mit Fleur de Sel, Schokolade mit Fleur de Sel, Entspannungsbäder mit Fleur de Sel ...) gab es in der Boutique auch Bücher, Poster, DVDs, Zeitschriften. Von »bescheidenen« ökonomischen Bedingungen der Salzwelt war im *Centre du Sel* nichts zu sehen.

Eine Mitarbeiterin hatte die beiden Kommissare in ein Besprechungszimmer geführt, nicht weit entfernt von den »Erlebnisräumen«. Madame Laurent und Madame Bourgiot saßen an einem hellen Eichenholztisch, der eigentlich zu groß war für den gar nicht so großen Raum.

»Wo waren Sie gestern Abend – Sie beide? Ab zwanzig Uhr? Und in der Nacht?«

Dupin hatte in seinem gesamten Polizeileben noch kein Ermittlungsgespräch mit diesem Satz begonnen. Rose hatte es in ihrer konzilianten Art getan, die zweierlei klarmachte: Das ist eine Routinefrage und meint in keiner Weise, dass wir Sie verdächtigen – und: Falls wir Sie aber doch verdächtigen, sollten Sie sich warm anziehen.

»Und nennen Sie uns die Personen, die das bezeugen werden.«

Madame Laurent strich sich langsam mit der rechten Hand die Haare aus dem gebräunten Gesicht, kinnlang, dunkelblond mit goldblonden Strähnen, glatt, aber mit beeindruckendem Volumen, und legte sie auf elegante Weise hinter das Ohr. Auf der linken Seite fielen ihr die Haare weiterhin ins Gesicht, ohne

Zweifel der Clou dieser asymmetrischen Frisur. Sie mochte Anfang fünfzig sein, eine attraktive Frau, in einem dunklen Hosenanzug, der dem von Rose sehr ähnlich sah. Anders als die Kommissarin jedoch trug sie keine Bluse, sondern ein Seidenoberteil mit einem tiefen V-Ausschnitt, ein blasser Fliederton, der ihr zugegebenermaßen sehr gut stand.

»Ich habe bis ungefähr zwanzig nach sieben in Vannes zu tun gehabt, eine Besprechung mit einem Wurstproduzenten, Monsieur Alain Doncieux, Inhaber der Firma, anschließend bin ich nach Hause gefahren. Ich lebe am Golf. Auf der Île d'Arz. Ich habe im Garten gegessen und dann im Liegestuhl gelesen, Wein getrunken und ab und zu glücklich auf den Golf geschaut. Bis Mitternacht fast. Bei diesem Traumwetter.«

Eine akkurate Antwort, sehr souverän gegeben. Madame Laurent lächelte Rose strahlend an. Und setzte nach:

»Sehen Sie einen Zusammenhang zwischen dem Tod der Journalistin und der Schießerei gestern Abend in den Salinen? In den Medien wird von Mord gesprochen und dass es vermutlich miteinander zu tun hat.«

Wie häufig schien Rose in keiner Weise wahrzunehmen, dass man ihr eine Frage gestellt hatte, was Dupin längst als Methode erkannt hatte.

»War jemand bei Ihnen? Haben Sie zufällig E-Mails von einem Computer verschickt, der am Festnetz angeschlossen ist? Sodass elektronische Protokolle beweisen könnten, dass Sie da waren? Haben Sie vom Festnetz Anrufe getätigt oder angenommen?«

Dasselbe Spiel. Perfekte Freundlichkeit, nichts wirkte rhetorisch oder gar aggressiv.

»Wie gesagt: Ich habe gelesen. Pierre Lemaitre, den Goncourt-Preisträger. Einfach wunderbar. Aufs Wasser geschaut. Den gesamten Abend, keine Mails, keine Besucher, keine Telefonate«, kurz warf sie einen ernsten Blick auf Dupins Verband, der ein kleines Stück unter dem Polohemd hervorschaute, »nur

125

einmal habe ich mir in der Küche etwas zu essen geholt«, sie lachte, »ich habe kein Alibi. Keinerlei Zeugen. Mich kann auch kein Nachbar in meinem Garten sehen. Und ich lebe allein.«

Wieder strahlte sie ohne die leiseste Süffisanz – und damit der höchsten Form der Süffisanz, was Dupin zugegebenermaßen Respekt abnötigte. Madame Bourgiot dagegen blickte durch ihre Brille ein wenig nervös zu der Chefin von *Le Sel* hinüber. Sie rutschte auf ihrem Stuhl hin und her, wobei ihr anzusehen war, dass sie sich eigentlich bemühte, es nicht zu tun. Die Leiterin des *Centre du Sel* war jung, vielleicht Anfang dreißig, lockige dunkle Haare, hochgesteckt, stark geschminkt, eine dieser dicken, dunklen teuren Brillenfassungen. Sie trug ein schwarzes Kostüm und übertrieben hohe Pumps. Dennoch wirkte sie blass neben Madame Laurent. Vor allem: Madame Laurent war hier die eigentliche Chefin, das war eindeutig zu spüren.

»Und Sie, Madame Bourgiot?«

»Ich war hier. Bis vielleicht Viertel nach acht, halb neun. Mit einer Mitarbeiterin – sie ist heute im Bistro. Ab Anfang September haben wir nur noch bis sieben geöffnet. Dann bin ich nach Hause gefahren und habe mit meinem Mann zu Abend gegessen. Wir wohnen in Le Croisic«, sie machte eine kurze unentschlossene Pause, »Rue des Goélands, nahe des Mont Esprit.«

Jetzt schaute sie Dupin, der bisher kein Wort gesagt hatte, mit einem unsicher-fragenden Blick an.

Natürlich kannte er den Mont Esprit. Das war einer der beiden »Berge« – so hießen sie tatsächlich –, die bis ins 19. Jahrhundert durch das allmähliche Aufschütten des Ballastes entstanden waren, den die großen Salzschiffe im Hafen von Le Croisic abwarfen, um dann das weiße Gold zu laden. Man war sehr stolz auf diese Berge, hatte Henri ihm erzählt.

Rose fuhr unbeeindruckt fort.

»Hat Sie außer Ihrem Mann jemand gesehen oder gesprochen, als Sie zu Hause ankamen? Oder haben Sie telefoniert?«

»Ich«, Madame Bourgiot versuchte Blickkontakt zu Madame Laurent aufzunehmen, was ihr dann aber selbst indäquat zu sein schien. Sie schaute wieder zu Rose. Dupin hatte sein Notizbuch herausgeholt und blätterte unkonzentriert darin. Er hatte auf der Fahrt vom Golf zurück ins Weiße Land doch keinen *café* bekommen. Er hatte auf der Strecke nichts gesehen, wo er ohne Umstand schnell hätte halten können. Außerdem war Rose mit ihrem großen Renault dicht hinter ihm gefahren, quasi ohne Abstand – er hatte sich gefragt, warum sie nicht überholte und einfach vorfuhr.

Er hatte es während der Fahrt vier Mal bei Claire versucht – aber immer nur die Mailbox erreicht. Das war nicht gut.

»Ich habe noch einmal kurz mit Monsieur Jaffrezic von der Kooperative gesprochen. Von meinem Handy aus. Es ging um Dinge für die Boutique.«

Immer noch wirkte Madame Bourgiot ängstlich und unsicher.

»Um welche ›Dinge‹?«, fragte Dupin barsch.

»Darum, dass wir bei einigen Produkten der Kooperative ausverkauft sind und dringend Nachschub brauchen. Hunderter-Mengen. Die Mischung aus Fleur de Sel und verschiedenen Gewürzen, vor allem mit *Piment d'Espelette*«, jetzt schien sie plötzlich in ihrem Element, »aber auch das mit Zitrone und Dill. Wir hatten die Bestellungen schon vor zwei Tagen aufgegeben. Ich hatte ihn tagsüber nicht erreicht. Er erwartete meinen Anruf. – In der Saison gibt es auch abends häufig noch Dinge zu klären. Das ist ganz normal.«

Ihre Nervosität schien sich während dieser Antwort gelegt zu haben, sie war immer ruhiger geworden.

»Aber die Kooperative hat doch ihr eigenes *Centre du Sel*, wo sie Produkte verkaufen. Monsieur Jaffrezic leitet es selbst.«

Dupin merkte, dass seine Stimme fast heiser geklungen hatte. Er brauchte wirklich dringend Koffein.

»*Maison du Sel.* – Das der Kooperative heißt *Maison du Sel*«, korrigierte die Leiterin des *Centre du Sel* sorgsam, »dort verkaufen sie ihr Salz direkt, das stimmt. Aber das hier ist das öffentliche Zentrum, das der Gemeinde, hier verkaufen wir das Salz aller Paludiers«, sie deutete mit einer Kopfbewegung zur Boutique, »das der Unabhängigen und auch das der Kooperativen. Und natürlich das von *Le Sel*. Das Centre ist den Salzgärten als Ganzes gewidmet, es gehört allen.«

»Ich – entschuldigen Sie mich einen Moment.«

Dupin war schon im Satz aufgestanden und auf die Glastür zugegangen, die Augen der drei Frauen fragend auf ihn gerichtet.

»Ich bin sofort wieder da.«

Er verließ den Raum, schloss sanft die Glastür hinter sich und steuerte schnurstracks auf die Theke der Boutique zu, hinter der eine junge Frau stand, dunkelbrauner Pferdeschwanz, ein dunkelblaues T-Shirt mit einem dezenten Aufdruck »Centre du Sel«. Dupin hatte nicht daran gedacht, dass ihn die drei Frauen hier natürlich sehen würden. Doch das war jetzt egal. Er war nicht in Form, sein Verstand arbeitete nicht richtig – und den brauchte er jetzt sehr dringend. Einen vollkommen intakten Verstand.

»Zwei *petit cafés*, bitte.«

Eigentlich musste er auch unbedingt etwas essen; er hatte sich auf der Fahrt gefragt, ob Rose überhaupt je aß, vielleicht heute Morgen, heimlich, nachdem sie ihn abgesetzt hatte. In einer Vitrine lagen köstlich aussehende Quiches mit Tomaten und Sardinen, mit frischem Lachs, mit kleinen Artischocken, alle gut sichtbar mit Fleur de Sel bestreut – aber das wäre vielleicht ein wenig unpassend. In dieser Situation. Ohne groß nachzudenken, griff Dupin zu den *Bonbons caramel à la Fleur de Sel*. Mit weniger Enthusiasmus als gestern, dennoch: Sie waren unterwegs verdammt praktisch, regelrechte Blutzucker-Shots, und man konnte sie unauffällig essen.

Mit gekonnten Handgriffen und in beeindruckender Geschwindigkeit hatte das junge Mädchen die beiden *cafés* fertig gemacht.

»Sagen Sie, sehen Sie Monsieur Jaffrezic hier häufig? Den Leiter der Kooperative?«

»Ich kenne ihn«, die Stimme war keck, bestimmt, raumgreifend, ein amüsanter Kontrast zum Fragilen ihrer Erscheinung, »er kommt einigermaßen regelmäßig. Ein-, zweimal die Woche.«

Dupin stellte sich einen Schritt zur Seite und begann in professionellen Schlucken den ersten *café* zu trinken. Er war perfekt, absolut perfekt. Und nicht zu heiß. Sodass er umgehend auch den zweiten trank.

»Hervorragender *café*. – Und wann ist Madame Bourgiot gestern Abend gegangen?«

»Irgendwann gegen halb neun. Vielleicht etwas früher.«

Dupin kramte einen Zehneuroschein aus der Hosentasche, murmelte »danke« und begann auf dem Weg zurück zum Besprechungsraum die Bonbonpackung zu öffnen (eine längliche Zehnerpackung dieses Mal, noch praktischer). Mit dem Eintreten steckte er sich eins in den Mund und die Packung in die Hosentasche.

Madame Bourgiot hatte gerade einen Satz beendet. Sie sah ihn irritiert an – Madame Laurent belustigt, Commissaire Rose gar nicht.

»Gut, wie gesagt, wir sprechen mit Monsieur Jaffrezic. Ich –«

»In dem Interview, das Lilou Breval mit Ihnen geführt hat, ging es unter anderem um die widerstreitenden Interessen und die Auseinandersetzungen hier im Weißen Land. Die Kämpfe um die Salinen, richtig? Erzählen Sie uns davon.«

Dupin war einfach dazwischengegangen, überraschenderweise ließ Rose ihn gewähren. Er war nun wieder ganz in seinem Modus, er fühlte sich besser. Ob die Wirkung des Koffeins auf ihn nun physisch oder vor allem auch psychisch war – was Nolwenn vermutete –, egal: Sie war immer prompt.

»Es war ein langes, sehr gutes Gespräch. Über die Veränderungen, die wir überall erleben und die auch vor dem Weißen Land nicht haltmachen. Eine kluge und engagierte Journalistin.«

Die Antwort war ohne Arg gewesen, entspannt. Als sie vorhin angekommen waren, hatte Riwal ihm die Interviews und Artikel in die Hand gedrückt, die Nolwenn gefaxt hatte. Sie hatten sie noch im Auto überflogen. Es gab ein paar interessante Punkte, wenn auch nichts Handfestes.

»Konkreter. Wir wollen es konkreter. Sie haben offen die Absicht geäußert, die Salzgärten quasi vollständig übernehmen zu wollen. Dass Sie am liebsten alles aufkaufen würden. 25 Prozent haben Sie schon. Hat Lilou Sie nach Ihren konkreten Plänen gefragt? Wie sehen die aus?«

Das war nur ein Punkt in dem Interview gewesen, formuliert in einer Lilou-typischen Forschheit, es war von einer »Schlacht um das Weiße Land« die Rede gewesen, von einer »stillen Okkupation«, auch wenn Lilou dann nicht weiter insistiert, es nicht auf die Spitze getrieben hatte.

»Es war wie gesagt ein ausführliches, konstruktives Gespräch über ...«

»Das reicht«, Roses Stimme wurde laut, sehr laut, wütend, aber nicht eine Spur cholerisch, »wir wollen von Ihnen wissen, worum es hier geht. Was spielt sich hier in den Salinen ab? Was immer es ist – es hat zu einem Mord geführt, fast zu zweien.«

Dupin hatte keine Ahnung, ob Roses Temperament echt war oder nur sehr überzeugend gespielt.

»Natürlich geht es um eine ›Schlacht‹, aber nicht der einzelnen Akteure der Salzgärten, sondern um eine Schlacht um die Zukunft der Guérande, um die Frage, ob sie überhaupt bestehen kann«, Madame Laurent war nun ebenfalls lauter geworden, aber immer noch beherrscht, »ja, wir denken, dass *Le Sel* die Zukunft der Salinen sein sollte, daraus machen wir keinen Hehl. Um sie zu bewahren! Und ja, natürlich auch, weil wir eine große ökonomische Perspektive für das Salz sehen. Ein gutes Geschäft«, ihre Stimme senkte sich langsam wieder. »Gastronomische Premiumprodukte sind im Kommen, überall, Gott sei Dank, und das naturreine Meersalz gehört dazu. Das Fleur de Sel muss so etwas werden wie der Champagner, der Bordeaux, die Foie Gras. Eine Luxus-Delikatesse. Und genau dieses Potenzial wird hier verschenkt, das kann man alles ganz anders aufziehen. In der Produktion, im Marketing, im Vertrieb. – Sehen Sie sich dieses Gebäude an. Natürlich hat *Le Sel* hier einen großen Beitrag geleistet. Die Gemeinde ist dazu gar nicht in der Lage. Man muss das nur mit der Baracke davor vergleichen. Und dies alles ist zum Besten der Salzgärten. Alles kann um ein Vielfaches gesteigert werden, ohne dass wir die Traditionen im Kern anrühren müssten. Alle würden davon profitieren. Vor allem die Paludiers. Wir würden sie in ihren Salinen weiterbeschäftigen, wenn sie verkauften. Mit besseren Löhnen.«

Es war eine gleichermaßen geschäftsmäßige wie persönliche engagierte Rede geworden, das hatte sie perfekt gemacht. Es waren alle Floskeln enthalten gewesen, die in Dupin für gewöhnlich schlimme Aggressionen auslösten, aber das war seltsamerweise nicht passiert – er hatte dabei auch ein weiteres Karamellbonbon unauffällig in den Mund geschoben. Madame Laurent war wirklich gut. Madame Bourgiot war während der kleinen Rede regungslos geblieben, ihr war nicht die geringste Reaktion anzumerken gewesen.

Die *Le-Sel*-Chefin setzte noch einmal nach:

»Ja, wir würden am liebsten das gesamte Weiße Land in der Hand von *Le Sel* sehen. – Aber denken Sie allen Ernstes, wir schießen deswegen auf Polizisten und ermorden Journalistinnen?«

»Wenn ehrgeizige Karrieren und alles, was man sich aufgebaut hat, plötzlich in Gefahr ist, tun Menschen so einiges«, sagte Rose ruhig, und Madame Laurent warf ihr einen kalten Blick zu, »der wiederholte Ausfall einer Ernte würde einen Unabhängigen in Notsituationen bringen. Und er müsste vielleicht verkaufen. Für den wiederholten Ausfall von Ernten könnte man sorgen.«

Dieses Mal zog Ségolène Laurent ein anderes Register. Sie lehnte sich herausfordernd zurück und antwortete harsch.

»Ja, wir machen Angebote, hohe und auch übertrieben hohe Angebote, ja, es geht um harte Auseinandersetzungen hier in den Salzgärten, wie gesagt, um handfeste wirtschaftliche Interessen, die auch zu Konflikten führen, ja. Aber: Nein, wir sabotieren keine Ernten, wir begehen keine kriminellen Handlungen.«

Ihre zur Schau getragene Offenheit war eine bewährte rhetorische Waffe.

»Sie haben sich im Département und in Paris beim Ministerium gegen die öffentlichen Subventionen der Salzgärten ausgesprochen«, schaltete Dupin sich wieder ein.

Das mit den Subventionen der Salzgärten war noch ein Punkt in beiden Interviews gewesen, der ihn interessiert hatte.

»Das habe ich. Das ist ein künstliches und immer ungeeignetes wie ungerechtes Instrument.«

»Sie selbst betreiben mächtige, gezielte Lobbyarbeit.«

»Natürlich«, Madame Laurent zog fast unmerklich eine Augenbraue hoch, »dafür werde ich bezahlt.«

Madame Bourgiot räusperte sich. »Sie sehen also wirklich einen direkten Zusammenhang zwischen der Schießerei, dem Mord und dem Salzland? Sie denken, dass es um kriminelle Machenschaften geht, die unmittelbar mit dem Salz zu tun haben?«

Bourgiots Frage klang, nach allem, worüber sie gerade gesprochen hatten, fast kurios, ihr Tonfall hingegen war alles andere als naiv gewesen. Und: Sie traf ins Schwarze. Genau das war ja bisher ihr Problem. Sie hatten keine Ahnung, ob es überhaupt einen direkten Zusammenhang gab. Und wenn ja, welchen.

»Wir wissen, dass es einen Zusammenhang gibt«, behauptete Rose bestimmt. »Sagen Sie uns, warum wir die blauen Fässer, die Kommissar Dupin sich gestern Abend in den Salinen von Maxime Daeron ansehen wollte, nun in Ihren Salinen finden?«

»Ich habe nicht die leiseste Ahnung.«

Das Wahrscheinlichste war natürlich, dass man die Fässer nach dem »Vorfall« einfach irgendwo abgeladen hatte. In Salinen, die nicht bestellt wurden. Es war ja auch keinesfalls sicher, ob der Täter wusste, dass Lilou jemandem einen Hinweis auf die Fässer gegeben hatte. Vielleicht hatte jemand *Le Sel* sogar gezielt belasten wollen. Möglich war zu diesem Zeitpunkt alles.

»Verwendet *Le Sel* solche Fässer für irgendetwas?«

»Nein.«

»Und das getrocknete Salz für die Mühlen? Wie transportieren Sie das? Wie lagern Sie es?«, Jaffrezics Lektionen hatten Früchte getragen bei Dupin.

»Ebenso in Säcken, wie das andere Salz. Sie sind innen mit Natursilikon beschichtet.«

»Was«, Dupin kam auf seinen Lieblingspunkt, »könnte es mit den blauen Fässern überhaupt auf sich haben?«

»Ich weiß es wirklich nicht.«

»Und Sie, Madame Bourgiot, haben Sie eine Idee, was die Fässer enthalten haben könnten?«

»Ich hoffe nicht, dass sie etwas enthalten haben, was hier nicht hingehört. Céline Cordier sitzt uns seit heute Morgen im Nacken, sie droht damit, sämtliche Salinen sperren zu lassen. – Ich kann mir keinen Reim darauf machen, was es sein könnte. Und kenne niemanden hier, der so verantwortungslos wäre, mit heiklen Dingen zu hantieren. Geschweige denn jemanden, der einen Mord begehen würde.«

Es war erstaunlich, wie sie sich während des Gesprächs verändert hatte. Ihre Stimme war nun durchdringend, nahezu bestimmt. Eben noch war sie verunsichert, ja ängstlich gewesen. Fast, als hätte sie sich verstellt.

»Was hat Lilou Breval im Gespräch vor einem Jahr mit Ihnen am meisten interessiert, Madame Bourgiot?«

»Sehr allgemeine Informationen. Sie hatte sich das erste Mal umfangreicher mit dem Salz und der Guérande beschäftigt. Wir haben ihr ausführliche Informationen zusammengestellt. Sie ist zweimal vorbeigekommen. Es war ein sehr guter Artikel für uns. Es ging um nichts – Brisantes. Sie hat sich auf die grundsätzlich nicht leichte ökonomische Lage der Salzbauern konzentriert«, fügte sie rasch hinzu, »die ingesamt aber dennoch stabil ist. In keiner Weise besorgniserregend.«

Commissaire Rose räusperte sich.

»Was immer hier geschehen ist, was immer hier vor sich geht – wir werden es herausfinden. – Wenn Sie etwas zu erzählen haben, sollten Sie es also besser jetzt tun.«

Rose schien sich festgebissen zu haben. Oder sie verfolgte eine Spur, die Dupin noch nicht kannte.

Plötzlich sah Dupin Riwal vor der Glastür gegenüber stehen, er wäre fast zusammengezuckt. Sein Inspektor gestikulierte umständlich. Es sah lustig aus. Er bemühte sich vergeblich, es nicht zu auffällig werden zu lassen, eine größere Gruppe von Touristen ging gerade an ihm vorbei. Kadeg stand schräg hinter ihm. Riwals Handbewegungen wurden heftiger. Dupin schüttelte den Kopf, er wollte das Gespräch jetzt nicht unterbrechen.

Riwal zuckte entschuldigend mit den Achseln und gestikulierte nur noch heftiger.

»Ich – entschuldigen Sie.«

Dupin stand auf. Im nächsten Moment war er an der Tür und aus dem kleinen Raum heraus. Er würde sich beeilen. Die drei Frauen hatten Riwal bisher nicht bemerkt.

»Entschuldigung, Chef.«

»Was, Riwal?«

»Maxime Daeron möchte Sie sprechen. Sofort. Er sagte, es sei sehr dringend. – Sie persönlich.«

»Nur mich?«

»Nur Sie.«

»Wo ist er?«

»In seinem Haus am Golf.«

»In seinem Haus am Golf?«

»In seinem Haus am Golf.«

Dupin hoffte, dass niemand diesen absurden Wortwechsel gehört hatte.

»Er kann Sie treffen, wo immer Sie wollen, sagt er.«

Dupin überlegte, er würde zumindest dieses Gespräch hier noch zu Ende bringen.

»Gut, er soll hierhin kommen.«

»Okay, Chef. Ich sage Bescheid.«

Riwal hatte sich bereits abgewandt und sein Handy gezückt.

»Warten Sie. Ich – doch besser in seiner Saline. Wo alles passiert ist.«

Dupin wäre schon heute Morgen gern noch einmal durch die Saline gegangen.

»Alles klar.«

Riwal drehte sich um und ging auf den Ausgang zu.

»Riwal?«

Sein Inspektor wandte sich wieder um. Ohne jede Irritation. Er arbeitete schon zu lange mit Dupin, um sich durch so etwas auch nur im Geringsten aus der Fassung bringen zu lassen.

»Chef?«

»Ich – sagen Sie ihm, ich komme doch zu ihm.«

»Auch gut.«

»Ich dachte, Daeron wohnt in La Roche-Bernard.«

»Vielleicht ist sein Haus am Golf nur eine *Résidence secondaire*, sehr viele Leute hier haben ...«

»Ich weiß, Riwal. Hält er sich denn auch während der Woche am Golf auf?«

»Das kann ich Ihnen nicht sagen.«

»Teilen Sie Daeron mit, dass ich mich auf den Weg mache. Wo genau wohnt er?«

»Auf der Île aux Moines.«

»Der Île aux Moines?«

»Der Île aux Moines. Im Bretonischen heißt sie *Izenah*.«

»Ist das nicht die direkte Nachbarinsel der Île d'Arz – wo Madame Laurent wohnt?«

»Sie waren früher durch einen schmalen Landdamm verbunden, der jedoch in einer schweren Sturmflut im Meer versunken ist. Kennen Sie die Geschichte nicht?«

Daeron und Laurent wohnten Luftlinie nicht weit auseinander. Sie waren quasi Nachbarn.

Riwal hatte Dupins Gedankenverlorenheit offenbar als Aufforderung gedeutet, weiterzuerzählen.

»Ein reicher Kapitänssprössling hatte sich in eine bettelarme Fischerstochter verliebt. Jeden Abend trafen sie sich im Geheimen auf dem Damm. Eines Tages hielt der Junge um ihre Hand an. Sein Vater war dagegen. Aber die junge Frau kam und sang verführerische Lieder. Da bat der Vater den Ozean um Hilfe. Der Teufel schickte eine Sturmflut, und der Damm versank in den tosenden Wogen.«

Riwal kannte die Legenden nicht nur alle – je obskurer und dramatischer, desto lieber waren sie ihm, auch wenn sie ihm kurioserweise dann selbst Angst machten –, er trug sie auch mit theatralischer Begeisterung vor. Und Legenden gab es praktisch zu jedem Ort: Denn nichts existierte im keltischen Universum einfach so, alles und jedes besaß seine eigene Geschichte; das bretonische Wesen, so Dupins Überzeugung, war deswegen das poetischste und epischste von allen. So hatte sich im Kommissariat zu Riwals Spitznamen »der Druide« – der in einem vollständigen Kontrast zu seinem sportlichen Äußeren wie seinen sehr praktisch-technischen Fertigkeiten stand – der des »Barden« gesellt, was ihm gleichermaßen zu schmeicheln schien.

»Der Teufel – oder Gott. Das weiß man nicht.«

Dupin zuckte zusammen. Das war vollkommen lächerlich.

»Man weiß nicht, ob es der Teufel oder Gott war?«

»Sie hatten beide ihre Gründe.«

Eigentlich war es überhaupt nicht die Situation für Geschichten, weder fürs Erzählen noch fürs Zuhören. Aber irgendwie, musste Dupin zugeben, war er ein wenig froh: Es tat ihm, so seltsam es klang, gut; es holte ein Stück wohltuende Normalität zurück, es gab ihm Trost. Solange Riwal Geschichten erzählte, war die Welt noch in Ordnung. Zudem hatte er gelernt: Ab und an enthielten Riwals Geschichten, und zwar gerade die fantastischsten, unerwartet interessante Fingerzeige.

»Ich – ich fahre auf diese Insel.«

»Der Golf ist eine Gegend besonders vieler übernatürlicher Geschichten und Wesen, Chef. Immer schon gewesen. Feen und Zwerge mit der Kraft von Herkules«, Riwal blieb betont sachlich, »kein Wunder, alles ist voller Menhire, Dolmen und Cromlec'hs. Auch auf *Izenah*. Unter dem Pen Hap, dem schönsten Dolmen der Insel, liegt der goldene Sarkophag Cäsars. Heißt es«, fügte er im letzten Moment hinzu, »dabei interessieren sich die Leute nur für das massive Gold.«

»Ich …«

Dupin hatte wirklich keine Ahnung, wie er darauf antworten sollte. Aus vielen Gründen. Er fand es zum Beispiel ausgesprochen komisch, dass Riwal sich über das schnöde materielle Interesse der Leute mokierte, die Skurrilität der Idee hingegen, dass Cäsars Leichnam überhaupt ausgerechnet dort liegen sollte, einfach hinnahm. Dass diese Art Geschichten kurios war, gehörte zu ihrem Wesen, aber diese eine Geschichte war besonders kurios: Auch wenn der Sieg über die kühnsten aller Gallier, die Veneter (die vom Golf kamen!), entscheidend gewesen war für Cäsars Laufbahn – warum in aller Welt sollte Cäsars Leichnam gerade hierhin geschafft worden sein? In die tiefste rebellische Provinz des Römischen Reiches – *finis terrae*? Aber es würde auch dafür eine zwingende Geschichte geben, die alles erklärte; er würde lieber nicht fragen. Und langsam war es auch genug der Normalität.

»Nur für das Gold haben sie sich interessiert und für andere kostbare Schätze, die unter den Menhiren und Dolmen verborgen liegen. Bewacht von allen möglichen Kreaturen. Man muss wissen, dass es immer böse ausgeht, wenn man sich dieser Schätze habhaft machen will. Anfang des 19. Jahrhunderts hat ein Goldschmied aus Auray eine amtlich eingetragene Gesellschaft zur Erschließung der Schatzdepots am Golf gegründet. Fast alle Beteiligten sind auf mysteriöse Art umgekommen.«

Dupin war auch jetzt nicht ganz klar, was Riwal ihm damit sagen wollte. Sollten sie vielleicht einen sagenumwobenen Schatz als Motiv dieses Falles in Betracht ziehen? Dass die Geheimgesellschaft noch heute aktiv war?

»Der Golf hat diese gewisse Aura. *Izenah* besonders. – Seien Sie vorsichtig.«

Der Inspektor hatte den abschließenden Satz formuliert, als hätte er vor giftigen Schlangen oder anderen gefährlichen Tieren gewarnt.

Dupin gab auf. Jetzt reichte es. Er musste sich wieder auf den Fall konzentrieren.

Es war ein Katzensprung, vielleicht dreihundert Meter. Auf dem weiß-blauen Boot dauerte die Fahrt von Port-Blanc auf die Île aux Moines nach Port du Lério selbst bei Flut nur vier Minuten. Was Dupin sehr froh machte. Das Wasser war blank wie auf einem kleinen See – was ihn noch froher machte –, dennoch sah es nach Meer aus, roch es nach Meer. Aber mild, wie alles in diesem gezähmten Miniatur-Atlantik. Sodass es glücklicherweise auch nur eine Miniatur-Überfahrt war, auch wenn der Diesel des Bootes mit seinem prahlerischen Brummen und Vibrieren klarmachte, dass er es selbst mit dem großen Atlantik aufnehmen würde. Und auch der kleine, aber laute Möwenschwarm, der sie begleitete, ließ keinen Zweifel daran, dass sie es hier trotz allem mit dem Ozean zu tun hatten. Sein Fall letztes Jahr auf dem Glénan-Archipel hatte Dupin, der Boote hasste, gegen seinen Willen viele Bootsfahrten aufgezwungen, und er hatte sich geschworen, dass es damit für lange Zeit vorbei sein würde.

Port-Blanc strahlte vom Wasser aus weiß leuchtend und machte seinem Namen alle Ehre. Die Fähre ging alle fünfzehn Minuten, Dupin hatte nicht warten müssen. Er hatte seinen Wagen direkt auf dem Quai in Port-Blanc abgestellt, das war der Vorteil eines offiziellen Polizeiwagens, direkt neben der Rampe, die tief ins Meer führte, um die Boote zu Wasser zu bringen, auch bei Ebbe noch. Dupin liebte dieses Bild, das man nur an der Küste fand: eine Straße, die kopfüber geradewegs ins Meer führte.

Die Île aux Moines war eine autofreie Insel. Und das Haus von Daeron lag angeblich nicht weit vom Hafen entfernt. Das leicht hügelige Eiland hatte tatsächlich die Form eines Kreuzes, weswegen die Mönche im 9. Jahrhundert es erwählt und ein Kloster darauf errichtet hatten.

Commissaire Rose hatte eben angerufen, sie hatte das Gespräch mit den beiden Damen zu Ende geführt, es war im Weiteren wohl hauptsächlich um die genauen Verbindungen von *Le Sel* und dem *Centre* gegangen. Sehr enge Verbindungen offensichtlich. Ihr Bericht war karg gewesen, vor allem demonstrativ: *Ich* berichte und erwarte *von Ihnen* dasselbe. Viel wichtiger war, was sie dann vom ersten, vorläufigen Obduktionsbericht mitteilte; einige der Blutanalysen standen noch aus. Lilou hatte noch gelebt, als sie in den Golf geworfen worden war. Auch wenn sie höchstwahrscheinlich bewusstlos gewesen war. Die Verletzung »durch einen heftigen Schlag mit einem stumpfen Gegenstand« auf die Schläfe war massiv gewesen, »potenziell letal« und eindeutig ante mortem, aber medizinisch gesehen war sie ertrunken. Es bestand kein Zweifel. Ansonsten wies der Körper keine weiteren Frakturen, Wunden, Hämatome auf. Nichts, was fast ein Wunder war angesichts der heftigen Strömungen, der spitzen Felsen und Steine. Wahrscheinlich war sie direkt von der Hauptströmung erfasst und geradewegs in die große Bucht von Larmor-Baden gespült worden, genau gegenüber von Kerpenhir. Die Rekonstruktion sah also im Moment so aus: Der Täter – die Täter – war zum Haus der Eltern gekommen, hatte sie dort niedergeschlagen – von der Tatwaffe noch immer keine Spur –, in ihr Auto geschafft, die kurze Strecke zur Pointe de Kerpenhir gefahren und dort in den Golf geworfen. Der Täter war dann zurück zu seinem Wagen gegangen, wahrscheinlich ein kurzer Weg. Die genaue Tatzeit war schwer zu bestimmen, wie immer bei Ertrinken. Die Spurensicherung hatte das Notebook nicht gefunden, auch keine Blutspuren, die die Stelle markiert hätten, wo es passiert sein musste, was aber bei dieser Art Verletzung ohnehin nicht wahrscheinlich gewesen war. Doch auch im Wagen waren bisher weder Blut noch Fingerabdrücke gefunden worden, nur zwei winzige dunkelrote Textilfussel auf dem Fahrersitz, die nicht tief eingedrückt waren, aber bisher gar nichts aussagten. Rose und Dupin vermuteten immer noch, dass der Täter später zu Lilous Haus bei Sarzeau gefahren war, um dort Unterlagen und Dokumente zu entfernen. Es fehlte einfach alles aus den letzten sechs Wochen, die Spurensicherung hatte es bestätigt, Rose hatte extra um eine Kontrolle gebeten. Selbst wenn es für einiges nur Indizien gab, so fand Dupin, war dies eine plausible Hypothese des Geschehens.

Wichtig auch: Rose hatte die Alibis von allen Personen überprüfen lassen – von denen, die eines angegeben hatten. Dupin hatte lächeln müssen, als er gehört hatte, wer sich für diesen Job gemeldet hatte. Kadeg. Natürlich. Niemand konnte Menschen so unangenehm und mit solcher Freude zusetzen. Dupin selbst beauftragte ihn bevorzugt mit diesen Jobs. Maxime Daerons Frau hatte das Abendessen bestätigt – Kadeg war unzufrieden, weil es »nur« die Ehefrau war, keine »unabhängige« Person also –, zwei von Paul Daerons Gästen die Degustationen bis ein Uhr nachts, Madame Bourgiots Mann ebenso das gemeinsame Abendessen und dass seine Frau mit ihm um halb zwölf schlafen gegangen war.

Rose wollte sich als Nächstes erneut Jaffrezic »vorknöpfen« (sogar dieses Wort hatte sie noch freundlich formuliert). Die Kommissare hatten sich zunächst wieder nicht einigen können, wo sie sich wann sehen würden und wie sie weiter vorgehen sollten, und schließlich verabredet, später wieder zu telefonieren. Dupin hatte noch einmal versucht, Claire zu erreichen, zweimal während der Fahrt und einmal vom Quai aus, und wieder nur Nachrichten hinterlassen können.

Das Boot fuhr schon auf den Quai von Port du Lério zu, gleich wären sie da. Dupin war neugierig zu erfahren, was Daeron ihm – und anscheinend nur ihm – mitzuteilen hatte, und auch zufrieden, etwas für sich zu sein. Im Mund das dritte der vorzüglichen Karamellbonbons. Prachtvolle Sommerfrische-Villen aus dem 19. Jahrhundert waren in dem gleichermaßen prachtvollen Wäldchen zu sehen – dem »Bois d'amour« –, das direkt am Quai begann, diskrete Sträßchen führten in den Liebeswald. Pinien, hohe Kiefern, Steineichen. Dupin sah eine wuselige Armada von Booten in einem breiten Streifen vor dem Quai liegen, große und kleine Segelboote, Motorboote in allen Längen, Kanus in grellen Farben, die rasanten Zodiacs. Alle nur in minimal schaukelnder Bewegung. Der Golf war ein Meer aus Booten, Dupin mochte den Anblick. Ein Kobaltblau mit Hunderten Farbtupfern – gemächlich tändelnd in der Mittagshitze. Die Insel döste entspannt und gelassen in der Sonne, alles wirkte schwerelos, luftig. Das surreal makellose Blau des Himmels der letzten Tage und Wochen war immer noch ohne die kleinste Trübung. Das war ohne bretonische Übertreibung mediterranes Flair par excellence. Man sah Palmen, Feigen, Eukalyptusbäume, Olivenbäume, Kamelien, Mimosen, Agaven, alles, was das Mittelmeer zu bieten hatte, auch die erstaunlichen Zitronen- und Orangenbäume, die Dupin besonders faszinierten. Das Klima war – objektiv! – tatsächlich dem am Mittelmeer nicht unähnlich, der Golf verzeichnete 2300 Sonnenstunden im Jahr, Nizza zum Beispiel nur geringfügig mehr: 2500 (Paris erbärmliche 1300!), und, das war spektakulär: nur 600 Millimeter Niederschlag jährlich, Nizza 767 Millimeter (Paris triste 900 Millimeter!). Vannes' Durchschnittstemperatur im Januar lag bei 9,2 Grad, die von Nizza bei 6,2 Grad. Henri kannte alle Zahlen auswendig, er hatte sie wieder und wieder zum Besten gegeben – und Dupin hatte stets angemessen gestaunt. Der Golf mit seinem echten Mikroklima war die wärmste Gegend der Bretagne, die mit den meisten Sonnenstunden, den geringsten Niederschlägen.

Lange war deswegen Wein angebaut worden am Kleinen Meer, noch bis in die Sechzigerjahre, über mehr als ein Jahrtausend; im Mittelalter hatte die christliche Bretagne Wein bis zur Kanalküste und ins äußerste Finistère angebaut, überall, für die Eucharistie, natürlich. Weine wie die von der Loire, Weißweine, die, streng gekühlt, zu Dupins liebsten weißen Weinen überhaupt zählten und die die Bretonen ohnehin als die »ihren« empfanden: Weine wie der Muscadet, Anjou, Saumur, Chinon, Sancerre oder eben der Quincy.

Eine Minute später stand Dupin am Ende des Quais, das Boot machte erst gar nicht richtig fest, es berührte nur kurz den Anleger, übergab seine Passagiere der Insel und pendelte umgehend zurück. »Herzlich willkommen auf *Izenah*, der Île aux Moines – Perle des Golfs«. Kleine und große Schilder, Hinweise auf alles Mögliche: Restaurants, Hotels, Strände, Naturattraktionen – und natürlich auch auf, Dupin erinnerte sich an Riwals Geschichten und musste schmunzeln, den »Cromlec'h des Kergonan« sowie den »Dolmen von Pen Hap«, Cäsars letzte Ruhestätte inmitten von Gold, wie Dupin jetzt wusste. Nolwenn wäre zufrieden mit ihm gewesen, er wusste, was ein Cromlec'h war. Er war ein guter Schüler. Und: Hier auf der Île aux Moines hatte man den (selbstverständlich) größten Steinkreis Frankreichs gebaut. Ein Radius von hundert Metern, zweiundsiebzig Steine bis zu ein Meter achtzig hoch, ein mysteriöses kultisches Zentrum. Dupin hatte bis zu seiner Ankunft in der Bretagne wie jeder normale Mensch alles Steinige der Steinzeit fahrlässig mit dem Begriff »Menhir« bezeichnet – zu Nolwenns allerersten bretonischen Unterweisungen hatte die »wissenschaftliche Differenzierung« gehört. Der Menhir – ein bretonisches Wort, das die ganze Welt als terminus technicus verwendete – war nur der berühmteste Stein, der Hinkelstein. Ein aufgerichteter großer Monolith. *Maen* = Stein und *hir* = lang, Dupin würde die – doch erstaunlich geheimnislose – Formel bis ans Ende seines Lebens präzise wiedergeben können. Auch für den »Steintisch«, der weltweit vorkam, hatte sich das bretonische Wort durchgesetzt, der »Dol-Men«, ein aus großen unbehauenen Steinblöcken errichtetes Bauwerk, das zumeist als Grabstätte diente und viel häufiger vorkam als Menhire oder Cromlec'hs (und bevorzugt eine Stätte der Feen war). Dupin mochte die Menhire am liebsten (auch wenn sein Lieblingsbaguette bei seinem Lieblingsbäcker *Dolmen* hieß). In den Geschichten, die man sich seit Urzeiten erzählte, waren die steinernen Menhir-Giganten lebendig. Einige wanderten in bestimmten Nächten zum Meer, um ihren Durst zu stillen oder zu baden – oder sie vollführten bei Vollmond Tänze zu Ehren der Toten. Sie wuchsen wie Pflanzen, waren Orakel oder verzauberte Jungfrauen, beschützten einen, wie Heilige es tun: Auf den »Roh-an-aod« schlug man beispielsweise mit einem Hammer, um Schutz vor dem Meer zu erfahren. Die schauerlichste aller Geschichten war für Dupin die des Menhirs, von dem bei jedem Vollmond ein dunkles Wesen ein winziges Stück abbiss – wenn es den Menhir restlos aufgegessen hätte, würde die Welt untergehen.

Auf der kleinen Île aux Moines gab es alle drei Arten: Menhire, Cromlec'hs, Dolmen. *Izenah* war offenbar schon für Jungsteinzeitler eine echte Attraktion gewesen. Zu Recht, fand Dupin. Wenn wohl auch damals nicht so viele gekommen waren wie heutzutage in der Ferienzeit. Jetzt, Anfang September, waren es nur noch vereinzelte Urlauber, Dupin mochte das, die erschöpft-entspannte Atmosphäre der Nachsaison.

Er orientierte sich, lief den Quai entlang, und fünf Minuten später stand er vor Daerons Haus, besser gesagt: vor der Einfahrt zu Daerons Haus, das sich als eine dieser wunderschönen Villen entpuppte, die er vom Boot aus gesehen hatte, inmitten eines großen Anwesens, von prächtigen Bäumen und Sträuchern gesäumt. Die Villa lag genau hinter dem paradiesischen Sandstrand, nur durch das vornehme Sträßchen von ihm getrennt. Dupin hatte etwas vollkommen anderes erwartet, eher ein Haus wie das von Lilou Brevals Eltern. Das Geld für die Villa konnte nicht aus den Salinen kommen.

Ein großes hölzernes Tor, in einem hohen Granitstein daneben die eingravierte Hausnummer, kein Name, eine Aluminiumklingel. Dupin drückte einmal kurz, und einen Augenblick später glitt das Tor wie von Geisterhand geräuschlos auf. Er wurde erwartet.

Auf dem hellen Kiesweg kam ihm Maxime Daeron entgegen. Er trug noch dieselben Sachen wie in der Saline, sah aber dennoch nicht mehr aus wie der Mann, den Dupin heute früh getroffen hatte. Er wirkte verstört. Tief verstört. Und versuchte nicht, es zu verbergen.

»Kommen Sie, wir gehen in den Garten. Und setzen uns

dort«, er schaute Dupin eindringlich an, traurig, »ich weiß, dass Lilou Ihnen vertraut hat. Dann tue ich es auch.«

»Sie ist wirklich tot, ja?«

Auch seine Stimme klang anders als heute Morgen. Brüchig.

»Ja.«

Dupin war gespannt, worauf dieses Gespräch hinauslief. Sie waren rechts am Haus vorbei in den Garten gegangen, der so prächtig aussah, wie es zu vermuten gewesen war. Ein großer Pool, alles darum in dunklem Granit. Und zwischen dem Pool und dem Haus die großzügige Terrasse.

»Man hat sie ermordet«, der Satz war etwas zwischen Frage und Feststellung gewesen.

»Wir gehen davon aus.«

»Lilous Nachbarin hat mich angerufen. Eine alte Dame, die Lilou sehr mochte. Und Lilou sie. Eine enge Freundin ihrer verstorbenen Mutter. Sie kannte Lilou von Kindesbeinen an. Die Polizei war heute Morgen auch bei ihr.«

»Warum hat die Nachbarin Sie angerufen, Monsieur Daeron?«

»Wir«, das erste Mal blickte Daeron Dupin direkt in die Augen, bisher war sein Blick ausweichend gewesen, »wir hatten eine Beziehung. Lilou Breval und ich. Seit einem Jahr.«

Dupin war einen kurzen Moment fassungslos.

»Eine geheime Beziehung. – Ich bin verheiratet. Auch wenn es mit meiner Frau …«, er verstummte.

»Und?«, Dupin konnte einen aggressiven Unterton nicht verbergen.

»Ich hatte die Beziehung beendet. Vor zehn Tagen. Es ging nicht mehr. Obwohl ich es eigentlich nicht wollte. Ich meine: es nicht beenden wollte. Aber ich konnte nicht mehr. Ich habe es nicht mehr geschafft.«

Dupin tat sich immer noch schwer mit dieser Information.

»Weiter.«

»Sie war vollkommen aufgelöst. Es hat sie sehr mitgenommen.«

Daeron fiel das Sprechen erkennbar schwer, aber Dupin konnte darauf keine Rücksicht nehmen.

»Und was dann, Monsieur Daeron?«

Maxime Daeron schaute Dupin fragend an.

»Nach diesem Treffen, als Sie Schluss gemacht haben – gab es danach noch Kontakt?«

»Wir haben zwei Mal telefoniert. An den beiden Tagen darauf. Das waren – sehr emotionale Telefonate.«

Maxime Daeron kämpfte um seine Fassung. Er wirkte aufrichtig verzweifelt.

»Sie dachte, ich hätte sie nicht geliebt. Aber das war es nicht. Ich wollte nicht, dass sie das denkt. Ich wusste nur nicht mehr, was ich tun sollte. Ich – ich wusste nicht, ob ich meine Frau tatsächlich verlassen wollte.«

Das alles klang bisher nach einer sehr trivialen Geschichte. Nach einem Klischee. Und passte gar nicht zu der Lilou, die Dupin kannte. Aber: So gut hatte er sie nun auch wieder nicht gekannt. Und – diese Geschichten gab es, egal wie klug jemand war, wie stark. Das wusste er. Vor allem, noch entscheidender: Niemand konnte am Ende verstehen, was zwischen zwei Menschen gewesen war, niemand folglich urteilen. Verurteilen. Manchmal konnten nicht einmal die beiden Liebenden selbst sagen, wie es genau um sie stand; sichtbar wurde dies nur im Moment des Bruches, in den unterschiedlichen, erbittert entgegengesetzten Versionen »derselben« Geschichte, die dann sogar in die Vergangenheit zurückprojiziert wurden als damals schon unumstößliche »Wahrheiten«. Doch in diesem Fall gab es nur noch eine Version. Die von Daeron.

»Ich habe sie gestern noch mal angerufen, und wir haben uns gesehen. Auch wenn ...«

146

»Sie haben *was*?«

Dupin fuhr brüsk in die Höhe.

»Sie haben Lilou gestern Abend gesehen? Wann?«

»Wir haben uns gesehen. Aber nur eine halbe Stunde. Es war keine gute Idee. Es hat alles nur schlimmer gemacht. Es war schrecklich. – Ich weiß, ich habe Ihnen heute Morgen nicht die Wahrheit gesagt. Wir hatten uns versprochen – niemandem von dieser Beziehung zu erzählen. Ich habe tatsächlich mit meiner Frau gegessen, bin dann aber noch einmal weg. Ich habe gesagt, ich müsse noch arbeiten. Und bin in das Nebenhaus gegangen, wo ich mein Büro habe. Von dort aus bin ich dann los.«

Das war eine unglaubliche Nachricht.

»Wann genau? Wann waren Sie bei ihr?«

»Ich bin etwa um zehn vor elf angekommen und um ungefähr zwanzig nach elf wieder gefahren, auf die Minute kann ich es nicht sagen«, Maxime Daeron war offensichtlich bemüht, genau Auskunft zu geben, ihm war bewusst, nun den Fakten nach der Hauptverdächtige zu sein. »Sie war gerade selbst erst im Haus ihrer Eltern angekommen, als ich eintraf. – Und die Nachbarin kann Ihnen bestätigen, dass ich um zwanzig nach elf gefahren bin«, ihm war anzumerken, dass ihm dies – natürlich – extrem wichtig war, »Lilou hat mich zu meinem Wagen gebracht. Die Nachbarin war mit ihrem Hund draußen. Wir haben uns kurz gegrüßt. – Lilou und ich haben uns immer nur dort getroffen. Im Haus ihrer Eltern, das war unser Ort. Und die Nachbarin wusste von uns. Sie kennt mich. Sie hat niemandem etwas erzählt.«

Auch der Polizei hatte sie nichts erzählt. Weder heute Morgen noch nach dem Mord. Sie hatte nur angegeben, Lilou gesehen zu haben, ihre Loyalität war offenbar weit gegangen. Und sie selbst verdächtigte Daeron anscheinend nicht. Vielleicht weil sie wirklich gesehen hatte, wie Daeron gefahren war. Was letztlich gar nichts bedeutete. Daeron hätte seinen Wagen nur im

Wäldchen abstellen müssen, ein paar Hundert Meter weiter, und wäre am Golf entlang zurückgekommen. Dass Maxime Daeron sich nun von selbst gemeldet hatte und solche Geständnisse machte, bedeutete im Grunde ebenso wenig. Alles war denkbar. Hatte ihn die Nachbarin am Abend gesehen, wäre dies, trotz ihrer Verschwiegenheit, womöglich irgendwann doch herausgekommen – und also besser, er gestand so schnell wie möglich. Das galt für den Fall, dass seine Geschichte stimmte und er tatsächlich sofort zurück nach Hause gefahren war, und auch für den Fall, dass er log. Dass er der Mörder war. Auch dann wäre es klug gewesen, diese Geschichte nun zu erzählen.

»Wo haben Sie sich mit Lilou aufgehalten?«

»Im Garten. Fast die ganze Zeit. Ich bin viel umhergelaufen. Lilou hat gesessen. Ein paarmal ist sie in die Küche – Sie werden sicherlich Fingerabdrücke von mir finden.«

Das könnte die gefundenen Abdrücke erklären, vielleicht.

»Wann waren Sie zu Hause?«

Dupin hatte begonnen, sich die Angaben zu notieren. Vor allem die Uhrzeiten.

»Um zehn nach zwölf. Ich bin einigermaßen langsam gefahren. Meine Frau hat schon geschlafen. Ich war vollkommen aufgelöst. Und da wusste ich ja noch gar nichts von den Ereignissen in meiner Saline. Ich war in meinem Büro, zehn Minuten später hat mich eine Inspektorin erreicht. Und mir erzählt, dass es eine Schießerei gegeben hat. Ich habe sofort meinen Bruder angerufen. Und ihm davon erzählt. Nur davon. Nicht von dem Treffen mit Lilou.«

»Die Inspektorin hat Sie auf Ihrem Festnetz erreicht?«

»Ja.«

»Sie waren also im Haus, als Sie mit der Inspektorin telefoniert haben? In Ihrem Büro?«

»Ja.«

Das war von entscheidender Bedeutung. Das konnten Sie überprüfen.

»Haben Sie gesehen, wo der Wagen von Lilou Breval gestanden hat?«

»Direkt in der Einfahrt, seitlich vom Haus. Da, wo der Eingang ist und es zum Garten geht.«

Es war also nicht kompliziert gewesen, Lilou bewusstlos in ihren eigenen Wagen zu legen und wegzufahren, und es passte zu der hypothetischen Rekonstruktion des Abends.

»Sie haben Ihren Bruder direkt nach dem Anruf von Inspektorin Chadron erreicht? Um null Uhr fünfundzwanzig dann ungefähr?«

»Genau. Danach bin ich noch spazieren gegangen. Ich bin erst um halb drei ins Bett gegangen. Und um sechs wieder aufgestanden.«

Dupin hatte sich in seinem Clairefontaine eine penible Zeitaufstellung gemacht. Fünfundvierzig Minuten Fahrtzeit wären es sicherlich, von Lilous Haus zurück. Um null Uhr zwanzig war er bereits zurück in La Roche-Bernard gewesen, in seinem Büro. – Er hätte es nicht schaffen können, nicht, wenn er um dreiundzwanzig Uhr zwanzig noch mit der lebenden Lilou gesehen worden war. Selbst wenn er sofort nach der Verabschiedung zurückgekommen wäre, um sie zu töten. Er hätte es bis zu seiner nachprüfbaren Anwesenheit in La Roche-Bernard nicht schaffen können, sie umzubringen, die Leiche zur Pointe de Kerpenhir zu bringen und zurückzukommen. Geschweige denn noch in Sarzeau, in Lilous Haus, vorbeizufahren und dort Unterlagen zu entfernen. Aber das hätte er natürlich ebenso gut später in der Nacht tun können.

»Gibt es einen Zeugen, der Sie zu Hause gesehen hat? Ist Ihre Frau wach geworden?«

»Nein.«

Eigentlich war das egal. Das mit dem Anruf, den Anrufen war handfest. In der Zeit bis zu den Anrufen war es unmöglich gewesen – aber natürlich hätte alles auch danach stattfinden können, nach den Anrufen, die ganze Aktion: Maxime hätte nach

Hause kommen können, um dann noch einmal loszufahren. Ohne Probleme. Um dann den Mord zu begehen. Einschließlich des Abstechers in Lilous Haus – dann wäre er vermutlich gegen drei Uhr nachts zurück gewesen.

»Und auch später in der Nacht«, Dupin wusste, dass es eine blödsinnige Frage war, »nach null Uhr dreißig haben Sie nichts getan, das – ein Alibi wäre?«

Maxime Daeron schaute Dupin hilflos an. Er antwortete zögernd:

»Nein. Nein. Meine Frau schlief, wie gesagt.«

An dem Punkt kämen sie nicht weiter.

»Was war mit den Fässern, Monsieur Daeron? Was hat Lilou Breval aufgedeckt?«

»Davon weiß ich nichts.«

Es schien, als hätte er die Frage schon früher erwartet.

»Sie hatten eine Beziehung mit Lilou Breval, Sie sind Paludier – und Sie hat Ihnen nichts von einem Verdacht erzählt, den sie hatte?«

»Nein. Sie hat mir nie etwas davon erzählt – dass sie im Gwenn Rann irgendeiner brisanten Sache auf der Spur war oder so. Und, ja, ich bin mir sicher, sie hätte es mir erzählt, als wir noch – zusammen waren. Es muss also um etwas gegangen sein, das kürzlich erst aufgekommen ist.«

»Überlegen Sie noch einmal, was hat Lilou Breval interessiert? Das ist sehr wichtig für uns.«

»Sie hat sich sehr für die Veränderungen, die Auseinandersetzungen und Konflikte interessiert, die es im Weißen Land gibt. Konflikte zwischen den Unabhängigen, den Kooperativen, dem Konzern, auch der Gemeinde und der Region. Für den Wettbewerb auf dem, wie man so sagt, globalen Salzmarkt.«

»Das wissen wir bereits.«

Dupin sah, dass Daeron Tränen in den Augen standen. Er kämpfte sichtlich mit sich. Wenn alles stimmte, was er sagte, wäre es nur zu verständlich. Dann riss er sich die ganze Zeit schon mit äußerster Anstrengung zusammen. Daeron atmete tief ein, um sich zu sammeln, bevor er antwortete.

»Ich glaube, sie hatte einen neuen großen Artikel darüber geplant. Der vom letzten Jahr war ja eher allgemein gehalten. In den Interviews ging es dann schon mehr um konkrete Konflikte. So haben wir uns kennengelernt. Durch ihre Recherchen, das Interview. – Sie hat in den letzten Monaten auch noch mal mit Monsieur Jaffrezic und Madame Laurent gesprochen. Das habe ich mitbekommen, aber sie hat nie gesagt, wann sie diesen Artikel wirklich schreiben wollte.«

»Was wollte sie speziell von Monsieur Jaffrezic und Madame Laurent?«

»Das weiß ich nicht genau.«

»Erzählen Sie mir im Einzelnen von den Auseinandersetzungen in den Salinen. Wovon wissen Sie?«

Daeron ließ sich Zeit mit seiner Antwort.

»Die Kooperative will die Unabhängigen, *Le Sel* auch. *Le Sel* will alle. Die Gruppe macht uns allen obszön hohe Angebote. Und intrigiert bei der Gemeinde.«

»Konkreter bitte.«

»Sie möchten, dass die Stadt und die Region die Subventionen einstellen, dann haben sie leichtes Spiel, denken sie, aber das ist eine Illusion. Die allermeisten der Paludiers würden nie verkaufen. Es ist eine Passion, eine Berufung.«

»Was noch?«

»*Le Sel* hat eine Ausweitung der Salinengebiete beantragt. An den Randgebieten der bestehenden Becken. Sie wollen unter allen Umständen die Produktionsmengen steigern. Sie wollen auch intensiver wirtschaften, die Zyklen der Ernte durch technische Umbauten der Salinen verkürzen, so wie in ihren Salinen am Mittelmeer. Maschinen einsetzen, vor allem aufwendige Pumpen und Pumpsysteme, durch die man die Kanäle und die großen Speicherbecken einsparen will. Sie wollen Paludiers einsparen und die Erträge steigern. All das. Sie kennen das. Der Lauf der Dinge.«

In den letzten Sätzen hatte eine für Dupin unerwartete Gleichgültigkeit und Resignation mitgeschwungen, das hatte anders geklungen als der stolze Paludier vom Vormittag. Daeron schien es bemerkt zu haben.

»Aber das wird Ihnen eben nicht gelingen«, er holte tief Luft, »– sie machen alles falsch. Nur wenn das Salz Manufaktur bleibt, hat es eine Chance, auch wirtschaftlich. Das ist der einzige Weg. Eine Manufaktur, deren Erzeugnisse ihren Preis haben. Weil es das beste aller Salze ist, das reine, pure Meer. Sie benutzen dieselben Worte wie wir, aber sie meinen etwas vollkommen anderes.«

»Und diese Ausweitungen, das ist ein bereits offiziell formulierter Antrag?«

»Ja, seit zwei Jahren. Es gab schon Dutzende Beratungen. Wir arbeiten in einem streng reglementierten Naturschutzgebiet der ersten Kategorie. Eigentlich ist das vollkommen unmöglich. Aber wer weiß? Plötzlich gibt die Gemeinde solchen Anträgen dann doch statt. Wunder geschehen.«

Es war unverblümter Zynismus, der aus seinen Worten sprach.

»Wen meinen Sie mit – die Gemeinde? Den Bürgermeister?«

Maxime Daeron schaute Dupin erstaunt an.

»Den Bürgermeister? Nein. Viel mächtiger: Madame Bourgiot. Sie ist nicht nur die Leiterin des *Centre*, sondern auch die Delegierte der Gemeinde und Region für das Salzland. Der Bürgermeister hat ihr alles überlassen, was das Gwenn Rann anbelangt. Sie ist – ehrgeizig.«

Dass Madame Bourgiot derart mächtig war, hatte noch niemand erzählt. Es war auch nicht zu merken gewesen. Bisher.

»Und wissen Sie, ob es in diesem Zusammenhang schwere Auseinandersetzungen zwischen bestimmten Leuten gegeben hat?«

Maxime Daeron blickte traurig. Dupin war nicht klar, ob das mit der Frage zu tun hatte oder einfach mit der ganzen Situation.

»Nein.«

Das waren alles relevante Themen, hoch relevante Themen, aber etwas Stichhaltiges würde Dupin in diesem Gespräch nicht mehr erfahren, ahnte er. Entweder weil Daeron wirklich nichts wusste – oder nicht darüber sprechen wollte.

»Wie steht es um Ihre Salinen? Wirtschaftlich? Wie laufen Ihre Geschäfte?«

Der Themenwechsel war abrupt. Dupin hatte eine Vorliebe für dieses Verfahren.

»Ich –«, Maxime Daeron schien kurzzeitig irritiert, »gut. Sie laufen gut. Es ist nicht leicht, aber sie laufen gut. Ich komme klar.«

»*Le Sel* hat Ihnen doch auch ein Angebot gemacht. Was …«

»Ich werde nicht verkaufen.«

Das hatte rigoros geklungen.

»Sie haben es abgelehnt?«

»Ich werde nicht verkaufen.«

»Hat jemand Ihre Ernte sabotiert, Monsieur Daeron? Bedrängt Sie jemand?«

Die Traurigkeit in Daerons Gesicht kehrte zurück.

»Nein.«

»Heute früh haben wir darüber gesprochen, Sie haben diese Möglichkeit selbst ins Spiel gebracht.«

»Es war vorschnell.«

»Warum haben Sie Ihren Bruder angerufen?«

Dupin war die Frage eher rausgerutscht, er hatte ursprünglich etwas anderes fragen wollen.

»Ich –«, Daeron wirkte verwirrt, »er ist – Miteigentümer der Salinen. Ich – wir stehen uns sehr nahe. Ich wollte, dass er Bescheid weiß. Und er wollte dann heute früh selbst mit vor Ort sein.«

»Die Geschäfte Ihres Bruder laufen sehr gut, scheint es?«

»*Saucisse Breizh.*«

»*Saucisse Breizh* – das ist Ihr Bruder?«

Auch das war Dupin herausgerutscht, mit einer Begeisterung, die ihm augenblicklich peinlich war.

»Mein Vater hat es gegründet. Es war eine kleine lokale Schlachterei. Nach seinem Tod hat mein Bruder die Leitung übernommen. Und die Firma zu einem enormen Erfolg gebracht.«

In den letzten Worten hatte Stolz gelegen.

»Saucisse Breizh« gehörte zu den großen bretonischen Firmen. Jedes Kind kannte sie. Wurst, Hartwürste, Schinken, Pâté, Rillettes. Dupin kannte das komplette Sortiment sehr gut. Die köstlichsten Dinge, zwar in großer Produktion, aber alles nach den alten Methoden hergestellt. »Saucisse Breizh« florierte. Dupins Magen begann zu knurren.

»Ich war das schwarze Schaf«, der Anflug eines verkrampften Lächelns zeigte sich auf Maxime Daerons Gesicht, »alle anderen in meiner Familie haben mit der Schweinezucht zu tun. Mit Schlachtereien. Mit der Wurstproduktion.«

Dupin rieb sich am Hinterkopf.

»Dieses Haus hier – gehört es Ihrem Bruder?«

»O ja. Auch das Anwesen in La Roche-Bernard. Wo wir wohnen.«

Plötzlich wirkte Daeron unglaublich erschöpft. Es war seinem Gesicht und seiner Körperhaltung anzusehen. Es war ein langes Gespräch gewesen. Das erste in diesem Fall aber, in dem Dupin sich wieder einigermaßen in Form gefühlt hatte.

»Es ist schrecklich. Ich fasse das alles nicht. Ich …«, Maxime Daeron brach ab.

»Ich danke Ihnen – für Ihre Offenheit, Monsieur Daeron. Ich gehe davon aus, dass Sie mir alles gesagt haben, was Sie wissen.«

»Ja.«

154

Daeron schaute abwesend.

»Melden Sie sich, wenn Ihnen noch etwas einfällt. Was immer es ist, das alles ist eine große Tragödie.«

Dupin stand ruckartig auf. Daeron tat es ihm gleich.

»Ich finde allein zurück.«

Dupin nickte Daeron zu und wandte sich zum Gehen.

Er war erst ein paar Schritte vom Haus entfernt, als sein Handy klingelte.

Commissaire Rose. Es war unglaublich. Ließ sie ihn beobachten? Hatte sie ihm eine Wanze oder einen GPS-Sender untergeschoben? Ihre Anrufe waren perfekt getaktet.

Dupin war mit dem Handy am Ohr sehr langsam zurück zum Hafen gelaufen, es hatte einiges zu berichten gegeben, auf beiden Seiten. Vor allem natürlich von Dupin. Er hatte sich durchaus angestrengt, möglichst vollständig zu berichten. Rose war viel weniger überrascht gewesen von Daerons Beichte, als Dupin gedacht hatte und er es selbst gewesen war. Sie hatte umgehend noch einmal jemanden zu der Nachbarin geschickt, um die Aussagen Daerons zu überprüfen – vor allem auch, grundlegender, wichtiger: die Glaubwürdigkeit der alten Dame. An ihrer Aussage hing enorm viel. Und zudem angewiesen, dass die gefundenen Fingerabdrücke im Haus von Lilous Eltern sofort mit denen von Maxime Daeron verglichen würden.

Natürlich wurde Daeron durch sein Geständnis zu einem Verdächtigen. Rose hatte in beeindruckender Geschwindigkeit den Abend Daerons zeitlich rekonstruiert. Und Dupin, der im Gehen umständlich noch einmal in seinem Notizheft alles durchgegangen war, verlegen gemacht, als er gerade zu seiner Schlussfolgerung ausholte, dass Daeron es zwar nicht vor, aber *natürlich* durchaus *nach* dem Telefonat mit Chadron und seinem Bruder ohne Probleme geschafft haben könnte. Rose nämlich schloss ihre Berechnungen mit der nüchternen Pointe ab, dass diese Möglichkeit »mit allerhöchster Wahrscheinlichkeit« ausschied. Maxime Daeron hätte es nämlich *vor* ein Uhr vierzig morgens schaffen müssen, Lilou in den Golf zu werfen. Denn: Wäre dies später geschehen, wäre sie von dem auslaufenden Wasser in den Atlantik hinausgetrieben worden und nicht in das kleine Meer. Was dem Mörder grundsätzlich gewiss noch lieber gewesen wäre, aber er hatte seine Tat anscheinend nicht nach Ebbe-Flut-Gesichtspunkten planen können. Er hatte die Leiche schnellstmöglich verschwinden lassen müssen, und die Chancen auf Erfolg hatten in den Strudeln und Untiefen der Passage auch nicht schlecht gestanden. Dennoch, am Ebbe-Flut-Rhythmus war nicht zu rütteln – konkret: an dem Zeitpunkt, an dem in der Passage die Wassermassen anfingen, andersherum zu strömen. Ein Uhr vierzig war der Schlüssel – es musste davor passiert sein. Und das hatte Daeron mit größter Wahrscheinlichkeit eben nicht schaffen können. Dupin hatte dann darauf beharrt, dass es aber auch nicht »ganz ausgeschlossen« sei. Er hatte sich zugegebenermaßen wie ein Grünschnabel gefühlt, ein Bretagne-Dilettant; Rose hatte milde angemerkt, dass dies nun einmal kriminalistische Faktoren seien, die »in Paris nicht zu berücksichtigen waren«. Rose, fand Dupin, hätte das mit dem »Ein-Uhr-vierzig-Schlüssel« fairerweise schon bei Bourgiots Alibi anmerken können (die es vor Viertel vor eins *durchaus* hätte schaffen können, wenn ihr Alibi – das ausschließlich von ihrem Mann bestätigt worden war – um halb zwölf erlosch).

Rose hatte ihrerseits knapp zusammengefasst, was der Stand der Dinge war. In Brevals E-Mail-Postfach war bisher überhaupt nichts Interessantes gefunden worden. Ebenso wenig bei den Festnetzanschlüssen. Sie schien fast ausschließlich ihr Handy benutzt zu haben. Die Liste mit den Verbindungsnachweisen, von der sich Dupin viel versprach, lag vor. Riwal und zwei Polizistinnen aus Roses Team arbeiteten sie gerade in umgekehrter Reihenfolge ab, beginnend mit den jüngsten Anrufen. Ebenso die wenigen SMS, die es gab. Sie versuchten, die Teilnehmer zu identifizieren. Mit einem besonderen Augenmerk auf die letzten Tage. Maxime Daerons Aussagen über seine Telefonate mit Lilou Breval korrespondierten in jedem Punkt mit der Liste. Dupin war hierbei eingefallen, was er Daeron noch hatte fragen wollen, aber irgendwann aus den Augen verloren hatte: warum Maxime Daeron Lilou denn genau gestern Abend angerufen hatte, nicht schon davor. Oder erst heute. Natürlich konnte das ein Zufall sein. Aber manchmal waren Dinge, die nach Zufällen aussahen, der Schlüssel. Das kurze Telefonat letzte Nacht mit Maxime Daeron war das letzte mit ihrem Telefon gewesen – bis auf den mysteriösen Anruf von heute Morgen. Den Anruf bei ihm selbst, der Dupin immer noch beschäftigte. Am gestrigen Mittwoch und dem Tag zuvor waren es nicht viele Telefonate gewesen, zweimal mit der Service-Hotline von *Orange* (erstaunlich: Dupin brauchte dort immer ein Dutzend Anrufe, um jemanden an die Strippe zu bekommen), mit der Nachbarin und am Dienstag mit der Kollegin von *Ouest-France*. Zwei Festnetznummern und eine Handynummer, die noch nicht identifiziert werden konnten. Wen Lilou außerdem angerufen hatte – und das war interessant –, war Jaffrezic. Vor drei Tagen. Sie hatten einen Verbindungsnachweis von vier Minuten. Rose hatte Jaffrezic ja noch einmal sehen wollen, aber bisher nicht erreichen können. Jetzt gab es einen gewichtigen zusätzlichen Grund. Dass er vor drei Tagen mit Lilou Breval telefoniert hatte, brachte ihn auch bei Dupin ganz oben auf die Liste der »Gesprächswünsche« für den heutigen Abend. Rose hatte den Auftrag gegeben, ihn »unbedingt ausfindig zu machen«, egal wie. Die zweite interessante Verbindung, drei Minuten lang, war ein Anruf bei Madame Bourgiot, ebenso am Montag, was natürlich noch kurioser war, weil Madame Bourgiot vorhin nichts von diesem Anruf erwähnt hatte. Was auch Bourgiot –

auch hier waren Rose und Dupin sich ausnahmsweise einig – ganz oben auf diese Liste brachte. Dupin war die Reihenfolge der Gespräche dieses Mal fast egal, so einigten sie sich auf Roses Vorschlag. Zuerst Jaffrezic.

Als Dupin am Quai anlangte, war ihm etwas schwindelig, das gleiche Schwanken der Welt, als kippte sie plötzlich von vorne nach hinten und umgekehrt, wie heute Mittag an der Pointe de Kerpenhir. Er führte es dieses Mal vor allem darauf zurück, dass es fast sechs war und er außer den Salzkaramellbonbons seit heute Morgen nichts gegessen hatte. Als er auf der Insel angekommen war, hatte er gegenüber dem Quai auf der kleinen baumbestandenen Anhöhe ein Café entdeckt, das schon aus der Entfernung wunderbar ausgesehen hatte. Dort würde er versuchen, eine guten *café* zu bekommen und eine Kleinigkeit zu essen.

Le San Francisco war ein großartiger Ort, Dupin hatte sich nicht getäuscht. Allein der Name war großartig. Eine direkt über dem Hafen liegende Terrasse, zwischen Pinien, kleinen Palmen, Hortensien, einer Grüneiche. Und einem echten Kiwi-Baum! Ein lang gezogenes, zweistöckiges Steinhaus mit hundertjähriger Patina, kein bisschen zurechtgemacht, die Farbe blätterte mit Flair von den Fensterläden. Gemütliche Holzstühle mit beigefarbenem Leinen. Ein atemberaubender Blick auf den Golf, den gegenüberliegenden Teil der Mönchsinsel, leicht hügelig wie hier, und, weiter im Osten, auf die Île d'Arz. Schmale Streifen Tiefgrün – nur einzelne hohe Kiefern und Pinien stachen majestätisch aus den dichten Wäldchen hervor. Dazwischen: das Blau des Wassers, das ohne jede Bewegung vor ihm lag. Eine Landschaft wie auf einem Gemälde aus dem 19. Jahrhundert.

Dupin hatte sich an einen winzigen Tisch in der ersten Reihe gesetzt. Es war nicht viel los. Der perfekte Platz. Die Île aux Moines gefiel ihm mehr und mehr. Das war die Bretagne des Sommers. La »douceur de vivre«.

Der *café* – in einfachen kleinen Gläsern serviert – war, wie er sein musste. Dupin hatte den ersten noch im Stehen bestellt, sofort bekommen und sofort getrunken, gegen seinen Willen ein wenig gehetzt; Rose wollte sich ja eigentlich umgehend wieder melden und wähnte ihn sicherlich schon auf dem Rückweg, auf alle Fälle nicht im Café. Dabei hatte er einen kurzen Blick in die Karte geworfen. Sie versprach Köstliches. Und er musste etwas essen. Ihm war immer noch schwindelig. So lange würde es in der Küche sicher nicht dauern. Eine Kleinigkeit nur. *Tartare de lieu jaune*, einer seiner liebsten Fische (die Liste seiner »liebsten Fische« war in den bretonischen Jahren auf circa fünfzehn angewachsen), *Tartine de rougets* (die Rotbarbe gehörte unbedingt dazu), »gebuttert« mit *foie gras*, ferner hausgemachte Lammterrine mit den Feigen der Insel. Das alles klang fantastisch. Schrilles Handyklingeln fuhr in Dupins kulinarische Fantasien.

Nolwenn.

»Wo sind Sie, Monsieur le Commissaire?«

»Ich –«, er hatte keine Geheimnisse vor Nolwenn, »ich sitze im *Le San Francisco*.«

»Sehr gut. Nehmen Sie die Lammterrine mit Feigen der Insel, das ist die richtige Zeit dafür.« Übergangslos schloss sie an: »Ich habe nichts Kriminelles zum Thema Salz gefunden. Keine Berichte über Illegales bei der Produktion oder Lagerung«, es klang bitter enttäuscht, »oder allgemein im Zusammenhang mit irgendwelchen Salinen. Gar nichts. Ich habe sehr intensiv recherchiert. – Ich hatte es schon Inspektor Riwal gesagt.«

Dupin hatte der Kellnerin mit der linken Hand ein Zeichen gemacht, während Nolwenn sprach, einen Moment später stand sie neben ihm, die rechte Hand in die Hüfte gestützt. Ein kurzer schwarzer Zopf, ein schmaler Strohhut mit schwarzem Band, wie ihn einige auf der Insel trugen. Sie lächelte.

»Die Lammterrine. Und noch einen *café*, bitte.«

Die Lammterrine musste ja nur serviert werden.

»Auf diesem Weg kommen wir auf keine neuen Ideen, Monsieur le Commissaire. Nichts – nicht in der Guérande, nicht in den anderen französischen Salinen. In ganz Europa nicht. Merkwürdig.«

»Auch nichts zu diesen Weithalsfässern?«

»Nein.«

»Irgendetwas müssen sie enthalten haben, da bin ich mir sicher.«

Dupin hatte es mit Nachdruck formuliert.

»Sehr gut. Sie suchen nach Zeichen. In manchen Momenten sind Sie wirklich schon einer der Unsrigen!«

Dupin war unklar, warum die Fässer ein »Zeichen« waren. Vor allem: So einen Satz hatte Nolwenn noch nie gesagt, dass er einer »der Ihrigen« war, zumindest in manchen Momenten. Dupin schwankte zwischen einem Anflug von Stolz und Unsicherheit: Hielt sie es für nötig, ihm Mut zu machen – hielt sie die Ermittlungssituation für so aussichtslos?

»Sie haben einen Sinn für die Welt der Zeichen. Und das ist das Wesen der Bretonen, sie bewegen sich in der Welt wie in einem verwunschenen Wald. Hinter allem und jedem verbirgt sich eine Bedeutung, ein Geheimnis. Charles Le Goffic sagt: Die sichtbare Welt ist für einen Bretonen nichts weiter als ein Netz von Symbolen. Also vergessen Sie nie: Nichts ist wirklicher als das, was man nicht sieht!«

»Also«, sie holte noch einmal aus, »vergessen Sie nie: Nichts ist wirklicher als das, was man nicht sieht!«

Wenn Nolwenn Charles Le Goffic zitierte, einen heiligen bretonischen Dichter, war die Lage ernst. Dupin kannte die Sätze aus Nolwenns »bretonischen Lektionen für Fortgeschrittene«, in denen es, das unterschied sie von denen für »Anfänger«, weniger um das konkrete Wissen als um das Grundlegende, Philosophische ging: um eine bestimmte Haltung gegenüber der Welt und dem Leben – »une façon d'être au monde«. Aber natürlich verstand Dupin die Sätze immer noch nicht so ganz. Das Verhältnis der Bretonen zur Wirklichkeit war wunderlich. Wunderlich, aber, das hatte er gelernt, bestechend. Es ging nicht um das, was war, was auf den ersten, gewöhnlichen Blick aufschien – und dies galt natürlich grundsätzlich auch für einen Kommissar, so verstand er Nolwenns Gleichnis –, sondern um das »Dahinter«. Aber gerade das machte, anders als man denken würde, die Wirklichkeit nicht unwichtiger, sie wurde nicht entwertet, und kein Bretone war traumverloren, sondern im Gegenteil: Es ließ die Wirklichkeit – auch hier: genau wie für einen Kommissar – verflucht wichtig werden. Man brauchte sie dringend. Man hatte ja erst einmal nichts anderes. Man musste sie also mit allerhöchster Aufmerksamkeit betrachten, alles und jedes, obsessiv geradezu, und das galt auch für die detektivische Arbeit. Denn alles und jedes konnte von Belang sein, besonders das scheinbar Unbedeutende.

»Gibt es denn schon neue Erkenntnisse zu den chemischen Analysen der Becken?«

Auch das war typisch. Sofort war Nolwenn wieder beim Real-Praktischen.

»Bisher nichts Auffälliges. Aber manche Untersuchungen dauern länger. Wenn es um Organisches geht.«

Wenn er das richtig verstanden hatte.

»Wir sprechen später, Nolwenn.«

Dupin hatte nicht viel Zeit. Er legte auf. Die rustikale Lammterrine mit den duftenden Feigen der Insel stand schon vor ihm auf dem Tisch. Ebenso der *petit café*. Es war wirklich schnell gegangen. Und es sah so gut aus, wie er es gehofft hatte. Er würde essen und dabei nachdenken. Einmal in Ruhe nachdenken. Nach dem überraschenden, höchst relevanten Gespräch mit Maxime Daeron.

Er schnitt ein Stück der reifen, aber nicht zu weichen Feige ab, nahm etwas Baguette und trennte damit eine Ecke der Terrine ab. Es schmeckte köstlich, das Herzhaft-Würzige mit dem Fruchtig-Süßen vereint. Er trank einen Schluck; wahrscheinlich hätte er auch Wasser bestellen sollen, er hatte seit gestern nicht viel getrunken und, anders als in Paris, wurde in der Bretagne nicht automatisch Wasser serviert: »L'eau c'est pour les vaches«, das Wasser ist für die Kühe, war die bretonische Ansicht.

Dupin war weit davon entfernt, handfeste Vermutungen in diesem Fall zu haben. Erste Ansätze zu Ideen, ja. Aber auch diese noch vage, wenn er ehrlich war. Er musste seine grauen Zellen aktivieren, scharf nachdenken. Und dazu brauchte er den Kaffee, ohne ihn funktionierte sein Gehirn nicht, auch wenn es viele für einen Spleen hielten. Dupin liebte die kleinen medizinischen Meldungen aus den Zeitungen, die »Neueste-Studien-belegen-Meldungen« – genauer: wenn die »neuesten Studien« neue positive Erkenntnisse zu seinen Gewohnheiten und Vorlieben zutage förderten; die anderen Meldungen brach er beim Lesen sofort ab, es wurde viel unseriöses Zeug geschrieben, das war bekannt. Es war x-fach erforscht und belegt: Kaffee kurbelte den Energiestoffwechsel im Gehirn an, Konzentration, Aufmerksamkeit und Speicherfähigkeit des Gehirns wurden erheblich verbessert, Müdigkeitserscheinungen beseitigt. Die wissenschaftliche Wahrheit lautete: Koffein war schlicht ein Wunderstoff. Das Koffein-Molekül besaß eine ähnliche chemische Struktur wie eine zentrale Substanz des Hirnstoffwechsels, die die Aufgabe hatte, die Gehirnzellen vor einer kritischen Überanstrengung zu bewahren. Das tat sie, indem sie die Weitergabe von Informationen von Nervenzelle zu Nervenzelle verlangsamte. Präzise so fühlte es sich an, wenn Dupin nicht genügend Koffein hatte, und er war sehr froh über diese wissenschaftliche Erklärung gewesen. Das Koffeinmolekül nun simulierte diese Substanz raffiniert, aktivierte die Verlangsamung aber nicht! Die Nervenzellen bekamen kein Signal zum langsameren Arbeiten, im Gegenteil: Sie arbeiten weiterhin auf Hochtouren! Zudem erkrankten regelmäßige Kaffeetrinker viel seltener an Demenz, hieß es in den Studien, was Dupin besonders erleichterte, da er mit seinem Gedächtnis schon jetzt des Öfteren haderte. Auch bei Kopfschmerzen, Migräne, Entzündungen im Körper, eines Typ-2-Diabetes oder Leberfibrose waren die heilenden Wirkungen des Koffeins belegt. Es gab wenig Lebensmittel mit einem so phänomenalen Wirkungsspektrum, vielleicht noch Schokolade und Rotwein (auch hier sammelte Dupin leidenschaftlich die Meldungen über »neueste Studien«). Reine Medizin.

Dupin hatte gerade einen weiteren Bissen der Terrine im Mund, als das Handy klingelte.

Commissaire Rose. Natürlich. Widerwillig nahm er an.

»Jaffrezics Frau weiß auch nicht, wo sich ihr Mann aufhält. Auch in der Kooperative weiß es niemand. Er war den Tag über dort und ist erst gegen halb sechs gegangen. – Er geht manchmal angeln, sagt seine Frau. Und hat die Angeln immer in seinem Wagen. – Wir schauen, ob er an seinem Stammangelplatz ist. An den großen Stränden hinter Le Croisic. Grundangeln. Barsche, Doraden, Pollack«, das klang sehr professionell, Dupin war wider Willen beeindruckt, »er geht nicht an sein Handy. Wir versuchen es in regelmäßigen Abständen.«

Rose sprach in sehr ernstem Ton, der Dupin an gestern erinnerte, als sie Lilou nicht erreichen konnten. Auch bei ihm stellte sich ein leichtes Unbehagen ein.

»Wenn wir ihn nicht bald finden, lassen wir nach ihm fahnden.«

Dupin wusste, dass das eine massive Maßnahme wäre. Aber hier schien ein skrupelloser Täter am Werk.

»Wir werden sehen. Dann sprechen wir stattdessen als Nächstes mit Madame Bourgiot. Die Spurensicherung hat die Fingerabrücke im Haus von Lilous Eltern mit denen von Maxime Daeron verglichen: Sie sind es. Das wäre geklärt. Weitere gibt es nicht.«

»Wir müssen sämtliche Anträge kennen, die in den letzten Jahren im Zusammenhang mit den Salzgärten bei der Gemeinde und bei der Region gestellt wurden. Anträge auf Subventionen, auf Ausweitungen der Salinen«, Dupin hatte das eben schon anmerken wollen, »und wir müssen die Pläne kennen, die *Le Sel* für das Weiße Land hat. Für Vergrößerungen der Flächen, für Übernahmen, für Veränderungen der Produktion. Wir müssen die Geschäftspraktiken kennen. – Auch die der Kooperative.«

»Inspektorin Chadron und eine Kollegin sind seit zwei Stunden auf den Ämtern und recherchieren alles. Sie werden finden, was zu finden ist. Wo befinden Sie sich eigentlich?«

»Ich bin schon unterwegs.«

»Madame Bourgiot kann erst um acht. Wir sehen sie im *Centre*. – Sie sollten wirklich aufbrechen.«

Dupin sah auf die Uhr. Es war im Grunde nicht zu schaffen.

»Gut, um acht. Ich werde da sein.«

Er legte auf.

Er musste wirklich los. Es nahm ein letztes Stück Terrine, den Rest der Feige, stand auf, rundete die Rechnung sehr großzügig auf und ging.

Schon am Quai ärgerte er sich, dass er nicht einfach die restliche Terrine mitgenommen hatte, ein Stück Baguette dazu. Allzu viel hatte er nicht gegessen. Und wieso hatte sie gesagt: »Endlich aufbrechen«? Er hatte doch erklärt, dass er schon unterwegs sei.

Bis kurz vor Vannes war es zügig gegangen, siebzig Stundenkilometer waren erlaubt, hundertzehn war Dupin im Durchschnitt gefahren, ohne Sirene, die er ohnehin verabscheute. Dann, hinter einer unübersichtlichen Kurve, in einem kleinen Wald, hatte der Verkehr plötzlich gestanden. Aus heiterem Himmel. Dupin war gerade dabei gewesen, Riwals Nummer zu wählen, als er die Wagen vor sich sah. Und hatte eine veritable Vollbremsung mit quietschenden Reifen hingelegt. Eine Vollbremsung, die ihn eine Handbreit vor der Stoßstange des Vordermannes zum Stehen brachte. Vielleicht etwas weniger. Alles, was auf dem Vordersitz gelegen hatte, die große Karte, die Salzkaramellbonbons, Zeitungen aus den letzten Wochen, lag nun auf dem Boden. Dupin hatte bei der Aktion das Telefon einfach fallen gelassen, um beide Hände am Lenkrad zu haben, und es war in die Spalte zwischen Vordersitz und Handbremse gerutscht. Er hatte den Wagen vollkommen unter Kontrolle gehabt. Als er stand, merkte er dennoch, wie sein Puls raste. Er nahm den verbrannten Gestank überlasteter Bremsen wahr.

Es waren nicht viele Wagen, die vor ihm standen, zehn vielleicht. Rechts und links eine idyllische Lichtung.

Zwei Männer und eine Frau kamen auf ihn zu. Beide erkennbar aufgeregt. Er kannte das – und es war einer der Gründe, warum er normalerweise nie auf die Idee käme, in einem offiziellen Polizeiwagen umherzufahren. Sobald irgendetwas war, egal was, die banalsten Dinge, abstruse Kleinigkeiten, und ein Polizeiwagen samt Polizist zufällig in der Nähe war, wurde man unweigerlich involviert. Dupin kurbelte das Fenster herunter.

»Tragen Sie eine Waffe bei sich?«

Die Frage stellte ein schmächtiger Mann, vielleicht sechzig, seine Stimme ängstlich und unangenehm zudringlich.

»Was ist ...«

»Skippy! Es hätte uns beinahe gerammt.«

Hinter Dupin kamen zwei weitere Wagen durch heftige Bremsmanöver zum Stehen.

Der zweite Mann war noch aufgelöster:

»Im Radio heißt es, dass er psychisch krank sein könnte. Aggressiv.«

»In Australien hat ein aggressives rotes Riesenkänguru eine vierundneunzigjährige Rentnerin beim Wäscheaufhängen angegriffen. Es ist durch die Wäsche auf sie zugesprungen und hat sie niedergestreckt. Dann ist es auf ihr herumgesprungen. Sie lag drei Wochen im Krankenhaus. Mehrere Brüche.«

Die Frau hatte ihre Geschichte wie eine wichtige wissenschaftliche Erkenntnis vorgetragen.

»Sie hat mit dem Besen nach ihm geschlagen. Ihr Hund hatte zu viel Angst. Die Polizei hat es dann mit Pfefferspray vertrieben.«

Der schmächtige Mann schaute Dupin hoffnungsvoll an.

»Tragen Sie auch Pfefferspray bei sich?«

Dupin hatte noch kein Wort sagen können. Und auch nicht gewusst, was er hätte sagen sollen. Einen Moment lang hatte er sich gefragt, ob er Opfer einer dieser Fernsehsendungen geworden war.

»Sie haben hier ein Känguru gesehen?«, war alles, was er schließlich herausbrachte.

»Es ist über die Straße gehüpft. Quer drüber. Es wäre fast zum Unfall gekommen. Sehr gefährlich.«

Die beiden Männer sprachen nun im Duett.

»Ich habe direkt bei der Polizei angerufen. Wir hätten nicht gedacht, dass Sie so schnell kommen.«

»Sie haben gesagt, Skippy sei auf dem Weg nach Hause.«

»Skippy?«, Dupin suchte immer noch nach innerer Orientierung.

»So heißt es.«

»Kängurus haben feste Orte, an die sie immer wieder zurückkehren. Es hat sich schon ein Zuhause gesucht. Das hier sei seine Route, hat der Polizist am Telefon gesagt. Das sei ganz normal.«

»Es ist erst ein Jahr alt.«

Jetzt hatte die Stimme der Frau fast liebevoll geklungen. Gar nicht einem aggressiven roten Riesenkänguru angemessen.

»Ich – ich bin nicht wegen des Kängurus hier.«

Auf den Gesichtern der drei zeigte sich eine tiefe Irritation. Und zurückkehrende Angst.

»Sie sollten sich wieder in Ihre Fahrzeuge begeben. Und die Türen geschlossen halten. Die zuständigen Kollegen werden gleich da sein.«

Die drei schienen erleichtert. Immerhin eine eindeutige polizeiliche Instruktion.

»Ja. Das ist eine sehr gefährliche Situation hier. Da kann alles passieren.«

Der schmächtige Mann war schon auf dem Weg zu seinem Wagen, die anderen beiden folgten ihm schnellen Schrittes.

Dupin kurbelte das Fenster hoch. Er hatte immer noch nicht ganz realisiert, was gerade passiert war.

Er startete den Motor, rangierte sich aus der eingekeilten Lage heraus, wendete in einem Zug und gab Gas.

Es dauerte, bis er das Handy mit der rechten Hand aus der Ritze gefischt hatte.

»Nolwenn?«

»Monsieur le Commissaire?«

»Sie kennen Skippy?«

»Davon hatte ich Ihnen doch erzählt.«

»Ich ...«

»Das Känguru, das gestern Mittag aus seinem zoologischen Gehege bei Arradon entflohen ist. Man hat bisher vergeblich versucht, es wieder einzufangen. Im Internet berichten sie unentwegt davon, im Radio auch. Neben den Meldungen zu dem Mord natürlich. – Bleu Breizh hat einen Watch-Alarm eingerichtet. Für jede nachgewiesene Sichtung des Kängurus erhält man eine Kiste Britt Blonde.«

Es war unglaublich. Alles daran.

»Es hat ideale Lebensbedingungen am Golf, absolut vergleichbar mit seinem Habitat in Australien.«

Mit Mühe verkniff Dupin sich das Nachfragen. Das war zu absurd. Und es wären eine Menge Fragen gewesen. Zum Beispiel, wie es sein könne, dass bretonisches und australisches Habitat sich so ähnlich waren – aber da es offenbar auch korrekt war, von bretonischer Karibik (die Glénan) oder bretonischer Südsee (die Île d'Houat) zu sprechen, und die Strände hier mitunter »Plage Tahiti« hießen, hatte er es gelassen. Es gab viele Bretagnen, unter Umständen vielleicht auch die australische. Auch was die, fand Dupin, hervorragende Brauerei *Britt* speziell mit australischen Beuteltieren verband, wäre eine Frage wert gewesen.

»Monsieur le Commissaire«, Nolwenns Ton war verändert, es war klar, dass für sie das Thema Känguru längst erledigt war, »vielleicht kommen Sie ja so nach Hause, dass Sie Claire noch einmal in Ruhe anrufen können.«

Dupin versuchte sich zu sammeln.

»Ich denke schon. Ich rufe sie später an. – Wenn richtig Zeit ist.«

Dupin hätte fast zu seiner Verteidigung geantwortet, dass er es auch eben wieder versucht hatte, ohne Erfolg. Dass er Nachrichten hinterlassen hatte. Aber das hätte zu sehr nach schlechtem Gewissen geklungen.

»Dann sollten Sie vor Mitternacht zurück in Concarneau sein. Noch an ihrem Geburtstag. – Davon abgesehen: Ich denke, dass das *Amiral* Ihnen heute Abend insgesamt guttun würde. Nach diesen ganzen Ereignissen.«

»Ich –«, er hatte sich noch keinerlei Gedanken über heute Nacht gemacht. Ob er irgendwann zurückfahren oder bleiben würde, aber es klang verlockend: zurück nach Concarneau. Nach Hause. Ins *Amiral*. Er würde sehen. Klüger wäre sicherlich, hierzubleiben und sich ein Hotelzimmer zu nehmen. Es würde ja sicher spät, er würde vollends erschöpft sein. Nolwenn hatte irgendwie geheimnisvoll geklungen. Aber vielleicht bildete er sich das nur ein.

»Wir werden sehen. Bis später, Nolwenn.«

Dupin legte auf. Und wählte Riwals Nummer.

»Chef?«

»Ich will, dass Sie etwas erledigen«, Dupin zögerte, »oder am besten Kadeg, am besten sofort«, Kadeg prahlte doch immer damit, dass er früher einmal Rallyes gefahren war, beinahe einmal Paris–Dakar (behauptete er), »ich möchte, dass er von La Roche-Bernard zum Haus von Lilous Eltern fährt, ein paar Hundert Meter weiter parkt, schon Richtung Pointe de Kerpenhir, den Mord simuliert, das Wegbringen der Leiche, dann zum Haus von Lilou Breval fährt, dort – sagen wir – fünf Minuten veranschlagt und wieder zurück nach La Roche-Bernard. Am besten am Haus der Daerons beginnen und enden. – Er soll stoppen, wie lange er braucht, wenn er sich sehr beeilt.«

Das beschäftigte ihn noch immer.

»Wird gemacht, Chef. Ich gebe auch Inspektorin Chadron Bescheid.«

Rose hatte Kadeg und Riwal anscheinend vollkommen im Griff, es war fürchterlich. Sie taten nichts mehr, ohne Rapport zu erstatten. Das gefiel ihm ganz und gar nicht. Dupin wollte protestieren, aber ihm fiel noch etwas ein. So war es besser:

»Riwal – anders. Wir machen es anders. Kadeg soll das mit dem Ausflug nach Sarzeau weglassen bei der Simulation. – Das könnte Daeron auch später noch getan haben. Nach den Anrufen, die beweisen, dass er in La Roche-Bernard war.«

»In Ordnung. – Und noch was, Chef: Die alte Dame in Kerpenhir, die in dem Haus neben Lilou Brevals Eltern wohnt, scheint wirklich glaubwürdig zu sein. Sie haben extra einen Kollegen aus Locmariaquer geschickt, der die Gegend und die Menschen dort sehr gut kennt, auch die Nachbarin selbst. Wohl schon lange. Zudem stimmen ihre und Daerons Aussagen in jedem Detail überein.«

Das war wichtig. Auch wenn Dupin diesen Teil der Aussagen Daerons nicht wirklich angezweifelt hatte. Dennoch.

»Gut, Riwal.«

»Übrigens, weil wir davon sprachen, mir fiel noch ein«, Riwal holte tief Luft: »Die Schätze unter den Menhiren und Dolmen lagern den Sagen und Berichten zufolge in geheimnisvollen blauen Gefäßen. Blau!«

Dupin legte auf. Es reichte mit den Skurrilitäten. Er warf das Handy auf den Beifahrersitz und gab Gas.

Ein paar Minuten später schaltete er, nach kurzem Zögern, das Radio ein.

Bleu Breizh.

Madame Bourgiot war auf den ersten Blick nirgends zu sehen. Commissaire Rose stand in der Bücherecke der Boutique des *Centre*, ein schweres Buch in der Hand. Dupin war einen großen Bogen gegangen, an der langen Glaswand entlang, zwischen den Hightechschauwänden und nachgebauten Szenen hindurch, die die Geschichte des Salzes präsentierten. Er näherte sich Rose von der Seite. Er war sich dennoch nicht sicher, ob sie ihn überhaupt bemerkt hatte. Sie schien vollkommen vertieft. Jetzt konnte er den Titel erkennen. »Salz der Guérande – die Lieblingsrezepte der Starköche«. Hochglanzfotos.

»Madame Bourgiot sollte hier sein. Wir sind verabredet. Ich habe keine Ahnung, wo sie ist. – Von Jaffrezic auch noch keine Spur.«

Commissaire Rose hatte nicht ansatzweise aufgeblickt und erstaunlich gleichmütig geklungen. Dupin war zwanzig Minuten zu spät.

»Ich – Sie wissen ja von dem Känguru, es ist …«

Rose sah ihn einen Augenblick an.

»Es hat die Straße überquert und …«

Er brach ab. Rose war bereits wieder – demonstrativ – in die Lektüre eines Rezeptes versunken: *Poulet de Janzé en croûte de Gros Sel de Guérande.* Sie wirkte keineswegs verlegen, im Gegenteil. Es war der Gesichtsausdruck, den Dupin schon von dem Gespräch mit Jaffrezic in der Kooperative kannte – als sie plötzlich ungerührt von den leckeren Salzlämmern geredet hatte. Dupin hatte solch ein Huhn aus Janzé schon einmal bei Henri gegessen, das saftigste und geschmackvollste Huhn seines Lebens, gebacken in einem Teig aus Mehl und – Gros Sel.

»Das geht rasch. Wirklich einfach.«

Rose hatte routiniert geklungen. Dupin wusste: Das war einer dieser Sätze der echten Köche, die nur für ihresgleichen galten und für den Laien bedeuteten: Du wirst es jahrelang versuchen, und es wird dir nie gelingen.

»Wir warten.«

Roses irgendwie beziehungslosen Worte hatten wie eine Anweisung geklungen, dass jeder tun und lassen könne, was er wolle, bis Madame Bourgiot kam. Eigentlich hätten sie ein paar Dinge zu besprechen gehabt. Rose schlug die Seite um, auch dies in ruhiger Selbstverständlichkeit – und versank nun in die *Pommes »Pont Neuf« à la Fleur de Sel et Piment d'espelette,* zu Stäbchen geschnittene Kartoffeln aus Touquet, in Fleur de Sel und Piment aus Espelette geröstet. Dupins liebstes Essen als Kind, er hatte die – den massiven Pfeilern der Pariser »Pont Neuf« nachempfundenen – Kartoffelstäbchen immer »dicke Pommes frites« genannt, und seine bourgeoise Mutter war jedes Mal entsetzt gewesen. Aber sie waren ja tatsächlich genau das: dicke Pommes frites.

Dupin schritt ziellos umher. Und befand sich plötzlich mitten in der Eisenzeit. Im »Erlebnisraum«. Bei den ersten Kelten – einer davon stand direkt neben ihm, lebensgroß in Wachs, ein anderer kniete hinter ihm. Die Figuren zeigten, wie sie mit einer speziellen Feuermethode hier in der Guérande Salz gewannen. Einige Meter weiter bückten sich vier Römer – Dupin stellte fest, dass die Salzgewinnung im 3. Jahrhundert, anders als tausend Jahre zuvor, bereits nach Salinen aussah. Er ging im Slalom – sechshundert Jahre in ein paar Schritten – vorbei an den Karolingern, und stand nun vor vier Mönchen der Abtei Landévennec, die der Salzgewinnung mit peniblen wissenschaftlichen Studien ihr endgültiges, das heißt: ihr heutiges Gesicht gegeben hatten. Über tausend Jahre unverändert. Noch die heutigen Werkzeuge stammten in ihrer Bauweise von damals. »Eine Manufaktur unter freiem Himmel« hieß es auf der Schautafel.

Neben den Mönchen war eine Europakarte zu sehen, Dupin liebte Karten. Es war beeindruckend: Die großen Handelswege des gesamten Kontinents waren über Hunderte Jahre durch das Salz aus der Guérande bestimmt worden, am Ausgangspunkt ein kleines Städtchen, das ein halbes Jahrtausend lang sagenhaft reich gewesen war. Es waren nicht nur die Würze und dass der Mensch Salz zum Überleben brauchte – es war über Jahrtausende die einzig bekannte Art der Konservierung gewesen, bis zur Erfindung der Dose, Anfang des 19. Jahrhunderts.

Dupin trat einen Schritt näher an die Schautafel heran. Ein paarmal schon war ihm den Tag über ein – an sich vollkommen vager – Gedanke durch den Kopf gegangen, den er hier gewisserweise illustriert fand. Die Mönche hatten die großen Becken häufig gleichzeitig für andere Zwecke genutzt. Nicht nur als Wasserspeicher. Zur Zucht von Meeresfrüchten zum Beispiel, auch von Fischen (noch heute, war hier zu lernen, schwammen Seezungen, Barsche oder Aale in den Speicherbecken). Das war durchaus eine interessante Idee: Vielleicht ging es auch in diesem Fall um die Salzbecken und gar nicht um Salz. Benutzte man die Salinen eventuell für etwas anderes? Aber – wofür? Dummerweise hatte Dupin nicht den blassesten Schimmer, was dieses andere sein könnte.

Roses Handy riss Dupin aus seinen Gedanken. Mit eleganter Geschwindigkeit hatte sie das Buch abgelegt und den Anruf angenommen.

»Ja? ... Hm. Ich will, dass Sie bei seiner Frau, Freunden und Kollegen fragen, wo er ansonsten gern zum Angeln hingeht. Ziehen Sie noch ein paar Polizisten hinzu. Das ist wichtig ... Ja, so machen wir es ... Bis dann.«

Sie legte auf.

»Jaffrezic ist nicht an seinem Stammplatz.«

Sie klang erneut sehr ernst. Was hatte das zu bedeuten? War Jaffrezic verschwunden? Natürlich konnte es sein, dass das Geschehen, mit dem sie es zu tun hatten – und das bisher in der Schießerei und der Ermordung Lilous sichtbar geworden war –, noch im Gange war. Sich sogar noch weiter zuspitzte. Machte sich Jaffrezic aus dem Staub? War er in Gefahr? Oder angelte er einfach an einer anderen Stelle als sonst?

»Und noch immer«, Rose fuhr fort, »kein Zeichen von Madame Bourgiot. Vielleicht sind die beiden zusammen schon über alle Berge.«

Es hatte sich gar nicht nach einem Witz angehört (bis auf das mit den Bergen).

»Wir warten noch.«

Bei diesem Satz hatte Rose wieder ruhig geklungen, nur der etwas verzögerte Nachsatz war harsch:

»Ein paar Minuten noch.«

Zuerst hatte Dupin gedacht, sie habe vor, sich erneut dem Kochbuch zu widmen. Stattdessen kam sie auf ihn zu, ging mit Tempo an ihm vorbei und schritt auf die letzte der Schautafeln zu, als würde sie dort etwas Bestimmtes suchen.

Dupin folgte ihr.

»Blutiges Salz« prangte drohend in schwarzen Lettern über der Tafel. Es ging um Diverses. Die »Gabelle«, die derbe Salzsteuer, die die französischen Könige erhoben hatten und die natürlich massenhaft Schmuggler auf den Plan gerufen hatte.

Noch pikanter: Die Bretagne hatte im Mittelalter noch längst nicht zu Frankreich gehört, und so hatten die Bretonen das Salz legal ohne Steuer gekauft und es dann in Frankreich wieder verkauft – was als Schmuggelei galt und, war man unbewaffnet, mit Galeerenarbeit, war man bewaffnet, sofort mit dem Tod bestraft wurde. Ein Terror, der zu gewalttätigen Protesten geführt hatte, bei deren Niederschlagungen in Guérande und Le Croisic viele Menschen ums Leben gekommen waren (im Zuge der Revolution hatte das Volk die Salzsteuer abgeschafft – »freies Salz« war die Parole gewesen. »Freies Salz für freie Bürger«, so etwas machte Dupin immer sentimental). Die Tafel erzählte abenteuerliche Geschichten berühmter Schmuggler.

»Das hier ist interessant.«

Rose las sicher doppelt so schnell wie er, sie scannte die Sätze eher, so sah es aus.

»Große Salzdiebstähle – und noch interessanter: große Intrigen. Kabale und Liebe.«

Dupin trat neben sie. Es ging um einen »Krieg der Paludiers« im 16. Jahrhundert, in dem anscheinend mehrere »Clans« mit harten Bandagen um das weiße Gold konkurriert hatten. Es war ausdrücklich von »Sabotagen und Verheerungen« die Rede. Und wie bei Romeo und Julia war es zu einer unmöglichen Liebe gekommen – und in deren Folge zum Untergang einer Dynastie. Es war um viel Geld gegangen beim Salz, um sehr viel Geld. Und viel Geld war immer ein sicherer Nährboden für Verbrechen.

»Leider ohne weitere Details zu den Sabotagen.«

Rose klang enttäuscht.

Das Salzland war auch damals kein friedlicher Ort gewesen, es war schon damals ein Schauplatz von unterschiedlichsten, widerstrebenden Interessen gewesen, handfesten wirtschaftlichen Interessen. Von Listen und Hinterlisten – von Kriminalität. Dupin entdeckte etwas Kurioses: Zwei Salzunternehmer waren für die Züchtung von »Monstertieren« in den Becken bestraft worden, unter anderem von gigantischen Seezungen (von über zwei Meter Größe?!) und Kreuzungen von Muscheln und Krebsen – was Dupins im Prinzip sehr gut ausgebildete Fantasie vollends überforderte.

»Entschuldigung. Ich war beim Bürgermeister. Wir haben viele Dinge zu besprechen.«

Madame Bourgiots Satz klang nicht wie eine Entschuldigung. Ingesamt hatte sie, wie sie ihnen nun selbstbewusst und herausfordernd entgegenkam, nicht mehr viel mit der Madame Bourgiot gemein, die sie in ihrem ersten Gepräch erlebt hatten. Commissaire Rose und Dupin standen immer noch beim »Blutigen Salz«.

»Wir wünschen, dass trotz der – Vorkommnisse erst einmal alles seinen gewohnten Gang geht im Weißen Land. Die Geschäfte, der Tourismus. Und«, sie bemühte sich, dies schnell hinzuzufügen, »natürlich, das Wichtigste, die Ernten der Paludiers. Das Salz darf in keiner Weise mit den – Vorkommnissen in Verbindung gebracht werden.«

Es war nicht klar, was Madame Bourgiot damit sagen wollte. Dass die Polizei bitte sämtliche Ermittlungen einstellen möge, damit es keine Beeinträchtigungen gebe? Die Leiterin des *Centre* machte keine Anstalten, sie in den kleinen Besprechungsraum zu bitten, in dem sie am Nachmittag gesessen hatten. Das *Centre* war jetzt leer, auch die Mitarbeiterin, die eben noch da gewesen war, war offenbar mittlerweile gegangen.

»Es gibt ja auch noch immer keine stichhaltigen Beweise, dass dies alles wirklich spezifisch mit dem Salz und dem Weißen Land zu tun hat.«

»Ach, meinen Sie?«

Roses Erwiderung war scharf und eine Zehntelsekunde schneller gewesen als die von Dupin:

»Womit haben sie denn zu tun – die ›Vorkommnisse‹, Madame Bourgiot?«

»Ich nahm an, das herauszufinden sei exakt Ihre Aufgabe, Monsieur le Commissaire. Meine ist es, das Weiße Land voranzubringen. Sicherzustellen, dass es keine Beeinträchtigungen gibt. Dass …«

»Sie haben am Montagnachmittag dieser Woche mit Lilou Breval gesprochen. Drei Minuten. Sind Sie sich darüber im Klaren, dass Sie sich der Behinderung von Ermittlungen in einem Mordfall schuldig gemacht haben, indem Sie uns nichts davon erzählt haben? Und dass Sie schon deswegen zu den Hauptverdächtigen zählen?«

Roses Sätze klangen umso bedrohlicher durch die Kälte und Sachlichkeit, mit der sie sprach.

Madame Bourgiot schien, ihrem Gesichtsausdruck nach, nicht unbeeindruckt – doch sie hatte sich schnell wieder gefangen.

»Wenn es etwas Relevantes gegeben hätte in diesem Telefonat, hätte ich Ihnen selbstverständlich davon berichtet«, versuchte sie abzuwiegeln.

»Worum genau ging es in dem Gespräch«, fragte Dupin unwirsch, »was wollte Lilou Breval von Ihnen?«

Er hatte keine Lust auf Phrasen und diese leidigen verbalen Schlagabtausche.

»Sie hat mich nach der Verwendung von Fässern bei der Salzgewinnung hier in der Guérande gefragt. Wir haben ja heute Nachmittag eingehend mit Madame Laurent über die blauen Fässer gesprochen. Ich habe Lilou Breval gesagt, was ich auch Ihnen gesagt habe: dass ich nichts von blauen Fässern weiß, außer dass sie von der Kooperative für …«

»Was wollte sie noch von Ihnen?«

»Nur das. Das mit den blauen Fässern. Es war kein langes

Telefonat, wie Sie ja wissen. – Mir war nicht klar, dass es für Sie einen Fortschritt in Ihren Ermittlungen bedeuten würde, zu wissen, dass sie sich für blaue Fässer interessiert hat – wo Sie uns ja genau das gesagt haben.«

Ein guter Konter. Sie setzte nach.

»Sie fragte, ob man mit chemischen Zusätzen die Gewinnung des Salzes beschleunigen kann. Eine kuriose Frage. Sie hat mir selbst nicht genauer sagen können, worauf sie hinaus-wollte.«

Lilou Breval hatte – aber auch das wussten sie schon – genau das umgetrieben, was auch sie umtrieb: Was könnte sich in den Fässern befunden haben? Am Montagabend hatte sie anscheinend noch keine Idee gehabt, Dienstagabend, im Telefonat mit Dupin, auch noch nicht. Vielleicht bis zu ihrem Tod nicht?

»Haben Sie mit irgendjemandem über Madame Brevals Interesse an den Fässern gesprochen?«

Das war wichtig. Vielleicht hatte sogar das die Kette von Ereignissen in Gang gesetzt.

»Nein. Ich hatte es auch sofort wieder vergessen. Es war belanglos.«

»Mit niemandem?«

»Nein.«

»Steckten Sie hinter alldem, Madame Bourgiot, dann hätte Lilou Sie unabsichtlich gewarnt – und ihren eigenen Tod provoziert.«

Commissaire Rose hatte es als ruhige Arbeitshypothese formuliert. Madame Bourgiot blickte ihr ungerührt in die Augen.

»Das stimmt. Aber es ist lächerlich. Das wissen Sie.«

»Jetzt, wo wir Dinge erfahren, die Sie bisher unterschlagen haben, was gibt es noch?«

Roses Blick wanderte durch den Raum.

»Gar nichts. Lilou Breval hat, wie ich erzählt habe, schon vor einem Jahr länger mit mir gesprochen, hier im *Centre*, danach haben wir nur ein paarmal kurz telefoniert. Wegen verschiedener Dinge, einzelner Fragen. Ich mache ja auch die Öffentlichkeitsarbeit. Ein völlig normaler Vorgang.«

Auch von diesen kürzeren Telefonaten hatte sie heute Nachmittag nichts erzählt. Freilich musste man zugeben, dass es eher ein Gespräch mit Madame Laurent gewesen war als eines mit Madame Bourgiot. Dennoch. In einem Mordfall gab man so etwas zumindest kurz zu Protokoll.

»Wie oft gab es diese ›kurzen Telefonate‹ in diesem Jahr?«, schnaubte Rose.

»Vier-, fünfmal.«

»Worum ging es da?«

»Um Dinge, die sie sehr zugespitzt sah. Was natürlich ihr gutes Recht war.«

»Was soll das heißen, ›zugespitzt‹?«, Dupin war hellhörig geworden.

»Sie hat der Konkurrenzsituation hier im Weißen Land eine Dramatik unterstellt, die sie bei Weitem nicht hat.«

»Präziser?«

»Den verschiedenen Interessen der verschiedenen Parteien. Den Unabhängigen, der …«

»Ging es nicht um etwas Konkreteres?«

Sie wussten von diesem Interesse Lilous, das war nicht neu. Aber so allgemein half es ihnen nicht weiter. Und Dupin wurde immer unsicherer, ob das überhaupt mit dem Kern des Falles zu tun hatte. Sie tappten immer noch viel zu sehr im Dunkeln.

»Es waren ganz vage Fragen, wer welche Pläne hat, wen zu übernehmen – solche Dinge. Lilou Brevals Argwohn war ganz unspezifisch.«

»Wirklich?«

Rose hatte es scharf formuliert.

Madame Bourgiot stöhnte kaum hörbar auf.

»Sie wollte zum Beispiel wissen, wem *Le Sel* Übernahmeangebote gemacht hat, was wir hier im *Centre* gar nicht wissen können. Ob *Le Sel* ein Pumpensystem einführen will, ob sie einen Antrag gestellt haben. Sie hatte aber auch Fragen zur Kooperative. Wie stark sie gewachsen sei in den letzten Jahren. Seit Jaffrezic sie leitet. Sie wollte wissen, welche Rolle das *Centre du Sel* überhaupt spiele – sie sagte, es gehe ihr um einen weiteren großen Artikel über das Gwenn Rann, dieses Mal um die geschäftlichen, öknomischen Aspekte. – Aber nichts davon war Thema bei dem Anruf am Montag.«

»Hat *Le Sel* einen Antrag auf die Konstruktion eines Pumpensystems gestellt?«

»Das haben sie. Ja. Vor einem halben Jahr.«

»Und?«

»Darüber ist zu befinden.«

»Und die Ausweitung der Salinen – hinein in die Naturschutzgebiete? Wir wissen, dass Sie eine mächtige Person sind im Weißen Land. Sie könnten die Ausweitungen der Produktion möglich machen.«

»Auch darüber ist ganz regulär zu befinden. Das liegt nicht in meinen Händen, sondern in denen der Politik. Das Verfahren für solche Anträge ist völlig transparent geregelt.«

Das war alles müßig. Viel zu beliebig. Dupin wurde ungeduldig. So würden sie nicht weiterkommen.

»Gibt es mittlerweile neue Ergebnisse der Analysen in der Saline? Das ist entscheidend für uns. Ich habe Ihnen schon gesagt, dass das Institut uns terrorisiert. Madame Cordier legt es darauf an, hier alles einzustellen. Produktion und Verkauf. Sie ist unerbittlich. Ich werde das nicht zulassen.«

Es hatte etwas ungewollt Komisches, wie sich Madame Bourgiot mit unerbittlicher Stimme über eine unerbittliche Person beklagte.

Rose setzte gerade zu einer Antwort an, als ihr Handy klingelte.

»Ja?«

Sie war einen Schritt beiseitegetreten. Es war Rose anzusehen, dass sie aufmerksam zuhörte. Ohne selbst ein Wort zu sagen. Erst nach einiger Zeit gab sie ein »sehr gut« von sich.

Im nächsten Augenblick hatte sie aufgelegt. Und wendete sich ihnen wieder zu.

»Sobald es etwas Relevantes zu den Analysen gibt, werden Sie es erfahren, Madame Bourgiot.«

Sichtlich erleichtert fügte sie in Dupins Richtung hinzu:

»Monsieur Jaffrezic angelt heute Abend an der Loire. Nicht am Meer wie sonst. Mit einem alten Freund. Ihm geht es sehr gut.«

Madame Bourgiot blickte Rose offen irritiert an. Dann sagte sie mit Nachdruck:

»Ich werde alles tun, um die – Vorkommnisse hier so klein wie möglich zu halten. Mit allen mir zur Verfügung stehenden Mitteln. Das *Centre* befindet sich jetzt seit vier Jahren unter meiner Leitung. Bisher war es eine Erfolgsgeschichte. Und ich werde nicht zulassen, dass sich das ändert.«

Ohne Zweifel war es ihr ernst. Und: Sie war eine intelligente Person, sie musste wissen, dass dieses rabiate Bekenntnis – vor allem auch das Bekenntnis zum Rabiaten – in den Ohren der in einem Mordfall ermittelnden Polizei nicht sehr vorteilhaft für sie klingen musste. Aber darum scherte sie sich offenbar keinen Deut. Dupin hätte zu gern gewusst, warum sie heute Nachmittag zu Beginn des Gesprächs so nervös gewesen war.

»Das war es für heute Abend, Madame Bourgiot. Für den Augenblick.«

Rose war es gelungen, aus den floskelhaften Sätzen eine unverhohlene Drohung zu machen.

Sie drehte sich um, ging in aller Ruhe zu der Bücherecke zurück, nahm kurz noch einmal das Kochbuch in die Hand – offenbar um sich den Titel einzuprägen – und steuerte dann auf die Tür zu.

Dupin folgte ihr. Er war tief in Gedanken.

Rose lehnte mit dem Rücken an ihrem Auto. Die Hände in den Taschen. Der kleine Polizeipeugeot, der direkt danebenstand, war genau halb so lang wie ihr Renault. Wenn überhaupt. Am anderen Ende des staubigen Parkplatzes stand einer dieser schicken neuen Range Rover in dunklem Grün. Das musste Bourgiots Wagen sein.

Rose sah, zum allerersten Mal, ermattet aus; ihre Kleidung wirkte dabei allerdings immer noch so, als hätte sie sie eben frisch angezogen. Richtung Meer war der Himmel friedlich zartrosa und ging in geheimnisvollen Zwischentönen in ein helles, leuchtendes Wasserfarbenblau über, das nach oben hin immer dunkler wurde. Bald würden die ersten Sterne zu sehen sein. Der Himmel verlor sich heute Abend übergangslos im Weltraum.

»Ich traue ihr alles zu.«

Roses Blick war vage Richtung *Centre* gewandert, während sie sprach. Nach einer kleinen Pause setzte sie hinzu: »Den anderen ebenso. – Keiner sagt etwas. Keiner.«

Dupin hatte sich ihr gegenüber an seinen Wagen gelehnt: »Dann können wir uns nun Monsieur Jaffrezic widmen.«

Rose lächelte unbestimmt.

»Madame Laurent gibt heute ein Abendessen in Vannes. Sie empfängt Gäste von der Île de Noirmoutier. Paludiers. – Wir sind für morgen früh angekündigt.«

»Auf der Île de Noirmoutier bauen sie auch Salz an?«

»Ja, aber auf einem viel kleineren Gebiet.«

»Hat *Le Sel* dort die Finger im Spiel?«

»Noch nicht, soweit wir wissen. Aber ich lasse es überprüfen.«

»Wo sehen wir Jaffrezic? Wie lange braucht er von der Loire zurück?«

»Inspektorin Chadron wird ihm unser Kommen ebenso für morgen früh ankündigen.«

»Morgen früh?«, Dupin war fest von heute Abend ausgegangen.

»Wir haben Ihnen und Ihren Inspektoren ein Zimmer reserviert. Im *Le Grand Large.* – Wir alle brauchen jetzt Schlaf.«

Dupin hatte sich gerade an die Vorstellung gewöhnt, dass Commissaire Rose völlig ohne Essen und Schlaf auskam.

»Ich …«

»Das war es für heute. Es ist niemand mehr da. Wir müssen unsere Gedanken ordnen. – Ich fahre jetzt nach Hause.«

Das war nicht Dupins Art. Jetzt einfach »Feierabend« zu machen. Sie mussten vorwärtskommen. Abgesehen von dem Gespräch mit Jaffrezic hatte er den ganzen Tag schon in Ruhe in Daerons Saline gewollt, auch wenn er nicht gewusst hatte, *was* genau er dort wollte. Vor allem hatte er sich noch einmal Lilous Haus ansehen wollen. – Aber, vielleicht war Roses Gedanke gar nicht verkehrt. Vielleicht nicht mehr heute Abend. Das war ein schier endlos langer Tag gewesen. Die Schulter hatte zudem – zum ersten Mal seit heute Mittag – wieder richtig zu schmerzen begonnen, er würde noch eine Tablette nehmen müssen. Vor allem: Sein Magen machte ihm unmissverständlich klar, dass er endlich etwas essen musste. Etwas Richtiges. Und bei aller medizinischen Wirkungskraft des Kaffees – die Magenschmerzen würden von weiterem Koffein nicht besser werden.

Und am allerwichtigsten: Auf diese Weise würde er Claire tatsächlich noch einmal in Ruhe zu ihrem Geburtstag anrufen können. Auch, um ihr ausführlicher zu erklären, warum er dann wirklich heute nicht kommen konnte. Und auch, wie traurig ihn das machte. Und dies alles in einer so wichtigen Phase ihrer Beziehung. – Genau jetzt hätten sie zusammen im *La Palette* gesessen. Genau jetzt.

»Gut.«

Er würde sich so immerhin kurz mit Riwal und Kadeg besprechen können. Im Restaurant des *Le Grand Large.* Die Seezunge, fiel ihm ein – heute würde er die Seezunge essen, die er gestern Abend hatte essen wollen. Das war doch etwas.

»Gute Nacht, Commissaire. Versuchen Sie zu schlafen.«

Roses Satz klang freundlich, aber zugleich wie eine Instruktion.

Zehn Minuten später stand Dupin vor dem *Le Grand Large*. Er hatte Riwal schon über Handy Bescheid gegeben und die Inspektoren gebeten, einen ruhigen Platz im Restaurant zu reservieren; Riwal hatte zweimal nachgefragt, ob er denn nicht doch lieber nach Concarneau wolle, dann könne er auch seine Kleidung wechseln. »Was sicher sehr angenehm wäre.« Riwal hatte seltsam beharrlich und fürsorglich nachgefragt. Dann hatte er von Kadegs Probefahrt berichtet. Der Simulation. Kadeg hatte gerade eben aus La Roche-Bernard angerufen. 2,35 lautete die Zahl. Kadeg hatte zwei Stunden und fünfunddreißig Minuten gebraucht. Dupin rechnete. Nachts wäre auf den Straßen fast nichts mehr los. Aber unter zwei Stunden fünfzehn, zwanzig wäre es nicht möglich. Und was hieß das jetzt? Ganz eventuell hätte Maxime Daeron es schaffen können. Das immerhin wussten sie jetzt sicher. Natürlich hatte Riwal Rose schon »in Kenntnis gesetzt«.

Dupin schloss den Wagen ab.

Wie am Morgen herrschte Ebbe. Er ging bis zum unbefestigten Rand des Quais. Drei, vier Meter ging es hier steil hinunter. Wie heute früh ruhten die Boote geduldig auf dem Meeresboden, schwach beleuchtet von den gelben Lichtern des Örtchens, die nicht sehr weit kamen und sich rasch in der klaren Nacht verloren. Ein wenig weiter draußen in der Lagune, wo noch Wasser sein musste, waren zwei helle Lichter zu sehen, Leuchtbojen, vermutlich. Oder Boote. Sie tänzelten ruhelos hin und her. Noch weiter entfernt, dort, wo sich die Salinen befinden mussten, war ein großes tiefschwarzes Loch. Nichts, gar nichts war zu sehen. Als wäre alles verschluckt worden. Die Nacht lauerte über dem Meer. Ein dunkles Wesen.

Dupin merkte, wie ausgelaugt er war. Aber zugleich fühlte

er sich unruhig, im Innersten. Kribbelig, quecksilbrig, ein verrückter Zustand. Wenn er ehrlich war, hatte er plötzlich keine Lust mehr, sich ein weiteres Mal zu besprechen. Gar keine. Das alles hier war irgendwie keine gute Idee gewesen. Und so lange dauerte die Fahrt nach Concarneau nun auch nicht. Vor allem: Nolwenn hatte gesagt, er solle zurückkommen.

Er drehte sich um, lief zu seinem Auto und stieg ein. Er lehnte den Kopf zurück und schloss kurz die Augen. Dann musste er lächeln. Ein befreiendes Lächeln. Er ließ den Motor an – und fuhr los.

Es war Viertel nach elf. Dupin parkte seinen Wagen so nah am *Amiral* wie möglich; der große Parkplatz direkt am Hafenbecken war leer. Er musste nur die Straße überqueren und wäre erlöst. Vor allem: zu Hause. Wieder auf seinem Terrain. Es war eine monotone Fahrt gewesen, er war ohne Probleme durchgekommen, immer auf der Route Express. Es hatte keine weiteren Skippy-Sichtungen gegeben, auf der gesamten Fahrt, wenn auch leise, hatte er *Bleu Breizh* gehört.

Er hatte Riwal und Nolwenn informiert, dass er nicht in Le Croisic bleiben würde. Beide hatten seine Entscheidung nachdrücklich für richtig gehalten. Riwal und Kadeg hatten im Restaurant gesessen und waren, es war zu hören, bereits am Essen gewesen. Auch für sie war es ein strapaziöser Tag gewesen.

Dupin stieg vorsichtig aus dem Miniaturwagen. Eine deutliche Brise empfing ihn, wunderbar. Hier roch er das freie, offene Meer. Es tat ihm gut.

Die hohen Fensterbogen des *Amiral*, in dem er für gewöhnlich seinen Tag begann und beendete – streng und lustvoll ritualisiert –, waren noch hell erleuchtet. Dupin war erleichtert.

Das stattliche lang gezogene weiße Haus aus dem 19. Jahrhundert mit der roten Markise und den hölzernen Fensterläden lag im surrealen Filmstudiolicht der warm-gelblichen Straßenlaternen.

Die Ampel stand auf Rot, das tat sie hier immer, er hatte es noch nie anders erlebt. Aber er hatte auch noch nie jemanden gesehen, der an der Ampel wartete. Einen Augenblick später öffnete er die schwere Tür.

Sein Stammplatz war besetzt. Fast wäre ihm ein frustrierter Seufzer über die Lippen gekommen, im letzten Moment hielt er inne.

Er glaubte, er halluzinierte. Es würde ihn nicht wundern, in seinem Zustand. Aber – seine Augen spielten ihm keinen Streich, nein. Auf seinem Lieblingsplatz saß – Claire. Eindeutig. Und auf dem Tisch vor ihr lag ein ansehnliches Paket in buntem Geschenkpapier. Außerdem standen dort eine Flasche Champagner und ein riesengroßer Teller *Langoustines*.

Claire hatte ihn sofort gesehen. Ihre kastanienbraunen Augen glänzten warm. Dann stand sie auf und strich sich eine Strähne aus ihren schulterlangen dunkelblonden Haaren. Sie sah verlegen aus. Er träumte nicht. Es war Claire. Claire, in ihrer ganzen zurückhaltenden Schönheit, die den Frauen der Normandie eigen war. Er hatte einmal ein Foto im Kommissariat gezeigt, Riwal hatte daraufhin eine Hommage auf die normannischen Frauen angestimmt, die seit Jahrhunderten als die schönsten Frankreichs galten und häufig die Miss-France-Wahlen gewannen. Dupin war äußerlich peinlich berührt, aber innerlich glühend stolz gewesen.

»Ich – ich bin hier.«

Unglaublich. Es war unglaublich.

Sie hatte ihn an ihrem eigenen Geburtstag besucht. Und das nach der Enttäuschung, dass nichts aus dem lange geplanten Abend in Paris geworden war. Und trotz seiner unglücklich gestammelten Sätze heute Morgen. Jetzt verstand er, warum

Nolwenn und Riwal hatten sichergehen wollen, dass er heute Nacht tatsächlich zurück nach Concarneau fuhr.

»Bon anniversaire, mon amour.«

Er umarmte sie. Küsste sie. Und schaute sie wieder an. Noch immer einigermaßen fassungslos. Wie um sicherzugehen, dass sie auch wirklich da war.

Paul Girard war aus der Küche gekommen und begrüßte ihn.

»Ich habe ein kleines Geburtstagsmenü zusammengestellt«, er zwinkerte ihnen zu, »nach den *Langoustines* aus Guilvinec ein Wolfsbarsch, flambiert mit *Pastis marin*, dazu einen *Chenin blanc* und als Dessert ein *Gâteau aux crêpes*.«

Das war ein ausgewachsen feierliches Geburtstagsmenü. Dupin aß den Wolfsbarsch nicht oft – meistens ja doch das Entrecôte –, aber er war köstlich, der feine, aromatische Geschmack, das zarte, weiche Fleisch, der Duft des entflammten bretonischen Anis (auch hierfür brauchten sie den Süden nicht). Und er wusste, dass Girard auf die Langustinen aus Guilvinec schwor. Zu Recht, es waren die allerbesten. Der absolute Höhepunkt aber war der Crêpeskuchen: ein Dutzend süßer Crêpes übereinandergeschichtet, mit einer deliziösen *Crème pâtissière* dazwischen, dickflüssig gekocht aus Milch, Eigelb und Vanille – eine Spezialität, die Paul Girard nur zu Geburtstagen von »allerbesten Freunden« servierte.

Dupin war gerührt.

Claire hielt ihm ein Glas Champagner entgegen.

»Auf uns.«

»Auf deinen Geburtstag. Auf dich.«

Sie stießen an, tranken einen Schluck.

»Wie geht es vorwärts? Ich meine den Fall.«

»Heute Abend gibt es keinen Fall.«

Dupin war selbst erstaunt über seinen Satz. Aber es war die richtige Antwort gewesen. Er sah es an Claires Lächeln. Und es war ihm ernst damit.

»Morgen schnappst du den Täter«, sie lächelte noch einmal.
»Danke für das Geschenk. Ich packe es gleich aus.«

Claire, das kannte er, hielt verpackte Geschenke keine Sekunde länger aus als nötig. Nolwenn musste das Paket gebracht haben; sie musste überhaupt alles arrangiert haben, die ganze Aktion, Claires Fahrt, das Essen hier, alles. Das Paket hatte seit ein paar Tagen bei ihm im Büro gestanden. Dupin war bei Valérie Le Roux im Atelier gewesen, am anderen Ende des großen Quais. Eine grandiose Künstlerin, die die allerschönsten atlantischen Bols, Tassen, Becher, Teller und Platten töpferte und bemalte. Motive und Farben des Meeres. Claire selbst hatte ihm einmal einen Artikel im *Maison Côte Ouest* über Valérie Le Roux gezeigt. Er hatte zwei große Teller, zwei kleine Teller, zwei Bols ausgewählt, einmal mit einem Krebs in strahlendem Rot, einmal mit einem Fisch in strahlendem Blau.

»Für Paris. Für uns, am Morgen und Abend.«

»Die sind wunderschön.«

Es hatte ernsthaft glücklich geklungen.

Dupin war sich immer noch nicht ganz sicher, ob er nicht doch träumte. Aber – es war egal.

DER DRITTE TAG

Es war abgekühlt, nicht dramatisch, aber genug, um jetzt am Morgen wahrhaft frisch zu sein. Zum ersten Mal seit Langem. Es musste irgendwann zwischen ein Uhr nachts – da hatten Claire und er das *Amiral* verlassen – und kurz vor sechs Uhr morgens passiert sein, denn beim Nachhausespazieren über den nächtlichen Quai war es noch eine »tropische Nacht« gewesen, ein Begriff, den die hiesigen Zeitungen liebend gern verwendeten. Um zehn vor sechs, mit dem allerersten blauen Dämmerlicht im Osten, hatten sie Dupins Appartement schon wieder verlassen, und Dupin hatte Claire zum Bahnhof gebracht. Um elf wäre sie in Paris, um halb zwölf in der Klinik. Geschlafen hatten sie nicht viel, aber Dupin fühlte sich erholter als in den gesamten letzten Wochen. Den Streifschuss hatte er nicht mehr gespürt von dem Moment an, in dem er das *Amiral* betreten und Claire gesehen hatte. Und nicht nur den Schmerz hatte er vergessen – sogar den Fall. Er war nur ein dunkles Gespenst gewesen, weit weg. Claire hatte nicht weiter gefragt, Dupin war froh gewesen. Es waren unwirkliche Stunden gewesen, tatsächlich wie im Traum.

Dupin war vom Bahnhof direkt zum Parkplatz gelaufen – das *Amiral* war noch geschlossen, auch die anderen Cafés – und dann auf die Route Express zurückgekehrt, über die er am Vorabend gekommen war. Er hatte einen strategisch wichtigen

Stopp in Névez eingelegt, am hübschen Marktplatz, den er so mochte, im wunderbaren *Maison Le Guern* mit seinem liebenswerten Besitzer, das gerade öffnete und wo er sich – eine Lehre des gestrigen Tages – neben den zwei *cafés* mit vier *Tartines* als Proviant für den Tag ausgerüstet hatte, und von denen jetzt in der Guérande nur noch die Hälfte angekommen war (die beiden mit geräucherter Entenbrust und Roquefort hatte er sich aufbewahrt, die anderen mit Brie, Walnüssen und Traubensenf hatte er auf der Fahrt gegessen). Das meisterhafte Entrecôte mit den hausgemachten knusprigen Pommes frites des *Maison Le Guern* standen auf seiner Liste der besten Orte für Steakfrites. Einer sehr wichtigen Liste also.

Wieder hatte Dupin *Bleu Breizh* eingeschaltet. Heute früh war ein Känguruexperte vom Pariser *Zoo de Vincennes* zu Wort gekommen, er hatte den Zuhörern »Basiswissen« über ihren »neuen Nachbarn« vermittelt und Fragen beantwortet. Viele Fragen. Zoologisch grundlegend war wohl die Abgrenzung des echten Kängurus vom Rattenkänguru, das gar keines sei, so der Experte – die Erleichterung bei den Zuhörern war allgemein groß gewesen, dass Skippy ein echtes war. Der Gemeinderat und der Bürgermeister von Arradon hatten schon gestern beschlossen, es nicht zu »jagen«, da es zwar tatsächlich ein rotes Riesenkänguru und 177 Zentimeter groß und 87 Kilo schwer war (kein »Zottel-Hasenkänguru«, eine Fehlmeldung), aber bisher keinerlei Anzeichen von Aggressivität gezeigt hatte. Zudem war es angeblich strenger Vegetarier, dazu »vorwiegend dämmerungs- oder nachtaktiv«. Den Tag verbrachte es wohl überwiegend im Schatten, aber manchmal war Skippy, ein individueller Spleen, beim regelrechten Sonnenbaden zu beobachten. Der Experte hielt es für durchaus möglich, dass Skippy in der bretonischen Fauna »ein festes Zuhause« finden könnte – kurz: Skippy würde ein freier Bretone. Heute, anders als gestern, sprachen die meisten Zuhörer schon von »unserem Känguru«. Die mit Abstand lustigste Geschichte war die, wie das

Känguru überhaupt zu seinem Namen gekommen war. James Cook, der erste Europäer, der je eines gesehen hatte, hatte die Aborigines gefragt, wie denn das Tier heiße, und sie hatten ihm »Ich verstehe nicht« geantwortet, in ihrer Sprache: »Gang oo rou.« Cook, der Tor in dieser Geschichte, hatte dann der Welt das »Känguru« präsentiert. Dupin erinnerte diese – wie er fand, für den Menschen grundlegend exemplarische – Geschichte an seine erste Zeit in der Bretagne.

Es war halb acht. Nicht nur die Luft, auch das Licht war kälter als in den letzten Tagen, milchig weiß. Diffus. Als schwebten Milliarden zerstreuter matter Partikelchen in der Luft. Nolwenn nannte es »die weißen Morgende«, irgendwann am Vormittag verschwand es, nur selten dauerte es länger an. Eigentlich eine Erscheinung des Herbstes, nicht des Sommers.

Dupin hatte seinen Wagen, ohne darüber nachzudenken, exakt an derselben Stelle stehen lassen, wo er ihn vorgestern Abend geparkt hatte. Als alles begonnen hatte. Aber er hatte dieses Mal an ein zweites Magazin gedacht.

Natürlich war immer noch alles abgesperrt, zwei der Polizisten aus Roses Mannschaft standen am Weg zu Daerons Saline. Dupin hatte kurz gegrüßt, der eine hatte unverhohlen skeptisch geblickt, der andere neutral genickt.

Dupin war auf der Fahrt – der Fall war mit jedem Kilometer Richtung Osten ein Stück mehr in sein Bewusstsein zurückgekehrt – wieder und wieder auf die Frage zurückgekommen, die ihn von Anfang an beschäftigt hatte: Was hatte es mit den Fässern auf sich? Wenn die Fässer einen Inhalt gehabt hatten, egal welchen, dann war er wahrscheinlich noch in den Salinen, auch wenn sie bisher bei den Analysen nichts entdeckt hatten. Analysen des Wassers, des Bodens, der Ablagerungen, der sich absetzenden Salzkristalle. Dupin gelangte an den Schuppen, der seine Rettung gewesen war. Und sein Gefängnis. Einen Augenblick lang fühlte er sich ein wenig verloren. Dann betrat er einen der schmalen Tondämme, die durch die Erntebecken führten, folgte ihm, bog auf einen Damm ab, der zu den äußersten Becken lief, und blieb dort stehen. Alles wirkte anders in diesem milchig weißen Licht, es nahm der Welt die Farben, selbst hier, wo es sie in solcher Fülle und Intensität gab, selbst dem Himmel. Alles war in eine rätselhafte Kälte getaucht. Eine theatralische Kälte. Und es nahm der Welt seltsamerweise auch den Geruch, als würden die Milliarden Tröpfchen alles aufsaugen.

Dupin schaute sich um. Ließ seinen Blick schweifen. Es war ein unübersichtliches Labyrinth. So weit das Auge reichte. Die ganze Landschaft. Unmöglich zu sagen, wo Daerons Saline begann oder endete. Die extrem präzisen, pedantischen Rechtecke und die verschlungenen Speicherbecken und Kanäle vermischten sich scheinbar chaotisch. Dupin ging einen weiteren Damm entlang, zu den größeren Becken. Der Ton der Dämme hatte ab und an bedenkliche Risse, Folgen der langen Trockenheit und Hitze. Das Wasser floss in Dutzenden, manchmal scharfen, manchmal sanften Biegungen und Abzweigungen. Überall kleine Schleusen. Als Junge war das Stauen und Umleiten – an Bächen, Flüssen, Seen, am Meer – eine seiner liebsten Beschäftigungen gewesen. Dupin hatte sich vollkommen darin verloren. Eine seiner stärksten Erinnerungen an seinen Vater war ein Bild aus den Ferien, in dem kleinen Jura-Dorf, am Doubs, der in der wasserreichen Gegend Hunderte kleiner Zuflüsse hatte, Bäche in allen Größen. Mitten durch den Garten ihres Ferienhauses war ein schmaler, aber im Frühjahr reißend schneller Bach geflossen. Sein Vater und er hatten ihn an einem warmen Maitag an einer Stelle so gestaut, dass ein tiefes Becken entstanden war. Sicher einen Meter tief. Ein kleiner Teich. Von dort hatten sie komplizierteste neue Abflüsse gebaut, in aberwitzigen Schlaufen und unsinnigen Wegen. Seine Mutter hatte geschimpft, weil sie beide vollkommen durchnässt und verschmutzt gewesen waren. Sie hatten es gar nicht bemerkt. Noch heute konnte Dupin nicht anders, als den Verlauf zu verändern, wenn er am Strand einen ablaufenden Priel sah. Am liebsten in abenteuerlichen neuen Führungen, kreuz und quer.

Dupin ging zu den Erntebecken zurück, dorthin, wo das Wasser endete. Er hatte plötzlich eine Idee gehabt. Der Wasserlauf des Beckens war eindeutig zu sehen. Er schmunzelte. Er würde ihm einfach folgen. In umgekehrter Richtung. Sehen, wie es floss – und schließlich so Daerons Saline als Ganzes sehen, es wäre der einzige Weg, sie vollständig in den Blick zu kriegen. Bedächtig schritt er über die Dämme, man musste aufpassen, nicht abzurutschen. Die Becken veränderten ihre Größen, Formen und Tiefen. Die vier Becken hinter den Erntebecken waren schon größer. Dann folgten symmetrische kleinere. Neun Stück. Dupin zählte beim Gehen mit. Auch der an sich dunkle Ton wirkte in diesem Licht hell, das Wasser selbst milchig. Jetzt führte ihn der immer schmalere Damm plötzlich auf die andere Seite der Erntebecken, wo wieder neun der symmetrischen Becken lagen. Man musste genau hinsehen, um den müden Lauf des Wassers zu erkennen. Dupin folgte ihm stur, jeder Abbiegung, jeder Schleuse.

Bestimmt zehn Minuten lief er schon. Rechts lag nun ein lang gezogenes, sich an die vielen mittleren Becken anschmiegendes Speicherbecken, deutlich tiefer, sicher über hundert Meter lang, unförmig. Das Wasser war dunkelgrün. Hohe ausgeblichene Gräser rundherum. Er müsste gleich den Durchlauf zu diesem Speicherbecken erreichen, überlegte Dupin. Von dort aus käme nur noch der Kanal zum Meer. So viel hatte er gelernt. Er ging weiter. Folgte der Rinne, durch die das Wasser kam. Jetzt blendete ihn die noch tief stehende Sonne, er musste die Augen mit der Hand abschirmen. Die Rinne verlief parallel zum großen Speicherbecken. Immer weiter. Und immer nur parallel. Über die komplette Länge des Beckens. Dupin bog am Ende des Beckens rechts ab, um ihm auf der schmaleren Seite zu folgen. Nach vielleicht sechzig Metern machte die Rinne eine weitere Biegung – aber nicht nach rechts, in Richtung des großen Speicherbeckens, wie er es erwartet hatte, sondern nach links. Und dann wiederum nach links: in ein anderes, viel dunkler wirkendes Speicherbecken. Völlig unerwartet. Ein großes Becken in der Form eines riesigen Tropfens. Ein langbeiniger silberner Vogel stand an seinem Rand und schien Dupin zu mustern.

Dupin spürte eine Unruhe in sich aufkommen. Dieses Becken mit dem tiefgrünen Wasser – vielleicht dreihundert Meter Luftlinie von den Erntebecken Daerons entfernt – war *nicht* das Speicherbecken, aus dem Daerons Saline gespeist wurde. Auch wenn es zunächst so ausgesehen hatte. Das war sonderbar.

Dupin ging zur zweiten lang gezogenen Seite des Beckens. Hier lag ein großer Kanal, der Zulauf, dem man in Richtung Lagune folgen konnte. Fest verschlossen mit einer hölzernen Schleuse. Dupin ging immer schneller, sodass er rasch zu der Seite zurückkam, an der er begonnen hatte. Es war verrückt: Das große Speicherbecken hier war, bis auf den Zulaufkanal, vollkommen isoliert. Es war definitiv mit überhaupt keiner Saline verbunden. Hier stimmte etwas nicht. Was sollte das für ein Becken sein? Dupin ging es noch einmal ab, den Blick dieses Mal penibel auf das Wasser gerichtet. Er blieb stehen, ging in die Hocke. Versuchte den Grund zu fixieren. Es war nichts Besonderes zu sehen. Nicht mit bloßem Auge. Aber das hieß nichts. Das Wasser war vielleicht ein wenig trüber als in den anderen Becken. Die bisher entnommenen Proben stammten aus verschiedenen Becken der Daeron'schen Saline, die ja alle zusammengehörten. Vielleicht aber war es genau dieses – in diesem Labyrinth perfekt versteckte – Becken, das sie untersuchen mussten. Hier mussten sie unbedingt Proben nehmen.

Dupin richtete sich auf. Zog sein Handy aus der Hosentasche. Und sein Clairefontaine. Zu seiner Überraschung waren vier Balken Empfangsstärke zu sehen. Vorgestern Nacht hätte ihm einer gereicht. Aber: Er war ja einige Hundert Meter entfernt vom Schuppen, würde Riwal jetzt sagen, und es war Tag, der Stand des Meeres war ein anderer, der der Sonne und des Mondes – was auch immer.

Er brauchte einen Experten. Dupin überlegte kurz und wählte die Nummer der Lebensmittelchemikerin. Madame Cordier. Sehr kooperativ war sie nicht gewesen, aber das war jetzt egal. Der Anrufbeantworter sprang an. Ärgerlich. Nach kurzem Zögern wählte er Roses Nummer.

»Wo sind Sie? Ich habe Sie bereits mehrfach angerufen.« Rose war wütend. »Sie haben nicht im Hotel ...«

»Ich brauche ein Chemikerteam in den Salinen. Sofort. Ich stehe hier.«

»Ich verstehe Sie sehr schlecht. Sie stehen – da?«

Roses Stimme kam klar verständlich bei Dupin an. Ihre Wut war der kriminalistischen Neugier gewichen.

»Ich verstehe Sie sehr gut«, Dupin sprach langsam und klar intoniert, »ich bin in Daerons Saline. Es gibt hier ein großes Becken, das ohne irgendeine Verbindung zum Rest der Saline ist. Vielleicht dreihundert Meter von den Erntebecken Daerons entfernt.«

Es entstand eine kurze Pause, vielleicht weil die Kommissarin mit sich rang, wie sie reagieren sollte.

»Sie ermitteln auf eigene Faust in Daerons Saline? Ich schicke das Team. – Und bin gleich selbst da.«

Sie hatte aufgelegt.

Dupin überlegte. Er blätterte in seinem Heft, fand, was er suchte, und wählte Bourgiots Nummer. Er ging dabei den Damm entlang, ohne Ziel.

»Hallo?«

Jetzt hörte auch Dupin ein Rauschen, mal leiser, mal lauter.

»Madame Bourgiot. Ich befinde mich in der Saline von Maxime Daeron – am Rand der Saline.«

»Was kann ich für Sie tun, Monsieur le Commissaire?«

Es klang zynisch. Es war ihm egal.

»Es gibt hier ein Speicherbecken, das gänzlich isoliert ist. Sehr groß. Es sieht so aus, als wäre es das Speicherbecken der Saline von Daeron – ist es aber nicht, es hat keine Verbindung zu seinen Becken. Und auch zu keinem anderen.«

Bourgiot schwieg. Vielleicht musste sie überlegen, wie sie sich verhalten sollte.

»Sie kennen sich nicht aus«, sagte sie jetzt kalt, »das ist ein Blindbecken. Davon gibt es ein paar.«

»Wem gehört es?«

»Daeron oder Jaffrezic vielleicht, muss aber nicht sein.«

Ihre Stimme wurde von wechselndem Rauschen begleitet.

»Oder *Le Sel*. Ich kann es Ihnen nicht sagen. – Ich ...«

»*Le Sel?* Ich dachte, die Saline nebenan sei von Monsieur Jaffrezic und der Kooperative?«

»Richtung Lagune liegen auch ein paar Salinen von *Le Sel.* Zwei der großen Speicherbecken von dort reichen, glaube ich, nahe an das Areal von Daeron heran. Und an das Blindbecken. – Vielleicht gehört das Blindbecken auch niemandem. Auch das gibt es, und gar nicht so selten«, in ihrem Tonfall lag unverblümter Widerwille, »Becken, die früher zu bestimmten Salinen gehört haben, aber aus irgendwelchen Gründen im Laufe der Jahrhunderte isoliert worden sind.«

»Von wo aus kommt man mit einem Wagen am nächsten an das Blindbecken heran?«

Eine längere Pause entstand.

»Das kann ich Ihnen nicht sagen.«

»Ist etwas Besonderes mit dem Becken – diesem Blindbecken, meine ich? Wissen Sie von etwas?«

»Nein. Was sollte mit dem Becken sein? Ist etwas passiert? Gibt es Neuigkeiten, wissen ...«

Dupin hatte aufgelegt. Um sogleich Riwals Nummer zu wählen.

»Guten Morgen, Chef.«

»Riwal – besorgen Sie eine Maßstabskarte der Salinen. 1 zu

25 000. Oder noch genauer. Und ein Foto aus der Luft. Und Kadeg soll im Katasteramt einen exakten Plan der Salinen besorgen. Ich will genau wissen, wem welches Land, welche Salinen, welche Becken hier gehören.«

»Sie sind in der Saline von Daeron? – Hallo?«

Dupin hatte die Nachfrage schon nicht mehr gehört, so unvermittelt hatte er aufgelegt.

Er war während der Telefonate ziemlich weit gelaufen, hatte ein paarmal größere Kanäle überquert, gesäumt von hochgewachsenen, stacheligen Büschen. Was er jetzt vor sich sah, waren wieder Erntebecken. Sie waren an den kleinen Ernteplattformen zu erkennen. Den Schuppen von Daeron konnte er längst nicht mehr sehen. Die breiten, mit Gräsern bewachsenen Erddämme zwischen den Salinen schienen in diesem Areal noch höher zu sein.

Einen Augenblick lang war er verwirrt. Die ganze Salinenwelt wirkte mit einem Mal fremd. Ein paar Schritte weiter gaben zwei Dämme plötzlich einen Blick auf die Lagune frei, der Dupin anscheinend näher gekommen war als gedacht. Man sah weitflächige, blendend weiße Sandbänke. Türkisfarbenes Wasser, das in tiefen Rinnen zwischen den Sandrücken lief. Dahinter lag Le Croisic. Ein heller, freundlicher Streifen. Dort waren Riwal und Kadeg, mit einem Fernglas hätte man das *Le Grand Large* sehen können. Die Sonne stand schon etwas höher, jetzt lag ein starker Geruch in der Luft, sie schmeckte hier eindeutig nach Meer: Salz, Jod, Seetang und Algen. Es war erstaunlich.

Dupin blieb jäh stehen. Er hatte ein Geräusch gehört. Er bewegte sich nicht. Ein schweres, dumpfes Geräusch. Hölzern. Es kam von schräg hinter ihm. Nicht weit weg. Ein hoher Erdwall versperrte die Sicht. Instinktiv hatte er sich umgedreht, ein wenig geduckt und die rechte Hand an seine Waffe gelegt. Er hielt sie fest umschlossen. Als er es bemerkte, versuchte er, die Finger ein wenig zu lockern.

Er nahm einen der schmaleren Stege, die genau in die Richtung führten, aus der er das Geräusch gehört hatte. Es musste direkt von der anderen Seite des Erdwalls gekommen sein. Er suchte nach einem Durchgang und fand ihn, zehn Meter entfernt. Behände und lautlos näherte er sich. Er blieb einen Moment stehen und schritt dann hindurch, die Hand jetzt wieder fest an der Waffe.

Der andere hatte ihn zuerst gesehen.

»Ah. Monsieur le Commissaire. Tief im Salz dem Täter auf der Spur?«

Jaffrezic. In der Hand einen Hammer. Er stand vor einem eckigen knallgelben Schubkarren, der verkehrt herum lag.

»Die werden seit eintausendzweihundert Jahren unverändert gebaut, bis ins letzte Teil aus Holz, damit transportieren wir das Salz durch die Salinen – und dieses verdammte Exemplar hier scheint tatsächlich eintausendzweihundert Jahre alt zu sein.«

Jaffrezic hämmerte auf einen Holzbolzen am Rad.

»Ich hatte Sie davor gewarnt, abends oder frühmorgens durch die Salinen zu laufen. Von den Zwergen hatten wir gesprochen. Aber noch nicht von dem grässlichen gigantischen Fuchs, der weißen Frau und den Drachen«, er lachte laut auf, »hier verbergen sich feuerspeiende Ungeheuer, denen man einmal im Jahr ein Mädchen oder eine Frau mit reiner Seele opfern muss. Dann halten sie still, überlassen uns Salzbauern den Sumpf, und wir können in Ruhe unserer Arbeit nachgehen.«

Er lachte wieder. Dupin war sprachlos. Er hatte etwas anderes erwartet als Jaffrezic und noch mehr fantastische Sagen.

»Vielleicht sind Sie einer dieser christlichen Drachentöter? Ein Pariser Kommissar in der Bretagne.«

198

Dupin wusste, dass dies alles andere als schmeichelhaft gemeint gewesen war, denn er kannte die mannigfaltigen bretonischen Drachenbezwinger-Legenden. Die christlichen Ritter waren eigentlich Witzfiguren. In den Legenden hatten die armen einheimischen Heiden – und selbst die größten Helden unter ihnen – jeweils über Hunderte Jahre vollkommen vergeblich gegen die grausamsten aller Drachen gekämpft, bis dann, ein Zeichen Gottes, ein christlicher Ritter des Weges kam, der dem Drachen ohne Aufhebens schlicht den Befehl gab: Spring von einer Klippe und ertränke dich. Was die Ungeheuer dann tatsächlich folgsam auf der Stelle taten – so mächtig war das christliche Wort, so einfach die Moral.

»Aber dann wären Sie dieses Mal zu spät gekommen, Monsieur le Commissaire. Sie haben die Jungfrau nicht retten können.«

Jaffrezics Gesicht hatte sich bei diesen Worten betrübt verzogen. Das Geschehen der letzten Tage schien auch ihn mitgenommen zu haben.

Dupin wollte endlich wieder auf realen Boden zurückkehren. Er sammelte sich.

»Was wollte Lilou Breval von Ihnen, als sie Sie Montagnachmittag angerufen hat?«

Jaffrezic blickte Dupin unumwunden ratlos an, Dupin war nicht klar, warum.

»Die Kommissarin hat mich eben dasselbe gefragt. Ermittelt jetzt jeder für sich? Parallelermittlungen, eine interessante Methode.«

»Commissaire Rose?«

»Sie ist vor zehn Minuten gegangen. Sie bekam plötzlich einen Anruf. Anscheinend wichtig.«

Es war empörend. Dupin erinnerte sich an Roses inquisitorischen Unterton. Und er hatte fast schon ein schlechtes Gewissen gehabt bei seinem Alleingang!

»Wie auch immer. – Die Journalistin war mal vor circa einem Jahr da. Da ging es um einen großen Artikel.«

In Jaffrezics Stimme lag jetzt etwas Pathetisches.

»Aber was wollte sie am Montag von Ihnen?«

»Die meisten der Informationen in dem Artikel stammen von mir. Ich werde Ihnen den Artikel …«

»Monsieur Jaffrezic, bitte …«

»Ob ich etwas von irgendwelchen Fässern weiß, wollte sie wissen. Von blauen Fässern! Was es damit auf sich haben könnte. Ich habe ihr vom Sel Moulin erzählt. Und dass es sonst keine blauen Fässer gibt. Genau wie Ihnen.«

»Hat sie von irgendeinem Verdacht erzählt, etwas angedeutet?«

»Nein.«

Falls Jaffrezic hinter alldem steckte, hätte Lilou ihn unfreiwillig gewarnt. Genau wie Madame Bourgiot.

»Hat sie gesagt, dass sie die Fässer selbst irgendwo gesehen hat?«

»Nein. Mit keinem Wort.«

»Und Sie haben niemandem von Lilous Frage erzählt?«

»Warum sollte ich? Das ist doch alles Blödsinn. So nett diese Journalistin auch war.«

Seine Stimme war hart geworden. Wie gestern Morgen bei demselben Thema.

»Wir wissen von dem Blindbecken am Rande von Maxime Daerons Saline, Monsieur Jaffrezic.«

Dupin musste es einfach versuchen. Wenn die gesamte Mannschaft jetzt gleich am Becken auftauchte, würde sich ohnehin herumsprechen, dass die Polizei ein besonderes Interesse an dem Becken zeigte.

»Was meinen Sie?«

Jaffrezics Pupillen rollten in beeindruckendem Tempo hin und her.

»Dass wir das Becken gefunden haben. In das alles hineingegeben wurde. Unsere Chemiker haben bereits mit den Analysen begonnen.«

Dupin fixierte Jaffrezic. Der einen Moment brauchte und dann losprustete.

»Das wird ja immer bunter. Ich habe nicht den blassesten Schimmer, wovon Sie da sprechen.«

»Ist das Ihr Becken?«

»Keine Ahnung, welches Sie meinen.«

»Das bei Ihrer Saline dort drüben«, Dupin machte eine vollends vage Geste, »der neben Maxime Daerons.«

»Ah. Da gibt es ein paar im Umkreis, glaube ich. Aber keines gehört mir. Das wüsste ich.«

»Es liegt zweihundert, dreihundert Meter von Maxime Daerons Schuppen entfernt. Richtung Norden.«

»Dann kenne ich es bestimmt nicht. Ich kann von Daerons Gebiet neben meiner Saline sowieso gar nichts sehen. Und meine Saline liegt, wie Sie wissen, im Südwesten von Daerons. Das ist ein Stück entfernt.«

Dupin wusste mittlerweile selbst, dass es im verschlungenen Durcheinander der Salzgärten ganz und gar nichts bedeutete, wenn eine Saline »neben« einer anderen lag. Es wäre absolut plausibel, musste er zugeben, wenn Jaffrezic das Becken noch nie gesehen hätte.

»Wem gehört es dann?«

»Fragen Sie beim Katasteramt. Wahrscheinlich niemandem. Und somit der Gemeinde.«

»Gehört es nicht Maxime Daeron – oder *Le Sel?*«

»Wie gesagt: Ich weiß es wirklich nicht.«

Dupin fuhr sich durch die Haare. Sein Handy klingelte.

Rose. Er trat ein paar Schritte zur Seite und nahm an.

»Wo sind Sie? Ich stehe an dem Blindbecken. Die beiden Chemiker müssten jeden Moment da sein.«

»Und ich bin da, wo Sie eben waren. Ich spreche mit Monsieur Jaffrezic.«

»Ich habe Sie um halb sieben das erste Mal in Ihrem Hotel angerufen. Man sagte mir, Sie hätten gestern Nacht doch zurück nach Concarneau gemusst. Ich habe es für unverantwortlich gehalten, die Ermittlungen nach Ihren mir unbekannten Reiseplänen auszurichten.«

Dupin überlegte noch, was er zu alldem sagen sollte, als Rose das Thema wechselte.

»Wir haben vielleicht etwas. Hier in dem Becken. Etwas Interessantes.«

»Ich bin gleich bei Ihnen.«

Dupin legte auf.

»Ich muss los.«

»Ist der Drache gesichtet worden? Na dann viel Erfolg – Wenn Wind und Sonne wollen … Die nächsten Klippen sind an der Côte Sauvage hinter Le Croisic.«

Dupin steuerte auf den Durchgang in dem Erdwall zu und war im nächsten Moment verschwunden. Nur, um kurz darauf wieder aufzutauchen. Jaffrezic musste es erwartet haben, er grinste ihn an. »Am besten hinter dem Wall scharf links, den großen Étier entlang, bis Sie nach ein paar Hundert Metern rechts an einen sehr großen Schuppen kommen. Da biegen Sie links ab und kommen sofort an das kleine Sträßchen, das Sie kennen. Und dann zu Daerons Saline.«

Dupin nickte dankbar – und angestrengt – und verschwand endgültig.

Es sah seltsam aus. Es war nur schwach zu sehen in dem trüben Wasser, Dupin war es vorhin nicht aufgefallen. Aber die Sonne stand jetzt etwas höher und fiel in einem anderen Winkel auf das Wasser. Vielleicht vier Meter vom Rand des Beckens entfernt war eine niedrige Holzkonstruktion zu sehen. Vierzig Zentimeter hoch, schätzte er, halb so hoch wie der Wasserstand. Sie sah ein wenig aus wie Austern- und Muschelbänke. Darü ber schien, das war noch schwerer zu erkennen, ein Netz gespannt zu sein. In einem grünlichen Ton. Dupin war noch einmal um das lang gezogene Speicherbecken herumgelaufen, die Konstruktion unter Wasser war groß, sie nahm sicherlich ein Viertel des Beckens ein.

Jetzt stand er wieder vor Rose, die endlich aufgehört hatte zu telefonieren. Von den Chemikern war nur einer zu sehen, er kniete neben einem gewaltigen Aluminiumkoffer.

»Eine Wasserprobe ist schon unterwegs ins Labor. – Ein paar erste Proben machen sie hier.«

Rose war angespannt. So wie Dupin sie gestern nach der Nachricht vom Fund der Leiche erlebt hatte.

»Was ist das für eine Konstruktion?«

Dupin ärgerte sich, dass er sie nicht eben schon gesehen hatte.

»Wir schauen sie uns an, sobald wir wissen, dass das Wasser nicht kontaminiert ist.«

»Gibt es solche Konstruktionen hier in den Salinen? Verwendet man sie oder etwas Ähnliches im Prozess der Salzgewinnung – in den großen Speicherbecken?«

»Nein. Nirgendwo.«

Dupin ging ein paar Meter.

»Man hat einige der Becken früher auch zu anderen Zwecken verwendet. Die Mönche. Zur Muschelzucht zum Beispiel. Oder zur Fischzucht.«

Rose schaute Dupin fragend, aber nicht uninteressiert an. Dupin war die Schautafel wieder eingefallen (er hatte die »Monsterkreaturen« wohlweislich weggelassen). Es würde hier vermutlich nicht um eine klandestine Muschel- oder Barschzucht gehen, aber dennoch.

»Sie haben das Becken für Dinge benutzt, die mit dem Salz gar nichts zu tun hatten.«

Sein Gefühl sagte ihm, dass das ein möglicher Ansatz war. Vielleicht der einzige. Obwohl sie somit wieder bei null anfingen – weil vollkommen unklar wäre, worum es hier gehen könnte.

»Dann wäre klar, warum wir mit all den Salzgeschichten kein bisschen weiterkommen.«

Rose hatte noch kein Wort gesagt. Aber ihr Gesicht verriet Zustimmung.

»Wenn da ein Netz gespannt ist, dann wird es etwas unter dem Netz geben – etwas, das das Netz halten soll. – Konzentrieren wir uns auf das Becken und seine Geheimnisse.«

Sie hatte recht.

Dupin wandte sich an den Chemiker.

»Sehen Sie bisher irgendeinen Grund, nicht in das Becken zu steigen?«

»Nein. Aber wie Sie sagen: *bisher* nicht. Ich würde warten.«

Es war mehr der Unterton als die ausdrückliche Empfehlung des Experten, der Dupin beeindruckte.

Er fuhr sich durch die Haare, wenn es nach ihm ginge, wäre er einfach in das Becken gestiegen. Er hätte sich die Konstruktion gern genau angesehen. Ob unter dem Netz etwas zu finden war – und wenn ja, was.

»Ihre Inspektoren sind fix«, Rose zog anerkennend die Augenbrauen hoch, »wir haben die Karten und Informationen. Wenn man mit dem Wagen so nah wie möglich an das Speicherbecken kommen will, parkt man in der Tat am besten bei Daerons Saline, das ist der kürzeste Weg, wenn man etwas Schwereres hierhintransportieren will.«

»Und wem gehört das Becken?«

Rose schien es ein wenig spannend machen zu wollen.

»Es gehörte einem gewissen Mathieu Pélicard. Er war der letzte eingetragene Besitzer.«

Dupin schaute konfus.

»Die Eintragung stammt von 1889. Bei seinem Tod scheint es keine Erben gegeben zu haben, es wurde auf niemanden übertragen. Das heißt, dass es dann irgendwann der Gemeinde gehörte. – Die Salinen hier waren damals anders aufgebaut, es war Teil einer Saline, die es so gar nicht mehr gibt, Ihre Inspektoren haben auch alte Pläne gefunden.«

»Der Gemeinde – also Madame Bourgiot gewissermaßen.«

»Ja.«

Das war interessant.

»Was etwas bedeuten könnte, aber auch gar nichts. Das Becken liegt ja einfach brach. – Für die anliegenden Paludiers wäre es natürlich am einfachsten, sich dem Becken unauffällig zu nähern. Vor allem für Daeron.«

»Würde man, wenn man etwas Kriminelles vorhätte …«

Dupin wurde von Roses Handy unterbrochen, das viel lauter eingestellt zu sein schien als gestern. Sie nahm ab.

»Ja?«

Rose hörte hochaufmerksam zu.

Dupin konnte sofort sehen: Etwas stimmte nicht. Etwas stimmte ganz und gar nicht.

Sie hörte weiter zu. Eine gefühlte Ewigkeit. Dann erst sprach sie.

»Wir kommen sofort … Ja … Alle verlassen umgehend den Raum. Alle. Niemand geht da rein. Nur die Spurensicherung.«

Rose legte auf, schloss kurz die Augen und sah Dupin dann durchdringend an:

»Maxime Daeron. Verdammt. Man hat ihn vor zehn Minuten gefunden, eine Hausangestellte. Im Haus auf der Île aux Moines. Zwei Inselkollegen sind vor Ort. Er liegt in einer Art Garage, wo er ein Boot baute. Es sieht alles nach Selbstmord aus. – Ein Schuss, die rechte Schläfe.«

Dupin stand wie angewurzelt.

»So ein Scheiß.«

Das durfte nicht wahr sein. Was zum Teufel spielte sich hier ab?

Rose eilte bereits voraus, das Telefon wieder am Ohr.

Dupin wandte sich an den Chemiker, der ihn fragend ansah:

»Sagen Sie sofort Bescheid, wenn Sie keine Gefahr sehen, ins Becken zu steigen. Ich schicke einen Inspektor.«

Im nächsten Moment lief auch Dupin mit forciertem Tempo Richtung Daerons Saline, ebenso das Handy am Ohr.

»Riwal – wo sind Sie?«

»Fast am Auto, noch in Guérande, wir ...«

»Ich brauche Kadeg. Er soll sofort in die Salinen fahren. Zu dem großen Speicherbecken, am Ende von Daerons Saline. Da steht ein Mann – einer der forensischen Chemiker. Kadeg soll in das Becken steigen, sobald der Chemiker sagt, dass es ungefährlich ist. Und sich die Holzkonstruktionen ansehen, die dort installiert wurden. Penibel genau. Schauen, ob etwas unter dem Netz ist. Ich will alles wissen – vielleicht kann ihm jemand helfen.«

»Gut, Chef.«

»Daeron ist tot.«

»Maxime?«

Die eigentlich berechtigte Nachfrage in amtlichem Ton hatte makaber geklungen.

»Ja. Auf den ersten Blick sieht es wohl nach Selbstmord aus.«

»Da wäre ich vorsichtig.«

Dupin hätte fast lachen müssen, so komisch war der Satz. Aber er wusste, was Riwal meinte.

»Ich – ja. Wir werden uns das genau ansehen. – Ich fahre zum Golf. Bis später.«

Es war eine grausame Szene. Eine junge Polizistin hatte die beiden Kommissare schon am Tor in Empfang genommen und umgehend in den Anbau geführt, der irgendwann einmal als Garage gebaut worden, aber jetzt eine Werkstatt war. Eine große Werkstatt. Professionell eingerichtet, wie eine Schreinerei sah es aus. In der Mitte stand ein Boot aus dunklem Holz, ein Segelboot offenbar, über vier Meter lang, schätzte Dupin. Noch im Bau befindlich, roh, aber weitgehend fertig. Es musste eine jahrelange, mühevolle Arbeit gewesen sein. Der Boden des Raums war mit Kork ausgelegt, die Wände weiß getüncht, Werkbänke und Schränke an zwei Seiten, bis zur Decke. Ein einziges, aber großes Fenster in den Garten.

Das Blut war bis zur Decke hochgespritzt. Ein gespenstisches Gemälde.

Daeron lag im Bug. An der rechten Schläfe war die blutverklebte Wunde zu sehen. Der Kopf war halb auf die linke Seite gefallen, die Austrittswunde der Kugel aus dieser Perspektive nicht zu sehen. Die Beine waren auf merkwürdige Weise überkreuzt. Der linke Arm lag scharf angewinkelt, der rechte Arm und die geöffnete rechte Hand weit ausgestreckt. Die Waffe vielleicht fünf Zentimeter von den Fingern der rechten Hand entfernt, ein wenig versetzt, aber nur ein wenig. Es musste viel Blut geflossen sein, eine großflächige Lache war zu sehen, es war längst in das offene, noch unbehandelte Holz eingedrungen.

Rose war ein paar Minuten draußen gewesen – nachdem sie sich alles ein erstes Mal angesehen hatten –, zum Telefonieren, vermutete Dupin. Sie kam gerade zurück und steuerte auf den Gerichtsmediziner zu, einen hageren, älteren Mann mit feinen Zügen, der ganz bei der Sache zu sein schien. Er stand nahe am Boot, ein bisschen gebückt. Dupin direkt neben ihm.

»Was können Sie über den Todeszeitpunkt sagen?«, fragte Rose.

»Er trägt exakt dieselben Sachen wie gestern«, murmelte

Dupin, »als ich ihn besucht habe. Es könnte am Abend oder in der Nacht passiert sein.«

So lächerlich miserabel sein Gedächtnis bisweilen war, so famos funktionierte es bei Nebensächlichkeiten, bei aberwitzigen Dingen (bis zu seinem Lebensende würde er beispielsweise noch sämtliche chemischen Formeln aus seiner Schulzeit aufsagen können, CO_2-Dissimilation, Fotosynthese ...).

»Das passt zu meinen allerersten Untersuchungen«, der Gerichtsmediziner hatte überraschenderweise nicht beleidigt geklungen, Dupin kannte bislang nur chronisch schlecht gelaunte Vertreter dieser Spezies, »ich denke, er ist zwischen zweiundzwanzig Uhr und zwei Uhr nachts gestorben.«

»Gibt es für Sie im Moment irgendwelche Anhaltspunkte, die auf etwas anderes als einen Selbstmord hinweisen? Wir müssen so sicher sein wie irgend möglich.«

Rose hatte routiniert gefragt. Natürlich waren auch Dupin auf der Fahrt schon alle möglichen Gedanken durch den Kopf gegangen. Es gab Täter, die versuchten, Morde wie Selbstmorde aussehen zu lassen. Aber nach dem, was sie bisher wussten – es war ja noch nicht viel –, konnte es sich genauso gut wirklich um eine tragische Geschichte handeln. Der unerträgliche Verlust der Geliebten. Oder aber, er war irgendwie in den Fall verstrickt gewesen, und alles war eskaliert. Und auch wenn es zeitlich extrem knapp gewesen wäre, ganz ausgeschlossen war es eben nicht, dass er nicht doch noch in der Nacht zurück zum Haus von Lilous Eltern gefahren war – und seine Geliebte getötet hatte. Weil sie etwas wusste, was sie nicht wissen sollte. Es war alles denkbar.

»Ich gehe im Moment von einem Selbstmord aus«, der Gerichtsmediziner legte seine Stirn in tiefe Falten, »wenn es keiner wäre, hätte der Täter bewundernswert gearbeitet, zumindest hätte er alle erkennbaren Fehler vermieden. Der Tote hält die Waffe nicht in der Hand, schon das machen die Täter meistens falsch. Die Haltung«, er schien mit den Händen unterstreichen zu wollen, was er ausführte, »so, wie er daliegt, das ist vollkommen plausibel. Auch das Verletzungsmuster ist charakteristisch, ein einziger Schuss nur, die Waffe unmittelbar auf die unbedeckte Haut gesetzt. Wir nennen das einen ›absoluten Nahschuss‹, mit typischer Wunde. Der Pulverschmauch unter der Haut an der Hand ist deutlich zu sehen, ansatzweise kann man sogar einen Teil von der Stanzmarke der Pistolenmündung oberhalb der Eintrittswunde erkennen. Zudem finden sich Spuren von Blut und Gewebe an der Waffe und an der Hand des Toten. – Ein absolut stimmiges Bild.«

Er trat einen Schritt zurück, die Augen starr auf den Toten gerichtet. Dupin war angetan von dem kleinen Mann mit der festen, klaren Stimme, der sich, für sein Metier ungewöhnlich, sehr verständlich ausdrückte.

»Wir nehmen ihn jetzt rasch mit, schlage ich vor, und ich werde im Labor die vitalen Reaktionen rekonstruieren, dann werden wir sehen, ob er noch am Leben war, als der Schuss fiel. Ich habe außer der Schusswunde bisher keine anderen Wunden oder Verletzungen entdeckt.«

»Gut, nehmen Sie ihn mit«, bemerkte Rose beiläufig, die in Gedanken versunken schien.

»Ich muss es Ihnen natürlich nicht sagen, dennoch: Letzte Gewissheit werden wir nicht bekommen. Es könnte auch einfach perfekt inszeniert sein. Aber das ist glücklicherweise Ihr Job, nicht meiner«, die Züge des Gerichtsmediziners entspannten sich zum ersten Mal.

Der Leiter der dreiköpfigen Einheit der Spurensicherung, ein hochgewachsener, klug aussehender Glatzkopf (auch er verblüffend wenig unsympathisch), trat hinzu.

»Wir haben bisher keinerlei Spuren am Boot gefunden, die von einer anderen Person stammen als von Maxime Daeron. Auch im Raum nicht. Nur an der Tür, am Türgriff. Wir haben sie direkt überprüfen können. Sie stammen von der Haushaltshilfe, die Daeron gefunden hat.«

»Sie wurde bereits eingehend befragt. Sie hat ein stichfestes Alibi und nichts Besonderes zu erzählen«, fügte Rose hinzu.

»Und die Waffe?«, das interessierte Dupin besonders.

»P 239 Scorpion, eine der neueren Sig Sauer 9 mm, acht Schuss pro Magazin. Patronen von *Ruag*. Mit einem kurzen, kompakten Schalldämpfer. Ob es dieselbe Waffe war wie vorgestern Nacht, werden wir sehen, Kaliber und Patronen sind sehr verbreitet, das heißt noch nichts. Und die Waffe ist recht neu. – Eine Modewaffe.«

Der Nachklapp war professionell spöttisch gewesen.

Dupin hatte sich, als Rose draußen gewesen war, alles angesehen. Langsam war er den Raum abgegangen. Das »genaue Hinsehen«, eines seiner wenigen echten Credos (wenn ihn jemand danach fragte und er nachdachte, waren es dann doch noch ein paar mehr, stellte er erstaunt fest – er, der stets leugnete, überhaupt eine Methode zu haben). Es war auch ihm nichts Bemerkenswertes aufgefallen.

Es gab für ihn hier jetzt nichts mehr zu sehen und zu tun. Und die endgültigen Ergebnisse der nun folgenden Untersuchungen würden auf sich warten lassen.

»Ich verschwinde.«

Er hatte den Satz halblaut gesprochen. Rose hatte ihn, wenn überhaupt, nur mit einem Ohr gehört, sie hatte das Handy schon wieder am anderen. Dupin hatte schon während der letzten Tage gemerkt, dass die ungewöhnliche »Assistenz-Ermittlungssituation« auch einen Vorteil hatte: Rose hatte hier »auf ihrem Terrain« zwangsläufig den formalen Kram am Hals.

Er war schon an der Tür und im nächsten Moment im Garten, wo er die Bank sah, die Stühle, den Tisch, an dem sie gestern gesessen hatten, er und Daeron. Er blieb stehen. Das war eine schrecklich tragische Geschichte, was immer dahintersteckte.

Plötzlich, wie aus dem Nichts, standen Inspektorin Chadron vor und Rose neben ihm.

»Wir brauchen die Telefonnachweise, Festnetz, Handy. Internetaktivitäten, E-Mails. Ich will alles wissen«, Rose ratterte die Sätze routiniert herunter, »lassen Sie das Haus auf den Kopf stellen, Chadron. Wir werden weitere Unterstützung aus Auray und Vannes brauchen. Auch das Haus in La Roche-Bernard. Sein kleines Unternehmen. Sein Büro hatte er in La Roche-Bernard, wenn ich es richtig verstanden habe. Schauen Sie, ob er irgendeinen Hinweis hinterlassen hat. Einen Abschiedsbrief, eine Notiz. Ich möchte, dass alle Nachbarn hier befragt werden. Ob ihnen gestern Nacht irgendetwas Ungewöhnliches aufgefallen ist. – Befragen Sie alle, die hier ein und aus gehen. Den Gärtner, die Reinigungsleute vom Pool. Finden Sie raus, wer seine Freunde waren, sprechen Sie mit Ihnen. Wir müssen den ganzen letzten Tag von Maxime Daeron rekonstruieren. Die letzten Tage. Mit wem hat er wann gesprochen«, sie wandte sich jetzt an Dupin, »ich habe Maxime Daerons Frau benachrichtigt. Wir sollten möglichst bald mit ihr sprechen. Die Hausangestellte hatte sofort Paul Daeron angerufen, er hat sich umgehend auf den Weg gemacht.«

Dupin wollte etwas sagen, aber Rose war schneller.

»Und Ihr Inspektor Riwal wird im Weißen Land nachfragen, wo sich jeder gestern Abend aufgehalten hat.«

»Inspektor Kadeg lässt ausrichten«, Chadron referierte gewohnt neutral, »dass der Chemiker grünes Licht gegeben hat zur Inspektion des Beckens, aber nur in einem Schutzanzug, er kann bestimmte Kontaminationen erst nach und nach ausschließen, vor allem organische.«

»Ihr Inspektor soll das Becken inspizieren?«

Dupin hatte vergessen, das zu erwähnen. Sie hatten auf der Fähre von Port-Blanc und dem kurzen Fußweg hierhin ein paar Dinge ausgetauscht – vor allem von ihren »separat« geführten Gesprächen mit Jaffrezic, dem Rose immer weniger über den Weg zu trauen schien –, aber nicht das.

»Ich –«

»Hier gehen drastische Dinge vor sich. Wir alle sollten al-

les unternehmen und veranlassen, was uns wichtig erscheint.
Alles. Jeder.«

Dupin hätte nicht sagen können, ob es ihr Ernst war. Oder
schärfste Ironie.

»Ihr Inspektor soll sich ruhig das Becken ansehen. Wir haben
Schutzanzüge. Chadron, sagen Sie Bescheid.«

Ohne auf eine Reaktion Dupins zu warten, trat Chadron beiseite und holte ihr Telefon heraus.

»Lassen Sie mich, ich bin sein Bruder. Das ist mein Haus. Ich
will zu ihm.«

Paul Daeron war offenbar durch den Garten gekommen,
rechts am Haus vorbei. Ein Polizist hatte versucht, ihn daran
zu hindern.

»Das ist in Ordnung«, übernahm Rose und wandte sich dann
an Paul Daeron:

»Kommen Sie. Die Gerichtsmedizin und die Spurensicherung sind noch zugange.«

»Danke.« Paul Daeron sprach leise und kraftlos, mit einem
stummen Entsetzen, das ihm auch ins Gesicht geschrieben war.

Rose ging auf die Tür des Anbaus zu, Paul Daeron folgte ihr.

Paul Daeron stand einige Minuten starr und schweigend neben dem Körper seines Bruders. Die Leiche fast auf Augenhöhe.
Seine Lippen waren zusammengepresst. Ein paarmal bedeckte
er mit der rechten Hand die Augen, den Zeigefinger auf der
Stirn, die Lider für Momente fest geschlossen. Dann wandte
er sich ab und verließ unsicheren Schrittes die Werkstatt. Rose
und Dupin hatten ihn diskret beobachtet. Paul Daeron schien
zutiefst getroffen. Aber sie hatten auch keine Ahnung, wer hier
in diesem Drama vielleicht wie gut schauspielern konnte.

»Sie werden einige Fragen haben«, sagte Paul Daeron, nachdem Rose und Dupin ihm ins Freie gefolgt waren. Ohne eine Antwort abzuwarten, steuerte er auf die Sitzgruppe der Terrasse zu.

»Es ist grauenvoll.«

Das hatte gespenstisch geklungen. Wütend und zutiefst verzweifelt, entgeistert. Es war nicht an sie gerichtet gewesen.

»Der Tod von Lilou Breval war sehr schlimm für meinen Bruder. Wir haben gestern einige Male telefoniert. Ich wusste von der Beziehung«, er sprach langsam, leise, monoton, »ich kann Ihnen nicht sagen, wie tief das wirklich ging bei meinem Bruder, wie tief die Gefühle gingen. Aber der Mord – ihr Tod – hat ihn enorm getroffen. Mein Bruder war nicht gut in Beziehungsdingen. Noch nie. Auch in seiner Ehe nicht.«

Dupin war erstaunt, wie viel Paul Daeron auf einmal erzählte. Gestern war er wortkarg gewesen. Aber in Extremsituationen verhielten sich Menschen oft anders. Daeron hatte sich an den großen Holztisch gesetzt. Dupin und Rose an die gegenüberliegende Seite. Sie waren umsäumt von Mimosen, rechts ein großer, verwachsener Kaktus, der Dupin schon gestern missfallen hatte, er hatte immer schon eine heftige Abneigung gegen Kakteen jeder Art verspürt.

»Sie gehen davon aus«, Dupin sprach behutsam, »dass der Verlust Lilous der Grund für den Selbstmord Ihres Bruders gewesen ist?«

Die Antwort kam ohne Verzögerung.

»Ich kann es nicht sagen. Vielleicht. Ich habe im Wagen darüber nachgedacht. Ich hätte es nie gedacht, ich meine, dass er zu einem Selbstmord fähig wäre. Was denken Sie, was sind Ihre Vermutungen? War er – war mein Bruder in etwas verwickelt?«

»Worin könnte er denn verwickelt gewesen sein?«

Dupin sprach immer noch freundlich.

Daeron blickte verwirrt.

»Ich weiß es nicht.«

»Wir können noch gar nichts sagen, Monsieur Daeron«, Rose sprach unmissverständlich nachdrücklich, »aber wir werden es herausfinden. Egal wie aufwendig es wird, wie lange es dauert. Wir werden es herausfinden.«

»Wissen Sie von noch mehr – außerehelichen Beziehungen – Ihres Bruders?«

Dupin musste sich eingestehen, dass seine Frage etwas seltsam klang – in dieser Situation.

»Ich habe ihm versprochen, dass all seine Geheimnisse bei mir bleiben«, er schaute sie mit traurigen Augen an, »aber …«, er setzte kurz ab und sprach dann noch leiser weiter, »es gab noch ein, zwei andere Frauen. In den letzten Jahren. Früher nicht. Er war kein Frauenheld, keiner, der ständig Affären hatte«, er hob den Kopf und schaute sie an. »Ségolène Laurent. Das war eine Affäre vor Lilou Breval, nicht lange, glaube ich. Auch hiervon weiß niemand. Auch …«

Beide Kommissare waren kurzzeitig perplex, dann fielen sie Paul Daeron gleichzeitig ins Wort.

»Madame Laurent?«

»Ja. Aber wie gesagt – das hat nicht lange gewährt.«

»Bis wann?«

Dupin war schneller gewesen.

»Ich kann es Ihnen nicht sagen. Es muss geendet haben, kurz bevor die Geschichte mit Lilou Breval begann. Vor knapp über einem Jahr vielleicht.«

»Wie ist das zu Ende gegangen?«

»Das kann ich Ihnen nicht sagen, Monsieur le Commissaire. Mein Bruder – er stürzte sich in Dinge, war begeistert, besessen, nicht nur als Anflug, nicht flatterhaft. Es war ihm immer ernst. Aber dann wurde aus den Dingen irgendwie doch nichts. Auch in der Liebe nicht. Allgemein nicht. Ich habe nie verstanden, warum«, seine Stimme hatte ihre letzte Kraft verloren, »er hat es immer so sehr versucht. So sehr gewollt. Er wollte seinen Platz im Leben finden.«

»Wissen Sie von Konflikten mit Madame Laurent?«, schaltete Rose sich ein.

»Nein. Aber es kann sie gegeben haben.«

»Was haben Sie über die Affäre mit Lilou Breval gewusst?«

»Nur, dass es sie gab.«

»Er hat Ihnen nichts weiter erzählt? Gar nichts?«

»Nein.«

»Von welchen Geschichten haben Sie noch gewusst?«

»Es gab noch eine Künstlerin, aber das ist drei Jahre her. In La Roche-Bernard. Eine Malerin. Das ist die Einzige, von der ich sonst noch weiß.«

Dupin hatte sein Notizheft herausgeholt.

»Hatte er noch Kontakt zu der Malerin?«

»Ich glaube nicht. Ich weiß es nicht.«

Das war eine spektakuläre Nachricht. Madame Laurent, die mächtige, umtriebige Chefin des Großkonzerns, und Maxime Daeron, der unabhängige Paludier.

»Und seine Frau? Ihr Bruder sagte gestern Commissaire Dupin, sie habe von Lilou Breval nichts gewusst – was war mit den anderen?«

»Ich weiß nicht, wie viel sie wirklich gewusst hat. Ich bin mir nicht sicher. Sie ist eine kluge Frau. Sie ist so viel unterwegs. Seit sie diesen tollen Job hat. – Ich weiß, dass Maxime Annie geliebt hat, ich glaube, er hat sie immer geliebt. – Ich – ich weiß es nicht.«

»Das klingt sehr kompliziert«, Dupin übernahm wieder, »das Leben Ihres Bruders. Die Ehe.«

»Annie ist die Hälfte des Monats unterwegs. Sie – sie haben Kinder gewollt, aber es hat nicht funktioniert. Sie hat dann Karriere gemacht. Im Tourismus. Sie ist eine wunderbare Frau.«

Paul Daeron hatte mechanisch gesprochen.

»Hat es Konflikte zwischen Lilou und Ihrem Bruder gegeben, ich meine, schon vor dem Ende der Beziehung?«

»Das kann ich Ihnen nicht sagen.«

»Wissen Sie von anderweitigen Streitigkeiten, Konflikten, Auseinandersetzungen Ihres Bruders? Privat, beruflich, in den Salinen?«

»Auch davon weiß ich nichts.«

»Von jemandem, der Ihrem Bruder etwas Böses wollte? Haben Sie noch einmal über das Vorkommnis in der Saline Ihres Bruders nachgedacht? Ob es wirklich um Sabotage gehen und wer hinter so etwas stecken könnte? Sie sehen, wie ernst es ist.«

Paul Daeron blickte Dupin unverhohlen irritiert an.

»Sie spielen auf die Möglichkeit an, dass – dass es gar kein Selbstmord war?«, eine tiefe Unruhe spiegelte sich in seinem Gesicht.

»Wir spielen auf gar nichts an. Aber wir haben auch gerade erst mit den Untersuchungen begonnen.«

»Er ist Konflikten gern aus dem Weg gegangen. – Ich denke nicht, dass mein Bruder in etwas – Kriminelles verwickelt war.«

Der Tonfall Daerons war schwer zu interpretieren.

»Vom Alltag seines Geschäfts weiß ich nicht viel. Er hat nur wenig erzählt, er mochte das nicht«, etwas Unergründliches lag in seinem Blick, »aber ich habe das verstanden. Ich wollte, dass er alles so machen kann, wie er es mochte, ich habe ihm das nötige Geld dafür gegeben. Mehr nicht. Er hat allein begonnen, fast ohne Kapital, mit einem Kredit, aber das langte vorne und hinten nicht, er hat sich fast ins Aus manövriert, da habe ich geholfen. – Das Salzgeschäft ist hart. Aber er hat es geliebt. Er hatte große Ideen, gute Ideen, das kann ich beurteilen, die Ideen waren immer gut«, Daeron zögerte, also wollte er noch etwas sagen, ließ es aber.

»Und war er dabei, das Interesse am Salz zu verlieren?«

Rose hatte den Satz formuliert, als wäre es Daerons eigene Schlussfolgerung gewesen. Paul Daeron hob dennoch überrascht die Augenbrauen.

»Ich – das glaube ich nicht. Nein.«

»Monsieur Daeron, wissen Sie von dem großen Blindbecken direkt neben der Saline Ihres Bruders? Haben Sie davon gehört – hat Ihr Bruder dieses Becken irgendwann einmal erwähnt, irgendetwas, das damit zu tun hat?«

Dupin hatte durchdringend gesprochen. Dieses Mal blickte Paul Daeron offen ratlos.

»Nein, ich weiß von keinem solchen Blindbecken. Ich habe mit dem Salz ja selbst gar nichts zu tun, nur wenn es um formelle Dinge geht. Als Miteigentümer.«

»Wann haben Sie und Ihr Bruder das letzte Mal miteinander gesprochen?«, schaltete sich Rose wieder ein.

»Gestern Abend, gegen halb acht. Ich war auf dem Weg von Vannes zu meinem Boot. Das liegt in der Vilaine-Mündung, eine Viertelstunde von La Roche-Bernard entfernt. Ein Ort der Ruhe. Ich habe ihm gesagt, er solle auch kommen. Aber er wollte nicht. Er war hier auf der Insel. Er – er wollte«, seine Stimme verlor erneut an Kraft, »er wollte allein sein, hat er gesagt.«

»Aber er hat nichts geäußert, was Ihnen Sorgen bereitet hätte?«

»Er schien sehr mitgenommen, das habe ich Ihnen ja schon gesagt. Aber – dass er möglicherweise …«, Daeron beendete den Satz nicht.

»Und was haben Sie auf Ihrem Boot gemacht?«

»Ich war mit einem Geschäftspartner verabredet. Wir wollten etwas besprechen. Er war dann aber verhindert. Kurzfristig. Er rief erst um acht an. Da war ich schon auf dem Boot.«

»Und dann?«

»Dann habe ich auf dem Boot noch ein Glas Wein getrunken, vielleicht eine Stunde. Und bin nach Hause.«

»Wer war dieser Geschäftspartner?«, Rose lehnte sich ein Stück zurück und schlug die Beine übereinander.

»Thierry Du, ein Gemüsebauer. Von ihm beziehen wir Kräuter.«

»Wann waren Sie zu Hause?«

Daeron machte Roses penibles Nachfragen offensichtlich nichts aus. Er war vielleicht einfach zu erschöpft.

»Um zwanzig nach neun. Ich habe mit meiner Frau und meiner Tochter noch eine Kleinigkeit gegessen.«

»Ihre Familie kann das bezeugen?«

»Natürlich.«

»Ich muss leider stören.«

Inspektorin Chadron war aufgetaucht, sie stand halb verdeckt hinter dem Kaktus.

»Annie Daeron, die Ehefrau von Maxime Daeron, ist gerade angekommen. Sie möchte Sie sprechen, Madame la Commissaire.«

»Ich komme – wir danken Ihnen, Monsieur Daeron. Das ist ein großer Schock für Sie, das wissen wir.«

Sie war noch im Satz aufgestanden. Dupin ebenso.

»Ja. Das ist es.«

Paul Daeron war sitzen geblieben. Seine Worte hingen schwach in der Luft, sie waren fast nicht zu hören gewesen.

Sie waren ins Haus gegangen. In ein geräumiges, aber nicht protziges Wohnzimmer. Zuerst war das Gespräch sehr schwierig gewesen. Einige Male hatte Dupin Sorge gehabt, dass Annie Daeron zusammenbrechen könnte. Sie war restlos aufgelöst. Sie hatte fürchterlich gezittert, unregelmäßig geatmet und geweint, ununterbrochen. Er hatte sich gefragt, wie sie es allein im Auto von La Roche-Bernard aus überhaupt bis zu ihnen geschafft hatte.

Annie Daeron war eine attraktive Frau, dunkle Stoffhose, eine hellbeige Bluse, kinnlange pechschwarze Haare. Sie hatte verzweifelt ein paar Fragen geschluchzt, Rose und er hatten nicht viel dazu sagen können.

»Wir sind gerade erst dabei, uns ein Bild zu machen, Madame Daeron. – Wir möchten ein paar Dinge von Ihnen erfahren, das ist sehr wichtig für uns – aber es ist nicht der richtige Zeitpunkt. Wir werden vielleicht besser später miteinander sprechen.«

In Roses Satz hatte echtes Mitgefühl gelegen, ja, aber auch polizeiliche Instruktion.

»Ich – nein. Ich schaffe das.«

Jetzt mobilisierte sie alle Kräfte, um sich zu fassen, aber ihre Stimme blieb zittrig.

»War er so unglücklich?«, sie schluchzte erneut.

»Madame Daeron – so dürfen Sie nicht denken. Wenn es Selbstmord war, war es nicht Ihre Schuld. Auf keinen Fall!«, erwiderte Rose energisch.

»Wir haben uns irgendwann verloren. Das weiß ich.«

»Sie dürfen sich nicht derart quälen. – Wir sollten uns darauf konzentrieren, herauszufinden, was passiert ist. Wann haben Sie Ihren Mann das letzte Mal gesehen?«

»Vorgestern Abend.«

»Gestern gar nicht mehr?«

»Nein. Ich bin gestern früh schon um sechs aufgebrochen. Da schlief er sicher noch. Er hat ein eigenes Schlafzimmer. – Und gestern Nacht bin ich erst um eins wiedergekommen. Ich wusste nicht, ob er da ist.«

Tränen rannen ihr über die Wangen.

»Seit vielen Jahren hatte er ein eigenes Schlafzimmer. Am Anfang hat er es nur benutzt, wenn er lange arbeitete und ich schon geschlafen habe. Um mich nicht zu stören. Ich dachte …«, ihre Stimme verebbte.

»Sie haben von der Affäre mit Lilou Breval gewusst.«

Dupin hatte bewusst respektvoll gesprochen. Annie Daeron war keine Reaktion anzumerken, sie blickte wie unbestimmt aus dem Fenster, den Kopf halb gesenkt.

»Ja.«

»Hat er es Ihnen erzählt?«

»Er hat es nicht direkt gesagt. Aber er hat von ihr erzählt. Ich habe es gewusst. Und ihm war klar, dass ich es wusste.«

»Sie wussten auch, dass er Mittwochabend zu ihr gefahren ist?«

»Ich habe es mir gedacht.«

»Wie hat er auf Sie gewirkt an diesem Abend, bevor er losgefahren ist? Beim Essen?«

Annie Daeron blickte Dupin zum ersten Mal direkt an.

»Es war immer schwer zu sagen, was er fühlte. Er war sehr beherrscht. – Ich –«, wieder versagte ihre Stimme, »er hat – ich habe der Inspektorin nicht die Wahrheit gesagt gestern. Ich …«, sie sammelte sich, »Maxime hat mich gebeten, zu sagen, wir hätten zusammen gegessen. Das haben wir nicht. Er ist gar nicht zu Hause gewesen, bevor er zu – ihr gefahren ist. Er …«

»Bitte?«, schoss Rose scharf dazwischen.

»Es tut mir leid. Ich … Er hatte mich darum gebeten. Er wollte nicht …«, sie beendete den Satz nicht.

»Sie haben …«, Rose war anzusehen, dass sie fieberhaft nachdachte. Auch Dupin musste das, was er da gehört hatte, erst sortieren. Dieses Mal war er schneller.

»Wann hat er Sie gebeten, das zu sagen?«

»Nach dem Anruf der Polizei in der Nacht. Er ist zu mir gekommen und hat gesagt, es habe eine Schießerei in einer seiner Salinen gegeben – dass er damit nichts zu tun habe natürlich, aber auch kein Alibi. – Ich habe nicht gefragt, er hat gesagt, ich müsse das für ihn tun«, sie schaute zuerst Rose, dann Dupin an, »ich weiß, dass es falsch war. Ich dachte, wenn ich zu ihm halte …«

»Was haben Sie gedacht, wo er gewesen ist?«

»Ich wusste ja, wo er gewesen ist. Ich bin mir sicher, dass er bei der Journalistin war. Den ganzen Abend.«

»Das war er nicht.«

Auf Annie Daerons Gesicht machte sich Beunruhigung breit.

»Wie lange war er bei Ihnen?«

Dieses Mal schien sie Dupins Frage nicht zu verstehen.

»Als er zu Ihnen kam, in Ihr Zimmer, wie lange war er da bei Ihnen?«

»Kurz. Drei Minuten. Fünf, vielleicht. Er hat gesagt, dass er etwas Luft braucht. Und ist gegangen.«

»Warum haben Sie das getan? Ihm ein Alibi gegeben?«

In Roses Frage schwang jetzt Wut mit.

Annie Daeron sah nicht aus, als würde sie antworten können. Dupin setzte nach.

»Sie haben von Ihrem Mann also in dieser Nacht vor halb eins nichts gehört?«

Die unerwartete Wendung konnte alles Mögliche bedeuten. Sie mussten neu denken.

»Nein.«

»Ihr Mann war erst kurz vor dreiundzwanzig Uhr bei Lilou Breval. Das hat Ihr Mann ausgesagt, und aufgrund einer Zeugenaussage wissen wir, dass es stimmen muss. Lilou Breval war früher auch gar nicht zu Hause.«

»Er war vielleicht lange in den Salinen und hat gearbeitet.«

»Nach seiner eigenen Aussage hat er die Salinen um neunzehn Uhr dreißig verlassen.«

»Wo war er dann?«

Es schien nicht gespielt, Annie Daeron schien sich diese Frage gerade das erste Mal zu stellen.

»Wir lassen derzeit überprüfen, ob die Waffe, die wir neben Ihrem Mann gefunden haben, dieselbe Waffe ist, mit der am Mittwoch in den Salinen auf Commissaire Dupin geschossen wurde. – Ihr Mann sagte, er besäße keine Waffe – stimmt das?«

»Ja, ja, das stimmt. Er besaß natürlich keine Waffe. Das ist alles furchtbar.«

Annie Daeron wirkte völlig haltlos. Kadeg hatte das mit der Waffe schon überprüft, es war offiziell keine auf Maxime

Daeron registriert, aber manchmal kamen Waffen auch auf anderen Wegen zu den Menschen.

»Niemand weiß also, was Ihr Mann am Mittwoch zwischen ungefähr zwanzig Uhr und zweiundzwanzig Uhr gemacht hat, bevor er tatsächlich zum Golf aufgebrochen ist?«

Annie Daerons fast flehentlicher Blick machte klar, dass sie außerstande war zu antworten.

Maxime Daeron hatte – so die neue Lage – nun doch selbst in den Salinen sein können. Dann war vielleicht er der Angreifer gewesen. Oder einer der Angreifer. Und es würde gewisserweise auch zum Selbstmord passen – etwas war grässlich eskaliert. Vollkommen entglitten. Was immer es war. Auch wenn sich etwas in Dupin dagegen sträubte. Sie wussten einfach immer noch zu wenig. Die ballistische Analyse der Patronen brächte zumindest bald Klarheit, ob es dieselbe Waffe war.

»Wir müssen Sie nun noch einmal fragen, was Sie in dieser Zeit am Mittwochabend gemacht haben. Ich hoffe, Sie verstehen das. Und auch, wo Sie gestern Abend gewesen sind.«

Rose hatte sehr sanft gesprochen. Annie Daeron wirkte in keiner Weise über die Frage beunruhigt, sie schien zu erschüttert, um sich klarzumachen, dass sie nun zu den Hauptverdächtigen im Mord an Lilou Breval gehörte.

»Mittwochabend war ich zu Hause und habe viel telefoniert, lange mit meiner besten Freundin, Françoise Badouri. Sicher eine Stunde. Von acht bis neun vielleicht. Mit meiner Mutter kurz. Und mit einer Kollegin. Dann noch einmal mit meiner Freundin. Länger. Ich kann Ihnen alle Namen geben.«

»Von Ihrem Festnetz?«

»Ja. Ich selbst habe alle angerufen.«

Die Verbindungsnachweise und Personen würden sich überprüfen lassen.

»Wann war Ihr letztes Gespräch zu Ende?«

»Viertel vor zwölf, vielleicht etwas später.«

Stimmte das alles, konnte sie es nicht gewesen sein.

»Und gestern?«

»Da war ich auf einer Veranstaltung in Audierne. Die ging bis dreiundzwanzig Uhr. Dann musste ich noch zurückfahren. Ich war erst um ein Uhr zu Hause.«

Aus irgendeinem Grund hatte Dupin Annie Daeron ohnehin nicht auf seiner Liste gehabt, schon gestern nicht. Auch wenn eine verletzte, eifersüchtige Ehefrau als Täterin jetzt natürlich plausibel wäre.

»Ihr Mann hat Ihnen in der Tatnacht auch nicht gesagt, was seiner Meinung nach in der Saline passiert sein könnte?«

»Nein.«

Es war ihr anzumerken, dass sie nicht mehr konnte.

»Ich habe ihn gestern Morgen extra angerufen. Um zu hören, ob er schon mehr wusste, dem war aber nicht so. Am Nachmittag – habe ich ihn nicht erreicht, am Abend ...«, sie brachte den Satz nicht zu Ende.

»Sie haben nie etwas von blauen Fässern gehört?«

»Nein. Eine Polizistin hat mich gestern schon danach gefragt.«

»Die Situation hat sich ja nun – tragisch verändert«, Dupin versuchte, vorsichtig zu formulieren, »war Ihr Mann in irgendetwas verwickelt? Vorgänge in den Salzgärten? Wissen Sie von irgendwelchen Dingen?«

»Nein. Von gar nichts.«

So sicher Dupin nach bisherigem Wissensstand war, dass sie als Täterin nicht infrage kam, so unsicher war er komischerweise, ob sie jetzt die Wahrheit sagte. Er hakte nach, sie mussten endlich zum Kern der Geschichte vordringen.

»Nichts Ungewöhnliches, von dem er erzählt hat oder das Sie zufällig mitbekommen haben? Das Ihnen komisch vorkam, so unbedeutsam es auch scheinen mag?«

»Nein.«

»Danke, Madame Daeron. Sie haben uns sehr geholfen.«

Rose glaubte anscheinend nicht, dass sie ihnen noch etwas Nützliches würde sagen können. »Sie sollten sich ausruhen. Vielleicht auch Ihren Arzt aufsuchen, der Ihnen ein Beruhigungsmittel verschreiben kann.«

»Ich würde gerne – meinen Mann noch einmal sehen. Jetzt schaffe ich es.«

»Natürlich. Ich werde Sie begleiten. Und dann wird Sie ein Kollege nach Hause fahren. Wenn Sie mögen. Ein anderer Ihren Wagen.«

»Ich –«, sie sackte förmlich in sich zusammen, »danke. Ja.«

Annie Daeron stand auf. Wieder hatte Dupin Sorge, dass sie zusammenbrach.

»Ihr Mann«, der Ton von Commissaire Rose war nun fast privat, »hatte die Beziehung zu Lilou Breval beendet, vor zwei Wochen.«

Annie Daeron schaute sie an, zunächst war schwer zu sagen, mit welchem Gefühl, dann aber zeigte sich Dankbarkeit auf ihrem Gesicht. Sie antwortete nicht.

Rose ging langsam vor. Annie Daeron folgte ihr. Zögerlich. Dupin ließ ein paar Sekunden verstreichen, ehe er aufstand.

Er musste jetzt nachdenken. Allein sein. Sich bewegen, etwas gehen. Das waren einschneidende Entwicklungen. In diesem immer verwirrenderen, immer dunkleren und größeren Fall. Und telefonieren musste er. Fünf Anrufe waren während des Gesprächs mit Madame Daeron eingegangen. Nolwenn, eine unbekannte Nummer, drei Mal Riwal, er musste etwas Wichtiges zu vermelden haben.

Dupin ließ sich unauffällig zurückfallen, Rose und Annie Daeron waren schon ein paar Meter vor ihm, sie gingen Richtung Anbau. Er zögerte kurz, dann bog er links ab in den Garten. Wie eben stand aus dem Nichts plötzlich Inspektorin Chadron vor ihm.

»Was kann ich Commissaire Rose ausrichten, wo Sie hingehen?«

Ihr Ton war freundlich, aber klar inquisitorisch.

»Ich –«, Dupin wäre beinahe ins Stammeln geraten, aber er fing sich wieder, »Commissaire Rose war es wichtig, dass jeder das Notwendige tut, ohne Verzögerung, alles, um den Fall so rasch wie möglich aufzuklären.«

Chadron schaute ihn misstrauisch an. Dupin ging unbeeindruckt an ihr vorbei.

»Ich sollte …«

»Ich bin auf dem Handy zu erreichen.«

Er wartete keine weitere Reaktion ab und marschierte auf die Einfahrt zu.

Erst auf der Straße hellte sich seine Stimmung auf. Er wusste, wo er gut nachdenken könnte. Und er musste ohnehin zum Quai.

»Voilà«, mit derselben Freundlichkeit und in ebenso erstaunlichem Tempo wie gestern hatte ihm die junge Frau mit dem Strohhut den *petit café* hingestellt. Sie hatte ihn begrüßt, als käme er schon seit Jahren hierher, er mochte das.

Er saß am selben Platz wie gestern, was kein Zufall war. Dupin ritualisierte die Dinge gern, und nicht wenige machten sich liebevoll darüber lustig. Auch Claire. Das *Le San Francisco* war auch heute großartig, ein glückliches Fleckchen Erde, ohne Zweifel. Es würde auf die Liste seiner »liebsten Orte« kommen, die er insgeheim führte; eine sehr wichtige, sehr persönliche Liste. Claire würde es auch lieben, da war er sicher. Trotz der atemlosen Ereignisse des heutigen Morgens hatte er immer wieder an sie denken müssen. Sie war – an ihrem eigenen Geburtstag, es hatte ja genau andersherum sein sollen – zu ihm gekommen, er fand es immer noch wunderbar.

Mit der linken Hand kramte er das Handy aus der Tasche,

mit der rechten trank er den noch sehr heißen Kaffee in geschickten kleinen Schlucken. Er wählte Riwals Nummer.

»Was gibt's, Riwal?«

»Maxime Daeron hat seine Salinen an *Le Sel* verkaufen wollen«, Riwal klang aufgeregt, »vor einem Dreivierteljahr.«

»Er wollte was?«

»Es geht noch weiter, Chef. Es ist sogar zu einem Notartermin und einem dort unterzeichneten Vertrag gekommen, zwischen ihm und Madame Laurent. Dann hat Maxim Daeron den Vertrag annullieren lassen. Ein paar Tage später«, Riwal machte eine bedeutungsvolle Pause, »hat *Le Sel* einen Anwalt eingeschaltet und hatte vor, auf Einhaltung zu klagen. Dann haben sie die Klage aber plötzlich fallen gelassen. Das war vor drei Monaten.«

Es wurde immer rätselhafter.

»Verdammt, was bedeutet das alles?«

»Wir finden es heraus, Chef.«

Riwals Optimismus war unerschütterlich.

»Riwal, ich möchte genau wissen, wie es um das Geschäftliche von Maxime Daeron bestellt war. Jemand soll sich das haarklein ansehen.«

»Wird erledigt. – Und was denken Sie, war es Selbstmord?«

Sein Inspektor hatte betont nachdenklich gesprochen.

»Alles sieht danach aus, Riwal.«

»Das macht einen skeptisch.«

»Ja?«

»Wäre es ein Kriminalroman, würde man denken: Es sieht alles nach einem Selbstmord aus, also sollen die Leser denken, es ist keiner – denn das wäre zu einfach –, aber dann ist es eben genau deswegen doch einer – denn das wäre ja genauso gut zu einfach, wenn es dann keiner wäre. Aber wenn man sich genau das denken würde und wenn der Krimi gut wäre, dann würde ...«

»Ich verstehe, Riwal. Das ist kein Kriminalroman.«

Er legte auf. Riwals Krimileidenschaft war nicht neu, aber sie nahm seit einiger Zeit überhand, fand Dupin.

Ging es in ihrem Fall also doch um Geschäfte, Übernahmen, große Pläne, finanzielle Bedrängnisse? Aber vielleicht war auch das nur ein Teil des großen Ganzen. Vielleicht gehörte alles auf eine Weise zusammen, die sie einfach noch nicht sahen.

Dupin hatte das Telefon fast noch am Ohr, als es erneut klingelte. Er sah kurz auf die Nummer.

Commissaire Rose.

»Ja?«

»Wo sind Sie?«

»Ich – ermittle.«

Sie wusste es wirklich nicht, schien es; dabei hatte er sich eben beim Hinsetzen kurz überlegt, ob Chadron ihm gefolgt sein könnte, auf Anweisung natürlich.

»Ihr Kollege Kadeg hat sich das Becken angesehen. Man hat eine Art Unterwasserkäfig konstruiert, aus Holz, flach, riesig, mit einem Netz obendrüber, als hätte man Fische halten wollen. Er war aber leer. Nichts, gar nichts, nur ein paar wenige Algenreste. Grünalgen. Und keine Spur, die auf den Konstrukteur hinweisen würde.«

Das klang mysteriös. Ein Unterwasserkäfig. Grünalgen hatte er auch schon in anderen größeren Becken gesehen, sie mussten mit dem Meerwasser angeschwemmt werden.

»Und noch wichtiger: Der Chemiker hat eine auffällig starke Bakterienkonzentration im Wasser festgestellt. Er kann noch nicht sagen, um welche Bakterien es sich handelt. Es sehe nach ›Destruenten‹ aus, sagt er. – Die Konzentration sei signifikant und habe sich auf keinen Fall durch natürliche biologische Prozesse im Becken entwickelt. – Irgendetwas ist in diesem Becken.«

Der letzte Satz klang wie aus einem Horrorfilm – gesteigert durch den Kontrast zu Roses dominant rationalem Wesen und dem restlos coolen Tonfall.

»Irgendetwas ist in dieses Becken hineingeschüttet worden.«

Dupin hatte eher vor sich hin gesprochen. Das war eine gewaltige Nachricht.

Er hatte recht gehabt. Er hatte recht gehabt, nicht lockerzulassen, das mit dem Becken weiter zu verfolgen. Das mit den Fässern.

»Wir lassen auch das Becken, an dem die vier Fässer gefunden worden sind, auf diese Bakterien hin untersuchen. Wir haben alle anliegenden Salinen gesperrt. – Ich werde auf alle Fälle Madame Cordier informieren.«

Daran hatte Dupin nicht gedacht, aber natürlich. Die staatliche Lebensmittelchemikerin. Das mussten sie. Auch wenn es ihm nicht recht war – wie ihm während seiner Ermittlungen prinzipiell eigentlich keinerlei Weitergabe von egal welchen Informationen recht war. Eine ausgeprägte Eigentümlichkeit, die er jederzeit als Methode ausgab, wenn es zu Querelen kam, nicht selten also.

»Gut. Noch was?«

Rose antwortete nicht – vielleicht war der Satz ein wenig barsch gewesen. Dupin bemühte sich beim nächsten Satz um eine besonders kollegiale Arbeitsatmosphäre:

»Was ich noch zu berichten habe, ist, dass Maxime Daeron seine Salinen an *Le Sel* verkaufen wollte …«

»Ich bin im Bilde. Ihr Kollege hatte es vergeblich bei Ihnen versucht – und dann Inspektorin Chadron angerufen.«

»Ich …«

»Ich bin hier noch ein wenig beschäftigt. Ich vermute, wir sind uns einig, dass wir als Nächstes Madame Laurent einen Besuch abstatten werden. Sie hält sich seit heute Morgen geschäftlich in Lorient auf. Sie ist angewiesen«, Rose formulierte es trocken, »auf der Stelle alles stehen und liegen zu lassen. Am besten sehen wir sie dann bei ihr zu Hause. Auf der Île d'Arz. Das ist …«

»Ich weiß, was das ist.«

»Wo treffen wir uns?«

Dupin überlegte.

»Gleich an der Fähre.«

»Gut. Gleich an der Fähre.«

Rose hatte fast schon aufgelegt, Dupin beeilte sich.

»Warten Sie«, er hatte eben schon fragen wollen, »was sind Destruenten eigentlich?«

»Mikroorganismen, die Dinge zersetzen – die organische Materie vollständig oder unvollständig abbauen. Spezifische Bakterien, die spezifische Stoffe zersetzen.«

»Okay.«

»Zumindest hat es mir der Chemiker so erklärt. – Bis gleich an der Fähre.«

Dupin streckte sich und schaute in den Himmel. Endlich hatten sie eine echte Spur, die sie verfolgen konnten. Eine auffällig hohe, eindeutig nicht natürliche Konzentration an Bakterien. »Destruenten« – wenn es sich bestätigte. Mikroorganismen, die etwas ganz Bestimmtes zersetzten. Aber was? Es war rätselhaft. Auch das mit der seltsamen Holzkonstruktion. Welchen Zweck hatte sie?

Dupin machte der Bedienung ein Zeichen, die sofort bei ihm war. Roses ›Ich bin noch ein wenig beschäftigt‹ bedeutete, er würde noch einen *petit café* bestellen können. Und vielleicht doch noch mal die Lammterrine. Die exzellent gewesen war und von der er ja nur ein paar traurige Bissen hatte essen können.

»Noch einen *café*. Und die Lammterrine mit Feigen der Inseln.«

»Sie wollen es noch mal versuchen?«

Es hatte hoffnungsfroh freundlich geklungen. Dupin hatte es nur halb gehört. Er war schon wieder in Gedanken. Die Fragen hatten sich mit jeder neuen Entwicklung und Nachricht des heutigen Morgens vervielfacht. Was bedeutete es, dass Maxime Daeron seine Salinen an *Le Sel* verkaufen wollte – und dass er es verschwiegen hatte? Dass er über seinen Aufenthaltsort am Mittwochabend die Unwahrheit gesagt und seine Frau ebenso dazu gebracht hatte? Dass er theoretisch also selbst an der Aktion in der Saline beteiligt gewesen sein könnte? Dass er ebenso eine Liaison mit Ségolène Laurent gehabt hatte? Vor allem: Was bedeutete sein Tod?

Eher abwesend waren Dupins Blicke umhergeschweift. Die Terrasse war deutlich voller als gestern, es war halb eins – Uhrzeiten überraschten Dupin während eines Falles vollkommen, er verlor restlos alles Empfinden für die objektive Zeit –, die Leute kamen, um Mittag zu essen.

Sein Telefon riss ihn aus den Gedanken. Missmutig sah er nach der Nummer.

Nolwenn. Ein wenig versöhnt nahm er an; er hätte sie gleich selbst angerufen.

»In Aktion, Monsieur le Commissaire?«

»Ich – in Aktion, ja.«

»Ich bin auf dem Laufenden. Auch mit dem Becken und seinen mysteriösen Mikroorganismen. Riwal meldet sich regelmäßig. Und ich halte den Präfekten auf dem Laufenden«, darauf hatte sie hinausgewollt, »es ist auch ein spezieller Fall für ihn. Sie sollten sich deswegen einmal persönlich melden, denke ich. Einmal wenigstens, den Rest erledige ich.«

Dupins Laune verfinsterte sich augenblicklich.

Die Kellnerin kam mit einem Tablett und baute alles vor ihm auf. Er hatte den Präfekten einfach vergessen, als gäbe es ihn gar nicht. Als hätte es ihn nie gegeben. Unglaublich. In diesem Fall war vieles anders.

»Mach ich, Nolwenn, mach ich.«

»Préfet Edouard Trottet ist stets genau informiert. Commissaire Rose scheint alles gleichzeitig zu beherrschen. Préfet Locmariaquer will da nicht nachstehen, denke ich. Er sagte, Sie sollen sich nicht einschüchtern lassen von Trottets Kommissarin, sie sei notorisch ehrgeizig.«

Dupin ließ sich nicht einschüchtern.

»Sie ist sehr gut. – Das ist ein vertrackter Fall, Nolwenn. Ein harter Fall. Sie ermittelt exzellent.«

Er war selbst überrascht von seinem Impuls, Rose zu verteidigen. Er fühlte sich auf einmal seltsam solidarisch.

»Ich will ein weiteres Mal in Lilous Haus.«

Dupin wusste nicht, warum er ausgerechnet jetzt darauf gekommen war. Es war ihm schon ein paarmal durch den Kopf gegangen.

»Sie wissen es am besten – Sie werden den *point magique* schon finden, Monsieur le Commissaire. Sie werden sehen.«

Es war eine Aufmunterung gewesen, auch wenn Dupin keine Ahnung hatte, was sie genau meinte.

»Wir waren am Wochenende in Huelgoat, mein Mann und ich. Kennen Sie es?«

Dupin war noch nie in Huelgoat gewesen, er wusste nur, dass es tief im Inland lag.

»Wir waren bei meiner Tante Ewen, einer sehr alten Tante. Achtundneunzig. Aber sieht aus wie sechzig. Sie erntet immer noch ihre Äpfel selbst und destilliert sie.«

Von Tante Ewen hatte Dupin bisher noch nie gehört. Dafür schon viel von anderen Familienmitgliedern, allein Nolwenns Mutter hatte acht Geschwister, der Vater drei, Nolwenn fünf. Es war ein veritabler Clan.

»Mein Mann hatte in einem Nachbardorf von Tante Ewen zu tun. Es ist ein wenig, sagen wir kompliziert. Er ...«

»Und da gibt es einen *point magique?*«

»Im magischen Felsen-Hochwald von Huelgoat, dem ›Chaos de Huelgoat‹, liegt seit Urzeiten ein 130 Tonnen schwerer Monolith, der berühmte *roche tremblante*, der »zitternde Felsen«. Man kann ihn mit einem einzigen leichten Fingerdruck in Bewegung bringen – wenn man den richtigen Punkt findet. Den ›magischen Punkt‹.«

Dupin verstand das Gleichnis. Es war ein schönes Bild. Dennoch hatte er anderes im Kopf.

»Ich wollte Ihnen noch ... für gestern Abend danken, Nolwenn. Das war wunderbar.«

»Ja, das war wichtig«, erwiderte sie und fuhr sogleich im gewohnten Arbeitston fort:

»Inspektor Kadeg hat mir eine Aufnahme der Holzkonstruktion in dem Becken geschickt, und ich habe recherchiert. Das Holz und die Bauweise entsprechen denen, die in der Muschel- und Austernzucht gebräuchlich sind, nur die Konstruktion nicht. So eine habe ich bisher nicht gefunden.«

Dupin war kurzzeitig abgelenkt. Commissaire Rose war gerade am *Le San Francisco* vorbeigelaufen, geradewegs zum Quai, wo die Fähre an- und ablegte. Sie musste nach ihrem Telefonat doch sofort aufgebrochen sein. Und auch, wenn er es nicht hätte beschwören können: Es wirkte, als hätte sie ihm im Vorbeigehen gewunken. Rose hatte ihn unmöglich zufällig hier entdecken können. Hundert Meter entfernt, oberhalb des Hafens, zwischen den Bäumen und Sträuchern und all den anderen Gästen. Entweder sie hatte nach ihm gesucht – oder gewusst, wo er sich aufhielt.

»Gut, ja, Nolwenn, ich melde mich später.«

Ohne weiter nachzudenken, sprang er auf, holte Geld hervor und legte es auf den kleinen Teller. Noch im Umdrehen warf er einen kurzen traurigen Blick auf die Terrine, dieses Mal war es nicht mal ein einziger Bissen geworden.

Es war seltsam. Dupin hatte Rose nicht auf der Fähre getroffen, die gerade eingelaufen war, als er den Quai schwitzend erreicht hatte. Sie war nicht da gewesen. Es waren überhaupt nur eine Handvoll mittagsmatte Fahrgäste an Bord gewesen, ausgeschlossen, dass er sie nur nicht gesehen hatte. War das eben gar nicht Rose gewesen? Hatte er sich das nur eingebildet? Sie war auch nicht zu erreichen gewesen, der Anschluss war permanent besetzt, und er war an Chadron weitergeleitet worden. Madame Laurent, hatte er auf diesem Wege erfahren, hatte durch ihre Sekretärin »ausrichten lassen«, dass sie um fünfzehn Uhr bei sich zu Hause sein werde, »aber nicht früher«. Zu Lilous Haus würde er eine halbe Stunde brauchen, wenn er schnell führe.

Dupin war nach der kurzen Überfahrt zu seinem Wagen gegangen, hatte sich doch wieder heftig den Kopf angestoßen – eigentlich hatte er in den letzten Tagen eine gute Methode des Einsteigens entwickelt – und war laut fluchend losgefahren. Erst die neueste Skippy-Berichterstattung auf *Bleu Breizh* hatte seine Stimmung etwas gehoben. Das Känguru war zur allgemeinen Enttäuschung heute noch nicht gesichtet worden – beziehungsweise: Die genaue Betrachtung der an den Radiosender gemailten Fotos, die Leute während der Fahrt mit ihren Handys gemacht hatten, zeigten ausnahmslos andere Tiere. Beziehungsweise Teile von anderen Tieren. Kein Känguru. Der Moderator lieferte den Zuhörern geduldig genaue Bildbeschreibungen: Tiere und Teile von Tieren – Ohren, Pfoten, eine Schnauze, Fell – im Wald, im Dickicht, hinter Bäumen, aus größerer Entfernung, verschwommen und verwischt. Dreimal, wenn der Moderator sich nicht selbst täuschte, waren es größere Hunde, einmal ein Pferd, einmal ein Fuchs. Oder Dachs. Es war wie mit Ufos – dummerweise gab es immer nur unscharfe Fotos. Dupin hatte den Moderator zutiefst bewundert, er war völlig gelassen geblieben und hatte Foto für Foto aussortiert – »nein, kein Kasten *Britt* für Sie, tut mir leid. Nächstes Mal vielleicht.«

Dupin hatte selbst das eine oder andere Mal rechts und links auf Lichtungen geblickt, die ihm bevorzugt für ein Känguru-Sonnenbad geeignet schienen.

Er war schon an Sarzeau vorbei, gleich wäre er da, es war nicht mehr weit bis zu Lilous Haus. Links fuhr man nach St-Gildas ab. Die berühmte Abtei. Dupin hatte das Straßenschild schon vorgestern Nacht gesehen. Und verdrängt. Seine Mutter hatte ihm, als sie von dem Ort seiner »Versetzung« erfahren hatte, kommentarlos eine Kopie des Briefes von einem gelehrten mittelalterlichen Philosophen namens Abaelard aus Notre-Dame geschickt, der, wie Dupin, aus Paris in die Bretagne verbannt worden war, aus anderen Gründen allerdings (der Mönch hatte seine Schülerin verführt und geheiratet). Dupin hatte die Geschichte sehr mitgenommen. »Ich wohne in einem barbarischen Land, dessen Sprache mir unbekannt und ein Graus ist; ich habe nur mit Wilden zu tun; meine Spaziergänge muss ich an den unzulänglichen Ufern eines aufgewühlten Meeres unternehmen … Jeden Tag sehe ich mich neuen Gefahren ausgesetzt.« Eine Gefahr wurde nach diesen Äußerungen tatsächlich real: Die übrigen Mönche versuchten, Abaelard zu vergiften – was Dupin heute absolut nachvollziehen konnte, in seinen ersten Jahren in der Bretagne war es eher umgekehrt gewesen –, er hatte Abaelard verstanden, zumindest ein wenig. Abaelard floh im letzten Moment auf einem Geheimweg. Dupin konnte es selbst manchmal nicht glauben, für ihn war es ganz anders gekommen, seine »Bretonisierung« war weit fortgeschritten; er ging auf sein fünfjähriges Dienstjubiläum zu, Nolwenn hatte das Datum beharrlich im Auge, sie fand zu seinem Leidwesen, dass ein Fest angemessen sei.

Dupin parkte seinen Peugeot 106 auf dem kleinen einsamen Sandweg direkt vor Lilous Haus. Dem verwaisten, traurigen Haus einer Toten.

Ein paar Meter vom Haus entfernt standen zwei Polizisten, anscheinend in ein lebhaftes Gespräch vertieft, die den unangekündigten fremden Kommissar höflich, aber auch erstaunt begrüßten. Dupin hatte keinen Zweifel, dass Rose sie instruiert hatte und sie sofort Meldung machen würden. Vor allem auch, weil er sie nach polizeilichen Gummihandschuhen gefragt hatte.

Dupin hatte keine Ahnung, warum er die ganze Zeit schon

hatte wiederkommen wollen. Es war nur ein Gefühl. Und es verflüchtigte sich nicht. Das gehörte zu *seiner* Art der Ermittlung.

Er nahm den Weg durch den Garten. Trat durch die Terrassentür ins Haus. Nur langsam passten sich seine Augen an das Halbdunkel an. Häuser von Toten hatten immer etwas Gespenstisches. In diesem Fall war es schlimmer als sonst. Es war Lilous Haus. Bilder von dem Abend seines Besuches kamen ihm in den Sinn. Kurz schloss er die Augen. Er hatte sie wirklich gemocht. Es fiel ihm schwer. Aber jetzt – jetzt musste er ihren Mörder finden.

Er streifte sich die engen Handschuhe über, vorsichtshalber, und ging auf den großen Holztisch zu. Der mit den Büchern und ausländischen Zeitschriften. Den Rose und er sich vorgestern nur flüchtig angesehen hatten. Die Spurensicherung hatte am gestrigen Tag das ganze Haus ja noch einmal gründlich untersucht. Sie hatten in Schubladen und wohl auch hier auf dem unteren Tisch noch ein paar Arbeitsunterlagen von Lilou gefunden, aber überhaupt nichts Relevantes, nichts, das irgendwie mit dem Salz oder den Salinen zu tun hatte – dem einzigen Aspekt, um den es zu dem Zeitpunkt gegangen war.

Dupin ging einmal langsam um den Tisch herum und schob dann vorsichtig ein paar der vorderen Stapel zur Seite. Fast genau in der Mitte des Tisches, von Magazinen überdeckt, lag eine Mappe. Dupin nestelte sie mit geschickten Bewegungen heraus. Eine dicke Mappe mit einem Wust von Papieren. So wie oben auf dem Schreibtisch. »Der nationale Lebensmittelkonsum«. Ein Ausdruck einer Lebensmittelstatistik. Hundertdrei Seiten. Mit vielen Anstreichungen. Dazwischen eine gefaltete Zeitungsseite. Dupin schlug sie auf. »La Crêpe: elle ne connaît pas la crise!« – »Der Crêpe: Er kennt keine Krise!« – von Lilou Breval. Dupin erinnerte sich, der große patriotische Crêpe-Artikel vom letzten Jahr. Er musste schmunzeln. Das war typisch gewesen für Lilou. Ein leidenschaftliches Plädoyer für die bretonische Spezialität. In gewaltigen Lettern machte der trotzig stolze Satz die Ausgabe des *Ouest-France* auf. Der Crêpe kannte die Krise nicht nur nicht, er erstarkte sogar in ihr. Natürlich. Absolut zu Recht. Um imposante 27 Prozent hatte der Verzehr von Crêpes in Frankreich zugelegt. In Europa insgesamt immerhin um 12 Prozent. Der Crêpe machte die Welt peu à peu bretonischer. Und Lilou Breval aus ihm das Gericht der Stunde: »Köstlich, raffiniert, in unendlichen Variationen, lokal produziert und lokal verzehrt, ökologisch, gesund und dabei unschlagbar günstig, ein Essen für jedermann, klassenlos, egalitär durch und durch: eine Delikatesse für alle«. Dupin musste kurz an Nolwenn denken, die damals froh gewesen war, dass es terminologisch korrekt zugegangen war und nicht von der »Galette« die Rede gewesen war, im südlichen Finistère hießen die Galettes des Nordens nämlich Crêpes. *Crêpes au blé noir*, mit Buchweizenmehl. Dupin ging die Anstreichungen durch – Salz war immerhin auch ein nationales Lebensmittel. Aber nur die Statistiken zum Crêpe und zu seinen Bestandteilen, zu Eiern, Milch und Mehl, waren angestrichen. Was er nicht gewusst hatte: Der Crêpe, so die Legende, kam aus der Guérande. Eine kleine traurige Königstochter verlor eines Tages alle Lust am Essen und begann zu hungern – ein findiger Koch kam auf die Idee, ein Essen herzustellen, das man in der Pfanne hin- und herwerfen konnte – sie fand es ein Spektakel, aß und war gerettet!

Dupin zuckte zusammen, als sein Handy klingelte.

Commissaire Rose.

Unwillig nahm er an.

»Ja?«

»Wo sind Sie?«

Rose hatte sich nicht die Mühe gemacht, die Frage als richtige Frage zu betonen. Man hatte ihr sicher mitgeteilt, wo er war. Sie selbst fuhr unmittelbar fort.

»Die Waffe, die neben Maxime Daeron lag, ist die Waffe, mit der man auf Sie geschossen hat.«

236

Es war ein hochpräziser Satz. Mit aufsehenerregendem Inhalt.

»Unregistriert natürlich. Die kleine Sig Sauer Scorpian.«

Maxime Daeron selbst, der am nächsten Morgen, nur ein paar Stunden später, so souverän mit ihnen über die Schießerei gesprochen hatte, war höchstwahrscheinlich der Angreifer gewesen! Genau so sah es jedenfalls aus.

»Und«, Rose setzte erneut an, »noch eine Neuigkeit: Ein junger Mann des Bootsverleihs direkt in Port-Blanc hat ausgesagt, dass er vermutet, eines seiner Kanus sei in der Nacht von einem ›Spaßvogel‹ ausgeliehen worden.«

»Und was heißt das?«

Dupin war schleierhaft, was Rose hier erzählte.

»Wenn Maxime Daeron keinen Selbstmord begangen hat, muss jemand auf die Insel gekommen sein. Und wieder weg. – Wenn die Geschichte nicht noch unversehens einen neuen Strang hätte und der Täter ein Inselbewohner wäre. Von unseren Verdächtigen im Salzland hat gestern *keiner* die Fähre genommen, ich habe den beiden Damen der Fähre Fotos von allen zeigen lassen.«

»Und weiter?«

»Der junge Mann macht jeden Abend die Boote für die Nacht fertig. Das heißt vor allem: Er lässt das Wasser aus den Plastikbooten laufen, das sich tagsüber angesammelt hat. Dann dreht er sie um, damit bei Regen nichts hineinläuft«, sie machte eine kleine dramaturgische Pause, »eines der Boote lag heute Morgen falsch herum und nicht an dem Platz, wo er es gestern hingelegt hatte. Vor allem war in dem Boot heute Morgen einiges Wasser, das da nicht hätte sein dürfen. Er schließt aus, dass er gestern vergessen hat, das Boot zu leeren. Die Kanus liegen genau gegenüber dem Strand, der an Daerons Haus grenzt. Das sind vielleicht zweihundert Meter Luftlinie.«

»Warum – warum hat überhaupt jemand mit ihm gesprochen?«

Es war eine dumme Frage. Aber Dupin war nicht bewusst gewesen, wie intensiv Rose anscheinend immer noch damit beschäftigt war zu überprüfen, ob Maxime Daerons Tod eventuell doch etwas anderes als Selbstmord gewesen war – vor allem, wo sich das Selbstmordbild ja eigentlich immer weiter zu vervollständigen schien. Aber Rose hatte, rein kriminalistisch gesehen, natürlich recht. Und im vorliegenden Fall besonders.

Rose überging Dupins Frage souverän und schloss den Punkt selbst entschieden ab:

»Wir ermitteln weiter. Ob wir noch etwas finden. Es kann wirklich bloß ein Spaßvogel gewesen sein. – Im Moment heißt es gar nichts.«

Dupin war sich äußerst unsicher, wie relevant diese Information war. Eventuell war sie immens relevant. Eventuell vollends beliebig.

»Sie waren dann eben ja einfach weg, Monsieur le Commissaire. Sie scheinen gern zu verschwinden.«

Es war unsäglich. Sie war es doch gewesen, die verschwunden war, an ihm vorbeigelaufen war, ihm gewunken hatte und dann am Quai unauffindbar gewesen war. Nicht mal telefonisch erreichbar. Dupins Gefühl sagte ihm, es wäre besser, sich Erwiderungen dieser Art zu verkneifen.

»Wir sehen uns gleich pünktlich bei Madame Laurent, Chadron hat sie ja unterrichtet. Und ich würde gern noch einmal mit Madame Bourgiot sprechen. – Sie erwartet uns später.«

Das war eine klare Anweisung.

»Warum noch einmal Bourgiot?«, Dupin hätte jetzt andere Prioritäten gesetzt.

Rose ging in keiner Weise auf die Frage ein.

»Vielleicht sollten wir die Lebensmittelchemikerin zu dem Gespräch mit Bourgiot hinzubitten. Wir werden tatsächlich ernsthaft darüber nachdenken müssen, wie wir mit dem Bakterienfund umgehen. Welche Vorsichtsmaßnahmen zu treffen sind. Eventuell. Bis dahin haben wir vielleicht auch weitere Ergebnisse.«

»Gut«, Dupin war halb überzeugt.

»Und wenn Sie rechtzeitig losfahren, müssen Sie auch nicht stetig in abenteuerlicher Weise die Geschwindigkeitsbegrenzungen überschreiten«, sagte sie erneut sehr freundlich, »Sie sind in den letzten vierzig Stunden sieben Mal von unseren Radarstationen geblitzt worden.«

Das setzte allem die Krone auf. Auch deswegen, weil Rose selbst noch ein gehöriges Stück wilder fuhr als er. Und alle seine Fahrten waren polizeiliche Einsätze gewesen. Seit im letzten Jahr die Anzahl der beweglichen Radarstationen in der Bretagne in einer großen regionalen »Verkehrssicherheitsaktion« verdoppelt worden war, wurde Dupin – zugegebenermaßen auch außerhalb seiner Fälle – noch regelmäßiger geblitzt.

»Ich«, dieses Mal würde er widersprechen, vehement und bestimmt, »hallo? – Hallo?«

Rose hatte aufgelegt.

Dupin stand einen Augenblick regungslos. Dann schüttelte er den Kopf, murmelte zweimal »ganz ruhig«, schüttelte nochmals den Kopf, verstaute sein Handy in der Hosentasche und machte sich an die Durchsicht der weiteren Papiere in der Mappe. Das Nächste war ein Artikel über den massiven Ausbau des Flughafens »Vinci« bei Nantes, über die Proteste dagegen. Die Widerstandsbewegung nannte sich »Opération Asterix« und verwendete den Slogan: »Veni, vidi et *pas* Vinci« – Lilou hatte sich mit scharfen Worten auf ihre Seite geschlagen. »Widerstand!«, ein bretonisches Mantra. Er erinnerte sich, in den Salinen viele der kleinen Protestplaketten mit dem durchgestrichenen landenden Flugzeug gesehen zu haben.

In einer Klarsichthülle lagen Artikel aus dem *Télégramme* und dem *Ouest-France* über eine Demonstration von dreißig Schweinezüchtern in einem Supermarkt in Quimper. Artikel von Kollegen. Zwei Seiten handschriftliche Notizen von Lilou. Stichworte. »Sehr wichtige Aktion.« Dupin las quer. Ein großes Foto von der Aktion im Supermarkt. Dupin blickte genauer hin.

Er war sich zuerst nicht sicher, dann aber doch. Paul Daeron war zu sehen. Er hatte ein Mikrofon in der Hand. Paul Daeron wurde zweimal mit einem Statement zitiert. Er war, las Dupin, Vizepräsident der ADSEA, der *Association départementale des syndicats d'exploitants agricoles*, Vizepräsident der Schweinesektion der ADSEA, erster Präsident der FdPP, *Fédération des producteurs porcines*, Dupin musste schmunzeln, die Liebe der Bretonen zu Vereinen, Vereinigungen, Verbänden war notorisch groß. Paul Daeron sprach sich für das rigorose Prinzip der *appellation d'origine contrôlée* von Fleisch aus, wie bei Weinen, Champagnern etc. Das war vielleicht interessant – auch wenn Dupin zugeben musste, dass er keinen blassen Schimmer hatte, inwiefern. Er suchte nach einem Artikel von Lilou. Der, in den die Recherchen gemündet waren. Er fand nichts.

Dupin holte sein Clairefontaine heraus und notierte sich die Überschriften sowie jeweils ein paar Stichworte. Er ging im Kopf auch noch einmal durch, was sie vorgestern Nacht gesichtet hatten. Sie mussten die Geschichte finden, die allem zugrunde lag. Das Thema gewisserweise. Das auch mit Bakterien zu tun haben musste, mit »Destruenten«, irgendwie. Natürlich war das alles ein einziges Herumstochern. Aber Dupin war ein lebhafter Verfechter des »Herumstocherns«. Er hatte, auch wenn es manche für altmodisch hielten, noch keine präzisere und vor allem noch keine effektivere kriminalistische Methode erlebt. Irgendwo war immer irgendetwas zu finden. Man musste nur genau hinschauen. Wühlen. Überall. Immer und immer wieder. Auch wenn er im Moment nichts sah; das war der Teil des Herumstocherns, der Dupin schwerfiel, es ließ sich nichts erzwingen, nichts befehlen. Zu keinem der Themen und Stichworte in seinem Heft fiel ihm etwas Neues ein. Aber vielleicht lag es offen vor ihren Augen, und sie sahen es nur nicht. Er hatte genau das schon erlebt. In dem Fall um ein Gemälde von Gauguin hatte der Schlüssel zu allem buchstäblich vor seinen Augen gehangen, in einem Raum, den er Dutzende Male betreten hatte.

Dupin legte alles zurück in die Mappe. Und die Mappe wieder akkurat unter den Stapel. In Lilous Ordnungssystem. Eine Ordnung, die nie mehr für jemanden Sinn ergeben würde. Er ließ von dem Tisch ab. Ging durch das Zimmer. Sehr langsam.

Der Mörder war, so immer noch die wahrscheinlichste Annahme, auch hier gewesen, in der Nacht der Tat, wenngleich die Spurensicherung weiterhin nichts gefunden hatte. Nicht hier im Haus, nicht im Haus von Lilous Eltern, abgesehen von den Fingerabdrücken Maxime Daerons, nicht in ihrem Auto. Unterlagen aus den letzten sechs Wochen waren nirgends aufgetaucht. Der Mörder hatte verhindern wollen, dass sie erfuhren, woran Lilou gearbeitet hatte.

Dupin war bei der Treppe angekommen. Einen Moment war er unschlüssig, dann ging er nach oben. In Lilous Schlafzimmer. Die weiß getünchten Wände hingen – das hatte er vorgestern Nacht nicht richtig wahrgenommen – voller Fotografien, in allen Größen. Eindrucksvolle Fotografien, fand Dupin, schwarz-weiß zumeist, ausschließlich Landschaften, alle von demselben Fotografen, vermutete er. Landschaften wie in seltsamen Träumen, aber ohne Unbehagen auszulösen, man würde sich sofort sehnsüchtig hineinbegeben. Bretonische Landschaften eindeutig, auch wenn er die Orte nicht kannte oder erkennen konnte. Wie gemalt. Eine Passion Lilous offenbar. Neben dem Bett zwei imposante Büchertürme. Dupin ging in das Zimmer nebenan, das Zimmer, das fast nur aus dem großen Schreibtisch bestand. Er blieb an der vorderen Ecke des Schreibtischs stehen. Die Stapel hier noch einmal durchzugehen, war unnötig. Das hatten sie bereits sehr genau getan. Er musste lächeln, unter ein paar Büchern schaute die Seite mit den »sechsunddreißig toten Wildschweinen« hervor. Der lange Artikel über die Grünalgen.

Sich auf diese Weise Lilous Arbeiten noch einmal zu vergegenwärtigen, war schön, beeindruckend – und zugleich sehr traurig. Sie hatte stets für etwas eingestanden, eine leidenschaftliche Kämpferin. Mit unbeirrbaren Überzeugungen. Und Ticks. Und starken Aversionen.

Dupin wandte sich ab, verließ das Zimmer und ging langsam die Treppe hinunter. Er hatte nichts gefunden. Aber er war trotzdem froh, zurückgekehrt zu sein.

Eine Minute später hatte er das Haus verlassen, wie er gekommen war, durch die Tür auf die Terrasse und von dort in den Garten. Dieser Besuch war auch eine Art Abschied gewesen.

Er blieb im Garten stehen. In diesem wunderbar verwunschenen Garten. Genau gegenüber der Terrasse lag ein schmales Gartentor, das ihm bisher nie aufgefallen war. Er ging auf das Tor zu. Öffnete es. Er trat auf einen kleinen granitenen Vorsprung, darunter würde bei Flut direkt das Wasser fließen. Bei Ebbe, auch jetzt noch, als das Wasser schon langsam auflief, konnte man über ein paar Steine wie über eine Treppe ganz hinuntersteigen. Ein fabelhafter Platz. Ein weiter Blick auf den zauberhaften Golf. Die Tür war einfach und geschmeidig zu öffnen gewesen. Sie war regelmäßig benutzt worden. Lilou musste oft hier gewesen sein. Vielleicht war es ihr Lieblingsplatz gewesen, hier auf dem Felsen.

Er schaute auf die Uhr. Er musste bald los.

Dupin lief über den sandigen Boden des kleinen Meeres. Ein Stapfen eher, der Sand war grob, schwer, wässrig, voller Muschelschalen. Das Wasser kam langsam zurück. Es roch auch sofort nach Meer, dem dezenten Miniaturmeer. Er lief bis zur Wasserlinie, zweihundert, dreihundert Meter. Dort blieb er stehen. Schaute sich um. Die Sonne stach. Blendete. Irgendetwas beschäftigte ihn, ging ihm undeutlich durch den Kopf. Es war nicht einmal ein konkreter Gedanke; eher ein unbestimmter Zusammenhang, eine vage Verbindung von Dingen. Eine Art

Ahnung. Er kannte das. Den entscheidenden Bruchteil einer Sekunde, in dem sich unbewusst etwas festsetzte. Oben, als er vor dem Schreibtisch gestanden hatte, als er in Gedanken Lilous Themen durchgegangen war. Er hatte dieses vage Etwas nicht packen können. Auch jetzt nicht. Aber das Gefühl, dass er einen Moment etwas Wichtiges in greifbarer Nähe gehabt hatte, war deutlich.

Zwei Männer kamen auf ihn zu, er hatte sie zuerst nicht bemerkt, die Wasserlinie entlang, beide in dunklem Outdoor-Beige gekleidet, einer hoch aufgeschossen, der andere untersetzt.

»Gehören Sie auch zur Aktion ›Den-Vogelstimmen-Lauschen‹? Haben Sie die Brandgänse und Seidenreiher auf den Schnorren da drüben gesehen? Wunderschöne Exemplare, Hunderte! Hunderte!«

Der Zweite, Untersetzte, nickte eifrig, auch ihm hing ein Fernglas um den Hals – und fast bis zu den Knien –, ein Rucksack auf dem Rücken:

»Und die Silbermöwen!«

Der Erste, Emsige, übernahm wieder.

»Massenweise Queller und Meerlavendel. Was ist Ihre Spezialität?«

»Ich – nein, ich gehöre nicht zu ›Den-Vogelstimmen-Lauschen‹«, Dupin hätte unvorsichtigerweise beinahe gefragt, was das sei, im letzten Moment hatte er es unterdrückt.

»Sie haben ja auch gar keine Ausrüstung! – Sie sind sicher Wissenschaftler. – Sie nehmen am berühmten ornithologischen Treffen *The Wetlands International* teil. Allerhand! Dann müssen Sie eine echte Koryphäe sein.«

Der kleine Mann hatte mit größter Anerkennung gesprochen.

»Ich – nein. Ich ermittle«, Dupin zögerte, »in einem Mordfall«, in dem Augenblick, in dem er es ausgeprochen hatte, wusste er, dass es eine äußerst dumme Idee gewesen war, ernsthaft zu antworten.

Die beiden schauten sich einen Moment an, etwas ratlos und

offensichtlich besorgt um die psychische Integrität dieses sonderbaren Mannes im Watt, und entschieden wohl, dass es das Beste sei, seinen seltsamen Einwurf zu ignorieren.

»Fast zwei Drittel des Golfs liegen bei Ebbe frei, gigantische Sand-Watt-Flächen tun sich auf, wie hier. Sie befinden sich in einem der reichsten Vogelgebiete an der Atlantikküste.«

Ihr missionarischer Eifer war geweckt. Der Große hörte gar nicht mehr auf:

»Das Gemisch aus Sand, Schlamm und Schlick hier begünstigt die Entwicklung von Gräsern und Algen, in denen Tausende von Tieren nisten, bis über viertausend pro Kubikmeter müssen Sie sich vorstellen, Krabben, Venusmuscheln, Larven, Schnecken, massenhaft Würmer«, unwillkürlich warf Dupin einen misstrauischen Blick auf den Boden vor ihm, »eine sagenhafte Speisekammer für eine Fülle sesshafter Vögel. Auch für die Zugvögel. Sibirische Wildgänse, Tauchenten, Eiderenten, Seeschwalben, Löffler, sie lieben das Mikroklima hier.«

Dupin war ornithologisch vollkommen unbeschlagen. Unbeschlagen und unbegabt. Nolwenn, Riwal und auch Henri hatten versucht, ihm zumindest ein paar grundlegende Kenntnisse beizubringen, vergeblich.

Die Situation war zu abstrus. Dupin würde sich jetzt mit einem einigermaßen freundlichen *au revoir* verabschieden. Er musste wirklich los.

»Sogar der kleine Pinguin ist hier am Golf manchmal anzutreffen. Wenn auch nur selten.«

»Pinguine?«, rutschte es Dupin heraus.

Pinguine waren seine Lieblingsvögel, vielleicht weil er immer schon eine Art Verwandtschaft gefühlt hatte, auch aufgrund seines doch sehr soliden Körperbaus. Pinguine wirkten erst einmal behäbig und ungelenk, zugegebenermaßen wenig dynamisch, wenn man sie so watscheln sah. Waren sie aber in ihrem Element, dem Wasser, waren sie unglaublich wendig, blitzschnell und äußerst geschickt.

»Eigentlich leben sie in Kolonien auf den Sept-Îles im Norden der Bretagne, aber ab und zu sind auch hier ein paar Exemplare anzutreffen.«

Dupin war perplex. Aber andererseits: Australische Beuteltiere schienen in der Bretagne ihr natürliches Habitat zu finden, warum dann nicht auch Pinguine?

Den beiden Ornithologen war eine gewisse freudige Verwunderung anzumerken, dass der sonderbare Mann im Watt jetzt auf einmal so ein spezielles Interesse zeigte.

»Er gehört zur Familie der Regenpfeiferartigen, die ausschließlich auf der Nordhalbkugel vorkommt. Alkenvögel. Gänsegroß. Ein Meerestaucher mit weit hinten am Körper angesetzten Beinen, sodass er an Land eine mehr oder weniger aufrechte Körperhaltung zeigt. Sein morphologisches Erscheinungsbild ähnelt dem der Pinguine der Südhalbkugel. Anders als Pinguine haben die meisten Alkenvögel ihre Flugfähigkeit behalten.«

Der Zweite ergänzte:

»Die einzige flugunfähige Art aus dieser Familie, der Riesenalk, ist in prähistorischer Zeit ausgestorben«, er hatte es theatralisch vorgetragen, die Klimax wirkungsvoll bei »ausgestorben« gesetzt.

»Ich – danke. Ich muss jetzt gehen. *Au revoir.*«

Dupin wandte sich mit einer vage grüßenden Handbewegung ab.

»Hier hat es übrigens tatsächlich einen Mord gegeben, das melden die Medien schon seit gestern. Sie sollten vorsichtig sein mit Ihren Witzen. Versuchen Sie es doch selbst mal mit der Ornithologie – das entspannt und macht die Seele frei.«

Dupin hatte die Sätze noch deutlich in seinem Rücken gehört und beschloss, sie zu ignorieren.

Es waren doch keine Pinguine. Aber irgendwie auch schon. Wenn Dupin richtig verstanden hatte. Die Information genügte jedenfalls, um die Sept-Îles auf seine Ausflugsliste zu setzen. Und jetzt, jetzt würde er sich wieder auf den Fall konzentrieren.

Drei Minuten später stand Dupin an seinem Wagen. Er schaute auf die Uhr. Er musste sich wirklich beeilen. Beim vorsichtigen Ins-Auto-Gleiten – einer mittlerweile auch für seine Schulter gut funktionierenden Technik – sah er missmutig, wie verdreckt seine Schuhe waren, Schlamm und Algen. Immerhin war seine Hose heute sauber geblieben.

»Warum haben Sie uns verschwiegen, dass Maxime Daeron seine Salinen an Sie verkaufen wollte? Dass es sogar bereits einen Vorvertrag gab und Sie beinahe gegen ihn geklagt hätten, als er diesen dann annullieren wollte? Und das kurz nach dem Ende einer Affäre zwischen Ihnen beiden. Die, ich vermute mal, Maxime Daeron beendet hat, nicht Sie.«

Rose schien sich gegenüber Madame Laurent keinen Zwang mehr antun zu wollen.

Dupin war fast pünktlich gewesen, in Port-Blanc hatte er sofort die Fähre bekommen, Rose war vor Madame Laurents Haus telefonierend auf und ab gegangen, als er ankam.

»Geschäftliche Aktivitäten dieser Art sind absolut vertraulich, vor allem, wenn der Verkäufer um strenge Diskretion bittet – warum hätte ich davon erzählen sollen? Und natürlich befasst sich unsere Rechtsabteilung mit Vorgängen, die unserem Interesse zuwiderlaufen und deren juristische Beurteilung eindeutig ist. Das hat mit mir persönlich überhaupt nichts zu tun.«

Das war die Madame Laurent, die sie von gestern kannten. Aber es war bemerkenswert, dass sie auch angesichts dessen, was sie jetzt wussten und fragten – und Roses noch einmal verschärfter Gangart –, vollkommen unbeeindruckt blieb. Sie trug eine bunte seidene Tunika, um den Hals eine klotzige Hermèskette und saß tief in ihrem schwarzen Ledersessel. Demonstrativ entspannt. Dupin und Rose in den beiden anderen Sesseln schräg gegenüber. Alles in diesem großen, lang gezogenen Bungalow sollte mondän wirken, geschmackvoll mondän, aber nicht steril dabei. Offenes Eichenparkett, darauf hier und dort dezente teure Teppiche. Perfekt arrangiert und deswegen, für Dupins Empfinden, entsetzlich.

»Und zu meinen privaten Beziehungen werde ich selbstverständlich kein Wort sagen. Auch jetzt nicht. Das geht die Polizei nichts an.«

»Ihr ehemaliger Geliebter ist tot. Ein Tod, der aller Wahrscheinlichkeit nach im Zusammenhang mit dem Mord an Lilou Breval und dem Anschlag auf Kommissar Dupin steht. Das geht die Polizei unbedingt etwas an.«

»Nur ein Richter würde mich anweisen können, irgendetwas darüber zu sagen. Das wissen Sie. Dafür müssten Sie mich allerdings zuerst verhaften lassen und ein Verfahren anstrengen.«

»Was wir tun werden, Madame Laurent: Wir werden schnellstmöglich einen Tatverdacht konstatieren und Sie zur Vernehmung auf mein Kommissariat bringen«, Rose lächelte ihr hübsches Lächeln, das zugleich diabolischer nicht hätte sein können, »den Rest werden wir dann sehen.«

»Wie ist es zu den Gesprächen über den Verkauf der Salinen gekommen?«

Dupin hatte bewusst ruhig gesprochen.

Madame Laurent wandte sich ihm direkt zu. Und lächelte jetzt ihrerseits. Süßlich.

»In Paris hat man immerhin noch Manieren«, sie schien kurz nachzudenken, aus irgendeinem Grund entschied sie sich zu antworten, vielleicht auch nur, um vollkommene Unberechenbarkeit zu demonstrieren. »Maxime ist auf mich zugekommen, mit der Bitte um absolute Vertraulichkeit. Letztes Jahr im Oktober oder November das erste Mal.«

»Und?«, insistierte Dupin.

»Und was?«

»Warum wollte er verkaufen?«

»Das ging mich nichts an.«

»Sie wissen es nicht?«

»Nein.«

»Um welchen Betrag ging es?«

»Das werde ich Ihnen nicht sagen.«

»Warum wollte Maxime Daeron den Vertrag dann plötzlich wieder auflösen? Von dem Verkauf zurücktreten?«

»Auch das ging mich nichts an. Und wissen Sie, wie viele Geschäfte im letzten Moment nicht zustande kommen? Das ist nicht allzu ungewöhnlich.«

»Sie hatten schon einen unterschriebenen Vorvertrag.«

»Genau. Deswegen wollte *Le Sel* es auch nicht einfach so hinnehmen. Auch das ist das übliche Prozedere.«

»Und warum haben Sie das Verfahren dann abgebrochen?«

»Wir haben entschieden, dass es mehr Nachteile für uns gehabt hätte als Vorteile. Eine aufgeregte Berichterstattung. Es wäre ein gefundenes Fressen für manche gewesen.«

Das war ungeheuer zynisch. Dupin gelang es dennoch, einigermaßen ruhig zu bleiben.

»Wusste sein Bruder von dem Verkauf?«

»Das kann ich Ihnen nicht sagen. Und natürlich geht mich dies ebenso nichts an.«

»Ich glaube Ihnen kein Wort, Madame Laurent. Kein einziges.«

Dupin musste zugeben, dass auch er nicht weit gekommen war.

»Und wir werden das belegen.«

»Na dann, *bonne chance!*«

Rose unternahm einen weiteren Vorstoß:

»Wo waren Sie gestern Abend?«

»Sie meinen, als es zu dem tragischen Selbstmord von Maxime Daeron gekommen ist?«

»Der Sie nicht im Geringsten zu beschäftigen scheint.«

»Ich wusste nicht, dass dies hier ein Rahmen für Gefühlsaus-brüche sein sollte.«

»Also, wo waren Sie?«

»Hier, in meinem Paradies. Wie fast immer an meinen freien Abenden«, sie schaute in den Garten hinaus, ließ sich Zeit, »und wieder allein. Eigentlich ertrage ich keine anderen Menschen hier.«

Sie fuhr sich betont lässig durch die Haare. Dupin hatte die-ses letzte Wortgefecht nicht richtig mitbekommen. Ihm war plötzlich der diffuse Gedankenzusammenhang, den er im Haus von Lilou kurz gehabt hatte, wieder in den Sinn gekommen.

»Wir wissen von dem Blindbecken«, Commissaire Rose kehrte zu ihrem aggressiven Stil zurück, »direkt neben einer Ihrer Salinen. Von den Mikroorganismen. In kürzester Zeit werden wir auch wissen, wozu genau sie dienen. Erzählen Sie uns davon.«

Zum allerersten Mal überhaupt schien Madame Laurent aus dem Konzept gebracht, wenn auch nur für einen Augenblick.

»Fangen wir jetzt wieder an, über blaue Fässer zu sprechen? Ich habe keine Ahnung, welches Becken und welche Mikroor-ganismen Sie meinen. Das scheint ja ein äußerst mysteriöser Fall zu sein.«

Dupin war erneut abgedriftet. Er konnte nichts dagegen tun. Er kannte das. Aus den undeutlichen Gedankenfetzen war eine Art Idee geworden. Es klang völlig verrückt, aber das – eine der wichtigsten Lektionen der Polizeiarbeit – war egal.

»Die Fässer sind in Ihren …«

»Ich denke, wir sind hier fertig.«

Dupin war mit diesem Satz aufgestanden.

Er wandte sich um und ging, ohne eine Reaktion abzuwarten und ohne einen Gruß, zur Tür. Er hatte noch gehört, dass Rose etwas gesagt hatte, aber schon nicht mehr, was.

Er trat in den Garten, folgte dem langen, blendend weißen Kiesweg mit den schicken weiß emaillierten Bodenleuchten, die in regelmäßigen Abständen emporragten. Bis zur großen Einfahrt, in der ein anthrazitfarbener Audi stand.

Er öffnete das kleine hölzerne Tor und stand auf dem Inselsträßchen.

Von hier bis zum langen Fährquai der Insel am Cale de Bélure waren es knapp zehn Minuten. Die Lage des Bungalows war berückend, nicht mehr als fünfzig Meter struppiger Wiese waren es bis zum Wasser, bis zu einem lang gestreckten Sandstrand, von denen es auf der beschaulich-gemächlichen Insel sehr viele gab. Das idyllische Sträßchen zum Hafen führte stetig am Wasser entlang – wie man überhaupt auf der wild zerfurchten, flachen Insel voller Hortensien, Kamelien und kleinen Wäldchen immer und überall den betörenden Golf sah. Dupin mochte diese leichtfüßige Schwesterinsel der Île aux Moines, für ihre arrogante Bewohnerin konnte sie nichts.

Schon beim Schließen des Tores hatte Dupin Rose auf dem Kiesweg gesehen. Sie musste sich direkt nach ihm von Madame Laurent verabschiedet haben.

»Was sollte das?«, Rose war provozierend nah an ihn herangetreten. Die rechte Hand in der Tasche ihres Jacketts, der Daumen draußen, die Haltung, die er mittlerweile so gut kannte. Sie blickte ihm direkt in die Augen. Einige Sekunden lang. Ohne zu blinzeln. Eine strenge Prüfung.

»Ich muss den Chemiker sprechen. Sofort.«

Es war keine Zeit für Umschweife. Überraschenderweise spielte Rose mit.

»02 40 76 724. – Didier Goal.«

Dupin tippte die Nummer ein, die Rose offenbar bereits auswendig kannte.

Er hätte das Telefonat gern allein geführt. Auch, weil die vage Idee im Augenblick eben noch genau das war: vage. Aber auch das war jetzt egal. Dann wäre Rose eben dabei.

Es klingelte nur einmal.

»Hallo?«

Eine freundliche Frauenstimme.

»Commissaire Georges Dupin – ist Monsieur Goal zu sprechen?«

»Ich nehme an, das Vorgehen ist mit Commissaire Rose abgesprochen?«

»Ich – sie steht direkt neben mir.«

Eine kurze Stille trat ein, und Dupin konnte förmlich hören, wie die freundliche Stimme überlegte, dies zu überprüfen. Sie ließ es.

»In ein paar Minuten wieder. Er ist gerade aus dem Zimmer. Ich bin seine Assistentin.«

»Ich rufe wieder an.«

»Sehr gern.«

Dupin legte auf.

»Gehen wir, dann kriegen wir die Fähre um Viertel vor.«

Rose hatte sich mit diesem Satz umgewandt. Richtung Hafen. Und ihr Telefon bereits am Ohr.

Die fünfzehnminütige Strecke zwischen der Île d'Arz und Port-Blanc – die, empfand Dupin mit Unbehagen, doch schon eine echte kleine Bootsfahrt war – führte nah an der Île aux Moines vorbei, ebenso an einer Reihe anderer beschaulicher Inseln, einzelne größere Kiefern und Pinien stachen hervor, hier und dort prachtvolle Häuser. Vom Wasser aus, sagte man, sei das kleine Meer am schönsten (Dupin fand das unhaltbaren Quatsch, vom *Le San Francisco* aus, zum Beispiel, war alles ebenso schön).

Rose hatte unentwegt telefoniert – sicher ein halbes Dutzend Telefonate –, sich dabei aber nie weit von ihm entfernt, auch am Hafen nicht. Der Anschluss des Chemikers war permanent besetzt.

Dupin hatte sich in den Bug der *Albatros* gestellt. Das Boot hatte gerade mit einem tiefen Vibrieren und Brummen der Dieselmotoren abgelegt. Er wartete, bis sie wieder etwas leiser wurden, und wählte erneut.

Dieses Mal war der Anschluss frei. Eine Männerstimme meldete sich.

»Hallo?«

»Monsieur Goal? Commissaire Dupin.«

»Meine Mitarbeiterin sagte, dass Sie mich sprechen wollten. Wir befinden uns immer noch mitten in den Untersuchungen. Es gestaltet sich kompliziert. Wir versuchen, die Mikroorganismen zu bestimmen.«

Rose war auf elegante Weise noch ein wenig näher an Dupin herangekommen. Sehr nah. Ihre Wangen berührten sich nun fast.

»Hat sich das mit den Destruenten bestätigt?«

»Das können wir eindeutig sagen, ja. Eindeutig heterotrophe Bakterien.«

Dupin zögerte. Aber nur kurz.

»Lassen sich solche Mikroorganismen zu speziellen Zwecken einsetzen? Ganz gezielt?«

Dupin hielt das Telefon nun so, dass Rose nicht noch näher herankommen musste, um mitzuhören.

»Natürlich. Zu unendlich vielen Zwecken.«

»In dem Becken wurden doch Reste von Grünalgen entdeckt, oder?«

Roses Gesichtsausdruck veränderte sich plötzlich, ihre Augen verengten sich.

»Soweit ich weiß, ja. Aber das sollten Sie die Spurensicherung fragen, die haben alles dokumentiert.«

»Könnte man bestimmte Mikroorganismen«, Dupin sprach langsam, vorsichtig, »gezielt dazu verwenden, Grünalgen zu zersetzen? Ist das vorstellbar?«

»Sie meinen mit Grünalgen sicher die *ulva armoricana* und *ulva rotundata*. Die der »*marées vertes*«?«

»Ja.« Dupin hatte von den Ulvas noch nie gehört, aber es ging um die Algen der »marées vertes«. Wenn es zu den massenhaften Anlandungen von Grünalgen kam, der »grünen Flut«.

»Absolut. Mir sind solche Mikroorganismen speziell für diese Algen bisher nicht bekannt. – Aber allgemein werden Mikroorganismen schon lange zur Bekämpfung von Algen eingesetzt, auch von einigen Mikro-Grünalgen-Arten. Sie bekommen diverse ›Algenkiller‹-Produkte auf dem Markt. In jedem Baumarkt. Mikroorganismen, vor allem, um Schmieralgen und Fadenalgen zu beseitigen. Im Pool, im Aquarium. – Natürlich könnte man sich das theoretisch auch für die Ulva-Arten vorstellen. Man würde die Mikroorganismen großflächig in den betroffenen großen Buchten einsetzen, je nachdem, vielleicht sogar systematisch ihre Bildung verhindern.«

Es entstand eine längere Pause. Zwei Motorboote fuhren nahe an der Fähre vorbei, es wurde laut.

»Hallo, sind Sie noch da?«

»Ich bin noch da.«

Dupins Gedanken rasten, sein Verstand arbeitete fieberhaft. War das der Schlüssel zu allem? Er hatte eine leichte Gänsehaut. Er war an den Grünalgen hängen geblieben, ein paarmal. Immer wieder waren sie aufgetaucht, heute vor allem. Es hatte sich eine undeutliche Verkettung in seinen Gedanken ergeben: die blauen Fässer, in denen sich etwas befunden haben musste; die Idee, dass es gar nicht um das Salz selbst ging, dass die Becken zu etwas anderem benutzt worden waren; der Fund des seltsamen Blindbeckens und der Destruenten einschließlich der Frage, was sie wohl zersetzten; schließlich die Reste halb aufgelöster Grünalgen im Becken, die sie gesehen hatten – und, vor allem, Lilous Artikel über die sechsunddreißig toten Wildschweine.

»Wie kompliziert wäre das – die Entwicklung solcher Mikroorganismen?«

»Sehr kompliziert. *Ulva armoricana* und *ulva rotundata* sind natürlich viel größere und komplexere Organismen als

Schmieralgen in Pools. Was es extrem aufwendig und heikel machen würde, sind natürlich die Freilandtests – im Labor ist es unter Umständen gar nicht so schwierig, eine Rezeptur zu entwickeln. Aber sie muss ja restlos unbedenklich sein. Das müssten Sie über Jahre beobachten und penibel nachweisen.«

»Wie müsste man sich das genau vorstellen?«

»Man müsste selektieren, welche Mikroorganismen dafür infrage kämen. Vielleicht auch verschiedene. Oder sie neu züchten, eventuell sogar durch genetische Modifikationen – aber vielleicht wäre das gar nicht nötig. Es wäre eine Art Panscherei. Es bräuchte ein fundiertes biochemisches Wissen, ein Labor und eben die umständlichen Studien in vivo – aber all das ließe sich machen, *theoretisch*.«

Der Chemiker trug weiterhin alles in fachmännischem Ton vor, er war vollauf mit der wissenschaftlichen und praktischen Machbarkeit beschäftigt.

»Wäre – ein solches Becken in den Salinen ein geeigneter Ort für so einen Versuch?«

»Absolut. Sie hätten geradezu ideale Bedingungen. Eine große Menge Meerwasser, stetige Erneuerung, falls erforderlich, aber vollkommene Isolation, Sonne, Wind, also realistische Bedingungen. Das wäre viel aussagekräftiger als irgendein Laborversuch. – Man müsste solche Becken bauen, wenn es sie nicht schon gäbe. Aber«, Goals Stimme veränderte sich nun doch, jetzt klang sie plötzlich alarmiert, »natürlich niemals im Herzen einer Nahrungsmittelproduktion. Das wäre höchst gefährlich.«

»Warum?«

»Natürlich kann es in der Anwendung von Mikroorganismen zu unbeabsichtigten Folgen kommen. Im schlimmsten Fall zu toxischen Effekten, primären oder sekundären, die durch Bioreaktionen im Ökosystem entstehen könnten. Und wir reden jetzt noch nicht einmal von der Variante genmanipulierter Arten, das wäre noch gefährlicher! Aber auch die gepanschten Mikroorganismen könnten unbeabsichtigt alles kontaminieren. Je nachdem, worum es sich handelt. Stellen Sie sich das vor! Mitten im Salz! – Es wäre kriminell, so etwas in den Salinen zu tun. Labore würden nur unter allerstrengsten Auflagen die Genehmigungen erhalten, für Freilandversuche sowieso nur unter totaler Kontrolle durch staatliche Institutionen – alles Gründe, warum es sehr schwer wäre, so etwas zu tun, private Firmen würden da gar nicht erst rangehen«, es wirkte, als wollte er durch seine Bemerkungen mit aller Kraft ausschließen, dass jemand doch mitten in den Salinen auf eine solche Idee gekommen war.

»Könnten Sie die Mikroorganismen aus dem Becken daraufhin untersuchen, Monsieur Goal?«

»Sie halten es für möglich, dass wir es in dem Becken damit zu tun haben? Wirklich? Wissen Sie, was das bedeuten würde?«

»Ich halte es für wahrscheinlich.«

»Wir – wir gehen an die Arbeit. Das wird ein paar Stunden dauern.«

»Vielen Dank, Monsieur Goal. Sie haben uns sehr geholfen.«

Dupin legte auf, ohne eine Antwort abzuwarten.

Einen Augenblick lang standen die beiden Kommissare schweigend nebeneinander. Mit den Ellbogen auf die Reling gestützt.

»Die Holzkonstruktion mit dem Netz«, Dupins Verstand versuchte, die Dinge weiterhin zusammenzubringen, »hätte dazu gedient, die Algen unten zu halten, im Wasser. Damit sie niemand zufällig sieht. Es müssen ja beachtliche Mengen gewesen sein. Für realistische Experimente. – Und alles wird abends geschehen sein, wenn die Salinen verlassen sind. Man ist ganz für sich. – Perfekt.«

Wieder entstand eine längere Pause. Dieses Mal war es Rose, die sie beendete.

»Wissen Sie, was die regelmäßigen Anlandungen der Grünalgen für astronomische Kosten für die Region verursachen? Man geht von mittlerweile 1,5 Milliarden Euro aus. Ein Großteil für die aufwendige Reinigung der Strände, den Abtransport und die Beseitigung, wir sprechen von Tausenden Kubikmetern eingesammelter Algen pro Jahr. – Und das sind nicht die einzigen Schäden und Folgen, einige, wie die für den Tourismus, wird man nur schwer berechnen können«, sie sprach nachdenklich, auf die Bugwelle der Fähre starrend, »das Interesse an einem Mittel zur Zersetzung oder Verhinderung der Algen wäre geradezu gigantisch. Das Mittel wäre Millionen wert. Und die Grünalgen betreffen ja nicht nur die Bretagne. – Das ist ein ansehnliches Motiv.«

Dupin wusste von diesen Zahlen, Ende August waren überall detaillierte Artikel darüber zu lesen gewesen. Der Regionalrat in Rennes hatte die jährliche Bilanz gezogen, offiziell über die Kosten der Grünalgenplage im laufenden Jahr berichtet. Man machte sich nicht klar, welche Ausmaße das alles hatte. Jeder einzelne Strand musste sofort gesäubert werden, wenn es zu einer Anlandung kam, manche wurden einfach gesperrt; es konnte, lagen die Algen einmal auf dem Trockenen und in der Sonne, unmittelbar gefährlich werden, wenn bei der Zersetzung die toxischen Gase entstanden. Man hatte begonnen, extragroße Verbrennungsanlagen für die Entsorgung zu bauen.

»Wer immer es war«, sagte Rose düster, »er musste wissen, welche Strafen ihn erwarten würden. Welch enormes Risiko er eingeht. Nicht nur, dass seine berufliche Existenz für immer vernichtet wäre, er ginge für viele Jahre ins Gefängnis. – Aber: Der Profit wäre außerordentlich.«

Dupin fuhr sich heftig durch die Haare.

Das musste sie sein. Die Geschichte, um die sich alles drehte. Er hätte schmunzeln müssen, wenn es nicht so ernst gewesen wäre: Wenn es stimmte – wenn es wirklich um Grünalgen ginge –, dann wäre es eine sehr bretonische Geschichte. Und: eine große Geschichte, die verständlich machte, warum so viel skrupellose Energie im Spiel war. Viel Geld, große Geschäfte – und, würde solch ein Experiment in den Salinen entdeckt, drastische Folgen und Strafen.

»*Monstertiere* – es ist wie auf der Schautafel. Jemand hat irgendwelche Monsterorganismen in einem Salinenbecken gezüchtet.« Rose sprach ernst, sie hatte es nicht als Witz gemeint. »Dann haben wir eine gewichtige Hypothese. – Bestechend kombiniert, Monsieur le Commissaire.« Bei diesen Worten hatte sie aufrichtig geklungen, »es wäre ein perfektes Motiv – jetzt brauchen wir noch den Täter. Wir müssen ganz neu nachdenken. Mit neuen Prämissen.«

Es stimmte. Die Ermittlungssituation hatte sich dramatisch verändert. Es gab einiges zu besprechen, einiges zu tun. Und ja, sie mussten ganz neu nachdenken. Aber für gewöhnlich tat Dupin das völlig anders: Er spazierte durch die Gegend – durch Wälder, an Flüssen, über Strände –, saß auf Bänken, stand am Meer, was auch immer – aber immer allein.

Rose schaute auf die Uhr, holte ihr Handy hervor und verschwand in Richtung Heck der Fähre. Sie fuhren gerade am Hafen der Île aux Moines vorbei, gleich würden sie in Port-Blanc sein.

Dupin war im Bug stehen geblieben. Das, was sich hier auftat, war eine völlig verrückte Geschichte.

Nach kurzer Zeit kam Rose zurück, das Telefon am Ohr, Dupin nahm an, dass es Inspektorin Chadron war.

Plötzlich zog die Fähre stark nach backbord. Aus irgendeinem Grund fuhr der Kapitän einen regelrechten Schlenker. Einen Augenblick später konnte Dupin sehen, dass sie direkt auf die Île aux Moines zuhielten.

Rose hatte aufgelegt und sich wieder neben ihn gestellt.

»Wir müssen uns besprechen. – Madame Bourgiot wird warten müssen. Inspektorin Chadron hat sie bereits benachrichtigt. Ich habe den Kapitän gebeten, uns in Port du Lério abzusetzen. – Ich muss etwas essen.«

Dupin traute seinen Ohren nicht.

Fünf Minuten später saßen sie im *Le San Francisco*. Genau dort, wo Dupin am Mittag gesessen hatte (seltsam war, dass Rose vorausgegangen und geradewegs auf exakt seinen Platz zugesteuert war).

»Ich habe den Auftrag gegeben, dass man in Daerons Häusern, in seinem Büro und in den Salinen noch einmal alles penibel untersucht. Vor dem Hintergrund der neuen Entwicklungen. Computer, Handy, alle persönlichen Dokumente, Kontodaten. Und wir müssen erneut mit seiner Frau sprechen. – Wenn es um das Grünalgenmittel geht und er beteiligt war, wird es Spuren geben. Irgendwelche. Man braucht Geld, man braucht die biologischen Grundstoffe, man muss sie kaufen, lagern, transportieren, einsetzen. Das alles hinterlässt Spuren.«

Dupin hatte nur halb zugehört, er war immer noch dabei, alles neu zu ordnen. Aber es war natürlich richtig: Sie mussten sich auf Daeron konzentrieren. Es passte alles.

»Vielleicht war er es nicht allein. Das Ganze wäre eine kolossale Unternehmung. Und jemand müsste über biologische, biochemische Kenntnisse verfügen, zumindest über Grundkenntnisse, auch wenn man die Substanzen eventuell frei kaufen kann. Wir sollten schnell wissen, wer.«

»Ah, Sylvaine. *Bonjour.*«

Die freundliche junge Bedienung begrüßte Rose in vertraulichem Ton.

»Bitte zwei *petit cafés*, Nadine.«

Dupin konnte es nicht fassen; Rose musste regelmäßig hierherkommen.

»Das *Tartare de lieu jaune*, mit Limonen. Zweimal«, Rose gab die Bestellung en passant auf, ohne Dupin dabei eines Blickes zu würdigen, »die Lammterrine kennen Sie ja bereits.«

Wie konnte Rose davon wissen? Dupin war zu perplex, um zu reagieren.

»Und zwei Gläser *Chinon blanc*.«

Es war keine Frage gewesen.

Dupin riss sich zusammen.

»Wenn die Mikroorganismen systematisch gepanscht und gezüchtet worden wären«, er holte sein Clairefontaine heraus, »bräuchte es ein Labor.«

Sie hatten viel zu tun. Das mit dem Labor könnte ein weiterer Ansatzpunkt sein.

»Zumindest ein provisorisches Labor«, es klang, als würde Rose laut überlegen, Dupin kannte das schon, »ein geheimes Labor. Vielleicht in einem der Schuppen oder in den Lagerhallen.«

»Vielleicht wurden die Substanzen auch erst im Becken zusammengebracht. Und es ist gar nicht so kompliziert.«

Sie wussten ja nicht, in welchem Grad an Professionalität sie es zu tun hatten.

»Es könnte durchaus in einem richtigen Labor passiert sein. Es sind genug im Spiel. Direkt und indirekt.«

Dupin verstand nicht. Rose musste es bemerkt haben.

»Hier im Weißen Land sind sicherlich ein halbes Dutzend private Lebensmittelinstitute einbezogen, wenn nicht mehr, mit Dutzenden von Mitarbeitern.«

Das hatte Dupin nicht gewusst.

»Jeder Paludier, die Unabhängigen, die Kooperativen und auch *Le Sel* müssen mit einem Lebensmittelinstitut zusammenarbeiten. Es herrschen strenge Regularien. Von den privaten gibt es zahlreiche in jeder Region, kleine, mittlere, große. Sie werden wiederum von den staatlichen Instituten kontrolliert. Die Lebenmittelkontrolle ist selbst ein eigener Wirtschaftszweig.«

»Ich verstehe«, murmelte Dupin.

»Auch Maxime Daeron wird natürlich eng mit einem Labor zusammengearbeitet haben. Ebenso die Kooperativen. Größere Firmen haben sogar ihre eigenen Institute oder Abteilungen, Paul Daeron mit seinen Schweinen vielleicht auch. Auf alle Fälle arbeitet er mit einem Lebensmittelinstitut zusammen. Mit einem großen Labor sicherlich – ebenso natürlich *Le Sel*.«

Die Bedienung war wie immer fix, sie kam mit einem großen Tablett und stellte alles auf den Tisch. Dupin hatte den *café* sofort in der Hand, das war das Wichtigste.

»*Bon appétit*«, Rose lächelte, »der *Lieu jaune* wurde heute früh hier im Golf gefischt, das Filet von Hand gewürfelt, die geriebenen Limonen kommen von den Bäumen nahe dem Dolmen, wo Julius Cäsar seine letzte Ruhe fand«, sie nickte ihm aufmunternd zu, dann fuhr sie abrupt mit ihren Überlegungen fort, »Maxime Daeron könnte auf mehrere Arten Zugang zu einem Labor gehabt haben. Wir haben genug Verdachtsmomente, um zumindest das Labor überprüfen zu lassen, mit dem er direkt zusammengearbeitet hat.«

»Wir sollten nachforschen, ob es irgendwo private Initiativen oder sogar Anträge in den letzten Jahren gegeben hat, ein Mittel gegen Grünalgen legal erforschen und erproben zu können.«

»Das wäre sofort unter die amtlich staatliche Obhut genommen worden – eine biochemische Großwaffe«, Rose aß auf kultivierte Weise eine große Gabel Tartar. Und trank in Seelenruhe einen Schluck Wein, Dupin selbst fühlte sich ein wenig – gehemmt. Griff dann aber auch zu seinem beschlagenen Glas, er roch das leichte Aroma von Orangenblüten, weich, seidig.

»Lilou Breval hat auf irgendeine Weise von der Sache erfahren«, Dupin probierte einen kleinen Schluck, »die mysteriösen blauen Fässer. Und ich bin vorgestern Abend mitten in diese Sache hineingeplatzt«, er leerte den Rest des Glases in einem Zug.

»Und auch hier: Am plausibelsten wäre doch, sie hätte es von Daeron erfahren. – Das Algenprojekt wird längere Zeit in Anspruch genommen haben.«

Rose hatte den letzten Satz unbestimmt formuliert. Eine kleine Pause entstand, die jetzt auch Dupin für eine große Gabel des vorzüglichen Tartars mit den erfrischenden Limonen nutzte.

Rose lehnte sich zurück:

»Das alles war keine einzelne Person, niemals.«

Dupin dachte wie Rose.

»Der Profit wäre immens«, Rose klang fast beeindruckt, »immens. Wenn es wirklich funktionierte, lokal einsetzbar und ohne relevante ökologische Nebenwirkungen wäre, würde es zweifellos eine ganze Reihe von Interessenten geben, weltweit. Das Mittel könnte dann eventuell ja auch legal zugelassen werden. Wir sollten …«

Das unverwechselbare Klingeln von Roses Handy fuhr dazwischen. Ohne Verzögerung nahm sie ab.

»Bonjour, Madame Cordier?«

Rose nahm das Telefon vom Ohr, drückte die Freisprechfunktion, legte es auf den Tisch vor sich und nahm wieder die Gabel in die Hand.

»Wir müssen reden.«

»Gern. Reden wir. – Siebzehn Uhr fünfzehn, *Centre du Sel*. Wir erwarten Sie.«

»Ich bin gerade vom forensischen Labor offiziell darüber informiert worden, dass wir es in einem großen Speicherbecken mit einer signifikanten Population bestimmter nicht habitueller Bakterien zu tun haben. Ich nehme an, dieser Verdacht besteht schon länger. Sie hätten ihn unverzüglich melden müssen.«

Es war der harte Ton Cordiers, den sie schon aus dem ersten Gespräch kannten.

Rose aß seelenruhig das letzte Stück des Lieu jaune. Sie machte keinerlei Anstalten zu antworten.

»Ich werde mich umgehend mit Paris besprechen. Ich weiß nicht, ob Ihnen klar ist, dass dies ein Vorfall der gravierendsten Kategorie ist. Wir werden eine vollständige Sperrung der Salinen anordnen. Der kompletten Produktion. Bis zur restlosen Gewissheit, was hier vor sich geht.«

»Gut.«

Eine Pause entstand, die verriet, dass Madame Cordier eine andere Reaktion erwartet hatte.

»Sie wissen, dass Sie verpflichtet sind, mir alle Ihre Vermutungen mitzuteilen.«

»Rufen Sie den forensischen Chemiker an, ich erteile Ihnen hiermit die Erlaubnis dazu.«

Dupin hörte amüsiert zu.

»Das habe ich bereits, er wollte mir gegenüber keine weiteren Aussagen machen und hat mich an Sie verwiesen.«

»Wenn wir es für angebracht halten, eine Vermutung zu äußern, werden wir das tun.«

»Wir werden uns das Becken selbst ansehen«, Cordier wich keinen Zentimeter zurück, »und natürlich eigene Analysen vornehmen.«

»Sie werden sich dann das Becken ansehen, wenn wir denken, dass Sie sich das Becken ansehen sollten. Genau dann, nicht früher. – Wir treffen uns zu einer offiziellen behördlichen Besprechung um siebzehn Uhr fünfzehn. Im *Centre du Sel. Au revoir*, Madame Cordier.«

Rose legte auf. Sie wandte sich an Dupin.

»Wir müssen los. Wir wollen ja nicht wieder so rasen.«

Sie hatte keine Miene verzogen. Dupin aß schnell noch einen Bissen, diesmal wollte er nichts auf dem Teller zurücklassen.

»Wir sollten auf der Fahrt unsere Inspektoren auf den aktuellen Stand bringen«, Rose war bereits aufgestanden, »sie müssen sofort alles untersuchen, was im neuen Licht relevant sein könnte. Sie sollen sich alle Verbindungen zu den Laboren genauestens ansehen, wer mit wem zusammenarbeitet, was genau die Labore machen. – Und nach den Gesprächen im *Centre* sollten wir uns zusammen hinsetzen. Wir fünf.«

Der letzte Satz hatte beinahe etwas Pathetisches gehabt, ungewohnt gemeinschaftlich, was Dupin instinktiv skeptisch werden ließ, auch wenn es, musste er zugeben, im Prinzip eine gute Idee war. Jetzt ging es um umfangreiche, systematische Ermittlungen, um sehr viele Informationen, die sie zusammentragen mussten. Und Dupin hatte Riwal und Kadeg wenig gesehen in diesem Fall, auch wenn sie regelmäßig telefoniert hatten.

»Wir sollten auch …«

Wieder fuhr Roses Telefon in ihren eigenen Satz.

»Ja?«

Abermals konnte Dupin nichts verstehen, nur dass es eine männliche Stimme war. Rose hörte erst einmal länger zu.

»Ansonsten keinerlei Hinweise auf irgendetwas Irreguläres? … Gut, Docteur. Ich danke Ihnen für die Information. Dann liegt jetzt alles bei uns.«

Im nächsten Moment hatte sie aufgelegt. Sie hatten das *Le San Francisco* bereits verlassen und waren die Treppen zum Hafen hinuntergegangen.

»Ich hatte wissen wollen, ob es Neuigkeiten von der Autopsie Maxime Daerons gibt. Es wurde ein minimaler Schmauchspurschatten am rechten Zeigefinger festgestellt, mit dem Maxime Daeron abgedrückt hat. Eine kleine Stelle an der Seite des Fingers ist fast frei, was man nur unter dem Mikroskop sieht. Das könnte«, Rose zögerte einen Moment, »zum Beispiel bedeuten, dass ein anderer Finger über Daerons Finger gelegen hat. Aber der Gerichtsmediziner meint, dass dies nicht mit Bestimmtheit aussagekräftig sei und manchmal auf natürliche Weise entstehe. – Sie haben die Blutanalysen abgeschlossen und keinerlei Hinweise auf Narkotika gefunden. Aber natürlich gibt es mittlerweile auch solche, die man nach kürzester Zeit nicht mehr nachweisen kann. – Von der Autopsie werden wir voraussichtlich keine weiteren entscheidenden Erkenntnisse erwarten können.«

Sie standen jetzt am Quai. Das Boot würde gleich anlegen; es war nur noch ein paar Meter entfernt, die beiden blonden Damen von der Fähre standen schon mit den Tauen am Bug.

Mit dem Betreten der Fähre hatte Dupin zu telefonieren begonnen. Er telefonierte während der gesamten kurzen Bootsfahrt nach Port-Blanc, auf dem Weg zu seinem Wagen und einen Großteil der Autofahrt über. Mit Riwal und Kadeg, mit Nolwenn – die ihn nachdrücklich an den Präfekten erinnerte, zweimal hatte Dupin es vergeblich bei dem Chemiker versucht.

Dupin hatte Riwal und Kadeg à jour gebracht und die neuen Aufträge verteilt. Er hatte ihnen außerdem mitgeteilt, dass sie sich am *Centre du Sel* bereithalten sollten.

Seine Inspektoren hatten sich den wirtschaftlichen Stand des Salzgeschäfts von Maxime Daeron und auch seine privaten Konten angesehen. Er hatte quasi nichts verdient. Die ganzen Jahre über. Er besaß auch fast nichts, die beiden Häuser und das Auto gehörten seinem Bruder oder seiner Frau.

Zwischendurch war das Radio gelaufen, *Bleu Breizh*. Skippy ging es gut. Zwei Kästen *Britt*-Bier waren an zwei glückliche Hobbyfotografen gegangen, dieses Mal bestand kein Zweifel, Skippy war gesehen worden. In derselben Gegend wie zuvor, irgendwo da war offenbar sein neues Zuhause. Heute war auch über Skippys Vergangenheit berichtet worden, bevor es in den bretonischen Zoo gekommen war; es war, kaum zu glauben, auf »Kangaroo Island« geboren worden, einer Insel im Süden von Australien. Und, das für Dupin Entscheidende, etwas, das der Experte nur nebenbei erwähnt hatte: Kangaroo Island war eine Insel, auf der sich Kängurus und Pinguine heimatlich begegneten! Unfassbar, Skippy hatte auf seiner Insel mit echten Pinguinen gelebt.

Dupin hatte Rose direkt gesehen, als er auf den großen Parkplatz des *Centre du Sel* fuhr. Sie waren gleichzeitig aufgebrochen, und Dupin war keineswegs langsam gefahren – er hätte zu gern gewusst, auf wie vielen Fotos von Radarfallen die Kommissarin in diesen Tagen zu sehen gewesen war.

Sie stand neben ihrem Wagen, gleich rechts, in einer der ersten Parklücken. Dupin parkte seinen Peugeot gegenüber.

»Monsieur Goal, der Chemiker, will Sie sprechen, sagt Inspektorin Chadron.«

»Ich habe ihn zweimal vergeblich zu erreichen versucht.« Rose zuckte mit den Schultern.

»Rufen wir ihn an. – Madame Cordier wartet im Besprechungsraum. Madame Bourgiot in ihrem Büro. Wir sehen sie doch separat.«

Dupin zögerte kurz, mit dem ›Rufen wir ihn an‹ meinte Rose wohl jetzt und hier. Er holte sein Handy hervor.

Rose stellte sich sehr nahe neben ihn, wie sie es schon auf der Fähre getan hatte. Dieses Mal aktivierte Dupin die Freisprechfunktion.

»Bonjour Monsieur Goal, Commissaire Dupin hier.«

»Ich war im Labor, als Sie angerufen haben«, er klang ernst, »wir haben jetzt eine Reihe spezieller Tests laufen lassen. Auf Ihre Vermutung hin. Ich meine, ob diese Mikroorganismen spezifische Eigenschaften aufweisen könnten, Grünalgen in vivo zu dissolvieren. Wir haben es mit kleinen Teilen von Exemplaren der *Ulva armoricana* versucht. – Positiv«, Goal wirkte selbst überrascht.

»Sie meinen, Sie können sagen, dass diese Mikroorganismen tatsächlich Grünalgen zersetzen können?«

»Ich sagte, dass sie *Eigenschaften aufweisen könnten*, dies zu bewerkstelligen. Natürlich haben wir noch keine ausführlichen Tests durchgeführt. Aber, ja, die Fähigkeiten dazu haben sie, wie es aussieht.«

Sie hatten richtiggelegen. Das war es. Unglaublich.

»Ich will noch einmal darauf hinweisen, wie extrem bedenklich solche Mikroorganismen sind. Auch wenn wir bisher keine toxischen Eigenschaften feststellen konnten und nach unseren vorläufigen Erkenntnissen keine Ausstreuungsgefahr durch Wind oder Tröpfchenflug besteht. Es scheint, dass sie immer neu ausgebracht werden müssen und sich in schwachen Salzwasserlösungen nicht selbstständig reproduzieren. Es ist aber völlig offen, welche weiteren chemischen und biologischen Effekte sie aufweisen«, Goal klang alarmiert, »es ist kriminell. Höchst kriminell. Die Lebensmittelkontrolle will sämtliche Salinen schließen, Präfekt Trottet wurde von Paris angewiesen, die Lebensmittelbehörde in dem Becken eigene Analysen durchführen zu lassen. Sie haben bereits Proben genommen. Die sehr energische Leiterin ruft jede Viertelstunde bei mir an.«

»Wir sehen die Dame in ein paar Minuten und sprechen mit ihr. Was wichtig ist, Monsieur Goal: Wir möchten die speziellen Fähigkeiten dieser Mikroorganismen erst einmal für uns behalten.«

»Eigentlich ist das unmöglich, Monsieur le Commissaire«, es war ein Seufzen zu hören, »aber gut. Sie verantworten das.«

»Voll und ganz, Sie handeln streng auf meine Anweisung hin.«

Dupin sah nicht ein, dass sie alles sofort preisgeben sollten. Der Täter – die Täter – hatte noch keine Ahnung, dass sie das Geheimnis des Beckens nun kannten. Vielleicht würde es ein Vorteil für die Ermittlungen sein.

»Denken Sie, es ist nötig, das Weiße Land vollständig abzusperren, Monsieur Goal?«

Rose hatte sich noch ein wenig näher zu Dupin gestellt und mit lauter Stimme über Dupin hinweg in sein Handy gesprochen.

»Ich kenne die Bestimmungen nicht genau«, auch Goal sprach nun ebenfalls unnötigerweise sehr laut, »nach meiner Expertise würde ich zunächst nur die anliegenden Salinen sperren und sie rasch untersuchen lassen. Ebenso die gesamte Ernte dieser Salinen. Schauen, ob es irgendwelche Kontaminationen gibt. Aber wie gesagt: Die Bestimmungen der Lebensmittelkontrolle sind strenger als unsere.«

»Melden Sie sich, sobald es etwas Neues gibt, egal was.«

Dupin legte auf.

Rose ging wieder auf Abstand und resümierte:

»Gut. Mehr Gewissheit bekommen wir erst mal nicht. – Das ist sie, unsere große Geschichte. Wir haben sie. Und jetzt finden wir heraus, wer sie sich ausgedacht hat. Und alles getan hat, um sie zu vertuschen.«

Wenig später betraten sie den gläsernen Besprechungsraum, den sie bereits kannten. Madame Cordier stand in der gegenüberliegenden Ecke der Eingangstür, einen Stapel an Papieren in der Hand. Heute war das T-Shirt weiß mit einem großen schwarzen Copyright-Zeichen, die Jeans sah aus wie die von gestern. Ein kalter, arroganter Blick, die wieder knallroten Lippen zusammengepresst.

»Sie haben die Pflicht, mich umfassend in Kenntnis zu setzen über alles, ohne irgendetwas zurückzuhalten, was für die Lebensmittelkontrolle von Relevanz sein könnte. Wir haben eigene Proben genommen, aber das wird dauern. Wissen Sie, um welche Mikroorganismen es sich handelt? Die Abteilung für Lebensmittelkontrolle im Ministerium erwartet meinen Bericht. Und von dem hängt alles ab. Sie sind bereit, sofort zu handeln.«

Sie machte keinerlei Anstalten, sich zu setzen. Rose und Dupin ebenso wenig.

»Madame Cordier, gab es im letzten Jahr Beanstandungen hier im Weißen Land? Irgendwelche Auffälligkeiten bei Ihren Kontrollen?«

Rose klang vollkommen aufgeräumt. Beinahe gut gelaunt.

»Nein. Nicht ein einziges Mal.«

»Sie überprüfen die Produzenten und zudem die anderen Lebensmittelinstitute, die im Gwenn Rann arbeiten, richtig?«

»Genau das.«

»Wie regelmäßig finden Ihre eigenen Kontrollen statt?«

»Wöchentlich.«

Céline Cordier verschränkte die Arme vor dem Copyright-Zeichen auf ihrem T-Shirt.

»Auch die der drei Salinen hier um das Becken herum?«

»Wir nehmen Proben aus allen Salinen.«

»Nehmen Sie die Analysen selbst vor?«

»Fünf Mitarbeiter. Unter meiner Leitung. – Ich frage Sie noch einmal, ganz offiziell: Um welche Mikroorganismen handelt es sich bei den Proben aus dem Becken?«

»Das unterliegt der polizeilichen Geheimhaltung. Unser Chemiker wird Ihnen sagen, welche Vorsichtsmaßnahmen er für angezeigt hält.«

Cordier löste die Arme wieder.

»Sie wissen also *nicht*, um welche Stämme es sich handelt. Das ist umso bedenklicher!«

Von einem rein sachlichen Standpunkt aus war Madame Cordiers Beharren nachzuvollziehen.

»Das allein würde uns erlauben, die Situation einzuschätzen. Und die angemessenen Maßnahmen zu ergreifen. Somit bleibt mir nur, die vollständige Schließung aller Salinen zu veranlassen.«

»Madame Cordier, wo waren Sie am Mittwochabend? Was haben Sie zwischen zwanzig Uhr dreißig und zwei Uhr nachts gemacht?«

Madame Cordier behielt auch jetzt die Contenance.

»Das ist vollkommen lächerlich«, sie schüttelte den Kopf.

»Also?«

»Ich war bis ungefähr halb neun Uhr im Institut. Mittwoch bin ich früher gegangen als sonst. Ich bin kurz nach Hause und dann auf eine Feier. Da war ich sicher bis halb zwei«, sie lächelte für einen Moment süßlich, »ohne die Party ein einziges Mal zu verlassen. Es war ein sehr heiterer Abend.«

»Und wo liegt Ihr Institut? Ihre Wohnung? Wo war die Party?«

»Das Institut liegt in Vannes. Ich wohne in Pen Lan. Da war auch die Party. In der *Domaine de Rochevilaine*, einem exzellenten Restaurant. Der örtliche Sportverein, sein fünfzigjähriges Bestehen.«

»Und im Institut, zu Hause und auf der Party gab es immer jemanden, der unseren Inspektoren Ihre Aussagen bestätigen wird?«

»Es ist ein großes Institut. Die meisten Mitarbeiter gehen aber früher. Ich kann es Ihnen also nicht garantieren. – Ich lebe allein, aber auf der Party haben mich viele Menschen gesehen. Wie gesagt, ein sehr amüsanter Abend.«

»Gut, unsere Inspektoren werden sich bei Ihnen melden. Haben wir noch etwas zu besprechen?«

Madame Cordier lächelte wieder, dieses Mal kalt.

»Ich werde dem Ministerium also meine dringlichen Empfehlungen aussprechen. Und Madame Bourgiot jetzt gleich darüber in Kenntnis setzen.«

»Zumindest damit werden Sie etwas warten müssen, Madame Bourgiot hat jetzt erst einmal eine Verabredung mit uns.«

Céline Cordier erhob sich, ging ausdruckslos an Rose und Dupin vorbei und verließ den Raum ohne ein weiteres Wort.

»Wo liegt Pen Lan?«

Dupin hatte noch nie von dem Ort gehört.

»An der Mündung der Vilaine. Der Nordseite. Zwischen dem Golf und der Guérande. Sehr hübsch dort. – Jetzt werden wir Madame Bourgiot nicht länger warten lassen.«

Dupin war noch nie an der Vilaine gewesen, auch wenn alle von ihr schwärmten. Einer der großen geschichtsträchtigen Flüsse der Bretagne, der zu einem weitverzweigten Netz aus Wasserstraßen gehörte, von dem Nolwenn schon viel erzählt hatte. Von sanften Tälern, einsamen, verwunschenen Landschaften, Schleusenwärtern, die selbst angebautes Gemüse verkauften, ein Paradies für Hausboote.

Rose schlüpfte anmutig durch die Tür und bog nach links ab. Dupin folgte ihr.

Bis auf das Büro von Madame Bourgiot besaß das *Centre* keine erste Etage, nur diesen einen Raum. Eine steile durchsichtige Treppe führte hinauf. Auch das Büro war fast vollständig aus Glas, was es groß wirken ließ, mit scharfen Ecken und Kanten, wie bei Kristallen, vor allem aber: mit einem fantastischen Blick. Die paar Meter Höhe reichten im flachen Gwenn Rann, um einen echten Panoramablick zu schaffen. Ein Rundblick, über die bizarr-schönen Landschaften der Salzgärten, die grell hellgrünen Schwemmwiesen, über die türkisfarbene Lagune bis nach Kervalet, Batz-sur-Mer und Le Croisic mit seiner mächtigen eckigen Kirche. Dupin war beeindruckt.

»Madame Cordier wird dem Ministerium die Schließung sämtlicher Salinen empfehlen. Sie wird gleich zu Ihnen kommen, Madame Bourgiot.«

Es war, nach einer kurzen, formelhaften Begrüßung, ein perfider Einstieg von Rose, sachlich vorgetragen. Dupin hatte immer noch keine Ahnung, was genau die Kommissarin sich von diesem Gespräch erhoffte, es machte ihn latent gereizt. Madame Bourgiot trug heute ein Kostüm in modischem Petrol. Sie wirkte flatterig. Unsouverän. Wie bei ihrem ersten Treffen. Sie hatten gestern schon erlebt, wie schwankend und wechselhaft ihr Verhalten sein konnte.

»Es wäre eine Katastrophe! Deswegen habe ich meinerseits mit dem Ministerium in Paris gesprochen. Wir müssen das um jeden Preis abwenden. – Oder gibt es neue Erkenntnisse? Entwicklungen, die es tatsächlich notwendig machen?«

Die Leiterin des *Centre* saß auf einem teuren, aber unbequem aussehenden Designerstuhl, milchig weiß eingefärbtes Plexiglas, wie fast alle Möbel in dem Raum, auch Dupins und Roses Stühle auf der gegenüberliegenden Seite des schmalen Schreibtischs, auf denen es schwerfiel, überhaupt zu sitzen. Rose hatte – ohne Zweifel absichtlich – eine kleine Pause entstehen lassen, Dupin nutzte sie.

»Dazu können wir keine Aussagen machen, Madame Bourgiot, aber Sie können uns erzählen, welche berufliche Ausbildung Sie absolviert haben.«

Das war ein Punkt, der ihn wirklich interessierte. Das ewige verbale Kräftemessen nervte ihn.

»Welche Ausbildung ich absolviert habe?«

Die Verblüffung schien echt.

»Genau.«

»Ich bin studierte Agrarwissenschaftlerin. *École Normale Supérieure* in Paris.«

»Dann – nehme ich an, dass Sie auch mit Biologie und Chemie zu tun gehabt haben?«

Es dauerte etwas, bis Madame Bourgiot antwortete. Dupins Blick hatte Rose gestreift. Sie schien irgendwie belustigt.

»Da hatten wir ab und zu auch mit Biologie und Chemie zu tun, selbstverständlich. Und ich war gut darin. Inwiefern ist das jetzt von Bedeutung?«

Die Zusammenhänge und Gründe, warum Menschen im Weißen Land biologische oder chemische Kenntnisse besaßen, wurden immer vielfältiger. Und immer plausibler.

»Wir machen uns gern ein vollständiges Bild.«

Dupin hatte ein wenig verzweifelt geklungen. Wenn sie in diesem Gespräch überhaupt etwas erfahren sollten – Rose hatte das Gespräch ja unbedingt gewollt –, dann wahrscheinlich nur, wenn sie radikal vorgehen würden. Wenn sie alles offenlegen würden, die direkte Konfrontation mit den Fakten suchten – die Eskalation. Und sehen würden, was geschah.

»Wir …«

Roses Handy unterbrach ihn. Die Kommissarin warf einen kurzen Blick auf das Display und nahm blitzschnell an.

»Chadron? … Verstehe. Warten Sie einen Moment.«

Sie war schon aufgestanden und mit wenigen Schritten an der Tür. Es schien wichtig zu sein.

»Madame Clothilde?«

Mit dieser Nachfrage verschwand Rose aus der Tür, um kurz

darauf wieder aufzutauchen und Dupin ein Zeichen zu geben, ihr zu folgen. Es war anscheinend wirklich wichtig.

Rose ging durch den »Erlebnisraum«, immer noch im Gespräch, und blieb vor der Schautafel »Blutiges Salz« stehen.

»Und sie hat wirklich nicht erkennen können, ob es eine Frau oder ein Mann war? … Ungefähr dreiundzwanzig Uhr fünfundvierzig war das, ja? … Gut … Danke, Chadron. Die Kollegen sollen mit ihren Befragungen fortfahren. Vielleicht ist noch jemand um diese Zeit auf der Straße unterwegs gewesen.«

Sie legte auf und ließ ihr Handy in die Jacketttasche gleiten. Dann streckte sie langsam den Oberkörper, stützte die Hände in die Seiten und legte den Kopf ein wenig in den Nacken.

»Wir haben einige Polizisten zur Befragung auf die Insel geschickt. – Madame Clothilde ist eine legendäre alte Dame auf der Île aux Moines. Sie ist zweiundneunzig. Jeder auf der Insel kennt sie. Ihr Haus liegt in der Nähe des Hafens. Sie fährt eines dieser winzigen Elektroautos. Das sie eigentlich *nicht* mehr fahren sollte. Zwei Strecken nur, immer dieselben, seit Jahrzehnten. Eine davon ist die zu ihrer besten Freundin am anderen Ende der Insel. Da wird es immer spät«, Dupin hatte nicht den blassesten Schimmer, worauf das hinauslief, »sie hat einen großen alten Hund und eine Katze, die immer mitfahren. Die Einfahrt zu ihrem Grundstück hat beim Rein- und Rausfahren keine Sicht. Sie fährt also immer bis zur Ecke, zählt bis fünf und fährt los …«

»*Was* macht sie?«, es war Dupin einfach herausgerutscht. Es war zu kurios – die ganze Situation. Und Rose, so kam es ihm vor, schien nur so ausführlich zu erzählen, um dabei schon nachdenken zu können. »Worum geht es wirklich? Erzählen Sie.«

»Sie zählt bis fünf und fährt auf die Straße, ohne etwas zu sehen. Wie gesagt, der Wagen ist winzig, der Hund, die Katze und sie verbrauchen das bisschen Luft sehr schnell, und wenn sie dann einmal unterwegs ist, beschlagen die Fenster. Wenn es zu schlimm wird, hält sie an und öffnet die Türen für ein paar Minuten«, Rose machte eine Pause, es war ihr offenbar ernst mit dem, was sie da gerade erzählte.

»Bei einem dieser Stopps hat sie gesehen, wie jemand am Strand direkt vor Maxime Daerons Haus um circa dreiundzwanzig Uhr fünfundvierzig ein Kanu auf den Strand gezogen hat.«

Dupins Augen weiteten sich. Er verstand sofort.

»Sie hat die Person nicht genau erkennen können. Sie könnte nicht einmal sagen, ob es eine Frau oder ein Mann war. Aber – irgendjemand hat dort mit einem Kanu angelegt, da ist sie sich sicher.«

Dupin fuhr sich durch die Haare. Das war eine ungeheuerliche Nachricht. Zwar konnte es natürlich theoretisch sein, dass sich gestern Nacht jemand einfach für ein kleines Abenteuer ein Kanu geschnappt hatte und von Port-Blanc zur Île aux Moines gepaddelt war, zum Plage de Kerscot, aber – die Wahrscheinlichkeit, dass dies zufällig genau in der Tatnacht *zufällig genau* zur möglichen Tatzeit genau am Strand des Tatorts geschehen sein sollte, war nicht hoch.

»Das Kanu, in dem sich heute Morgen das Wasser befunden hat, wurde sofort nach der Meldung des jungen Mannes untersucht – es waren keine Fingerabdrücke daran zu finden. Nichts.«

»Ist diese Madame Clothilde geistig noch vollkommen fit? Ich meine ...«

»Tadellos. Jeden Morgen um sieben liest sie beim Frühstück den kompletten *Télégramme* und kann Ihnen im Anschluss jeden einzelnen Artikel nacherzählen, im Detail, der Reihe nach, teils im Wortlaut. Mittags sitzt sie im *Le San Francisco* und diskutiert.«

Dupin rieb sich den Hinterkopf.

»Das ist kein Zufall. Maxime Daeron ist ermordet worden. Jemand hat seinen Selbstmord mit beeindruckendem Geschick und höchster Kaltschnäuzigkeit inszeniert.«

Die Worte von Commissaire Rose hingen eine Weile zwischen ihnen. Nein, das war sicher kein Zufall. Dann aber – dann war es eine weitere höchst bedeutsame Wendung in diesem Fall.

»Vielleicht hat man ihm die Waffe nur untergeschoben, um ihm auch die Schießerei anzulasten«, Dupin versuchte, das Geschehen beziehungsweise einen der vielen Stränge der Geschichte neu zu denken, »ebenso die Beteiligung an dem Algenprojekt. Der Täter hat gehofft, dass wir es am Ende vielleicht sogar für das Plausibelste halten, er sei auch Lilou Brevals Mörder gewesen.«

»Oder Maxime Daeron war wirklich irgendwie involviert. Aber nicht allein. – Es ist ziemlich sicher, dass wir es zumindest bei dem Algenprojekt mit mehr als einem Täter zu tun haben.«

Es war schwindelerregend. In jähem Wechsel und hohem Tempo ergaben sich ständig neue Konstellationen.

»So ein Scheiß.«

Sie hatten es – höchstwahrscheinlich – wirklich mit einem zweiten Mord zu tun. Genauer: mit einem vollends abgebrühten zweiten Mord. Man hatte sie fast getäuscht. Fast.

Rose hatte Dupins Ausruf schon nicht mehr gehört. Sie war wieder auf dem Weg zur Treppe. Dupin folgte ihr. Zu seiner Überraschung wartete sie aber an der Tür zu Bourgiots Büro. Sie warf ihm einen Blick zu, der schwer zu deuten war, aber etwas Komplizenhaftes hatte.

Die beiden Kommissare traten gemeinsam ein. Madame Bourgiot blickte ihnen gefasst entgegen, ihr war keinerlei Irritation anzumerken.

»Ein paar Fragen noch, Madame Bourgiot. Wo waren Sie gestern Abend und gestern Nacht? Und bitte nennen Sie alle Personen, die das bezeugen können.«

Rose hatte ihren freundlich-neutralen Ton angeschlagen. Beeindruckend konzentriert.

Madame Bourgiot antwortete souverän:

»Sie gehen nicht mehr von einem Selbstmord aus, entnehme ich Ihrer Frage?«

»Wenn Sie die Frage einfach beantworten würden.«

Madame Bourgiot lehnte sich in ihrem Stuhl zurück.

»Wenn ich keine beruflichen Verpflichtungen habe, esse ich, wie Sie bereits wissen, abends mit meinem Mann. Auch gestern Abend. Im Garten. Er kam gegen acht. Ich gegen halb neun. Wir haben bis Mitternacht gesessen. Vielleicht etwas länger noch.«

»Kann das außer Ihrem Mann noch jemand bezeugen? Haben Sie Anrufe getätigt?«

»Nein. Nur mein Mann. – Zwei Anrufe.«

»Von Ihrem Festnetz?«

»Von meinem Handy.«

»Denken Sie bitte auch noch einmal über Mittwochnacht nach, da gilt dasselbe: Fällt Ihnen zusätzlich zu Ihrem Mann noch jemand oder etwas ein, das beweisen würde, dass Sie wirklich zu Hause waren? Vor zwei Uhr nachts?«

»Nein. Das sagte ich Ihnen bereits«, Madame Bourgiot war nicht aus der Ruhe zu bringen.

»Dann werden wir uns ein weiteres Mal eingehend mit Ihrem Mann unterhalten.« Roses Satz war eine unverhohlene Drohung gewesen.

Natürlich konnte Bourgiot genau das getan haben: mit ihrem Mann zusammen einen gemütlichen Abend verbracht haben – aber es war so eine Sache mit dieser Art Alibi, sie hatten es ja schon erlebt in diesem Fall.

»Das wäre fatal. Ein weiterer Mord wäre fatal für das Salzland. – Jetzt brechen alle Dämme.«

Bourgiots düstere Sätze hatten wie eine Kapitulation geklungen. Ein Bewusstwerden ihrer eigenen Ohnmacht.

»Was meinen Sie damit?«

Madame Bourgiot sah Rose direkt an, aber ihre Augen waren leer.

»Nichts.«

Dupin war in Gedanken bei der neuen Entwicklung. Wenn auch Daeron ermordet worden war, hatten sie es mit einem Täter ganz anderer Art zu tun, als es zunächst zu vermuten gewesen war. Dann war am Mittwochabend nicht nur einmalig eine wie auch immer geartete dramatische Situation auf noch dramatischere Weise eskaliert – dann ging jemand systematisch vor. Daeron – vielleicht selbst verstrickt, vielleicht ein Opfer? – war *beseitigt* worden. Es gab die verschiedensten Motive für einen Mord: mannigfaltigste menschliche Dramen, Verletzungen, tragische Leidenschaften, Habgier, Rache – die »heißen Affekte«, so kompliziert sie auch manchmal äußerlich zu erkennen waren. Und es gab kaltblütige Täter, berechnend, skrupellos, die für ihre Ziele über Leichen gingen. Sie verfolgten ihre Interessen auf verdreht rationale Art, Opfer waren für sie Konsequenzen, die sie in Kauf nahmen, um an ein Ziel zu gelangen. Es gab Menschen ohne Gewissen. Dupin hatte sie kennengelernt.

»Wo arbeitet Ihr Mann?«

Dupin hatte keine Ahnung, was Rose jetzt noch verfolgte.

»Auch bei der Gemeinde.«

»Was macht er da?«

»Er ist Leiter des Wasseramtes.«

Dupin wurde hellhörig.

»Des Wasseramtes?«

»Ja, zuständig für die Trinkwasserversorgung – die Kläranlagen, das Leitungssystem, all das.«

»Hier in der Guérande?«

»Für die gesamte Halbinsel, ja.«

»Wir danken Ihnen für dieses Gespräch, Madame Bourgiot.«

Es hatte nichts Freundliches mehr in Roses Satz gelegen. Und es war ein abruptes Ende der Unterhaltung.

Kurz darauf hatten die Kommissare das gläserne Büro verlassen.

Madame Bourgiot war sitzen geblieben. Unmöglich zu sagen, was in ihr vorging.

Die drei Inspektoren hatten vor dem *Centre du Sel* gewartet, auf dem staubigen Parkplatz, in der goldenen Sonne des frühen Abends. Riwal und Chadron unterhielten sich lebhaft, Kadeg hatte, ein wenig abseits stehend, mürrisch-beleidigt in die Gegend geschaut.

»Hier entlang.«

Rose steuerte ohne weitere Erklärungen auf einen der großen Salzspeicher zu, an dessen Seite ein Weg entlangführte, dem sie bis zum Ende folgten. Hier begannen ausgewiesene Lehrpfade, schmal, erdig. Zwei Schilder wiesen den Weg, ein »Kleiner Rundgang (20 min)« und ein »Großer Rundgang (60 min)«. Rose bog auf den »Großen Rundgang« ein, der scharf nach links führte. Sie befanden sich am Rand der Salinen. Rechter Hand lagen sie: die weitflächigen Salzgärten, eine Welt für sich. Vor ihnen aber tat sich plötzlich eine andere, völlig unerwartete Landschaft auf. Ein fast dschungelartiges Wäldchen, dicht, wild gewachsen, tief hängende Weiden, an denen ein Kanal begann, der kerzengerade verlief und sich weit in der Ferne verlor. Wahrscheinlich bis ins verwunschene *Schwarze Land*, den Parc de Brière, eine große Torf-, Moor- und Wasserlandschaft voller Kanäle und Teiche, durch die Dupin im letzten Jahr mit Henri gefahren war, auf dem Rückweg von Le Croisic. Wo der Kanal begann, lag ein bilderbuchartiger Holzsteg, alt, mit hellem Moos bewachsen. Drei lang gezogene pechschwarze Kähne mit grünen Sitzplanken waren an ihm vertäut.

Im Schatten der großen Weiden war ein hölzerner Picknicktisch zu sehen, Bänke an beiden Seiten. Rose, die offensichtlich alles genau kannte, hatte ihn schon fast erreicht. Den Kanal entlang wuchsen Gräser in unterschiedlichsten Grün- und Gelbtönen. Die Szenerie war ein reines Idyll. Getaucht in ein mildes, großzügiges goldenes Licht.

»Jemand muss Maxime Daeron betäubt haben, vielleicht schon in der Garage. Er hat den Körper in die Position gebracht, in der der Schuss gefallen ist. Dann hat er seinen Finger geführt.«

Commissaire Rose, die von der märchenhaften Landschaft keinerlei Notiz zu nehmen schien, hatte sich während ihres knappen Berichts umstandslos hingesetzt. Die drei Inspektoren hatten es ihr nachgetan, Dupin ebenso. Eine Picknickgesellschaft. In diesem Idyll diese Gespräche. Es hatte etwas Skurriles. Aber hier waren sie immerhin ungestört.

»So würde sich auch der Schmauchspurschatten erklären.«

Natürlich hatte der eifrige Kadeg als Erster reagiert. Aber er hatte recht.

So ungefähr musste es gewesen sein. Wenn es kein Selbstmord gewesen war. Und davon war Dupin mittlerweile überzeugt. Rose ergänzte:

»Es war perfekt inszeniert. Der Plan hätte ebenso gut aufgehen können.«

»Man muss sich in die Perspektive und Psyche des Täters hineinbegeben. Als würde man einen Kriminalroman schreiben. So macht es die Wissenschaft.«

Alle schauten einen Augenblick zu Riwal, der die Blicke bemerkte. Es machte Dupin wahnsinnig. Die Präfektur hatte mit großem Brimborium ein Qualifikationsprogramm für Inspektoren lanciert. Riwal hatte seinen Kurs vor zwei Monaten begonnen, »Psychologie der Täter – ein unentbehrliches kriminologisches Instrument«. Der von Kadeg folgte im Oktober – und machte Dupin zugegebenerweise noch mehr Angst: »Entschlüssele die Körpersignale – wie das limbische System den Täter verrät«.

»Es ist alles möglich«, Rose fuhr ungerührt fort zu systematisieren, »schon, was Daeron und die Waffe anbelangt. Es könnte seine sein oder nicht. Und wenn sie es wäre, würde es immer noch verschiedenste Möglichkeiten geben. Wir wissen nicht einmal sicher, ob Maxime Daeron Mittwochnacht tatsächlich in den Salinen war, wir wissen nur, dass er gelogen hat und nicht bei seiner Frau war.«

»Wenn der Täter Daeron wirklich betäubt hat, muss er an eines dieser neuen Narkotika herangekommen sein. Je nachdem, was es war, ist das gar nicht so einfach.«

Kadeg hatte es wie ein besonders strebsamer Schüler vorgetragen.

»Wir gehen doch ohnehin davon aus, dass der Täter über biochemische Kenntnisse verfügt. Das könnten ja auch medizinische Kenntnisse sein. Der Täter selbst oder einer seiner Partner. Über Kenntnisse und ein Labor. Dann wäre es ein Leichtes«, folgerte Riwal kühl.

»Wer verfügt denn genau über welche Kenntnisse? Und über welche Verbindungen zu welchen Laboren? Was wissen wir?«, das schien Dupin immer noch ein substanzieller Ansatzpunkt.

»Ich habe in dieser Hinsicht gründlich über die drei Frauen recherchiert«, Kadeg holte aus, »ich beginne mit Madame Laurent. Sie ist von Haus aus Biologin.«

»Madame Laurent ist Biologin?«

Es war keine richtige Nachfrage Dupins gewesen, eher ein Erstaunen, auch wenn es bei ihrem Beruf natürlich nahelag, er hatte bisher nur nicht darüber nachgedacht. Er holte sein Notizheft heraus und begann mitzuschreiben. Kadeg ließ sich in keiner Weise aus dem Konzept bringen.

»Sie hat in Bordeaux studiert. Gebürtig aus Rennes. Sie hat aber nie als Biologin gearbeitet, auch nicht bei *Le Sel*. Sie war von Anfang an im Management tätig. *Le Sel* hat mehrere eigene Lebensmittellabore, auch eines in Vannes, wir wissen im Moment hingegen von keinen besonderen Verbindungen ihrerseits zu diesem Labor. Übrigens hat sie einen Onkel, der in der dritten Generation Paludier in der Guérande ist«, Kadeg las von einem Zettel ab und intonierte dabei jeden Satz als entscheidende Errungenschaft langer, anstrengender Studien.

»Madame Cordier ist promovierte Lebensmittelchemikerin, das ist ein eigener Studiengang der *Université Paris Sud*, die wiederum ist spezialisiert auf Lebensmittelrecht, darüber hat sie auch promoviert, mit dreiundzwanzig bereits. Sie kommt aus Guérande-Stadt und ist Abteilungsleiterin am Staatlichen Institut in Vannes, es heißt, dass sie bald die Gesamtleitung übernehmen könnte«, Kadeg machte eine kunstvolle Pause, als bereitete er sich innerlich auf den Höhepunkt seiner Rede vor. »Madame Bourgiot ist Agrarwissenschaftlerin, Studium ebenso in Paris, wozu für gewöhnlich auch Seminare in Biologie und Chemie gehören. Wir wissen von keiner direkten Verbindung von Madame Bourgiot zu einem Labor, auch nicht vom *Centre du Sel*. Sie ist nach einer Zwischenstation direkt vom Studium aus ans *Centre* gekommen. Sie stammt ebenso von hier, aus einem kleinen Dorf zwischen Le Croisic und Saint-Nazaire.«

»Na großartig. Alle Verdächtigen werden noch verdächtiger.«

Dupin fasste sich in den Nacken. Aber eigentlich war es ja nicht verwunderlich: Wer hier arbeitete, mit dem Salz zu tun hatte, war eben höchstwahrscheinlich genau solche Berufswege gegangen.

Zwei riesige Vögel flogen auf einmal knapp über ihre Köpfe hinweg, Dupin hätte sich fast geduckt. Sie landeten am Kanal. An einer Stelle, wo das Ufer flach war. Sie hatten beeindruckend lange Beine. Niemand außer ihm schien ihnen Beachtung zu schenken.

»Monsieur Jaffrezic hat«, Chadron übernahm jetzt, »scheinbar keine speziellen Beziehungen zur Chemie oder Biologie. Er hat weder studiert noch eine Ausbildung absolviert. Er kam Ende der Siebziger aus Paris«, sie blickte unverblümt zu Dupin, »ein Barbapapa. Ein Hippie. Er ...«

»Ein Hippie?«, Dupin war baff, andererseits, warum nicht?

»In den Siebzigern kamen eine Menge Aussteiger ins Weiße Land, die hier ein Leben in Harmonie mit der Natur suchten, etwas Ursprüngliches, Kontemplation«, Rose sprach mit Anerkennung, »sie haben mit ihrem Idealismus einen enormen Bei-

280

trag zum Bestand und Wiederaufbau der Salzgärten geleistet. Am Anfang gab es natürlich schwere Konflikte mit den alteingesessenen Paludiers.«

»Wie alt ist Jaffrezic?«

»Dreiundsechzig«, Chadron hatte wieder übernommen.

»Dreiundsechzig?«

Das mit der Harmonie und Kontemplation schien zu funktionieren, Dupin hätte ihn auf Anfang fünfzig geschätzt, rund zehn Jahre jünger.

Chadron überging Dupins Reaktion und fuhr fort.

»Die Kooperative arbeitet mit einem festen Labor zusammen. *Nourriture sécure.* Seit fünfzehn Jahren. Die Arbeitskontakte laufen über eine Mitarbeiterin der Kooperative, aber natürlich kennen Jaffrezic und der Chef einander gut. Sehr gut, heißt es. Sie seien richtige Freunde. Wir ...«

»Freunde, die manchmal zusammen angeln?«

Dupin war fast hochgefahren.

»Wir überprüfen bereits, ob er es war, mit dem Jaffrezic gestern Abend angeln war. Das werden wir bald wissen.«

Chadron war gut. Riwal schaute anerkennend, Kadeg sauertöpfisch.

»Paul Daerons Firma hat vor fünf Jahren ein eigenes kleines Labor aufgebaut. Was normal ist für ein Unternehmen dieser Art und Größe.«

»Wo ist das Labor?«

»Im Hauptsitz der Firma.«

Dupin hatte, als sie auf die Algen gekommen waren, in einer gewissen Ermittlungseuphorie tatsächlich gedacht, nun belastbare Hinweise in der Hand zu haben, die den Kreis der Verdächtigen erheblich verkleinern würden. Aber Rose hatte recht gehabt, es half nur wenig bei der Einschränkung. Im Grunde gar nicht. Es war müßig. Dupin grummelte, sein Blick schweifte den endlosen Kanal entlang.

»Wir müssen unbedingt ...«

Roses Handy klingelte. Sie schaute auf das Display und stand umgehend auf.

»Einen Augenblick nur.«

Sie lief ein paar Schritte und blieb direkt unter den Weiden mit den tief hängenden Ästen stehen, sodass sie fast nicht mehr zu sehen war. Sie schien sehr leise zu sprechen, man hörte kein Wort.

Am Picknicktisch war es vollkommen still. Dupins Blick war unwillkürlich wieder zu den beiden großen Vögeln gewandert, sie waren immer noch da. Und anscheinend auf der Jagd. Einer hatte gerade etwas ausgemacht, vielleicht einen armen Frosch. Pfeilschnell raste sein Schnabel hinab. Dupin mochte Frösche. Er hatte als Kind immer gern mit ihnen gespielt.

»Wir müssen weiterkommen, die Alibis, also«, Rose riss Dupin aus seinen Gedanken. Der Anruf war kurz gewesen, und sie hatte anscheinend nicht vor, auch nur irgendetwas darüber mitzuteilen, im Gegenteil: Ihr Gestus war drängend, als hätte ein anderer die wichtige Besprechung unterbrochen. »Was ist mit Madame Cordier? Mit ihr hatten wir uns am Anfang noch nicht beschäftigt. Was ist mit ihrem Mittwochabend, der Party?«

»Ich habe bereits mit drei Zeugen gesprochen, es waren insgesamt über hundert Gäste, ein großes Fest. Sie war definitiv da. Ab ungefähr zehn Uhr und bis Viertel nach eins auf alle Fälle.«

Kadeg zögerte nach seinem Bericht, als wollte er noch etwas hinzufügen. Tat es dann aber nicht.

»Gut. An der Schießerei hätte sie theoretisch beteiligt sein können, rein zeitlich, gerade so«, Rose zog die Augenbrauen ein wenig nach oben, »Sie sollten Cordier noch nach gestern Abend befragen. Das haben Commissaire Dupin und ich in unserem Gespräch eben nicht getan.«

»Ich spreche mit ihr.«

Kadeg liebte diese Jobs.

»Und was ist mit den anderen? Zügig!«, Rose war ungeduldig. Was Dupin gut verstand.

»Madame Laurent: kein Alibi, für keinen der beiden Abende«, Kadeg ging in seinen Stakkato-Report-Stil über, »Madame Cordier: hatten wir gerade – die Leiterin des *Centre du Sel*, Madame Bourgiot: am Mittwoch ab zwanzig Uhr dreißig bis Mitternacht Abendessen im Garten mit ihrem Mann …«

»Und gestern Abend ebenso. Sagt sie.«

»Das überprüfen wir«, kläffte Kadeg.

»Von Monsieur Jaffrezics gestrigem abendlichen Angelausflug wissen wir ja«, Chadron hatte wieder übernommen, die Inspektoren waren mittlerweile gut eingespielt, »am Mittwoch hat er zusammen mit seinem Mitarbeiter um zwanzig Uhr fünfzehn die Salinen verlassen und ist anschließend mit zwei befreundeten Paludiers in Le Croisic ›eine Kleinigkeit essen‹ gewesen. Ab zweiundzwanzig Uhr dreißig war er auf einem Fest-Noz in Pornichet. Ebenfalls mit den beiden Paludiers. Bis nach Mitternacht. Die beiden haben uns alles bestätigt. – Paul Daeron war gestern am frühen Abend noch auf einem Treffen, wieder in Vannes, wie vorgestern Abend, das hatten wir alles überprüft. Dann ist er, wie Sie wissen, auf sein Boot, sagt er, was aber bisher niemand bezeugen kann, und dann nach Hause. Seine Frau und seine Tochter haben bestätigt, dass sie gegen einundzwanzig Uhr dreißig zusammen gegessen haben. Und gegen halb elf schlafen gegangen sind.«

»Er hat eigentlich kein Alibi für die relevante Zeit. Er könnte unbemerkt wieder aufgestanden sein.«

»So ist es«, Rose hatte es ganz trocken gesagt. »Ich habe noch einmal mit dem Chemiker gesprochen. Sie werden ein Labor gebraucht haben, wie provisorisch auch immer; sie mussten

Bakterienlösungen kaufen; sie mussten die Bakterien in aufwendigen Verfahren selektieren; immer wieder Versuche anstellen; mussten Nährlösungen für die gezielte Vermehrung der Mikroorganismen kaufen, um genug für einen Freilandversuch in dieser Größe zu haben; sie mussten Algen in größeren Mengen hierhinschaffen; sie mussten sich die Ergebnisse und Wasserproben dann wieder im Labor ansehen. Nicht zuletzt werden sie Geld gebraucht haben für all das und Zeit. Und wenn es nicht das Werk eines Einzelnen war, dann haben sie miteinander kommuniziert. Es muss Anrufe gegeben haben, SMS, E-Mails, Treffen.«

»Ohne konkrete Verdachtsmomente können wir bei keiner der Personen Daten anfordern«, fügte Kadeg beflissen hinzu, »bei Maxime Daeron haben wir bisher nichts Verdächtiges gefunden. Nirgendwo. Und auch seine Frau konnte absolut nichts beisteuern.«

»Ich habe jemanden darauf angesetzt«, Rose redete weiter, als hätte Kadeg nichts gesagt, »die Labore für den Handel spezieller Mikroorganismen zu kontaktieren. Bisher vergeblich – ich habe eben einen ersten Zwischenbericht erhalten«, das war also der Anruf gewesen, »aber – vielleicht haben wir Glück. Wenn es jedoch weniger spezielle Mikroorganismen waren, solche, die man in jedem Gartencenter bekommen kann, wird das nichts bringen.«

Dupin spürte eine Unrast, die immer stärker wurde. Vielleicht lag es auch an der ungewohnten Situation. Er hatte in seiner gesamten Polizeilaufbahn noch nie so viel mit so vielen Kollegen gemeinsam nachgedacht – für gewöhnlich musste er sich während eines Falles schon zu den regelmäßigen Treffen mit seinen beiden Inspektoren zwingen.

»Es gibt zwölf kulturelle Vereine und Vereinigungen im Weißen Land. Rund um die Guérande und das Salz. Der bekannteste ist *Les Amis de Guérande*, sie kümmern sich um das kulturelle Erbe des Salzes«, es war vollkommen unklar, welchen

Bezug die Ausführungen Riwals hatten, was ab und an vorkam, Dupin seufzte, »darüber hinaus gibt es die professionellen Verbände. Interessenvertretungen, Wirtschaftsverbände, Berufsverbände, ich denke, das sind mindestens zehn.«

Verständlicherweise erwiderte niemand etwas auf Riwals Ausführungen.

Dupin hielt es nicht mehr aus. Er stand auf.

»Alle unsere Verdächtigen gehören gleich mehreren dieser Assoziationen an. In wechselnden Kombinationen. Sie haben sie teils selbst gegründet. Jaffrezic und Bourgiot zum Beispiel einen Verein zum ökologischen Schutz der Salinen, dessen Präsidenten sie sind. Er hat mittlerweile über zweihundert Mitglieder. Letztes Jahr wurde Maxime Daeron zum Schatzmeister gewählt. Der Verein ist sehr aktiv.«

Riwal hatte den Satz in derselben Art formuliert wie den zuvor, bedächtig, auf eine sonderbare Weise absichtslos. Dieses Mal aber hatten sich alle Köpfe ihm zugewandt, was er gar nicht zu bemerken schien. Sie starrten ihn allesamt an.

»Ich habe mir das angesehen, als ich in der Mairie war. Und hier im *Centre*«, schob er fast entschuldigend hinterher.

»Maxime Daeron, Bourgiot und Jaffrezic?«

Dupin war neben dem Tisch stehen geblieben. Es klang vollkommen verrückt. Aber – das könnte es sein. Genau das. Zufällig. Riwals Idee, nach den Vereinen und Verbänden zu forschen, zu schauen, wer mit wem zusammensaß, war brillant gewesen.

»So ein Verein wäre unter Umständen eine perfekte Tarnung für das Algenprojekt«, Rose hatte sofort verstanden, »ein besserer Deckmantel ist schwer vorstellbar.«

Riwal blätterte in einem Notizheft, das vor ihm auf dem Tisch lag und randvoll war:

»Es finden sich beliebige Kombinationen aus allen sechs. In den beiden großen Berufsverbänden sind sogar alle zusammen aktiv. Bis auf Jaffrezic, seltsamerweise. In dem Verband zur Förderung der Vermarktung des *Sel Breton* sind Laurent und Jaffrezic Mitglieder. Das ist wohl der mächtigste Verband. Nur als Beispiel: In einer Untergruppe der *Fédération Saliculture Guérandaise* mit dem Schwerpunkt Flora und Fauna sind Maxime Daeron, Madame Laurent und Madame Cordier verzeichnet.«

Wieder blickten alle zu Riwal, der dieses Mal entschlossener als eben gesprochen hatte – ein wenig stolz auch –, aber jetzt verwirrt schien, Enttäuschung auf den Gesichtern zu sehen.

»Ein stichhaltiger Hinweis wäre das dann ja nicht«, merkte Kadeg frohlockend an, »auf diese Weise könnte es doch wieder jeder sein.«

Das stimmte – dennoch war es eine mögliche Spur. Eine Idee, wie alles vielleicht entstanden war. Wer wie wo zusammengekommen war.

»Ich will alle existierenden Mitgliedschaften von allen auf einer übersichtlichen Liste zusammengetragen haben«, Dupin stand immer noch neben dem Tisch. Die rechte Hand am Hinterkopf.

»Liegt bereits vor.«

Riwal hatte ganze Arbeit geleistet. Er schob das Heft zu Dupin. Rose war aufgestanden, stellte sich neben Dupin und begann ebenfalls, die Auflistung zu studieren.

Es war eine penible Aufstellung, in kleinster Schrift, sechs Seiten, links alle Vereine und Verbände, rechts ihre Verdächtigen, die Mitglieder waren. Es gab in der Tat fast jede Kombination. Es war zum Verrücktwerden.

»Kennen wir die Zwecke der Vereine und Verbände – worum es jeweils geht?«

Nur bei wenigen war dies aus ihrem Namen zu schließen, zumindest für Dupin.

»Bei fast allen, ich kenne …«

Roses Handyton unterbrach Riwal. Anders als zuvor aber trat sie nur einen kleinen Schritt beiseite, bevor sie annahm.

»Bonjou…«

Rose verstummte mittendrin. Und blieb auf der Stelle bewe-

286

gungslos stehen, sodass augenblicklich auch die drei Inspektoren und Dupin innehielten. Sie presste das Handy an ihr Ohr. Sagte nichts. Eine gefühlte Ewigkeit lang. Dann:

»Natürlich.«

Sie hatte sich bemüht, ruhig zu sprechen, aber es hatte deutlich aufgeregt geklungen.

Sie hörte wieder zu.

»Nein – Monsieur Daeron, warten Sie – wir kommen sofort, wo sind ... hallo? – Hallo, Monsieur Daeron? Hallo?«

Sie wartete, horchte angestrengt. Wieder nervenaufreibend lang. Dann nahm sie abrupt das Telefon vom Ohr.

»Paul Daeron. Er sagte, dass er uns sofort sprechen wolle. Wir zu ihm kommen sollen. – Dass er uns«, sie zögerte einen Moment, »die *ganze* Geschichte erzählen will«, Rose wirkte zutiefst beunruhigt und versuchte nicht, es zu verbergen. »Er wollte gerade sagen, wo er sich aufhält – dann ist irgendetwas passiert. Heftige Geräusche waren zu hören, wie ein Kampf, er hat etwas geschrien, was ich nicht verstehen konnte, dann war das Gespräch unterbrochen. Es war eine unterdrückte Nummer.«

Chadron, Kadeg und Riwal waren aufgesprungen.

»Wir müssen schnellstmöglich herausfinden, wo sich Paul Daeron aufhält.«

Dupin löste sich und lief Richtung Steg. Er blieb stehen, blickte auf den Kanal mit dem unergründlich grünlichen Wasser. Die Oberfläche war vollkommen glatt. Ein Schwarm schwarzer Vögel flog gemächlich über den Kanal, lautlos. Alles war unendlich friedlich.

»So ein Scheiß.«

Es war sehr laut gewesen, man hatte es am Tisch gut hören können.

»Ja, genau, wir suchen Monsieur Daeron. Und es ist sehr dringend.«

Paul Daeron hatte – was zu befürchten gewesen war – nicht wieder angerufen. Rose, Dupin und ihre Inspektoren waren mittlerweile zum Parkplatz am *Centre* zurückgeeilt, sie standen, ein wenig verteilt, nahe ihren Autos, jeder mit seinem Telefon am Ohr. Dupin hatte die Sekretärin von Paul Daeron am Apparat.

»Er hat vor eineinhalb Stunden ein für seine Verhältnisse längeres Telefonat geführt, Monsieur le Commissaire, und dann gesagt, er müsse weg. – Er wolle etwas für sich sein. Er – er schien sehr aufgewühlt.«

Die Sekretärin schien mindestens ebenso aufgewühlt, jetzt, wo sie mit der Polizei telefonierte.

»Soll ich etwas tun? Sie vermuten doch nicht, dass etwas Schlimmes passiert ist, oder? Nach der Sache mit seinem Bruder …«

Dupin dachte kurz nach.

»Wurde er angerufen oder hat man ihn angerufen?«

»Das kann ich nicht sagen.«

»Mit welchem Telefon hat er telefoniert?«

»Ausnahmsweise mit seinem Handy«, die Sekretärin wurde immer nervöser, »nicht, dass ich irgendetwas gehört hätte, die Verbindungstür ist gut isoliert. Aber ich hätte den Anruf übers Festnetz auf meinem Display gesehen. – Wissen Sie, Monsieur Daeron ist überhaupt kein Freund von Mobiltelefonen, er schimpft immer, er sagt, er hat auch nie …«

»Geben Sie mir die Nummer.«

»Einen Moment. Ich benutze sie nie. 0678376 56.«

»Ist das ein privates Handy?«

»Ja. Directeur Daeron besitzt kein Firmenhandy. – Das ist so ein Prepaidgerät. Ich glaube, er benutzt es nur selten.«

»Haben Sie irgendwelche Unterlagen? Wir brauchen die Nummer der SIM-Card.«

»Nein«, die Sekretärin klang schuldbewusst.

»Wissen Sie, wann er es gekauft hat?«

»Nein.«

Fantastisch. Ohne Identifikationsnummer der SIM-Card würden sie nichts, aber auch gar nichts ausrichten können. Keine Verkehrsdaten, nichts.

»Und Sie haben nicht vielleicht, ohne Absicht natürlich, das eine oder andere Wort von dem Telefonat verstehen können?«

»O nein, auf keinen Fall.«

Dupin glaubte ihr nicht.

»Das ist von erheblicher Bedeutung. Sie würden Monsieur Daeron sehr helfen.«

»Nein, ich weiß wirklich nichts«, jetzt war es fast ein Schluchzen.

»Ein Kollege wird sich wegen seiner Festnetzanschlüsse melden. – Und Sie haben auch keine Idee, wohin Monsieur Daeron gefahren ist?«

»Nein. Leider nicht. Er hat nichts gesagt. Aber er sagt mir nie, was er privat tut. Er ist sehr diskret. Die Adressen der Häuser in La Roche-Bernard und auf der Île aux Moines haben Sie, oder?«

»Ja. Ich nehme an, er ist mit seinem Wagen weg, oder?«

»Ja.«

»Ich danke Ihnen.«

Dupin hatte fast schon aufgelegt. Er setzte noch einmal nach:

»Und Ihnen fällt wirklich gar nichts dazu ein, was er mit ›etwas für sich sein‹ gemeint haben könnte?«

»Das sagt er manchmal. Aber nicht mehr. Wie gesagt, er wird nie privat.«

»Danke.«

Dupin legte auf.

»Und?«, Rose hatte sich direkt neben ihn gestellt. Er berichtete in knappen Worten.

»Ich habe ein schlechtes Gefühl«, sagte sie ohne jedes Pathos und mit der ruhigen Souveränität, die Dupin kannte.

Rose machte allen drei Inspektoren ein Zeichen, sie scharten sich sofort um sie. Nur Kadeg hatte noch telefoniert, legte jetzt aber rasch auf.

»Chadron, sorgen Sie dafür, dass versucht wird, Daerons Handy zu orten. Das ist das Erste. Dann müssen wir wissen, wo sich jeder unserer Verdächtigen gerade aufhält! Was sie tun. Ob sie allein sind. Rufen Sie an und statten Sie ihnen allen einen Besuch ab, schicken Sie jemanden von der örtlichen Polizei vor, wenn das schneller geht«, Rose sprach schnell, »Laurent, Bourgiot, Jaffrezic. Und Cordier. Jeder übernimmt einen der vier. – Wir müssen schnell sein.«

Das war aufwendig, aber genau richtig. Auch, das Risiko einzugehen, sich jetzt auf diese vier festzulegen. Sie mussten handeln. Mit einiger Wahrscheinlichkeit befand sich Paul Daeron in großer Gefahr. Auch wenn er vielleicht sogar selbst an der Geschichte beteiligt gewesen war.

»Ein Wagen ist schon unterwegs zu Daerons Haus in La Roche-Bernard. Er wird bald da sein.«

Chadron war hoch konzentriert.

»Wir übernehmen Laurent«, sagte Rose und blickte kurz zu Dupin. Dupin hätte auch Madame Laurent gewählt – nur hätte er sie sich gern allein vorgeknöpft.

»Ich hänge mich an Bourgiot«, Kadeg hatte das Telefon schon am Ohr.

»Ich an Jaffrezic«, Riwal hatte sein Handy in der Hand, »wir haben übrigens gerade die Mitteilung bekommen, dass der alte Freund, mit dem er gestern angeln war, nicht der Laborchef war. Sie gehen wohl allgemein nicht zusammen angeln.«

Das zumindest machte Jaffrezic also nicht noch verdächtiger.

»Ich kümmere mich um Cordier«, meldete Chadron, finster.

»Ich will«, Rose verharrte kurz, »dass jemand zusätzlich Maxime Daerons Ehefrau übernimmt. Nur sicherheitshalber.«

Alle blickten Rose ein wenig überrascht an.

»Mach ich ebenfalls«, sagte Chadron bestimmt.

»Dann los. Ich muss mein Handy frei halten, falls sich Daeron noch einmal melden sollte. Ich bin über Funk zu erreichen.«

Sie blickte kurz zu Dupin.

»Wir nehmen meinen Wagen«, Rose hatte den Autoschlüssel schon in der Hand, »ich fahre.«

Dupin verdrehte die Augen.

Madame Laurents Mitarbeiterin klang patent und freundlich.

»Sie war bis halb vier im Büro. Dann ist sie gefahren.«

Ségolène Laurent war weder auf ihrem Handy noch zu Hause erreichbar gewesen.

»Und Sie wissen wirklich nicht, wo sie hin ist?«

Dupin sprach gepresst. Er hatte auf Freisprechen geschaltet, sodass Rose mithören konnte, in jeder Kurve, von denen es hier reichlich gab, die rechte Hand fest am Griff über der Tür. Er hatte sich nicht vorstellen können, dass es möglich war, aber Rose schaffte es, die engen Straßen Richtung Golf noch einmal waghalsiger zu fahren als in den letzten zwei Tagen. Immerhin dieses Mal mit eingeschalteter Sirene und Blaulicht, was das Sprechen und Verstehen nicht leichter machte.

»Nein. Sie hat heute keinen Termin mehr. Morgen bricht sie zu einer Reise nach Avignon auf. – Wenn sie im Büro ist und nicht unterwegs, geht sie freitags eigentlich immer so um diese Uhrzeit.«

»Was für eine Reise ist das?«

»Zu den Salinen im Rhône-Delta.«

»Wann hat sie die Reise geplant?«

»Heute früh erst. Sie unternimmt ab und zu sehr spontane Geschäftsreisen.«

»Hat sie telefoniert, bevor sie aufgebrochen ist?«

»Das nehme ich an. Sie telefoniert fast ununterbrochen, wenn sie im Büro ist.«

»Wirkte sie auf irgendeine Weise verändert? Ist Ihnen etwas aufgefallen an ihr?«

»Sie wirkte wie immer. Sie hat mir freundlich ein schönes Wochenende gewünscht.« Die Mitarbeiterin war durch nichts aus der Ruhe zu bringen, sie schien auch nicht sonderlich besorgt darüber, dass ein Polizeikommissar all diese Fragen stellte.

»Wer könnte wissen, wo sie sich aufhält?«

»Das kann ich Ihnen leider nicht sagen. Vielleicht ihre beste Freundin, Madame Sinon, die Chefin von *Le Gall*, dem großen Hersteller von Milchprodukten. Madame Laurent ist viel unterwegs. Und wenn nicht, dann ist sie meistens zu Hause auf der Île d'Arz. – Vielleicht ist sie gerade schwimmen, das tut sie sehr gern.«

»Wir brauchen die Nummern, die Madame Laurent in den letzten Stunden von ihrem Festnetz aus gewählt hat. Könnten Sie diese ausfindig machen und mich umgehend zurückrufen?«

Es dauerte, bis die Mitarbeiterin reagierte.

»Das sind wichtige polizeiliche Ermittlungen, sagten Sie?«

»Sehr wichtig.«

»Rufen Sie mich zurück.«

Sie schien auflegen zu wollen.

»Warten Sie – Sie wissen nicht zufällig, ob Madame Laurent mit einem Monsieur Paul Daeron Kontakt hatte? In den letzten Tagen.«

»O ja. Natürlich. Er ist ein Kunde von Madame Laurent. *Saucisse Breizh* bezieht Salz von *Le Sel*.«

»Was?«, rutschte es Dupin raus.

»Seine Firma kauft bei *Le Sel* Salz für die Wurstproduktion. Die beiden telefonieren ab und zu. Und treffen sich auch. Madame Laurent ist es wichtig, ihre größeren Kunden regelmäßig persönlich zu sehen, das nimmt sie sehr ernst. Von den letzten Tagen weiß ich nichts – es hat zumindest keinen Termin gegeben. Das müssten Sie Madame Laurent aber besser selbst fragen.«

»Das werden wir. – Ist das ein Firmenhandy, das Madame Laurent benutzt?«

»O ja. Ein viel frequentiertes.«

»Wissen Sie von einem anderen, einem privaten Handy? Einem Prepaidhandy?«

Zum ersten Mal schien die Mitarbeiterin unschlüssig.

»Nein. Und ich halte es für sehr unwahrscheinlich.«

»Wenn Sie dann einmal nach den Nummern schauen würden?«

»Bin quasi dabei.«

Dupin legte auf.

Es war bemerkenswert. Sie erfuhren von immer mehr Verstrickungen. Von denen niemand etwas erzählt hatte.

Rose hatte im Ausgang einer sehr engen Kurve wieder tollkühn beschleunigt, was den Wagen in eine abenteuerliche Schräglage gebracht hatte. Bei dem Fahrstil würden sie in einer halben Stunde da sein. Rose hatte schon zwei Kollegen aus Auray vorausgeschickt.

Roses Funkgerät sprang an.

»Riwal hier.«

»Sprechen Sie.«

Die Kommissarin hatte jetzt nur noch eine Hand am Lenkrad.

»Monsieur Jaffrezic ist wohl in einer seiner Salinen. Wahrscheinlich allein, nach den Aussagen eines Mitarbeiters. In der Saline, wo er auch die letzten Tage gewesen ist, unterhalb des Blindbeckens, ich werde gleich da sein. Ich habe ihn noch nicht erreichen können.«

»Gut.«

»Riwal Ende.«

Vielleicht hätten sie im Salzland bleiben sollen? Dupin war

sich plötzlich unsicher. War Paul Daeron es gewesen, der jemanden hatte treffen wollen – oder hatte ihn jemand treffen wollen? Wenn Paul Daeron das Treffen vorgeschlagen hatte, dann war er es wahrscheinlich auch gewesen, der den Ort bestimmt hatte. Rose hatte den Wagen Paul Daerons, einen Citroën Crosser, wie der seines Bruders, nur in Dunkelblau, zur Fahndung ausgeschrieben.

Sie hatte das Funkgerät noch nicht aus der Hand gelegt, als es wieder ansprang.

»Kadeg hier.«

»Und?«

»Madame Bourgiot hält sich in einer Saline auf, es geht wohl um einen neuen Salzlehrpfad, sagte einer ihrer Mitarbeiter. Unweit der offenen Lagune Richtung Le Croisic. Kombiniert mit ornithologischen Spots. Es war nicht einfach, jemanden zu finden, der das wusste. Ich habe Madame Bourgiot nur kurz sprechen können, denn der Empfang war sehr schlecht. Das Gespräch war sofort wieder unterbrochen. Sie hat mich vielleicht nicht verstanden. – Ich bin gleich da.«

»Dann sind Sie beide in den Salinen«, Dupin hatte laut gesprochen.

Eine kurze Pause entstand, Kadeg schien nicht zu wissen, was er sagen sollte. Dupin ging dem Gedanken nach:

»Wie weit liegt die Saline, wo sich Bourgiot aufhält, von Jaffrezics Saline am Rande des Blindbeckens entfernt?«

»Ich vermute, Luftlinie siebenhundert Meter.«

Rose riss das Gespräch an sich:

»Sagen Sie Chadron, sie soll einen Hubschrauber die Salinen abfliegen und nach Daerons Wagen schauen lassen. Nach allem Verdächtigen. Von Saint-Nazaire aus müsste der Hubschrauber in wenigen Minuten da sein.«

»Verstanden. Kadeg Ende.«

Dupins Handy klingelte, es ging Schlag auf Schlag. Madame Laurents Sekretärin.

»Ja?«

»Die Nummern.«

»Ich höre.«

Dupin ließ den Haltegriff los und nestelte sein Notizheft hervor. Die Sekretärin begann, geduldig sieben Nummern durchzugeben, mit Uhrzeiten und Dauer, ob »eingegangen« oder »ausgegangen«.

»Das waren sie. Die Anrufe der letzten Stunden.«

»Ich danke Ihnen sehr.«

Dupin legte auf. Keine der Nummern sagte ihm etwas. Er würde sie einfach der Reihe nach anrufen. Wieder sprang das Funkgerät an. Inspektorin Chadron.

»Das Handy von Paul Daeron ist nicht zu orten. Es muss ausgeschaltet sein. Oder beschädigt. – Die Kollegen sind am Haus in La Roche-Bernard. Keine Spur und kein Anzeichen, dass er in den letzten Stunden dort war. Wir haben noch einmal mit seiner Frau gesprochen. Sie ist sehr besorgt, weiß aber auch nicht, wo ihr Mann sein könnte. – Cordier war bisher telefonisch nicht zu erreichen. Nach dem Gespräch mit Ihnen hat sie noch mit Madame Bourgiot gesprochen, sehr kurz wohl, und dann das *Centre* verlassen. Ihr Institut ist freitagnachmittags geschlossen. Wir haben dort niemanden mehr erreicht. Ich fahre gerade zu ihrem Haus nach Pen Lan. Zwei Kollegen von dort sind bereits eingetroffen. Ihr Wagen steht nicht vor der Tür. Und sie scheint nicht da zu sein.«

»Und Maxime Daerons Ehefrau?«

»Sie hatte eine Besprechung in Vannes. Bis vier. Sie hat einem Kollegen gesagt, dass sie danach ein paar Einkäufe erledigen wolle. Wir haben sie persönlich noch nicht erreicht.«

»Gut, Chadron.«

Rose hängte das Funkgerät zurück, trat zu Beginn einer langen Geraden noch einmal heftig aufs Gas – Skippy hätte keine Chance – und legte ausnahmsweise die zweite Hand ans Steuer, was Dupin erleichtert zur Kenntnis nahm.

Er war bei der vierten Nummer angelangt. Einer, die Madame Laurent selbst angerufen hatte. Die ersten drei, die sie angerufen hatten (»eingegangene Anrufe« stand in seinem Clairefontaine), waren uninteressante Geschäftskontakte gewesen.

»*Meubles et terrasses* hier, Bonjour.«

Dupin legte auf. Der nächste Anruf – ebenfalls von Madame Laurent getätigt – war ein Restaurant. *Marée des Oiseaux*. Madame Laurent hatte eine Reservierung für nächste Woche Montag vorgenommen, drei Personen.

»Das beste Restaurant der Gegend. Da kocht ein ganz Junger, der einer der ganz Großen wird. Seine Dorade in Salzkruste mit Fenchel ist ein Gedicht.«

Ohne Pause, als hätte sie den Satz gar nicht gesagt, war Rose sofort wieder bei der Sache: »Wir müssen an dieses Prepaidhandy kommen. Das könnte ein kluges System der Kommunikation untereinander gewesen sein. – Unter Umständen hatte jeder der Beteiligten ein Prepaidhandy. Anonymer geht es nicht.«

Dupin antwortete nicht. Bei der sechsten Nummer sprang ein Anrufbeantworter an, ohne Namen. Die siebte war wieder ein Restaurant. Dieses Mal in Marseille, für morgen Abend. Für drei Personen. Die Dienstreise. Bei der Reservierung waren keine weiteren Namen vermerkt.

Rose fuhr fort, wie in Gedanken.

»Er wollte reden. Paul Daeron wollte uns alles erzählen. Vielleicht ist er selbst beteiligt – und wollte sich stellen. Alles offenlegen. – Und das hat er jemandem mitgeteilt, einem weiteren Beteiligten. Vielleicht hat er sich mit der Person treffen wollen.«

Das klang plausibel. Faktisch plausibel, psychologisch plausibel. So könnte es gewesen sein.

»Oder er ist unschuldig«, schloss Rose, »und hat etwas in Erfahrung gebracht, die Geschichte aufgedeckt.«

Auch das wäre plausibel.

»Wir werden den *point magique* ganz bald finden«, Dupin staunte über seinen eigenen Satz – mindestens so sehr wie Rose – und musste ungewollt schmunzeln.

Sie waren noch fünfzehn Minuten von Port Arradon entfernt, das ein Stück näher an der Île d'Arz lag als Port-Blanc. Rose hatte angeordnet, dass sie dort am Hafen ein Polizeiboot erwartete.

Die Inspektoren hatten sich alle ein zweites Mal gemeldet, Rose hatte die rechte Hand kein Mal mehr am Lenkrad gehabt.

Kadeg hatte Madame Bourgiot weiterhin weder getroffen noch erreicht. Ihm war seine Verzweiflung anzuhören gewesen, die Ortsangaben in den Salinen waren wie immer vage. Er ging nun systematisch die äußersten, an der Lagune gelegenen Salinen ab. Der Handyempfang war in diesem Gebiet unzuverlässig, hatte Kadeg festellen können.

Madame Bourgiot war – im Augenblick zumindest – auch nicht bei Jaffrezic. Riwal war in seiner Saline angekommen und hatte Jaffrezic auch sofort getroffen, der wie gestern Morgen allein war und sich bei der Ernte befand. Fleur de Sel. Er behauptete, den ganzen Nachmittag mit der Ernte befasst gewesen zu sein. Nur er, allein. Und Paul Daeron weder gesehen noch gesprochen zu haben, nicht heute, nicht die letzten Tage. Riwal hatte auch keinen Hinweis darauf gefunden, dass sich Madame Bourgiot dort aufgehalten hatte, Jaffrezic hatte es als abwegig abgetan. Dennoch hatte Riwal mit einer gründlichen Inspektion der Saline und des Gebiets begonnen, vor allem der Schuppen. Während des Funkgesprächs mit Riwal war der Hubschrauber zweimal laut zu hören gewesen, er war schon im Einsatz. Bisher ergebnislos.

Madame Cordier schließlich, so Chadrons Update, war weiterhin nicht aufzufinden, auf beiden Anschlüssen sprang stets nur der Anrufbeantworter an.

»Was denken Sie?«

Für einen Augenblick war eine Stille entstanden. Rose hatte bedeutungsvoll geklungen. Die Frage war ihr sehr ernst.

»Ich …«

Wieder das Funkgerät.

»Hier das Team am Haus von Madame Laurent.«

Dupin kannte die Kollegen nicht. Dem Polizisten, der jung klang, war eine schneidige Aufgeregtheit anzumerken. Als hätte er gesagt: »Swat-Team vor Ort, bereit zum Zugriff.«

»Ich höre Sie.«

»Wir sind gerade angekommen«, die Funkverbindung knackste wie verrückt, »in der Einfahrt steht ein anthrazitfarbener Audi A8, das ist ihr Auto. Wir haben geklingelt, es öffnet niemand.«

»Sie ist vom Büro aus nach Hause gefahren.«

Dupin hatte unbeabsichtigt laut dazwischengesprochen, Rose ignorierte es.

»Verschaffen Sie sich Zutritt zum Haus. Schauen Sie sich das Anwesen genauestens an. Und die Umgebung. Sie geht gern schwimmen. Zum Strand ist es nicht weit. Es wird vom Garten sicherlich einen direkten Zugang geben.«

»Wir haben keine richterliche Anordnung. Keinen Durchsuchungsbefehl.«

Aus dem Swat-Team-Mitglied war ein dünnes Stimmchen geworden.

»Sie gehen da jetzt rein. *Gefahr im Verzug.* Sie haben meine direkte Anordnung, der Sie umgehend Folge leisten werden.«

Die unmissverständlichen Worte und Roses coole Stimme schlossen aus, dass eine Nachfrage kommen würde.

»Wir sind gleich da.«

Rose hängte ein.

Sie hatten eben die Ortsgrenze von Port Arradon erreicht,

Rose hatte die Geschwindigkeit auf nun siebzig Stundenkilometer in der geschlossenen Ortschaft reduziert. Dupin hatte halb bewusst drei rote Ampeln gezählt, die Rose nicht einmal ansatzweise zum Abbremsen bewegt hatten. Sie mussten einmal quer durch das Städtchen, um zu dem Quai zu gelangen, an dem das Polizeiboot wartete.

»Sie denken, es ist Madame Laurent«, Dupin sprach mit grüblerischer Stimme, »Sie denken, sie ist nicht nur an dem Algenprojekt beteiligt, sondern auch die Mörderin.«

»Ich ...«

Dupins Handy.

Er sah eine Nummer, die ihm bekannt vorkam.

»Hier noch einmal die Sekretärin von Directeur Daeron«, sie zögerte unbestimmt.

»Ja, Madame?«

»Ich habe nach den Nummern geschaut, die Monsieur Daeron heute Nachmittag von seinem Festnetz aus angerufen hat. Es waren nur drei. Das lange Gespräch, das ihn so aufgewühlt hat, hat er ja mit seinem Handy geführt, soll ich ihnen dennoch die Nummern durch...«

Roses Funkgerät unterbrach die Sekretärin.

»Sind Sie da? Ich habe etwas.« Chadron überschlug sich fast.

»Ist etwas passiert?«, die Sekretärin klang zutiefst verängstigt. Dupin hatte vergessen, das Gespräch zu beenden. Er legte auf.

»Ich habe«, Chadron war anzumerken, dass sie ihre Aufregung zu beherrschen versuchte, »ich hatte Ihren Auftrag von heute Nachmittag direkt ausgeführt und bei der Stelle für Verkehrsdelikte alle aufgezeichneten Geschwindigkeitsüberschreitungen von den stationären und mobilen Radarkontrollen ab Mittwochabend bis heute Mittag angefordert. Zwei Kollegen haben sie ausgewertet«, ihr Sprechtempo war beachtlich, sie atmete kaum, »sie haben es mit den Autokennzeichen der Wagen aller Personen verglichen, um die es uns geht«, eine scheinbar unmotivierte Pause entstand. Dupin hatte noch nicht ganz klar begriffen, was Chadron da so aus dem Nichts berichtete, aber es dämmerte ihm.

»Eine mobile Radarstation in einem geparkten Wagen auf der D 28 nahe Crac'h hat Mittwochabend um dreiundzwanzig Uhr vierzig einen schwarzen Renault Laguna mit dem Kennzeichen GH 568 PP – 44 geblitzt. Die Aufnahme ist schlecht, aber die Techniker denken, dass sie das Bild so stark verbessern können, bis die Person identifizierbar ist. Der Wagen hatte eine Geschwindigkeit von 145 Stundenkilometern«, Chadron holte tief Luft und beendete dann die Mitteilung mit dem Zusatz: »Crac'h liegt sieben Kilometer von Kerpenhir entfernt. Von Lilou Brevals Elternhaus.«

Es dauerte nur den Bruchteil einer Sekunde, und Dupin wurde sich des ungeheuerlichen Ausmaßes der Meldung gewahr.

Das war es.

Sie hatten sie.

Bevor er reagieren konnte, hatte Rose ohne Vorwarnung – und ohne noch ein Wort zu Chadron zu sagen – auf die Bremse getreten. Ein gewaltiges Quietschen und Ächzen setzte ein. Ein brutales Ruckeln. Die Vollbremsung drückte Dupin nach vorne in den Gurt, ihn durchfuhr ein stechender Schmerz in der Schulter, die er heute tagsüber wenig gespürt hatte. Das Ganze dauerte vier, fünf Sekunden. Dann stand der Wagen. Eine filmreife Aktion. Wenige Meter vor dem Quai. Der Golf lag vor ihnen. Das atemberaubende Panorama. Eine Familie mit zwei kleinen Kindern und einem Vater, der ein knallgelbes Gummiboot trug, hatte sich umgewandt und starrte besorgt auf das Auto.

»Wir haben einen einzigen Versuch. Wenn es nicht schon zu spät ist. – Wohin?«

Es war nicht Madame Laurent. Zumindest war sie nicht die Mörderin von Lilou Breval. Und höchstwahrscheinlich auch nicht von Maxime Daeron. Dupin erinnerte sich an den großen Renault – gestern, an den Salinen, wo die Fässer gefunden worden waren. Es war der gleiche Wagen, den Rose fuhr, nur in Pechschwarz. Er wusste, wem er gehörte.

Das war ein Coup. Ein Coup von Commissaire Rose, die wieder nichts von ihren Aktivitäten erwähnt hatte, ihn wieder nicht eingeweiht hatte. Aber das war jetzt nebensächlich. Dieses Mal war sie ihr ins Netz gegangen – Rose war schon bei dem Kanu und der alten Dame nahe dran gewesen. Es war eine einfache, aber zugegebenermaßen geniale Idee gewesen. Sie hatte sämtliche Geschwindigkeitsüberschreitungen der letzten Tage sichten lassen. Die gesamte Bretagne war mittlerweile durchsetzt von mobilen Radargeräten. Eine geniale Idee, weil in diesem Fall eben nicht nur die Ermittler viel Auto hatten fahren müssen. Vor allen Dingen: sehr schnell hatten fahren müssen.

»Wohin fahren wir?«

Rose riss Dupin aus seinen Gedanken – und sie hatte vollkommen recht: Es war die einzige Frage, um die es im Moment ging. Alles andere kam später.

»Wo könnten sie sein? Daeron und Cordier?«

Rose hatte den Wagen gewendet. Und begonnen – jetzt ohne Sirenen und Blaulicht –, langsam durch den Ort zurückzufahren, zurück Richtung Schnellstraße. Dort würden sie links oder rechts abbiegen müssen. Richtung Golf – oder Richtung Salinen.

Sie sprachen kein Wort. In beiden Köpfen rasten die Gedanken. Die Anspannung war greifbar. Sie hatten eine einzige Chance. Vielleicht.

»Er wollte ›für sich sein‹ – sein Boot«, Dupins Worte durchbrachen die aufgeladene Stille, »da, wo Paul Daerons Boot liegt.

Irgendwo da. Er sagte, es sei ein ›Ort der Ruhe‹. Es ist *sein* Ort. – Da müssen wir hin.«

Es war kein Ergebnis rationaler Analyse, eher ein Impuls, ein inneres Kombinieren. Ein Gefühl. Rose sah Dupin für einen Moment verblüfft an.

Er holte sein Notizheft heraus und blätterte eilig. Er hatte es sich notiert, er war sich sicher.

»Die Vilaine-Mündung«, er fand es auf einer vollgekritzelten Seite, »sein Boot liegt in der Vilaine-Mündung. Er hat von Vannes und La Roche-Bernard gesprochen und gemeint, dass es bis dort fünfzehn Minuten seien.«

Roses Augen blitzten.

»Das wäre ziemlich genau zwischen Pen Lan und La Roche-Bernard. Wo Paul Daeron und Madame Cordier wohnen. Zwischen dem Salzland und dem Golf. Nicht weit von hier.«

»Gibt es dort einen Hafen?«

»Nein«, Rose sprach leise, »das ist die lang gestreckte Nordseite der Vilaine-Mündung. Viele felsige Abschnitte, Wiesen, große Maisfelder, Hecken, Heide, ein paar Dolmen. Alles eher ruhig. Verlassen. Man muss genau wissen, wo man hinwill«, plötzlich veränderte sich ihr Gesichtsausdruck, »an der Pointe du Moustoir, fast direkt in der Mündung, wo es hügelig wird, gibt es eine Ansammlung von Bojen, an denen Boote liegen. Weit in den Fluss hinein. Auch an den zwei, drei Stränden davor gibt es Bojen.«

Dupin kannte die Gegend nicht. Rose verfiel in ein kurzes Schweigen. Dann streckte sie sich, drehte den Kopf nach links, nach rechts und – gab Gas. Der Wagen machte einen regelrechten Satz.

»Wir sind in fünfzehn Minuten da.«

Sie griff nach dem Funkgerät.

»Chadron, hören Sie mich?«

»Ich höre Sie.«

»Schicken Sie sofort Einheiten zur nördlichen Vilaine-Mündung. An die Strände, wo die Boote im Sommer liegen. Sie sollen nach einem dunkelblauen Citroën Crosser und dem schwarzen Renault Laguna suchen. Und nach Paul Daerons Segelboot. Wir sind auch gleich da. Wir fahren zur Pointe du Moustoir.«

»Soll ich kommen? Mit Riwal und Kadeg?«

»Nein. Aber sagen Sie ihnen Bescheid. Machen Sie weiter, wo Sie sind. – Wir wissen immer noch nicht, wer alles beteiligt ist. Ich will keine weiteren Überraschungen erleben. Vielleicht sind sie auch gar nicht dort. Es ist nur ein Versuch.«

Das war wichtig: Sie wussten nicht, wer alles beteiligt war. Wer, wie viele. Aber eine Person stand fest. Die sehr wahrscheinliche Mörderin von Lilou Breval. Anders war es nicht denkbar. Céline Cordier hatte ausgesagt, Mittwochabend auf der Party in Pen Lan gewesen zu sein. Von ungefähr zehn bis halb zwei Uhr nachts. Ununterbochen, ohne die Party einmal verlassen zu haben. Gesehen worden war sie dort ohne Zweifel um zweiundzwanzig Uhr und um Viertel nach eins, sie hatten Zeugen. Aber dazwischen: Dazwischen war sie 57 Kilometer von der Party entfernt mit extrem überhöhter Geschwindigkeit geblitzt worden. Und zwar um dreiundzwanzig Uhr vierzig. Nur sieben Kilometer vom Tatort entfernt – dem Ort, an dem Lilou eben zu ungefähr dieser Zeit umgebracht worden war. Das alles ließ nur einen Schluss zu. Dupin hatte keinen Zweifel. Sie war es.

Dupin hatte eine Maßstabskarte auf seinem Schoß. Es gab zwischen Pen Lan und dem Ende der lang gestreckten Vilaine-Mündung sieben Sträßchen, die zum Meer führten. Alle verzweigten sich in kleinere Wege. Sie hatten eben die Route Nationale verlassen und konnten jetzt über eine schmale Straße an Billiers vorbei direkt zum Fluss hinunterfahren. Direkt zur

Pointe du Moustoir. Fünf Kilometer nur. Auch dort franste die Straße am Ende aus. Ein paar unbefestigte Wege wahrscheinlich. Ein paar Weiler.

Rose und er hatten kein Wort gewechselt. Auch das Handy und der Funk hatten merkwürdigerweise geschwiegen.

Es war ein Wagnis. Sie setzten alles auf diese eine Karte.

Die Straße, die zwischen Maisfeldern hindurchführte, war höchstens einen Meter breiter als der Wagen, sie verlief stur geradeaus. Dupin hatte eher zufällig auf den Tacho geschaut: hundertfünfzig Stundenkilometer. Gerade hatten sie ein dichtes Wäldchen hinter sich gelassen. Er legte den Plan nach hinten, ohne überhaupt den Versuch zu unternehmen, ihn zusammenzufalten.

Commissaire Rose bremste den Wagen ab. Dupin setzte sich aufrecht und fasste instinktiv an seine Waffe. Sie kamen an eine Abzweigung. Rose fuhr nach rechts. Eine noch schmalere Straße. Leicht abschüssig. Eine sanfte Kurve. Mit einem Mal sahen sie den grün-silbrig leuchtenden Fluss, der jetzt, zwischen Ebbe und Flut, ein echter Fluss war – kein Fjord –, ein Strom mit breiten Sand- und Schlickstreifen an beiden Ufern. Die Straße führte direkt an den Fluss heran, links immer noch Maisfelder. Auf der gegenüberliegenden Seite waren erste Boote zu sehen, die an den typischen bunten Bojen festgemacht waren.

»Hier liegen die Boote am südlichen Ufer. Hier ist es nicht.« Rose griff zum Funkgerät.

»Chadron, hören Sie mich?«

»Ich höre Sie.«

»Liegen hier an der Pointe du Moustoir auch Boote am Nordufer? Wir kommen von Billiers.«

»Etwas weiter in der Mündung, ein Stück unter Kerdavid, da gibt es auch drei Stichsträßchen, die bis zum Fluss führen.«

Rose hängte das Funkgerät zurück, »Chadron ist Seglerin«.

Die Straße führte vom Fluss weg. Kleine Wälder, Gestrüpp,

hügeliges Gelände versperrten jetzt die Sicht. Rose bremste den Wagen deutlich ab. Dupin sah, warum. Rechts bog ein nicht asphaltierter Weg ab. Das musste eine der drei Stichsträßchen sein, die Chadron gemeint hatte.

Wieder war es reines Glücksspiel.

»Der Mittlere«, Rose gab Gas, um nach hundert Metern erneut abrupt zu bremsen. Und rechts in einen Weg einzubiegen, der genauso aussah wie der erste, gesäumt von verwachsenen Eichen und dichten, hohen Ginsterbüschen auf beiden Seiten. Der Weg schlängelte sich zum Fluss hinunter. Immerhin fuhr sie jetzt langsamer.

Im nächsten Moment brachte Rose das Auto zum Stehen. Es ging nicht mehr weiter. Der Weg endete vor großen Weißdornbüschen, durch die hindurch man den Fluss schimmern sah. Und – mehrere Boote. Boote auf ihrer Seite des Flusses.

Von einem Citroën Crosser oder einem Renault Laguna war nichts zu sehen.

Ohne ein Wort zu sprechen, stiegen sie aus. In einer behänden Bewegung zog Rose ihr Jackett aus und warf es auf den Fahrersitz. Ihre Sig Sauer war nun deutlich zu sehen. Dupin steuerte auf den kleinen Fußpfad zwischen den Sträuchern und Bäumen zu, der hinunter zum Wasser führte. Rose folgte ihm.

Nach ein paar Metern erreichten sie das Ufer. Der Fluss machte hier eine leichte Biegung.

Es waren fünfzehn Boote, schätzte Dupin, die hier lagen. Flussaufwärts und flussabwärts, in größeren Abständen, sicher über einen Kilometer verteilt. Motorboote, ein paar echte Motorjachten, Segelschiffe.

Flussaufwärts, in vielleicht dreißig, vierzig Meter Entfernung, sahen sie einen Bachlauf, der sich den Hang herunterschlängelte und sich vor der Mündung auf ein paar Meter weitete. Irgendwo dahinter musste der nächste Weg von der Straße zur Vilaine herunterführen. Der dritte.

Vor ihnen am Flussufer lagen fünf der kleinen Hartplastikboote, die zum Übersetzen zu den Schiffen benutzt wurden. Weit und breit war niemand zu sehen. Es war vollkommen still. Nicht einmal ein leises Strömen des Wassers war zu hören.

»Am besten, wir teilen uns auf. Ich abwärts, Sie aufwärts. Vielleicht war es doch der erste Weg – oder der dritte«, Rose runzelte die Stirn, »oder sie sind gar nicht hier.«

Sie zog ein zweites Funkgerät aus der Hosentasche: »Hier, für Sie.«

Dupin nahm es und wandte sich um. Er ging, ohne zu laufen, aber in schnellem Schritt, die rechte Hand an seiner Waffe. Mit scharfem Fokus wanderte sein Blick zwischen den Booten auf dem Fluss und dem dichten Gestrüpp links hin und her.

Er näherte sich der Mündung des Baches, der in die Vilaine führte. Mit einem Mal sah er im Gestrüpp hinter der Mündung etwas Dunkel-Metallisches schimmern. Undeutlich. Er ging bis zur Wasserlinie. Hier war es besser zu erkennen.

Ja. Etwas Dunkelblaues. Ein Autodach. Das könnte es sein. Ohne nachzudenken öffnete er das Halfter seiner Waffe und nahm sie in die Hand. Dabei war er einfach weitergegangen, in den Bach hinein, der tiefer war, als er gedacht hatte. Er watete hindurch.

»Commissaire Rose, hören Sie mich?«

»Ich höre Sie.«

»Ich denke, ich habe den Crosser entdeckt. Der dritte Weg führt direkt hinter dem Bach zur Vilaine hinunter, da steht er.«

»Ich bin gleich bei Ihnen.«

Dupin war am anderen Ufer des Baches angelangt. Er schlug sich nach links, nahe an das Gestrüpp heran. Die Waffe im Anschlag.

Es war tatsächlich der Citroën. Der dunkelblaue Citroën Crosser von Paul Daeron. Dupin ging instinktiv geduckt weiter. Von links führte ein enger Fußpfad zum Fluss herunter, ähnlich dem, wo sie geparkt hatten.

Auch hier war niemand zu sehen. Nichts Auffälliges. Dupin

bog in den Pfad ab. Hinter dem Crosser stand ein zweiter Wagen, so nah, dass er fast die Stoßstange des Citroëns berührte. Ein pechschwarzer Wagen. Ein Renault Laguna. Kennzeichen GH 568 PP – 44.

Sie hatten richtiggelegen.

Paul Daeron und Céline Cordier waren hier.

Dupin näherte sich. Die Waffe weiter im Anschlag. Plötzlich waren Schritte zu hören, dumpf, aber deutlich. Hinter ihm. Mit einem geschickten Satz schlug er sich in die Büsche, drehte sich im Sprung, die Waffe bereit.

Rose. Es war Rose. Mit gezogener Waffe kam sie den kleinen Pfad hoch, ein versteinertes Gesicht. Dupin hatte nicht damit gerechnet, dass sie so schnell bei ihm sein würde. An ihren nassen Hosenbeinen konnte er sehen, dass auch sie den direkten Weg durch den Bach genommen hatte. Von der auf sie gerichteten Waffe, die Dupin erst herunternahm, als sie fast vor ihm stand, schien sie keinerlei Notiz zu nehmen.

»Wo könnten sie sein?«

Es war keine richtige Frage gewesen.

Rose nahm nacheinander die beiden Wagen kurz in Augenschein. Hier war nichts Besonderes zu sehen. Sie versuchte, die Türen zu öffnen. Beide waren verschlossen.

»Da liegt etwas.«

Im hohen Gras, ein Stück den Weg hinauf, blitzte etwas auf. Dupin hatte es zufällig aus dem Augenwinkel gesehen. Ein paar Meter entfernt. Es reflektierte das Licht. Er ging darauf zu.

Es war ein Handy. Ein einfaches, kleines Handy.

Dupin hob es auf. Es war ausgeschaltet.

Er schaltete es ein, drückte auf die Wahlwiederholungstaste. Er erkannte die erste Nummer sofort. Es war Roses Nummer. Davor zehn Anrufe, immer dieselbe Nummer, auch eine Handynummer. Nur gestern um neunzehn Uhr vierundzwanzig war ein anderer Anruf verzeichnet. Es passte alles. Rose stand mittlerweile neben ihm.

»Das Prepaidhandy von Paul Daeron.«

Was hatte sich hier abgespielt?

»Paul Daeron hat mich von hier aus angerufen. Das war das Telefonat eben. Cordier muss ihn gestört haben. Es muss zu einem Tumult gekommen sein.«

Sie suchten den steinigen Boden nach Spuren ab. Es war nichts Auffälliges zu sehen. Keine Spuren eines Kampfes. Überhaupt keine Spuren, was vermutlich an dem harten Boden lag.

»Sehen wir uns die Boote an. So gut es vom Land aus geht. Ich habe ein Polizeiboot angefordert. Der nächste Hafen ist in Pen Lan, es wird ein wenig dauern. – Wir müssen herausbekommen, wo Paul Daerons Boot liegt, was für ein Boot es ist. Seine Frau ist im Moment nicht zu erreichen.«

»Wir sollten uns wieder aufteilen«, Dupin spürte, wie angespannt er war.

»Weiter oben Richtung Straße ging links ein kleiner Fußweg ab. Parallel zur Vilaine. Von dort aus müsste man einen besseren Überblick haben.«

»Ich gehe am Fluss entlang«, Dupin hatte sich schon in Bewegung gesetzt, »flussaufwärts.«

Wie eben hielt er sich dicht am Gestrüpp. Eine wilde Hecke, immer dichtere Büsche und ein paar der knorrigen Eichen reichten bis nahe an das Flussbett hinunter. Bis zu den allerersten Booten waren es vielleicht noch dreihundert Meter, der Fluss machte eine Biegung, erst sanft, dann in eine scharfe Kurve.

Auf einmal sah Dupin ein kleines grünes Beiboot, unweit vom Ufer, ein Stück den Fluss hinauf. Und, soweit er das von hier aus sehen konnte, eine Person, nicht zu erkennen, ob Mann oder Frau. Er konnte sich nicht erkären, warum er das Boot erst jetzt sah.

»Commissaire Rose?«

Sie war sofort dran. Dupin hatte die Stimme gesenkt, so sehr, dass sie ihn gerade noch verstehen würde.

»Ich höre.«

»Ich sehe ein grünes Beiboot, in der Richtung der ersten Boote. An unserer Seite des Ufers. Von Bäumen teils verdeckt.«

»Wie viele Personen?«

»Eine, soweit ich sehen kann.«

Das Boot bewegte sich jetzt noch näher am Ufer entlang.

»Hat die Person Sie gesehen?«

»Das kann ich nicht sagen.«

»Ich schaue, ob ich es von hier verfolgen kann.«

Dupin lief ein Stück auf das frei liegende matschig-sandige Flussbett, auch wenn er so selbst entdeckt werden könnte. Er musste das Boot verfolgen. Er durfte es nicht aus den Augen verlieren. Er kam der Wasserlinie immer näher.

Nichts. Er konnte es nicht mehr sehen. Es war irgendwo am Ufer verschwunden, hinter Bäumen und Sträuchern. Sein Funkgerät sprang an. Rose.

»Hören Sie mich?«

»Deutlich.«

»Ich habe hier oben jetzt einen guten Überblick. Ich sehe kein Beiboot. Aber ich habe gerade erfahren, was für ein Boot Daeron besitzt. Ein Segelboot. Zwölf Meter achtzig. Eine Bénéteau. Ich kann erkennen, dass das zweite Boot vorne ein größeres Segelboot ist, das könnte es sein.«

Dupin war stehen geblieben und blickte den Fluss entlang. Auch er konnte einen höheren Mast ausmachen. Zwölf Meter achtzig. Das war eine stattliche Größe. Er zählte noch sieben Boote dazwischen. Drei Segelboote, sie sahen kleiner aus. Ein Segelboot lag ziemlich genau vor ihm, auch eine Bénéteau. Aber definitiv keine zwölf Meter achtzig lang.

Dupin lief wieder näher am Uferdickicht entlang.

Plötzlich, aus dem Nichts, war ein Zischen zu hören. Ein hohes, metallisches Zischen. Ein eindeutiges Geräusch. Er hatte es zuletzt vor achtundvierzig Stunden gehört. Vorgestern Abend in den Salinen. Ein Schuss.

Und sofort ein zweiter. Ein Schalldämpfer, auch das wie vorgestern. Sein Gefühl war: von vorne links. Aber aus einiger Entfernung. Ansatzlos schoss Dupin in die Richtung, wo er den Schützen vermutete. Drei Mal. Dann warf er sich in die Büsche. Im Handumdrehen befand er sich in der Hocke. Und war nicht mehr zu sehen, auch wenn sein Angreifer immer noch ungefähr wissen würde, wo er sich befand.

Dupin hielt das Funkgerät in der linken Hand und flüsterte hinein. Gepresst.

»Ich werde beschossen. Der Schütze hält sich zwischen fünfzig und hundert Meter vor mir auf, flussaufwärts, ich denke, etwas weiter vom Ufer weg.«

Die Antwort kam ebenso leise.

»Ich bewege mich vorwärts. Parallel zum Fluss.«

Was war hier los? Cordier und Daeron mussten in der Nähe sein, und einer von ihnen hatte auf sie geschossen. Höchstwahrscheinlich Cordier. Aber wo war Daeron? Hatte sie ihn in ihrer Gewalt?

Dupin lief vorsichtig weiter, durch dichtes Gestrüpp, nahe am Ufer. Mit einem Satz wäre er auf dem Boden des Flussbettes.

Er steckte das Funkgerät in die Hosentasche und suchte nach größeren Steinen. Er fand zwei. Mit einer Bewegung des Unterarms warf er den ersten, soweit es mit dem reduzierten Schwung möglich war, nach links, Richtung Straße, ein paar Meter weg von ihm. Erst mit dem zweiten Stein hatte er Erfolg, auch wenn das Geräusch nicht besonders laut war. Er schien einen Baum getroffen zu haben. Nichts geschah.

Er holte das Funkgerät wieder aus der Hosentasche. Flüsterte.

»Werfen Sie ein paar Steine. Vom Fluss weg.«

»Gut.«

Dupin bewegte sich weiter. Dann verharrte er.

Wieder sprang das Funkgerät an.

»Chef?«

Unverkennbar Riwal.

»Leise, Riwal, ich kann gerade nicht, *ich werde beschossen*«, flüsterte Dupin.

»Sie haben das Foto der Geschwindigkeitskontrolle identifiziert, eindeutig Madame Cordier. Und übrigens war sie Sportschützin. In Paris, während des Studiums. Wir haben aber keine registrierte Waffe gefunden. Dennoch. – Sie sollten vorsichtig sein, sie weiß, was sie tut.«

»Danke, Riwal!« Dupin hätte fast lachen müssen.

Wieder war das hohe, metallische Zischen zu hören. Aber in eine andere Richtung, so schien es. Der Schuss hatte nicht ihm gegolten.

Noch einmal das Zischen. Dann wieder Stille.

Dupin verharrte regungslos. Jetzt krachte ein lauter Schuss. Eine Sig Sauer ohne Schalldämpfer. Rose.

Die Sekunden verstrichen. Dehnten sich. Nichts geschah. Er ging davon aus, dass niemand getroffen worden war.

Wenn Rose jetzt diagonal zum Fluss herunterkam, wäre sie vielleicht nicht mehr weit von ihm entfernt. Er war unsicher, ob er sich bewegen sollte. Cordier könnte sich mittlerweile auch seitlich von ihm befinden.

»Hallo? Hallo? Ich bin hier.«

Der laute Ruf hallte ihm vom Wasser aus entgegen. Von einem der Boote. Gar nicht weit weg. Es musste Paul Daeron sein, auch wenn Dupin die Stimme nicht wirklich erkennen konnte.

Dupin versuchte angestrengt, etwas durch die Büsche hindurch zu sehen. Wieder sprang das Funkgerät gedämpft an.

»Cordier muss genau zwischen uns sein. Daeron scheint unversehrt zu sein.«

»Cordier wird wissen, dass bald Verstärkung kommt. Eigentlich«, Dupin hatte sich das schon eben gedacht, »bleibt ihr mittlerweile nur noch die Flucht.«

Er traute Cordier zwar durchaus einen weiteren Angriff zu, aber nur, wenn sie sich dadurch eine reelle Chance ausrechnen würde. Nicht als dramatischen Showdown. Sie war nicht verzweifelt. Sie würde nicht sterben wollen in einem letzten theatralischen Gefecht. Wie sie vorgegangen war in diesem Fall, hatte eine hohe – wenn auch skrupellose, brutale – Logik. Sie würde es gar nicht einsehen, hier zu sterben. Es wäre unklar, wie weit sie kommen würde – aber aus dieser Situation hier konnte sie durchaus entkommen, das würde sie berechnen. Das Gelände war vollkommen unüberschauber.

»Hier spricht die Polizei. Ergeben Sie sich, Madame Cordier«, Roses Stimme war laut und energisch. »Werfen Sie Ihre Waffe weg und kommen Sie mit erhobenen Händen hervor.«

Dupin überlegte kurz, entschied sich aber, in Deckung zu bleiben. Auch Rose würde aus ihrer Deckung heraus gesprochen haben.

»Wir werden nicht zögern zu schießen. – Es ist sinnlos – Sie haben keine Chance.«

Wieder keine Reaktion. Nichts. In den ersten Minuten waren Dupin Szenen von Mittwochabend durch den Kopf gegangen. Szenen, als er im Becken stand, dann im Schuppen. Die Ohnmacht, das Ausgeliefertsein, ja, auch das Vorgeführtwerden. Man hatte ihn angeschossen, es war knapp gewesen. Seine tiefe, gleißende Wut war zurückgekommen. Es würde ihm nicht noch einmal passieren. Er würde sich nicht noch einmal in die Enge treiben lassen.

Wieder ging das Funkgerät an.

»Ich sehe ein grünes Beiboot. Nur ein paar Meter vom Ufer entfernt. Es müsste fast bei Ihnen sein. Das von eben vermutlich. Es scheint aber leer.«

»Vielleicht ein Ablenkungsmanöver. – Oder es ist eine Falle. Und sie will, dass wir uns zeigen«, Dupin befand sich nicht mehr als einen halben Meter vom Flussbett entfernt.

Mit einem Mal konnte auch er das kleine grüne Beiboot sehen. Tatsächlich nur vier, fünf Meter von ihm entfernt. Es trieb in der Strömung. Schneller, als er gedacht hätte. Auch er konnte niemanden ausmachen.

Hartplastikbeiboote dieser Art waren nicht lang, aber einigermaßen tief. Eine schmale Frau könnte sich darin unter Umständen flach auf den Boden legen.

Ja, es könnte eine Falle sein.

Aber er würde es wagen.

In einer blitzartigen Bewegung stand er halb auf, hoch genug, um einen Blick in das Boot werfen zu können.

Leer. Es war leer. Nur eine halbierte Plastikflasche zum Ausschöpfen von Wasser lag darin.

Augenblicklich ging Dupin wieder in Deckung. Er musste nachdenken. Scharf nachdenken.

Wenn Cordier alles beobachtet hatte, und irgendeinen Zweck musste das Manöver ja gehabt haben, dann wusste sie jetzt, wo er war. Er nahm das Funkgerät.

»Das Boot ist leer.«

»Sie wollte nur wissen, wo wir sind. Die genaue Lage kennen. Sie will fliehen. – In der Deckung haben wir keinen Überblick.«

Das stimmte. Aber wenn sie die Deckung aufgaben und Cordier gut platziert wäre, gäben sie ein leichtes Ziel ab.

Plötzlich durchfuhr es Dupin. Ihm war etwas in den Sinn gekommen. Vielleicht war es verrückt – aber das könnte es sein. Cordier war raffiniert. Es wäre ein cleveres Manöver. Er traute es ihr zu. Und wenn er recht hatte – dann musste er auf der Stelle handeln. Auch wenn seine Aktion hochriskant wäre. Er würde nicht wieder ohnmächtig warten. Dieses Mal nicht.

»Geben Sie mir Feuerschutz. Direkt am Ufer. Versuchen Sie, halbwegs in Deckung zu bleiben. – Jetzt!«

»Was haben Sie vor?«

Dupin hatte das Funkgerät schon fallen gelassen.

Mit einem mächtigen Satz war er aus dem Gestrüpp gesprungen, auf den schweren Sand des Flussbettes. Direkt in einen Sprint hinein, die Waffe in der rechten Hand. Alles geschah ganz schnell.

Sein Sprint endete auf der Höhe des Beibootes. Er war ins Wasser gelaufen, es reichte bis zu den Knien, dann, es war im milchigen Wasser zu sehen, wurde es plötzlich tief. Die Fahrrinne.

Das grüne Plastikboot war etwa drei Meter entfernt von ihm. Die Sig Sauer war fest auf das leere Boot gerichtet.

»Madame Cordier«, Dupin sprach laut, tief, durchdringend, entschlossen, »werfen Sie sofort die Waffe weg.«

Er starrte auf das leere Boot.

»Ich werde schießen. Die Kugeln werden das Plastik durchschlagen. Drei, zwei …«

Bevor er bis eins gezählt hatte, flog etwas Schwarzes von hinter dem Boot durch die Luft und platschte laut ins Wasser. Eine Pistole.

Jede Aktion wäre aussichtslos. Cordier wusste es. Sie hatte keinen Schutz und konnte Dupin nicht sehen. Und er hätte geschossen. Ohne zu zögern. Auch das hatte sie gewusst.

Es war vorbei.

Im nächsten Moment sah er, wie zwei Hände die hintere Bootswand umfassten.

»So ist es gut. Manövrieren Sie das Boot an Land.«

Es war eine brillante Idee gewesen. Cordier war nicht im Boot gewesen – sondern hinter dem Boot. Im Wasser. Sie musste im Dickicht vor ihnen in den Fluss gestiegen sein und das Beiboot, das sie zuvor benutzt hatte, geschickt in die Strömung gebracht haben. Schwimmend, für Dupin und Rose nicht zu sehen. Wäre ihr Plan aufgegangen, hätte sie sich noch ein Stück den Fluss hinuntertreiben lassen. Und wäre entkommen.

Dupin stand immer noch in unveränderter Haltung, die Waffe auf die Stelle gerichtet, wo sich ihr Kopf hinter der Bootswand befinden musste. Aber jetzt bewegte sich das Boot erkennbar in Richtung Ufer. Zwei, drei Sekunden, Dupin hatte es. Er hielt es fest.

»Kommen Sie.«

Sein Ton war harsch.

Céline Cordier kam an der linken Seite des Bootes hervor.

Sie erhob sich nur langsam. Vollkommen selbstsicher. Das Wasser stand ihr bis zur Hüfte. Mit aufreizend bedächtigen Schritten kam sie ans Ufer. Das weiße T-Shirt und die Jeans mit grünlichem Schlamm bedeckt. Immer noch ohne ein Wort zu sagen. Ein klarer, unbeirrter Blick aus den bernsteinfarbenen Augen. Dupin ließ das Boot los. Die Waffe eisern auf sie gerichtet.

»Das war's, Madame Cordier. So endet es.«

Sie blickte ihn an. Unumwunden. Ohne Angst. Ohne Aufregung. Für einen Moment verhakten sich ihre Blicke.

»Wie haben Sie es herausgefunden? Wie sind Sie hierhin gekommen?«

Auch ihre Stimme war klar, fest, bestimmt. Keine Dramatik. Es interessierte sie wirklich.

»Das tut nichts zur Sache. Nur, dass wir da sind.«

Dupin hörte Schritte von hinten. Er schaute sich nicht um. Im nächsten Moment erschien Rose, ihre Waffe schon wieder im Halfter an ihrem Gürtel. Dafür mit geöffneten Handschellen.

»Ich verhafte Sie wegen Mordes an Lilou Breval – und mutmaßlich auch an Maxime Daeron. – Und wegen versuchten Mordes an Commissaire Georges Dupin.«

Rose stellte sich unmittelbar vor sie.

Cordier streckte die Arme ohne Aufforderung nach vorne. Rose legte ihr die Handschellen mit wenigen geschickten Griffen an. Ihr Blick streifte nur kurz den Cordiers. Dupin sah ein Flackern in Roses Augen.

Dann wandte sich Rose zum Fluss.

»Monsieur Paul Daeron – hier spricht Commissaire Rose

vom Commissariat de Police Guérande. Kommen Sie aus Ihrem Versteck heraus. Ein Polizeiboot wird jeden Moment eintreffen und Sie zu uns herüberbringen.«

Es dauerte einen Moment, bis auf einem Motorboot, zwanzig Meter flussaufwärts – viel näher, als Dupin vermutet hatte –, plötzlich ein Kopf über der Reling auftauchte. Dann der ganze Paul Daeron. Er gab mit der Hand ein Zeichen, dass er alles verstanden habe.

Das Funkgerät sprang an.

»Wir sind bei Ihnen, Commissaire. Ein Team in jeder Stichstraße.«

Wunderbar. Ein guter Zeitpunkt.

»Zugriff erfolgt. Alles gesichert.«

»Gut. Wir kommen zu Ihnen. Ende.«

Rose steckte das Funkgerät in die Hosentasche.

Aus dem kleinen Weg neben dem Bachlauf kamen ihnen vier Polizisten entgegengelaufen.

Madame Cordier machte keine Anstalten, etwas zu sagen. Sie schaute ruhig um sich, herausfordernd ruhig. Überlegen.

Dupin hatte viele Fragen. Fragen, auf die nur sie eine Antwort haben würde. Aber etwas sträubte sich in ihm, heftig. Er wusste, es wäre ihr eine Genugtuung, wenn er fragen würde. Und sie wusste: Sie musste nichts sagen, gar nichts.

Die Polizisten hatten sie im Laufschritt erreicht.

»Nehmen Sie sie mit. Aufs Commissariat. Ich verhöre sie dort. – Sie wird ihren Anwalt sprechen wollen.«

Ein Lächeln war auf Cordiers Gesicht zu sehen. Ein Anflug nur, aber Rose musste es bemerkt haben. Sie hielt kurz inne. Schaute ihr direkt in die Augen. Durchdringend. Dann, wie aus dem Nichts, zeigte sich ein Lächeln auf Commissaire Roses Gesicht. Ein offenes Lächeln. Ein Lächeln des Sieges, das nicht einmal im Besonderen Madame Cordier galt. Was sie spüren musste. Brutaler ging es nicht.

»Wissen Sie, warum Mörder all das tun? Sie denken, sie

kommen damit durch. – Aber sie kommen nicht damit durch. *Sie* nicht.«

Roses Tonfall hätte nicht kälter sein können. Ohne Pathos, ohne Aggression. Es war ein Satz, der die Ordnung wieder herstellte. Und Madame Cordier zu einer nur exemplarischen Störung werden ließ. Einer behobenen Störung. Dupin verstand den Satz. Zutiefst. Im Innersten.

Das Polizeiboot war mittlerweile auf ihrer Höhe des Flusses angekommen. Der Kapitän hatte sie gesehen, er stand an Deck, mit einem Megafon. Er war schon dabei, an dem Motorboot festzumachen, auf dem Daeron sich versteckt hatte.

»Wir bringen den Mann jetzt zu Ihnen.«

Dupin ging ein paar Schritte die Wasserlinie entlang. Er atmete tief ein. Dann schloss er die Augen. Hielt die Luft einige Sekunden an, atmete tief aus und öffnete die Augen wieder. Er drehte sich halb um und sah, wie die vier Polizisten Madame Cordier in ihre Mitte nahmen und auf den kleinen Pfad zusteuerten, der zu den Autos führte.

Ein Beiboot hatte Paul Daeron herübergebracht und war umgehend wieder zu seinem Mutterschiff zurückgekehrt. Der Kapitän hatte sich erkundigt, ob sie ihn noch bräuchten – es war alles getan. Das in der Abendsonne glänzende stolze Polizeischiff wendete bereits.

Sie waren allein mit Paul Daeron.

Auch sie würden gleich zu ihrem Wagen gehen. Paul Daeron stand gebeugt, sein Blick leer, er starrte auf den schlickigen Boden. Die Sonne färbte den Fluss in ein metallisches Orange. Es war vollkommen still.

»Es ist alles meine Schuld. – Ich habe einen fürchterlichen Fehler begangen. Viele fürchterliche Fehler.«

Er wirkte restlos erschöpft. Zerrüttet. Viel schlimmer noch als am Morgen. Das spielte er nicht. Dupin schwieg, auch Rose reagierte nicht. Dupin kannte das, den Moment, wenn Menschen anfingen zu reden. Endlich reden mussten.

»Maxime hatte diese – diese verhängnisvolle Idee. Mit Céline Cordier, zusammen. Ja, vielleicht war es wirklich ihre gemeinsame Idee. Ich weiß es nicht. Ich war noch nicht involviert. – Ein Mittel gegen Grünalgen. Das in den betroffenen Gebieten zum Einsatz kommen sollte. – Sie saßen zusammen in einem dieser Ausschüsse, in dem es auch immer wieder um die Algen ging«, Riwal hatte genau richtiggelegen mit seiner Idee. »Zuerst war es nur ein vager Gedanke für meinen Bruder, glaube ich. Ganz und gar verrückt. Céline Cordier sagte, es sei machbar. Dann haben sie sich immer weiter hineingesteigert. – Maxime sah die Chance seines Lebens darin. Dass Millionen zu verdienen wären. Die Chance, die alles verändern würde. Naiv. Er war so naiv. – Irgendwann kam er zu mir. Wie immer. Er hat mich um Geld gebeten, mir offen gesagt, warum er es bräuchte. Er hat mir alles erzählt. Ich habe Nein gesagt. Ich … Ich habe versucht, es ihm auszureden. Ich habe ihm gesagt, wie kriminell das sei. Aber …«, er brach kurz ab, atmete flach, »ich habe nichts unternommen. – Und Céline Cordier war fanatisch. Von Anfang an. Sie hat nie erwogen, sich damit an ein Forschungslabor zu wenden, sie hat immer gesagt: Die klauen nur die Idee. Und dass es Jahre dauern würde, eine Genehmigung zu erhalten – wenn überhaupt –, dass sie daran nicht glaubte. Dass sie die Prozeduren kenne, wisse, wie das laufe. Ich hätte schon da merken müssen, wie skrupellos sie ist. Irgendwann war mir klar, dass sie über Leichen geht, aber da war es zu spät. Sie konnte überzeugend sein. Sehr überzeugend. – Sie hat versucht, mir alles wissenschaftlich im Detail darzulegen. Ich habe trotzdem Nein gesagt. Mein Bruder wollte dann seine Salinen an *Le Sel* verkaufen. Um an Geld zu kommen. Sie brauchten Geld. Einiges. Céline Cordier besaß nicht viel, aber sie hat alles, was sie besaß, investiert«, er war nicht leicht zu verstehen, so leise, so monoton sprach Daeron, »ich habe Maxime dann neunzigtausend Euro gegeben, ich wollte nicht, dass er die Salinen verkauft. Auch das war verrückt, denn ich habe nie an einen Erfolg ihres Vorhabens geglaubt. Das war ein schlimmer Fehler. Ich hätte es sofort beenden müssen. – Céline Cordier wollte, dass ich mit drinhänge. Damit stand ja auch für mich alles auf dem Spiel. Alles, alles. Ich hätte damals schon sehen müssen, wie weit sie gehen würde. Aber wie … Wer konnte wissen, dass alles so eskalieren würde. – Sie hat alles vorangetrieben. Hat alles organisiert. Generalstabmäßig. Maxime spielte schnell keine Rolle mehr. Sie – sie denkt nur an ihren eigenen Profit. An nichts und niemanden sonst. Und sie denkt, dass das ihr gutes Recht sei. Ihr naturgegebenes Recht. Maxime war ein Handlanger. – Dennoch, ich – ich war noch viel naiver als Maxime, viel schlimmer, unverzeihlich, ich hätte …«

Daeron brach wieder ab. Er drehte sich dem Fluss zu und blickte auf das träge, aber stetig fließende dunkelgrüne Wasser. Erst jetzt nahm Dupin den typischen Flussgeruch wahr, das brackige Wasser.

»Maxime … Ich habe es immer richtig machen wollen und habe alles falsch gemacht. Er hat die Dinge irgendwie nie auf die Reihe bekommen. Nicht, dass er sich nicht bemüht hätte. Er hat es immer versucht. Immer wieder. Er hat es ernst gemeint. Aber nie durchgehalten«, Paul Daeron hob die Stimme, wenn auch nur ein wenig. »Er hat es immer verwirkt. Sein ganzes Leben schon. Er schien so ein starker Charakter, doch das täuschte. Alles, was er versucht hat, ist gescheitert, jedes Mal. Und dann, dann ist er zu mir gekommen. Immer. Zu mir. Und ich habe nie etwas gesagt. Ich habe die Dinge immer für ihn geregelt. Ich wollte einfach nur, dass er ein gutes Leben hat.«

Das alles klang schrecklich. Unendlich grausam. Maxime

Daeron hatte so souverän gewirkt. Das jetzt – das war eine fürchterliche Geschichte, dachte Dupin. Und, so aufrichtig es klang, was sein älterer Bruder formulierte, der ›Erfolgreiche‹, dem alles gelungen war – so grausam war es. Es musste brutal gewesen sein für Maxime Daeron. Und tragisch. Zudem: Nichts konnte Paul Daeron im Nachhinein aus seiner Verantwortung entlassen, und das wusste er selbst. Er hatte *nicht* gehandelt, als er gehört hatte, was Cordier und sein Bruder geplant hatten – er hatte sich sogar beteiligt. An einem höchst kriminellen Projekt. All das mit möglich gemacht, was dann so entsetzlich für seinen Bruder geendet war.

»Das ging bei ihm im Beruflichen so wie im Privaten. Seine Ehe. – Alles ist gescheitert.«

»Wie weit waren sie wirklich mit dem Algenmittel?«, Dupin hatte genug von der verhängnisvollen Brudergeschichte.

»Es war so gut wie fertig. Céline Cordier wollte es abschließend testen, bis zum Ende des Sommers noch. Sie hat gesagt, dass sie mit mehreren Firmen im Ausland bereits ernsthaft im Gespräch war. Um es zu verkaufen. Die fertige Rezeptur, der man die kriminelle Entstehung ja nicht ansieht. Die Firmen könnten sich dann die Zulassung besorgen, das Patent anmelden und vollkommen legal produzieren.«

»Warum ist Lilou Breval ihnen in die Quere geraten? Was ist vorgestern Abend passiert?«

Daerons Blick fixierte immer noch das Wasser, das sich von Minute zu Minute intensiver orange färbte.

»Sie hat bei einem Telefonat zwischen meinem Bruder und Céline Cordier etwas mitbekommen. Etwas Vages. Aber so viel, dass ihr klar war, dass etwas – Unerlaubtes vor sich ging. Sie hatte irgendwas von den Fässern aufgeschnappt, mit denen sie die Mikroorganismen in die Salinen schafften. Die Mikroorganismen und auch die Algen. Sie hat meinen Bruder darauf angesprochen. Der hat alles geleugnet. Sie hat ihm nicht geglaubt. Sie haben sich gestritten«, zum ersten Mal überhaupt schaute er Dupin an, mit dem Ausdruck tiefster Resignation. »Alles, was er Ihnen darüber erzählt hat, stimmt – auch, was ich Ihnen heute Morgen in unserem Gespräch gesagt habe«, er drehte sich wieder zum Wasser. »Lilou Breval hat dann auf eigene Faust versucht, etwas herauszufinden. Es ist ihr nicht gelungen, aber sie hat nicht lockergelassen. Am Dienstag hat sie meinen Bruder noch einmal zur Rede gestellt und gedroht, sie werde zur Polizei gehen, ich glaube, sie hatte Angst um meinen Bruder. Dass er in irgendetwas reingeraten ist. Ich habe ihm daraufhin gesagt, dass sie das Projekt sofort beenden müssten. Maxime war panisch. Er hat Céline Cordier angerufen und ihr von Lilou Brevals Drohung erzählt.«

Paul Daeron hielt inne. Zuerst dachte Dupin, es sei eine kurze Pause. Aber er schwieg und verharrte regungslos.

»Und dann? Reden Sie weiter.«

Dupin klang barsch. Er merkte jetzt, dass er bei Daerons Ausführungen immer gereizter geworden war. Es war ihm egal. Rose hatte ununterbrochen die Augen auf Paul Daeron geheftet, es war unmöglich, zu sagen, was sie dachte. Sie hatte noch kein Wort gesagt, sie schien es Dupin überlassen zu wollen.

»Mein Bruder hätte Lilou Breval nie etwas angetan, nie. – Céline Cordier war sehr wütend. Sie wollten die Versuche dann erst einmal unterbrechen. Sie und mein Bruder sind am Mittwochabend in die Salinen gefahren. Sie wollten alle Spuren beseitigen, die Fässer, die an dem Becken standen. Das Wasser ablassen. Alles. Dann«, er zögerte kurz und drehte sich wieder zu Dupin, »dann kamen Sie. Maxime hat nicht einmal gewusst, dass Céline Cordier eine Waffe hatte. Sie hat einfach geschossen. – Er hat mir noch in der Nacht alles erzählt.«

»Es ging immer nur um dieses eine Blindbecken«, es war eine technische Nachfrage von Rose, »die Versuche wurden ausschließlich dort vorgenommen?«

»Ja. Nur dort.«

Dupin wollte zum Kern der Geschichte zurück.

»Wusste«, er zögerte unbestimmt, »wusste Ihr Bruder, dass Céline Cordier zu Lilou Breval fahren würde?«

»Nein. Er hat es nicht einmal geahnt. Sie hat ihm gesagt, sie fahre zu einem Fest. Um ein Alibi für den Abend zu haben. Und dass er auch eines brauche. Er hat am nächsten Tag von Lilous Tod erfahren. Aus dem Radio. Und ist zusammengebrochen. – Als wir Sie an dem Morgen getroffen haben, da wussten wir noch gar nichts. Wir dachten, es sei – nur zu dieser – Schießerei in den Salinen gekommen.«

Das war plausibel, ja. Aber es würde alles schwer zu rekonstruieren sein. Sie würden hören, was Cordier aussagen würde. Wenn sie aussagen würde.

»Er hat mich angerufen, spätnachts. Nachdem er bei Lilou Breval war. Er war vollkommen am Ende. Er hat ihr alles erzählt an diesem Abend. Und gesagt, dass sie das Experiment beendet hätten. Dass er raus sei. Dass er einen schrecklichen Fehler begangen habe.«

»Davon wusste Cordier aber nichts, oder? Dass er bei Lilou war?«

»Sie wird es geahnt haben. Zumindest, dass er Lilou etwas sagen wird.«

»Und Sie? Was haben Sie gesagt in dieser Nacht? Was zu tun sei, nach der Schießerei? Sie waren immerhin an dem ganzen Projekt beteiligt.«

Paul Daeron schien kurz vor dem endgültigen Zusammenbruch. »Es ist alles eskaliert, schrecklich eskaliert.«

»Erzählen Sie weiter. Warum hat Ihr Bruder dann nicht reagiert, als er von dem Tod Lilou Brevals erfahren hat – warum Sie nicht? Warum haben Sie beide da nicht alles beendet? Sich gestellt? – Sie müssen beide geahnt haben, dass es Céline Cordier gewesen ist.«

Dupin wurde wütender und wütender. Vielleicht war es ungerecht.

»Es war so schlimm, wissen Sie«, Paul Daerons Gesicht war wie versteinert, seine Stimme verlor vollends alle Kraft, »unsere gesamte Existenz stand plötzlich auf dem Spiel. Alles wäre vernichtet gewesen. Mein Leben. Alles, was ich mir erarbeitet habe. Meine Firma. Auch das Leben meiner Frau und meiner Tochter wäre zerstört gewesen. Das Leben von Menschen, die mit alldem gar nichts zu tun hatten. Ich dachte ...«, er sprach tonlos, »ich – ich war feige. Ich habe erst heute Nachmittag den Mut gefunden, zu tun, was ich schon Mittwochnacht hätte tun müssen. Nicht erst nach – nach dem – dem Tod meines Bruders.«

»Was hatten Sie vor? Warum wollten Sie Madame Cordier treffen?«

»Ich wollte sie zur Rede stellen, mich wehren. Ich habe sie heute Nachmittag angerufen. Sie hat gedroht, mir alles in die Schuhe zu schieben, weil ich ja das Geld gegeben habe. Sie sagte, dass sie alles vernichtet habe und man bei ihr keine Beweise finden würde. Sie sagte, sie habe eine Idee, wir sollten in Ruhe reden, bevor ich etwas Unüberlegtes tue, wir sollten uns treffen. Dass sich alles noch lösen ließe.«

»Haben Sie denn nicht gedacht, dass ein Treffen mit ihr auch gefährlich werden könnte? An so einem einsamen Ort. Sie wussten, dass sie eine Mörderin ist.«

»Mir war es egal. Ich musste mit ihr reden. Alles beenden, von Angesicht zu Angesicht. Hier an meinem Ort.«

Dupin verstand ihn. Außerdem wäre es, kalt betrachtet, von Cordier ziemlich dumm gewesen, einen weiteren Mord zu begehen, denn natürlich wäre die Wahrscheinlichkeit, dass es dann doch irgendwelche Spuren gäbe, die auf sie verwiesen, weiter gestiegen.

»Und hier? Was ist hier passiert?«

»Sie kam eine halbe Stunde zu spät. Ich wäre fast schon wieder gefahren. Sie hat versucht, mich zu beruhigen. Sie hat gesprochen, als ginge es um eine technische Komplikation. Sie hat gesagt, wenn keiner von uns rede, werde niemand darauf kommen, dass wir verwickelt wären. Dann würde die Polizei irgendwann nicht mehr weiterkommen, das Algenprojekt wie den Mord notgedrungen Maxime anlasten – und dies alles durch den Selbstmord meines Bruders irgendwann als tragische Liebesgeschichte zu den Akten legen. Dass wir, wenn wir uns zusammenreißen würden, alle Chancen hätten, davonzukommen. Sie war eiskalt. Sie sagte, wir sollten so leben, als wäre all das nicht passiert.«

Es hätte funktionieren können. Es hätte so kommen können, Cordiers Plan hätte tatsächlich aufgehen können.

»Als ich sie das sagen hörte, wusste ich, dass ich endlich handeln musste«, wieder versagte die Stimme, der nächste Satz aber klang so bestimmt und kraftvoll wie noch keiner seiner Sätze zuvor. »Dass ich das nie könnte – dass ich nie so leben könnte, als hätte es das nicht gegeben. Ich habe ihr gesagt, dass es vorbei sei. Dass alles vorbei ist. Unabänderlich. Dass ich ihr das selbst ins Gesicht sagen wollte«, Paul Daeron hatte die Fäuste geballt. »Ich hab sie stehen lassen und bin zurück zum Wagen und habe Sie angerufen. Plötzlich stand sie vor mir und riss mir das Telefon aus der Hand. Sie war sehr aufgebracht. Wir haben kurz gerungen, doch ich konnte mich lösen und ins Gestrüpp schlagen. Ich kenne hier jeden Stein. Ich bin zum Fluss hinuntergelaufen. – Von meinem Versteck im Gestrüpp aus habe ich gesehen, dass sie eine Waffe hat, ich habe es geschafft, oben bei dem Dickicht zu einem Boot rüberzuschwimmen, ich …«, die Stimme versagte endgültig. Paul Daeron stand erstarrt, stumme Tränen liefen ihm über sein Gesicht.

Rose trat einen Schritt näher zu ihm. Sie sprach leise.

»Der Tod Ihres Bruders war kein Selbstmord.«

Paul Daeron reagierte nicht. Es war, als hätte er den Satz gar nicht gehört. Es war eine seltsame Szene. Er schloss die Augen. Immer noch bewegungslos.

Das war sie also. Das war die Geschichte. Die Geschichte, wie Paul Daeron sie wahrgenommen hatte. Wie verzerrt auch immer. Es fehlten noch viele Details – Dinge, die vielleicht niemals erzählt werden würden.

Aber auch, wenn die Geschichte nicht vollständig war und nicht alles der Wahrheit entsprechen sollte, das war – in groben Zügen –, worum es gegangen war. Maxime Daeron hätte vielleicht eine andere erzählt. Auch er ganz aufrichtig. Er hätte die gerade gehörte vielleicht nicht ausgehalten. Und selbst Céline Cordier würde – wenn sie reden würde – ihre eigene »Wahrheit« formulieren. Das war immer so: Die »vollständige« und »objektive« Geschichte eines Falles wurde niemals erzählt. Dupin kannte das. In der Rekonstruktion wurde der Fall zum Phantom. Er löste sich als Realität auf, zerfiel in unterschiedliche subjektive Geschichten, die, je mehr erzählt, geredet und sogar »gestanden« wurde, immer weniger miteinander zu tun hatten. Aber das war egal. Dupin hatte für einen kurzen Augenblick den Kern gesehen. Und das Entscheidende war: Sie hatten die Täter dingfest gemacht. Was danach kam, war nicht mehr seine Aufgabe. Er konnte wirken, solange zu ermitteln war, und dafür sorgen, die Ordnung wiederherzustellen. Dafür sorgen, dass zumindest manche nicht einfach durchkamen mit ihrer Vorstellung, einfach davonzukommen.

»Gehen wir, Monsieur Daeron. – Ich verhafte Sie hiermit wegen Betreibens einer illegalen geschäftlichen Aktivität, mehrerer schwerer Umweltdelikte und der Mitwisserschaft beim Mord an Lilou Breval. Im Commissariat werden Sie Ihre Geschichte noch einmal zu Protokoll geben, der Reihe nach, jedes Detail.«

Rose wartete, bis Paul Daeron sich löste und langsam vom Wasser abwendete. Die Sonne stand jetzt tief am Horizont, ein gelber Balken schimmerte über dem glänzenden Orange des Flusslaufes entlang bis zu ihnen. Um die Sonne herum war der Horizont ein bedrohliches Feuer, nur allmählich, weit oben am Himmel, beruhigte er sich zu einem Blau, das immer zarter wurde. Dort waren, blass und fern, die ersten Sterne zu sehen.

Sie hatten die Stadtgrenze von Guérande bereits passiert. Rose war nur wenig langsamer gefahren als auf dem Hinweg. Paul Daeron hatte neben ihr gesessen, ohne Handschellen, Dupin hinten. Sie hatten kein Wort miteinander gesprochen, seit sie losgefahren waren. Rose hatte ein paar Telefonate geführt. Diese und jene Anweisungen durchgegeben, in knappen Worten. Auch, dass das Blindbecken und die angrenzenden Salinen gesperrt bleiben würden, dass nun aufwendige biologische, biochemische Untersuchungen folgen würden, um die Auswirkungen der Experimente genauestens zu analysieren. Dupins Handy hatte elendig oft geklingelt. Er hatte nicht einmal auf die Nummern geguckt. Er war – allein auf der Rückbank – auf eine seltsame Weise abwesend, er hätte nicht einmal sagen können, dass er wirklich nachgedacht hätte. Und worüber.

Sie waren gerade auf der Hauptstraße am *rond-point*, bei der Abzweigung zu den Salinen. Rose fuhr Richtung Kommissariat, wo Dupin in diesen beiden Tagen nicht ein einziges Mal gewesen war. Dort würde Céline Cordier bereits in einem Verhörraum sitzen. Dutzende wichtige Dinge waren nun zu erledigen. Aber nicht von ihm.

»Commissaire Rose – könnten Sie mich hier rauslassen? Ich …«

Dupin sprach den Satz nicht zu Ende. Rose hatte im Rückspiegel einen Moment seinen Blick gesucht. Und – er war sich nicht sicher, ob er sich das einbildete – kurz gelächelt. Als hätte sie es erwartet und als wäre sie voll und ganz einverstanden.

Statt zu antworten, ging sie tatsächlich vom Gas und fuhr rechts ran.

»Ihr Wagen steht am *Centre*.« Dupin hätte wirklich überlegen müssen, er hatte während dieses Falles an so vielen Orten gestanden. »Soll ich jemanden bitten, Sie dorthin zu fahren?«

»Ich werde meine Inspektoren anrufen.«

Paul Daeron schien ihre Konversation gar nicht wahrzunehmen.

Dupin öffnete die Tür und stieg aus.

»Bis gleich.«

Jetzt lag ein offenes Lächeln auf Roses Gesicht.

»Bis gleich.«

Dupin warf die Tür zu. Im nächsten Moment fuhr Commissaire Rose los. Er hatte keine Ahnung, was sie mit ›bis gleich‹ gemeint hatte – ebenso er selbst, als er es erwidert hatte.

Dupin lief zurück bis zu der Abzweigung, die zur Route des Marais führte.

Ungefähr um die gleiche Zeit war er vorgestern Abend hier angekommen. Dupin zog sein Handy aus der Tasche. Noch bevor die Verbindung aufgebaut war, sah er ein Schild. Das gleiche Schild, wie sie es am Picknickplatz gesehen hatten. »Großer Rundweg«, mit dem Zusatz: »*Centre du Sel* (20 min)«.

Dupin zögerte nur einen kleinen Moment. Dann steckte er das Handy wieder ein.

Er folgte dem Pfad, der auf den »Großen Rundweg« führte. Zunächst noch an ein paar Häusern vorbei, über ein Feld. Dann, sonderbar schnell, ohne Übergang, direkt in die Salinen hinein. In diese verrückte, wundersame Welt, dieses eigentümlich helldunkle Reich mit seinen Zwergen, Feen, weißen Jungfrauen und Drachen. Wo die ganze Geschichte begonnen hatte. Die Sonne war eben hinter dem Horizont verschwunden. Das erste Mal seit Wochen waren Wolken aufgekommen. Aus dem Nichts. Dicke, wattebäuschige, an den Rändern scharf konturierte Wolken, in regelmäßigen Abständen formiert, wie aufmarschierende Bataillone. Die Strahlen der gerade untergegangenen Sonne erreichten sie noch. Zwar war der Himmel, auch im Westen, schon wieder dunkelblau und der orangefarbene Streifen über dem Horizont nur noch sehr schmal, die Wolken aber schienen an ihren Rändern jeden einzelnen Farbton des spektakulären Geschehens in sich aufgesogen zu haben: Lila, Rosa, Pink, Violett, Orange. Doch ihre massiven Körper strahlten weiterhin hellweiß. Und spiegelten sich gespenstisch in dem Gewirr der metallisch blauen Becken der Salinen, die aus sich selbst heraus zu leuchten schienen. Sie sahen aus wie mystische Spiegel des Himmels. Rechts, nahe am Weg, war eine Reihe hoher weißer Salzpyramiden zu sehen. Zwölf, fünfzehn, vielleicht. Auf einer Linie. Wie sondersame Monumente, erleuchtete Zeichen. Und auch der betörende Geruch war sofort wieder da, Dupin hatte den Geschmack von schwerem Ton, Salz, Jod und Veilchen im Mund.

Er war nicht besonders schnell gegangen. Er hatte es nicht eilig. Jetzt nicht mehr.

Sein Handy klingelte. Widerwillig kontrollierte er die Nummer. Ihm war klar, dass er jetzt nicht einfach vollkommen abtauchen konnte, ein paar Dinge wären noch zu erledigen, auch für ihn. Als er die Nummer sah, war er froh. Sehr froh. Nolwenn.

»Bravo, Monsieur le Commissaire.«

Es war großartig, ihre Stimme zu hören. Noch in keinem Fall seiner bretonischen Karriere hatte er, schien es ihm, so selten mit ihr gesprochen.

»Inspektor Kadeg hat mich bereits über alles in Kenntnis gesetzt.«

Natürlich.

»Zumindest über das Wesentliche. Die Details werden Sie mir erzählen. – Kommen Sie erst einmal in Ruhe von Ihrem Ausflug zurück. – Zurück in die Heimat.«

Nolwenn sprach für ihre Verhältnisse sehr bewegt.

»Sie hatten von Beginn an recht. Sie haben sich in die blauen Fässer verbissen! Und das war es! Der *point magique!* – Sie hatten eine fixe Idee, von der Sie nichts in der Welt abbringen konnte, Sie waren stur – ein echter Bretone!«

Dupin wusste nicht genau, was er antworten sollte. Aber ohne Zweifel war es ein Ritterschlag.

»Und dann haben Sie sie in die Enge getrieben und gestellt!« Die Genugtuung in Nolwenns Stimme war fast makaber.

»Commissaire Rose und ich. Wir zusammen.«

»Ich habe schon gehört. Wer hätte das gedacht?! – Aber: *a bep liv, marc'h mat – a bep bro, tud vat. – In allen Farben gibt es gute Pferde, in allen Gegenden gute Leute.* So ist es wohl.«

Sie hatte es fröhlich gesagt. Dupin hätte bei Rose nicht sofort an ein Pferd gedacht. Aber auch das war als großes Kompliment gemeint gewesen, wusste er.

Eine rätselhafte Pause entstand, was eigentlich gar nicht Nolwenns Art war; so etwas gab es nie zwischen ihnen.

Dann wusste er, worauf sie hinauswollte. »Ich muss ihn anrufen. – Ich weiß.«

»Wen müssen Sie anrufen?«

Es war perfekt gespielt.

»Den Präfekten.«

»O nein. Sie werden ihn nicht sprechen können. – Er ist aber über den Abschluss des Falles im Bilde, machen Sie sich keine Sorgen. Und er hat mit Préfet Trottet verhandelt, dass man erst morgen offiziell vor die Presse treten wird. Er und Trottet gemeinsam. – Sie wissen doch: Die große 150-Jahr-Feier der Eisenbahn heute Abend in Quimper. Er ist ja der Präsident der *Amis des chemins de fer.* Die große Rede heute Abend. Ich werde auch gleich hingehen.«

Natürlich. Seit Wochen war das ein Thema gewesen. Dupin hatte sogar eine VIP-Einladung erhalten. Wie sämtliche Kommissare des Finistère. Und viele E-Mails, in der letzten Woche täglich, immer mit den nachdrücklichen Worten endend:

»Sie werden verbindlich erwartet.« Im September vor hundertfünfzig Jahren war es so weit gewesen: Die Eisenbahnverbindung zwischen der »Metropole« und der »Provinz« war mit einer pompösen Feier eingeweiht worden. Der allererste Zug aus
Paris war in Quimper eingefahren. Um zwanzig Uhr zwanzig.
Nach einer unendlichen siebzehnstündigen und zwanzigminü-
tigen Fahrt. Seit Wochen waren die Zeitungen voller Artikel
und historischer Fotos gewesen. Eine putzige, kleine schwarze
Dampflok war zu sehen gewesen, ein waschechter Jugendstil-
bahnhof: die perfekte Idylle einer Modelleisenbahn-Anlage.
Doch Dupin hatte gelernt, dass es – anders als heute – damals
keine euphorischen Gefühle gewesen waren, die man empfand,
im Gegenteil. Le »Karrigel an ankou«, der Wagen des Todes,
»ein dummes schwarzes Monster, das qualmt« – ein »Eindring-
ling, der vorgibt, ein Freund zu sein« hatten die Kommentare
gelautet. Erst als Dupin gelesen hatte, was von dem damali-
gen Staatssekretär im Verteidigungsministerium zu dem Projekt in einer geheimen Aktennotiz geschrieben worden war, die
die Tageszeitungen nun groß gebracht hatten, hatte er verstanden: »Eine Eisenbahnverbindung zwischen Frankreich und der
Bretagne wird den Bretonen in zehn Jahren nachhaltiger Fran-
zösisch beibringen als die fähigsten Lehrer, die wir entsenden
könnten. Allein dies rechtfertigt die vielen Millionen Kosten!«
Das war das erklärte staatliche Ziel gewesen: das Bretonische
zum Verschwinden zu bringen. Und nicht nur die Sprache –
die ganze kulturelle Identität. Die Eisenbahn hatte die »Ideen
der Zivilisation« vermitteln sollen, mit anderen Worten: »die
Barbaren zivilisieren«. Das klang heutzutage fast lustig, war
aber blutiger Ernst gewesen. Nur wer Geschichten wie diese
kannte, hatte eine Chance, die bretonische Seele zu verstehen,
die Querelen mit der »Zentralregierung«, die zutiefst zwiespäl-
tigen Gefühle gegenüber Paris, gegenüber dem, wofür es stand.
Natürlich war es am Ende vollkommen anders gekommen, als
der Staatssekretär gedacht hatte. Die Bretonen hatten das qual-

mende schwarze Monster zu ihrem gemacht und den Spieß umgedreht – Dupin vermutete, dass dies der geheime Grund für die Dimension der heutigen Feierlichkeiten war. Dass sie es der Welt gezeigt hatten. Wieder einmal.

»Ich bin sehr froh, dass Sie den Fall rechtzeitig abschließen konnten. Es ist doch ein besseres Gefühl so. Für die Feier.«

Nolwenn hatte jetzt wieder ernst geklungen, Dupin lachte auf.

»Sie müssen los, Nolwenn. Wir – sprechen.«

»Ach ja. – Der Präfekt erwartet Ihren Anruf morgen früh um sieben. Er lässt übrigens ausrichten: ›Gut gemacht, mon Commissaire‹.«

Es tat gut, in den Alltag mit seinen Ritualen zurückzukehren – selbst die Sprüche des Präfekten, die Dupin sonst zur Weißglut brachten, wirkten heute beinahe wohltuend. Vielleicht lag es aber auch nur daran, dass er ihn heute nicht persönlich sprechen musste.

»Ich melde mich.«

Dupin legte auf.

Er atmete tief ein.

Er wählte Riwals Nummer.

»Chef?«

»Wo sind Sie?«

»Wir sind am Hotel. Inspektor Kadeg und ich. Commissaire Rose hat gesagt, wir …«

»Fahren Sie nach Hause, Riwal. – Sie und Kadeg. Die haben hier alles im Griff.«

»Sind Sie sicher, Chef?«

»Ich bin sicher. – Das ist eine Instruktion. Wir sehen uns am Montag.«

»Sie brauchen uns auch morgen nicht?«

»Morgen ist Samstag. Sie wollten doch mit Ihrer Frau auf die Glénan. Angeln. – Die September-Doraden. Ihr Boot.«

Riwal und seine Frau hatten zur Hochzeit im letzten Jahr

von den Eltern und Schwiegereltern eine gebrauchte Bénéteau geschenkt bekommen (sieben Meter achtzig!), die Riwals Ein und Alles war. Riwal hatte schon Anfang der Woche angemerkt, dass es das letzte Sommerwochenende sein würde; er hatte die Voraussage mit derselben beiläufigen Sicherheit getroffen, mit der er sagen würde, dass die Sonne morgen früh im Westen aufgeht. Als Fakt.

»Gut, Chef. – Das war ein harter Fall.«

Riwal hatte den Nachsatz in seinem typischen grundlegend-mystischen Tonfall formuliert. Dupin wusste, dass er keine Antwort erwartete.

Nur die auffälligen Wegweiser des Lehrpfades verhinderten, dass Dupin sich im Dämmerlicht und im verschlungenen Labyrinth der Salinen verirrte, zehn Minuten später hatte er das *Centre du Sel* erreicht. Er kam von dort, wo sich der »Kleine« und der »Große Rundgang« gabelten, an der Seite lag der pittoreske Picknickplatz, wo sie sich am Nachmittag besprochen hatten. Schon jetzt kam es Dupin vor, als lägen Tage, nicht Stunden dazwischen.

Sein Auto stand auf dem Parkplatz. Direkt an der Einfahrt. Montag würde sein heiß geliebter XM zurück sein – und auch das machte ihn froh –, es würde die letzte Fahrt mit dem winzigen Peugeot sein.

Er ging auf den Wagen zu. Er war sich zuerst nicht sicher. Jemand lehnte an der Tür. Dann erkannte er sie. Die Hände in den Jacketttaschen, die Daumen draußen. Lässig. Und vollkommen seriös dabei.

Sie lächelte ihn an.

»Ein Spaziergang in der Abendluft. Seien Sie vorsichtig, in den Tagen der Ernte benebeln einen die Aromen. Man erleidet die verrücktesten Halluzinationen. Sieht und träumt die fantastischsten Dinge.«

»O ja.«

Dupin hätte gern eine schlagfertigere Antwort parat gehabt.

»Ich habe ein erstes Mal versucht, mit Cordier zu sprechen. Sie schweigt. Ihr Anwalt ist bereits unterwegs. – Wir durchsuchen jetzt ihr Labor. Ihre Wohnung. Ihre Computer. Ihr Handy. Wir werden etwas finden.«

Dupin hatte keinen Zweifel daran. Eine Sache war ihm durch den Kopf gegangen, eine Sache hätte er Cordier eben am Fluss doch fragen wollen.

»Warum hat sie mich mit Lilou Brevals Handy angerufen? Am Morgen, nachdem sie sie umgebracht hat?«

»Sie wollte vermutlich wissen, wen Lilou angerufen hatte, ihre letzten Gespräche – um zu erfahren, ob sie wirklich schon mit der Polizei gesprochen hatte.«

»Ja.«

Das klang plausibel. An so etwas hatte er auch schon gedacht. Aber es beruhigte ihn komischerweise nicht. Der Anruf hatte im Nachhinein etwas Unheimliches gehabt. Etwas Grausames.

»Ich wollte Ihnen noch etwas bringen. Ich war noch einmal in Lilous Haus, das Haus meiner Eltern liegt ganz in der Nähe, da habe ich diese Nacht geschlafen.«

Dupin hatte es sich doch gedacht. Rose kam selbst vom Golf. Daher kannte sie hier alles und alle: Madame Clothilde, die Damen der Fähre, die Bedienung im *Le San Francisco* …

»Ich denke, Sie sollten es bekommen.«

Sie zog ein kleines Notizbuch aus der rechten Jacketttasche und reichte es ihm. Ohne Erklärung.

Er nahm es. Blätterte darin.

Es war ein Kalender. Des letzten Jahres. Mit einem Eselsohr. Dupin schlug ein paar Seiten auf. Handschriftliche Eintragungen. Termine, und Kommentare zu Terminen, scheinbar im Nachhinein notiert.

»Das Eselsohr stammt von mir. Schauen Sie dort.«

Es war der 12. Mai: ›20 Uhr. – Georges Dupin / bei mir.‹ Daneben ein paar flüchtig hingekritzelte Worte.

›Sehr netter Abend! Ein Verrückter. Wunderbar. Öfters sehen.‹

Lilou. Es war Lilous Kalender. Der Eintrag zu ihrem Treffen im letzten Jahr.

Dupin spürte eine Gänsehaut. Noch bevor er etwas sagen konnte, drehte sich Rose um und ging zu ihrem Wagen. Erst nachdem sie die Tür geöffnet hatte, blickte sie sich noch einmal um.

»Ich muss zurück. Die warten.«

»Danke.«

Dupins Stimme war fest und klar.

Das ›Danke‹ hatte das Buch gemeint. Und viel mehr noch.

»Danke Ihnen.«

Dupin merkte, dass sie verstanden hatte.

»Wir werden uns wiedersehen, Monsieur le Commissaire. – Wenn Wind und Sonne wollen.«

Im nächsten Moment war sie im Wagen und startete den Motor. Der Renault machte einen Satz nach vorne. Und flog förmlich vom Parkplatz.

Dupin ließ den Motor an. Und begann zu wenden.

Aus dem Augenwinkel sah er im *Centre du Sel* das junge Mädchen, das ihn gestern an der Theke des Bistros bedient hatte. Sie war allein. Das *Centre* war längst geschlossen. Sie schien die Vitrine des Shops umzuräumen, vertieft in ihre Arbeit.

Mitten im Wendemanöver trat Dupin auf die Bremse. Er

hatte gestern schon daran gedacht, da war es unpassend gewesen. Aber jetzt …

Er hielt genau vor dem Eingang. Er stieg aus und klopfte an die Glasscheibe der Tür.

Die junge Frau bemerkte ihn – ohne die leiseste Verwunderung, schien es – und kam auf ihn zu. Sie drückte auf einen Knopf neben der Schiebetür, die augenblicklich geräuschlos zur Seite glitt.

»Ja?«

Sie war so wortkarg wie gestern.

»Ich würde gern noch etwas kaufen. – Im Shop.«

Er wusste, dass das unbeholfen klang.

»Okay.«

Sie drehte sich um und ging zurück zur Vitrine.

Dupin ging geradewegs in die Boutique.

Es waren viele Dinge auf sehr engem Raum präsentiert. Sein Blick wanderte umher. Direkt vorne links stand das Salz. Dutzende Sorten. Und auch, was Dupin gestern schon ins Auge gefallen war: ein Arrangement mit drei Sorten Fleur de Sel. *Fleur de Sel à l'Aneth et au Citron* (für Meeresfrüchte und Fisch), *Fleur de Sel au Piment d'Espelette* (für Fleisch und Geflügel) und *Fleur de Sel nature* (für *Foie gras*, alles Gegrillte, Salate, Gemüse). Großartig. Dazu drei der kleinen bunten Keramikschälchen. Das würde er Claire mitbringen. Er nahm alles und bewegte sich in Richtung Kasse. Die junge Frau schien ihn beobachtet zu haben. Sie trafen sich dort. Er zahlte.

Kurz darauf rollte der kleine alte Peugeot endgültig los. Er verließ das *Centre du Sel*, das magische Weiße Land, fuhr noch einmal durch das prächtige Städtchen Guérande, überquerte bei La Roche-Bernard die Vilaine, erreichte dann den Golf, ein letztes Mal.

Links von der Route Express war im allerletzten dunkelblauen Licht von Westen ein Ausläufer des kleinen Meeres zu sehen. Ein geheimnisvolles Schimmern. Das war Lilous Heimat gewesen. Ihr Golf.

Dupin warf einen kurzen Blick auf den Beifahrersitz. Da lag er – Lilous kleiner Kalender. Irgendwann würde er noch einmal zu ihrem Haus fahren. Sich auf die großen Steine direkt am Wasser setzen, vor ihrem verwunschenen Garten. Sich erinnern, an sie denken. Von dort aus die kleinen Pinguine suchen gehen, irgendwo dort mussten sie sein.

Dupin hatte das Radio angeschaltet. *Bleu Breizh*. Skippy war vom Bürgermeister von Arradon zum Ehrenbürger ernannt worden. Und mehr noch: Das Waldstück, das jetzt Skippys neues Zuhause war, würde demnächst offiziell »L'Australie« heißen. Die Anwohner hatten erklärt, es würde ihnen nichts ausmachen, wenn das Känguru ab und zu einen Salat aus ihren Beeten essen würde. Eine Dame hatte sich sogar erkundigt, was Skippy am liebsten esse – für die nächsten Pflanzungen. Die letzte Sichtung hatte es am Nachmittag gegeben. Auf einer Lichtung. Skippy war gesehen worden, wie es ein Sonnenbad nahm. Hieß es. Skippy ging es gut.

Dupin fuhr sich durch die Haare. Gleich würde er Vannes erreichen. Dann hätte er die Hälfte geschafft. Er spürte, wie erschöpft er war. Schon seitdem er im Auto saß. Die irrwitzigen Anstrengungen der letzten Tage.

Dupin hatte den Wagen auf dem großen Parkplatz vorne am Hafen abgestellt, vor der Ville Close. Vor dem *Amiral*. Wo er immer parkte.

Er war nicht direkt ins Restaurant gegangen. Er war zwar hungrig, aber er wollte sich noch etwas bewegen.

Er war vom Parkplatz aus langsam den steinernen Quai entlanggelaufen, links das Meer, die Bucht mit dem Port de Plaisance, rechts die weiten Plätze, dahinter die Reihe der alten Fischerhäuser – alles in das warme gelbe Licht der Straßenlaternen getaucht, die die Hafengegend nachts aussehen ließen wie Kulissen aus wunderbaren alten Filmen. Der Himmel war zu einem schwarzen Lila geworden und hatte das Meer in denselben Ton getaucht, aus dem hier und dort gelbe Bojen hervorstachen. Ab und zu kam eine Bö auf, es war frisch geworden, nicht kalt, aber richtig frisch, das war keine milde Sommernacht mehr.

Dupin liebte diesen Gang, er gehörte zu seinen wichtigsten Ritualen, am allerliebsten frühmorgens oder nachts, wie jetzt, und zu jeder Jahreszeit und bei jedem Wetter. Man lief auf wankenden Holzplanken und Pontons direkt auf die mit gewaltigen Wehrmauern befestigte Altstadtinsel zu, die unbezwingbare Ville Close, vor der der Steg jäh endete. In den Pechnasen unter den Wehrgängen waren Scheinwerfer eingelassen, die die Mauern theatralisch erstrahlen ließen. Wie in einem riesigen, erhabenen Freilichttheater; die vom Star-Baumeister des Sonnenkönigs – Sébastien Le Prestre de Vauban – vollendete Festung war imponierend. Das Licht fiel an den Mauern aus mächtigen Steinen herunter wie einst das Pech. Oben zeichneten Dutzende, in engen Abständen installierte Lampen zusammen einen grellen Strich, der noch viele Kilometer entfernt vom Meer aus zu sehen war, ein kühnes Zeichen.

Dupin ging den Steg am Hafen hinunter, durch ein Gewimmel von Booten in allen Größen und Arten. Die sich sanft wiegenden Masten der Segelboote streckten sich mutig in die Dunkelheit, die oben befestigten Glöckchen gaben ein sphärisches Konzert, das in den Sommernächten die ganze Hafengegend erfüllte. Noch in seinem Appartement um die Ecke war es zu hören, wenn die Tür zur schmalen Terrasse offen stand. Sein Vater und er hatten immer ein Spiel gespielt, wenn sie am Meer waren, in den großen Ferien. Sie hatten sich in den Häfen die prächtigsten Boote ausgesucht und sich erzählt, wohin sie mit ihnen aufbrechen würden. Zu welchen großen Fahrten. Welche Abenteuer auf ihnen zu erleben wären.

Dupin verharrte am Ende des Stegs. Faltete die Hände am Hinterkopf und legte den Kopf kurz in den Nacken. Er würde jetzt etwas essen gehen. Und er würde Claire anrufen. Und vielleicht Rose, um zu erfahren, ob Céline Cordier gestanden hatte. Dupin drehte sich zu Seite und blickte auf die Lichter der Stadt.

Plötzlich erschien ein Lächeln auf seinem Gesicht, das sich mehr und mehr ausbreitete. Ihm war etwas in den Sinn gekommen. Er fingerte sein Handy hervor. Wählte.

Es dauerte ein wenig. Dann nahm sie ab.

»Claire?«

»Georges? Ich«, sie klang schläfrig, matt, »ich hatte mich schon hingelegt, das war ein wahnsinnig turbulenter Tag in der Klinik. – Ich hatte so gehofft, dass du noch anrufst. Wie steht es um deinen Fall?«

»Ich wollte nur sagen, ich hole Brioche und Croissants zum Frühstück.«

»Du – was?«

»Ich nehme den Zug um sechs. Du schläfst aus, und ich wecke dich mit einem Frühstück.«

»Wirklich?«

»Wirklich. – Schlaf jetzt weiter.«

»Gut.«

Sie war zu müde, um irgendetwas zu fragen.

»Dann bis gleich, Georges.«

»Bis gleich.«

Dupin legte auf.

Das war eine famose Idee. Und Montag würde es vollkommen reichen, wenn er um elf Uhr zurück wäre. Er würde den Tisch im *La Palette* für morgen Abend reservieren. Den Tisch, an dem sie an Claires Geburtstag hätten sitzen sollen. Und im Jardin du Luxembourg würden sie spazieren gehen. Am ersten Herbsttag des Jahres.

Und jetzt, jetzt würde er ins *Amiral* gehen. Und die Seezunge essen, die er in Le Croisic hatte essen wollen. In gesalzener Butter goldbraun gebraten. Salz aus dem Weißen Land,
dem feinsten der Welt.

Alles würde gut.

DANK

Lieber Don Rinaldo »Che«, lieber Reinhold Joppich,
ich danke dir. Sehr. Und für alles.

Machen Sie Urlaub in der Bretagne mit Kommissar Dupin

Geheimnisvolle Cevennen

Anne Chaplet. In tiefen Schluchten. Ein Kriminalroman aus dem Süden Frankreichs. Taschenbuch. Verfügbar auch als E-Book

Am Fuße der Cevennen in der wilden Landschaft des Vivarais lebt Tori Godon, ehemalige Anwältin, 42 Jahre und frisch verwitwet. Als ein Urlaubsgast und Höhlenforscher verschwindet, folgt sie seinen Spuren. Dabei stößt sie auf rätselhafte Hinweise, die in längst vergangene Zeiten führen, in denen Hugenotten in der Gegend Zuflucht fanden. Welchen Geheimnissen war der Forscher auf der Spur und was hat das mit der Geschichte des Dorfes zu tun?

Tatort Côte d'Azur

Christine Cazon. Mörderische Côte d'Azur. Der erste Fall für Kommissar Duval. Taschenbuch. Verfügbar auch als E-Book

Christine Cazon. Intrigen an der Côte d'Azur. Der zweite Fall für Kommissar Duval. Taschenbuch. Verfügbar auch als E-Book

Christine Cazon. Stürmische Côte d'Azur. Der dritte Fall für Kommissar Duval. Taschenbuch. Verfügbar auch als E-Book

Christine Cazon. Endstation Côte d'Azur. Der vierte Fall für Kommissar Duval. Taschenbuch. Verfügbar auch als E-Book

Leseproben und mehr unter www.kiwi-verlag.de

Gestatten: Perez – Lebemann, Kleinganove, Hobbyermittler

Yann Sola. Tödlicher Tramontane.
Ein Südfrankreich-Krimi. Taschenbuch.
Verfügbar auch als E-Book

Yann Sola. Gefährliche Ernte.
Ein Südfrankreich-Krimi. Taschenbuch.
Verfügbar auch als E-Book

Am liebsten würde sich Perez in aller Ruhe seinem Restaurant und dem Schwarzhandel mit spanischen Delikatessen widmen. Doch als in Strandnähe eine Yacht explodiert und seine Freundin Marianne spurlos verschwindet, ahnt der Hobbydetektiv, dass es mit der Ruhe vorbei ist ...

Es sind Sommerferien – die Touristen haben sich breit gemacht und der Delikatessenschmuggler Perez hängt mit seinen Lieferungen hinterher. Als in den Weinbergen seines Vaters ein Toter gefunden wird, schnüffeln Ermittler auf dem Weingut herum. Der Hobbyermittler sieht sich gezwungen, die Sache selbst in die Hand zu nehmen.

Klara Nordin. Totenleuchten. Ein Lappland-Krimi. Taschenbuch. Verfügbar auch als eBook

Klara Nordin. Septemberschuld. Ein Lappland-Krimi. Taschenbuch. Verfügbar auch als eBook

Jokkmokk am Polarkreis. Auf dem zugefrorenen See finden Husky-Rennen statt, und die Einheimischen bereiten den alljährlichen samischen Wintermarkt vor, als ein junger Mann ermordet wird. Geschlachtet wie ein Rentier ... Ein hochspannender, brisanter Fall, der alle Gewissheiten in Frage stellt.

Es ist Mitte September, Lappland leuchtet in den kräftigen Farben des Herbstes. Es ist die Zeit, in der die Samen ihre Rentiere zusammentreiben und schlachten, als mitten unter den getöteten Tieren die Leiche einer Frau gefunden wird ...

Hochspannung aus Südtirol

Lenz Koppelstätter. Der Tote am Gletscher.
Ein Fall für Commissario Grauner. Taschenbuch.
Verfügbar auch als E-Book

Lenz Koppelstätter. Die Stille der Lärchen.
Ein Fall für Commissario Grauner. Taschenbuch.
Verfügbar auch als E-Book

In einer stürmischen Nacht entdeckt Skipisten-Toni am Gletscher eine Leiche – unweit der Stelle, an der vor Jahren Ötzi gefunden wurde. Commissario Grauner, der an manchen Tagen lieber nur »Viechbauer« wäre, und Saltapepe, sein neuer Kollege aus Neapel, dem die Südtiroler Bergwelt suspekt ist, machen sich an die Ermittlungen.

An einem Frühlingsmorgen wird die Leiche eines Mädchens gefunden. Bei den Urlärchen von St. Gertraud, unter dessen Wurzeln sich der Eingang zur Hölle befinden soll. Commissario Grauner und Saltapepe ermitteln im Ultental, in dessen Heilbädern sich einst berühmte Schriftsteller und sogar Kaiserin Sissi kurieren ließen.

Mord am Lago Maggiore

Bruno Varese. Die Tote am Lago Maggiore. Ein Fall für Matteo Basso. Taschenbuch. Verfügbar auch als E-Book

Bruno Varese. Intrigen am Lago Maggiore. Ein Fall für Matteo Basso. Taschenbuch. Verfügbar auch als E-Book

Matteo Basso, ehemaliger Mailänder Polizeipsychologe, hat seinen Job an den Nagel gehängt und ist zurückgekehrt nach Cannobio. Am malerischen Ufer des Lago Maggiore will er zur Ruhe kommen – doch als seine Freundin Gisella tot aufgefunden wird und sich die Hinweise häufen, dass es kein Unfall war, ermittelt Matteo auf eigene Faust und gerät bald selbst in Gefahr.

Matteo Basso könnte endlich sein neues Leben in Cannobio genießen, da macht er eine grausame Entdeckung: Aufgespießt am weithin sichtbaren Einhorn-Denkmal der Isola Bella hängt ein lebloser Körper. Die Spuren führen an Wallfahrtsorte hoch in den Bergen, an die ligurische Küste und bis nach Mailand.

© Emmanuel Berthier

BR∃TAGN∃ | Entdecken Sie die Bretagne auf den Spuren von Kommissar Dupin

Tiefblau leuchtet der Atlantik an der Mündung des Belon, hell wie ein Smaragd glitzert die Bucht von Cancale in der Sonne. Reisen Sie mit Kommissar Dupin durch die Bretagne und genießen Sie bretonische Delikatessen in seinen Lieblingsrestaurants am Meer, bevor Sie anschließend in das Reich der Feen und Kobolde in den Monts d'Arrée abtauchen, den Salzbauern in der Guérande über die Schulter schauen oder einfach auf den paradiesischen Glénan-Inseln die Seele baumeln lassen.

Kommissar Dupins Lieblingsorte und weitere Informationen für Ihren Urlaub in der Bretagne finden Sie auf der offiziellen Internetseite des Tourismusverbands der Bretagne unter

www.**bretagne-reisen**.de